DRAGUE INTERDITE

SALLY THORNE

DRAGUE INTERDITE

ROMAN

Traduit de l'anglais (États-Unis) par
A. H. SOPHIE

&H

Titre original :
99 PERCENT MINE

Ce livre est publié avec l'aimable autorisation de HarperCollins Publishers, LLC, New York, U.S.A.

HARPERCOLLINS FRANCE
83-85, boulevard Vincent-Auriol, 75646 PARIS CEDEX 13.

www.harlequin.fr

ISBN 978-2-2804-1956-7 – ISSN 2271-0256

Chapitre 1

Règle d'or de la barmaid ? À l'arrivée d'un groupe, repérez le mâle alpha. Si vous vous débrouillez bien avec lui, alors il y a des chances pour que ses copains vous respectent aussi. Ce soir, je l'identifie direct. C'est le plus grand et le plus séduisant, avec une lueur dans les yeux qui dit *Alors, heureuse ?* Totalement prévisible…

Ils portent tous des polos couleur pastel. Ses amis et lui viennent probablement de quitter une soirée étudiante, s'ennuient et sont en mal d'aventure. Eh bien, attachez vos ceintures, les garçons. Si vous vous y prenez bien, vous pourriez passer une soirée vraiment mémorable. Le bar où je travaille, L'Antre du Diable, n'est pas pour les petits joueurs et il en faut peu pour que ça dégénère. J'aperçois quelques motards échanger des regards amusés au-dessus des tables de billard. Près de la porte, le vigile se redresse sur son tabouret. C'est marrant que ce soit ce genre de clientèle qui nous donne du fil à retordre.

— On s'est perdus, les garçons ? dis-je en faisant exprès de ne pas m'adresser à l'alpha.

— Salut, mec ! Jolie ta coupe, répond l'alpha d'un air moqueur.

Ses copains se mettent à rire en poussant des « Nooooon ».

Moi, c'est Darcy. Et sans le savoir il vient de faire référence à Jane Austen. Mais je doute qu'il saisirait. Je plisse les yeux et durcis le regard. Son rire perd un peu de son assurance. Mâle alpha se rappelle que c'est moi qui distribue l'alcool ici.

— Non, vraiment… C'est sexy sur vous.

Ma jeune collègue Holly recule de quelques pas. Elle débute dans le métier, et elle supporte mal tous ces regards masculins.

— Je vais… euh… chercher des bobines de papier pour la caisse, bredouille-t-elle en disparaissant dans une traînée de spray parfumé au gardénia.

Je continue de fixer l'alpha et ressens une pointe de satisfaction quand il détourne les yeux le premier. Alors, c'est qui l'alpha maintenant ?

— On va sûrement chez le même coiffeur, parce que tu es vraiment mignonne toi aussi. Commandez quelque chose ou dehors.

Le chef de bande n'a pas l'habitude qu'une femme lui parle comme ça et on dirait que ça lui plaît. Il mâche son chewing-gum la bouche ouverte en me dévisageant avec avidité.

— Tu finis à quelle heure ?

Dans ma tête, je visualise une poupée Ken laissée trop longtemps au soleil. J'écrase sa tête bronzée et ramollie comme si c'était une cigarette.

— Pour toi ? Jamais.

Ça a l'air de le contrarier. Après tout, être mignon lui a toujours ouvert les portes. Pourquoi est-ce que son charme n'opérerait pas sur moi aussi ? Qu'est-ce qui cloche chez moi ?

La lumière tombe sur son visage et je l'observe. Gueule d'ange, aucune aspérité, aucune ombre. Rien qui puisse intéresser la photographe en moi.

— Qu'est-ce que je vous sers ?

Je prépare déjà les verres à shots.

— Des shots de sambuca, lance un des Pastels.

Évidemment. L'élixir des chiffes molles.

Je leur sers une rangée et récupère leur argent. La boîte à pourboires s'engraisse. Ça leur plaît qu'on les malmène. Ces fils à maman veulent l'expérience complète du bar de motards, et ce soir, c'est moi leur guide. Leur leader continue de flirter avec moi, déterminé à m'avoir à l'usure, mais je m'éloigne sans même attendre qu'il ait fini de parler.

On est dimanche et la soirée ne fait que commencer. Personne ici ne s'inquiète de se lever tôt pour aller travailler le lendemain.

Un jour, ma grand-mère Loretta m'a dit que savoir servir un verre permettait de trouver du boulot partout. Dans la vingtaine, elle était barmaid elle aussi. C'était un bon conseil. J'ai été barmaid aux quatre coins du monde, et j'ai eu affaire à toutes les variantes possibles et imaginables de mâles alpha.

Je me demande ce qu'elle dirait si elle me voyait là, maintenant, en train de servir une bière avec une insulte sur le bout de la langue. Elle applaudirait en riant et dirait, comme à son habitude, *On aurait pu être jumelles, Darcy Barrett.* À son enterrement, lorsque le diaporama photo a été lancé, les gens se sont mis à me dévisager tant on se ressemblait.

Des jumelles. Sans blague. Maintenant je dors dans sa chambre et je finis ses boîtes de conserve. Quand je commencerai à transporter des cristaux de voyance dans mon sac et à tirer les cartes, on pourra officiellement dire que je suis sa réincarnation.

Holly met tellement de temps à revenir qu'elle a dû aller chercher les bobines chez le fabricant. Un des motards en blouson de cuir est en train de s'impatienter et regarde les Pastels de travers. Je lui fais un signe de tête et lève le doigt – *Une minute.* Il ronchonne et souffle d'un air exaspéré mais décide finalement de ne tabasser personne.

Un des Pastels se penche par-dessus le comptoir et se met à reluquer mes jambes.

— C'est du cuir ? On dirait Sandy de *Grease* dans son look total rock.

Ses yeux se posent sur le badge que j'ai épinglé au-dessus de mon sein.

— Joan..., marmonne-t-il, l'air sceptique.

Je ne dois pas avoir l'allure d'une Joan. Mais ça ne l'empêche pas de baisser les yeux pour mater la marchandise.

— Non, moi, c'est Rizzo, abruti. Et si tu n'arrêtes pas de te pencher et de mater mes seins comme ça, Keith va venir. Tu le vois là-bas, près de la porte ? Il mesure plus de deux mètres et il s'ennuie à mourir.

Je fais un signe de la main à Keith, qui répond par le même geste.

— Il s'ennuie, je m'ennuie et les motards en blouson de cuir s'emmerdent carrément. Si tu vois ce que je veux dire.

D'un mouvement fluide, je me déplace le long du bar, distribue quelques verres, récupère la monnaie, fermant la caisse à coups de hanche encore et encore.

— Joan a raison. On s'emmerde grave, lance un des jeunes motards d'une voix amusée.

Ça fait un moment qu'il suit l'échange appuyé au bar.

Les Pastels tressaillent et baissent tous subitement la tête vers leurs téléphones. J'échange un sourire entendu avec le motard et lui fais glisser une pinte de bière sur le compte de la maison.

Ils commencent à me gonfler. J'en ai marre qu'ils restent plantés là.

— Le sambuca vous ratatinera les couilles. Oh ! mais attendez. C'est trop tard pour ça ! Maintenant, allez voir ailleurs.

Ils s'exécutent sagement.

Le calme revenu, Holly jette un œil effarouché par

l'embrasure de la porte. Elle a été engagée par notre patron, Anthony, sans même l'ébauche d'un entretien. Avec un visage et un corps comme le sien, c'est facile de se faire embaucher. Par contre, elle ne sait ni rendre la monnaie, ni servir les boissons et encore moins gérer les clients. Elle revient les mains vides. *Des bobines, mon œil.*

— Je suis toujours si soulagée quand je découvre qu'on est de service ensemble, dit-elle.

Elle s'assied sur la banquette en poussant un long soupir comme si elle avait travaillé pendant des heures et qu'elle était épuisée. Son badge dit « HOLLY » et elle a ajouté un autocollant rose à paillettes en forme de cœur.

— Je me sens plus en sécurité quand tu es là. Je suis sûre que tu veilles même sur Keith.

— Tu as raison, c'est vrai.

Je croise le regard de Keith, qui m'adresse un signe du menton en s'adossant contre le mur. Un autre secret de barmaid ? Bien s'entendre avec le vigile. Mon boulot à moi, c'est d'enivrer les clients ; celui de Keith, de s'assurer que la situation reste sous contrôle. Je devrais partager ces conseils avisés avec Holly. Mais je n'ai pas envie qu'elle garde ce boulot plus longtemps que nécessaire.

— Faudra t'endurcir quand je serai partie.

Holly fait la moue.

— Tu pars dans combien de temps ?

— Les travaux de rénovation de la maison de ma grand-mère commencent dans deux mois, sauf si la date est encore reculée. Et ensuite, je me tire d'ici.

L'autocollant à paillettes de Holly me rend nerveuse.

— Je n'aurais jamais mis mon vrai prénom sur le badge.

Elle penche la tête d'un air songeur. Elle ferait une belle mariée, dans une robe cupcake blanche assortie d'un diadème.

— Ça ne me serait jamais venu à l'idée d'inscrire un faux prénom. Comment est-ce que je pourrais bien m'appeler ?

Il y a une telle rotation du personnel que ce serait un miracle de trouver du ruban adhésif dans ma vieille copine l'étiqueteuse. Mais il reste encore des centaines de rouleaux dans la réserve. C'est à cela que se résume l'intérêt d'Anthony pour son personnel. Et il les commande en gros, donc autant dire qu'il a le temps de voir venir.

— Doris, ça t'irait bien.

Holly fronce le nez.

— Ça fait dame âgée.

— Tu veux un faux prénom sexy ? Sérieux, Hol. Ce n'est pas le but.

Je produis avec effort une étiquette et assemble le badge. Quand je lui tends, elle reste silencieuse un moment.

— Tu penses que je suis une Bertha ? demande-t-elle finalement.

— Carrément.

Pendant qu'elle rumine, je sers quelques autres clients.

— Je suis plutôt une Gwendoline, non ? Ou une Violette ?

Obtempérant, elle attache quand même son nouveau badge.

Je récupère l'ancien et le jette à la poubelle. Si elle continue sur cette voie, je pourrai peut-être me détendre un peu pendant mes heures de service.

— Un jour, tu seras le Dr Bertha Sinclair, psychologue pour perroquets dépressifs. Tu seras au lit tous les soirs à 21 heures.

J'ai l'air d'une sœur surprotectrice, alors j'ajoute :

— Ou peut-être que tu seras vétérinaire dans la jungle sud-américaine, et que tu aideras les couples d'aras macao à retrouver l'amour.

Elle enfonce les mains dans ses poches étroites et sourit.

— Je te l'ai déjà dit, on ne soigne pas que les perroquets à l'école vétérinaire.

Un type s'adresse à Holly :

— Salut, poupée.

Les mauvais garçons adorent les gentilles filles.

Je réponds à Holly :

— Si tu le dis.

Puis je me tourne vers lui :

— Dégage.

Elle continue sur sa lancée :

— Je suis sûre que quand je serai en train de réaliser une laparoscopie diagnostique sur un vieux chat de gouttière tu seras dans la jungle sud-américaine avec ton gros sac à dos, en train de randonner dans les vignes.

Elle fait mine d'avancer dans la jungle en hachant les vignes de ses bras.

— En fait j'ai déjà fait ça dans la cordillère des Andes.

J'essaie de ne pas paraître prétentieuse. Il n'y a rien de plus insupportable qu'un voyageur prétentieux.

Je survole notre clientèle du regard et pousse un soupir.

— Une machette me serait bien utile ce soir.

— J'ai parcouru ton Instagram. C'est fou le nombre de pays que tu as visités.

— Ouais. Si je n'avais pas égaré mon passeport, je te montrerais tous mes visas.

Je commence à rassembler les verres sales en passant en revue les différentes pièces du cottage dans ma tête. Soit le fantôme de Loretta me fait une mauvaise blague, soit mon frère Jamie l'a caché.

Imaginer Holly en train de surfer sur mon profil Instagram me donne des picotements désagréables. D'autres pourraient s'y rendre. Des ex-copains. Des coups d'un soir curieux. D'anciens clients photo. Ou pire, Jamie. Il faut vraiment que je mette mon compte en privé. Non, en fait, je devrais même carrément le supprimer.

— Il y avait des photos de ton frère et toi. C'est dingue comme vous vous ressemblez. Il est tellement charmant. Il pourrait être mannequin.

Elle a dit ça spontanément. Et ça ne m'étonne pas, car je l'ai déjà entendu maintes fois.

— Il a essayé une fois. Mais il n'aimait pas qu'on lui dise quoi faire. Merci, en tout cas. Dire que Jamie est séduisant revient à me complimenter moi aussi.

À son regard interloqué, je comprends qu'elle n'a pas saisi.

Si on se ressemble tant Jamie et moi, c'est parce qu'on est jumeaux. Mais dans le classement des jumeaux, on est au bas de l'échelle. On ne peut même pas s'habiller à l'identique pour échanger nos places. Des faux jumeaux, quel ennui.

Pourtant, si on révèle qu'on est jumeaux, subitement, on devient fascinants. On nous demande toujours : Qui est né le premier ? Pouvez-vous lire dans les pensées de l'autre ? Sentir la douleur de l'autre ? Tiens, essayons pour voir. Je me pince fort la cuisse. J'espère que Jamie renverse son verre en s'exclamant de douleur dans un bar branché du centre-ville.

S'il est beau, alors en théorie je devrais être jolie. Mais on m'a tellement appelée « Jamie en perruque » à l'école que je ne me fais aucune illusion. Quand je ne porte pas de maquillage, on me prend pour son petit frère. J'en sais quelque chose : c'est déjà arrivé.

— Où iras-tu en premier ?

Holly fait très parisienne. Je l'imagine sillonnant les rues pavées, portant un béret, une baguette dans le panier de sa bicyclette.

— Je vais aller au Japon enterrer tous mes badges dans

une forêt des suicides appelée Aokigahara. Mon âme sera alors libérée de ce trou à rats.

— Pas à Paris, donc, répond-elle en suivant les contours d'une marque au sol du bout de sa basket blanche.

Je ris presque de voir à quel point j'avais raison. J'appuie un balai à franges contre sa jambe, mais elle le prend dans ses mains et l'appuie contre sa joue, comme un personnage de comédie musicale qui s'apprêterait à faire son numéro.

— Pourquoi est-ce que tu voyages autant ?

Je fais une grimace.

— Il paraît que j'ai des... problèmes d'impulsivité.

— J'ai vu sur ton compte Instagram que tu étais photographe de mariage. Comment est-ce que tu faisais ?

Elle me regarde des pieds à la tête d'un air étonné.

— Oh ! rien de plus simple. Tu trouves la nana en robe blanche et tu fais ça.

Je fais mine de tenir un appareil et de prendre une photo.

— Non, je veux dire, je croyais que tu étais toujours en train de voyager.

— Je vivais ici avec ma grand-mère pendant la saison des mariages. Je voyageais le reste de l'année.

Budget très serré serait un euphémisme, mais ça fait six ans que j'arrive à maintenir ce mode de vie.

— Et quand j'ai besoin d'argent, je fais la barmaid. Je fais aussi de la photographie de voyage, mais ça ne se vend pas très bien.

— Je ne voudrais pas te vexer, mais...

Je lève la main pour l'interrompre.

— Dit-elle juste avant de dire quelque chose de vexant.

Heureusement, je suis sauvée par un vieux motard, les avant-bras recouverts de tatouages et une tache de bière dans la barbe. C'est l'illustration même du gars répugnant, mais il ne fait aucun commentaire tandis que je le sers, alors je lui souris pour l'en remercier. Vu son expression, il a l'air de trouver ça dérangeant. Après avoir récupéré son argent, je vais aux toilettes et me souris poliment dans le miroir. Pas étonnant qu'il ait mal réagi. J'ai l'air d'un requin.

Je me recoiffe, refais mon trait d'eye-liner, me lave les mains pendant de longues minutes, et pourtant, quand je retourne dans la salle, Holly continue comme si de rien n'était. Elle est vraiment douée pour mettre ses pensées sur pause.

— Ça n'a pas l'air d'être ton univers pourtant, le mariage.

— Et pourquoi pas, Bertha ?

Des tas de types bourrés m'ont fait la même réflexion lors de réceptions en me bousculant tandis que j'essayais de photographier la première danse.

— Un mariage, c'est romantique. Et toi, tu ne l'es pas.

— Pas besoin d'être romantique. Ce qui compte, c'est ce que le client trouve romantique.

Ça ne devrait pas me vexer, mais je donne un grand coup de pied dans un carton pour l'envoyer sous le bar et fusille la pile de vaisselle sale du regard.

Un couple est en train de se peloter contre le mur du fond près des toilettes. Le balancement de ses hanches à lui me donne envie de vomir. Mais de temps en temps, quand leurs lèvres se séparent et qu'ils s'écartent pour reprendre leur souffle, il passe une main dans les cheveux de sa copine et ils se regardent. C'est à ce moment-là que je prendrais une photo.

Puis je les mettrais dehors en les aspergeant avec la lance incendie.

— Ce n'est pas sérieux avec ce Vince, alors ?

Holly me demande ça comme si elle connaissait déjà la réponse. La première fois qu'elle l'a vu entrer en douce, elle m'a mise en garde : « Ce n'est pas un mec bien, Darcy. » Ce à quoi j'ai répondu « Il a un piercing à la langue, alors une partie de lui me fait du bien. » Elle en était restée bouche bée.

— J'ai un sonnet dans ma poche arrière. La prochaine fois que je le vois, je lui lirai, dis-je en vérifiant l'état du stock du réfrigérateur derrière moi.

— Mais tu n'es pas amoureuse de lui.

J'éclate de rire. Ça fait bien longtemps que je ne m'attends plus à ressentir quoi que ce soit pour un homme.

— Il me sert à passer le temps. Je suis restée plus longtemps que prévu. Je devrais déjà être partie.

Pitié, pourvu qu'elle ne me demande pas si j'ai déjà été amoureuse. Cette conversation est déjà assez pénible comme ça.

— Hum, ouais, je suppose que je ne suis pas une romantique dans l'âme.

— Pourquoi est-ce que tu as arrêté les mariages ?

C'est un sujet sensible et Holly comprend à mon regard qu'elle est allée trop loin. Gênée, elle baisse la tête et tripote son badge.

— Excuse-moi. Sur ton profil il y a écrit que tu ne prends plus de réservation et ce pour une durée indéterminée. Et que tu fais de la photographie de produits maintenant. Qu'est-ce que c'est ?

— Et pourquoi t'irais pas voir sur Google, Bertha ?

J'essaie de répondre sur le ton de la plaisanterie, mais je suis énervée. Pourquoi est-ce qu'elle essaie toujours de faire amie amie comme ça ? Elle ne comprend pas que je suis sur le point de partir ?

C'est décidé, je supprime mon profil.

— Mais tu ne me dis jamais les choses franchement, proteste-t-elle d'une voix faible en rougissant et en fronçant sa jolie frimousse d'un air inquiet. On ne peut jamais avoir de discussion sérieuse.

Je vais à l'autre bout du comptoir et lui tourne le dos.

J'attrape la chope de bière contenant mes badges. J'en ai marre d'être Joan. Je serai Lorraine jusqu'à la fin de mon service.

En réalité… J'en ai marre d'être Darcy.

— Excuse-moi…, répète Holly d'une petite voix.

Je hausse les épaules et remets en place quelques bouteilles de vodka dans le second réfrigérateur derrière moi.

— Pas grave… Je suis simplement…

Prisonnière, sans passeport ni billet d'avion. Mon pire cauchemar.

— … Une garce ce soir. Ne fais pas attention.

Du coin de l'œil, j'aperçois une bouteille de whisky attraper la lumière, lui donnant une lueur dorée. Je ressens un pincement au cœur et j'expire jusqu'à vider mes poumons. Ces derniers temps, je suis souvent prise de mélancolie, surtout lorsque je songe à l'idée du mariage. C'est un sujet auquel je refuse catégoriquement de penser. Il est temps que je me change les idées.

J'ai géré ma propre entreprise pendant des années et j'ai développé un sixième sens pour anticiper les problèmes avant qu'ils ne deviennent critiques. Holly n'a toujours rempli aucun papier du personnel. Les stocks sont presque épuisés. La vente d'alcool ne constitue peut-être pas la source principale des revenus d'Anthony. Je vais dans son bureau et écris sur un post-it :

> Anthony, veux-tu que je fasse une commande pour réapprovisionner les stocks ? D.

Pour une dure à cuire, j'ai une écriture super féminine, ce qui est franchement embarrassant. Les mecs qui sont de service de jour ne laissent pas de note au patron, eux. Je la chiffonne et la jette.

Je retourne au bar et commence à compter les espèces dans la caisse. Holly revient à la charge.

— Je ne pense pas que Vince soit un mec pour toi. Je te verrais plutôt avec un de ceux-là, dit-elle en faisant un geste vers les motards en blouson de cuir.

Je continue de compter l'argent. Cinq cents, cinq cent cinquante. C'est marrant ça, venant d'elle. Ils la terrifient. Si un verre casse, c'est moi qui dois aller nettoyer.

— Qu'est-ce qui te fait dire ça ?

Elle hausse les épaules.

— Il te faut quelqu'un d'encore plus coriace que toi. Pourquoi pas lui ? Il te regarde tout le temps, et il s'assure que ce soit toujours toi qui le serves.

Je ne lève même pas la tête pour savoir de qui elle parle. Six cents, six cent cinquante.

— Franchement, je préfère mourir seule que finir avec un de ces abrutis.

Le jeune motard qui m'a aidée à faire fuir les étudiants se faufile à nouveau vers nous. La bière gratuite doit avoir un goût de reviens-y.

Je lui sers son whisky habituel.

— On a soif ce soir, dis donc.

— Très, répond-il.

Son intonation légèrement provocante me fait lever la tête vers lui. Mais rien dans son attitude n'indique qu'il essaie de flirter.

— Non seulement j'ai soif, mais je m'ennuie grave, ajoute-t-il.

— Comme tout le monde ici. Au fait, si tu comptes tabasser ces gamins, merci de le faire sur le parking.

— Entendu. À bientôt…

Ses yeux bleus jettent un coup d'œil furtif vers mon badge.

— Lorraine.

Il paie, me laisse un pourboire et s'éloigne.

— C'est de lui dont je parlais, lance Holly, beaucoup trop fort à mon goût. C'est lui qui craque pour toi.

Chapitre 2

Je ne suis pas la seule à l'avoir entendue. Le type trébuche et renverse du whisky par terre. Il recouvre bravement ses esprits et s'éloigne, l'air troublé. Je siffle à Holly de la boucler. Je n'avais jamais fait attention à lui, alors j'en profite pour jeter un œil. Il est grand, canon, et comme la majeure partie des clients, tatoué. Un corps musclé, check. Un cul séduisant, check. Des bottes et une allure de cow-boy ? Check. Son visage a une ossature décente, aussi, de celles que j'aime photographier.

Je m'imagine en train de lui parler. De le toucher. D'apprendre à connaître son corps. Puis je l'imagine me faisant la même chose.

Il accepterait peut-être de me conduire à l'aéroport.

— Laisse tomber, Hol.

Je lui lance un regard qui signifie « occupe-toi de tes affaires » et elle le reçoit cinq sur cinq. On s'ignore poliment pendant une heure. Elle sert les verres avec la maladresse d'une débutante et rend la monnaie avec un air si ahuri que je n'ose même pas imaginer les erreurs de caisse en fin de service.

Alors que je tire un nouveau baril de la réserve, un sifflement familier commence. Je souffre d'arythmie cardiaque depuis la naissance et pourtant, à chaque fois, ça me prend par surprise. Dès que les symptômes sont passés, je n'y pense plus. Et même si en dehors de ça je suis une nana de vingt-six ans en bonne santé, ma vue qui se brouille et mon cœur qui palpite me forcent à m'asseoir dans le fauteuil d'Anthony.

Holly passe la tête par la porte.

— Ça va ? C'est le boulot des mecs de déplacer les barils.

Je fais un signe vers mon dos et mens effrontément :

— C'est rien, juste un petit élancement... Retourne au bar.

— Tu aurais dû demander à Keith, insiste-t-elle.

Je pointe mon doigt vers le couloir jusqu'à ce qu'elle parte.

Pendant ce temps, mon cœur monte en courant l'escalier de secours d'un gratte-ciel, et il a une jambe de bois. Un pas-pause-hop-dégringolade. Toujours plus haut, pas de rampe à laquelle s'agripper, *ne panique pas, ne bascule pas en arrière dans le trou noir.* Et cette fois, je halète comme si je montais vraiment les escaliers. Je peux presque sentir la colère et l'inquiétude de Jamie comme un brouillard autour de moi. Il se servirait de sa volonté de fer pour calmer mon cœur fou.

Mon arythmie a été causée par mon jumeau. Il a décroché mon cordon ombilical pour prendre une lampée avec un petit sourire satisfait, me regardant devenir bleue avant de le rendre. Mon cardiologue m'a dit que c'était impossible, mais je reste convaincue. C'est tout à fait son style.

Apparemment j'aurais dû naître en premier, mais à la dernière seconde, Jamison George Barrett est descendu en piqué et m'a coupé l'herbe sous le pied. Il est sorti de maman en premier, les joues roses et bien bâti, criant *But !* Tandis que je suis sortie jaunâtre et que j'ai dû être placée une semaine en couveuse sous monitoring cardiaque. Jamie me passe constamment devant depuis, marquant but après but, à l'école quand nous étions enfants et aujourd'hui dans sa vie professionnelle. Il est plus beau que moi, se débrouille mieux avec le sexe opposé et sa vie sexuelle est sûrement plus épanouie que la mienne. *Beurk, dégueu.*

C'est peut-être pour ça que j'arrive à gérer les alpha au bar : parce que j'avais déjà affaire à l'un d'eux in utero.

Il a plu aujourd'hui dans la nouvelle ville de Jamie. Je l'imagine en route vers le job de ses rêves comme associé dans une banque d'investissement, dans son trench Burberry, parapluie noir dans une main, téléphone portable dans l'autre. *Bla bla bla, argent, argent, argent.* Je ne sais pas en quoi consiste exactement son travail, mais je le vois bien nageant dans une salle des coffres remplie de pièces d'or.

Que me dirait-il là tout de suite si on se parlait toujours ?

Respire, tu deviens grise.

Penser à Jamie parvient toujours à me changer les idées. Je peux concentrer mon irritation sur lui plutôt que sur mon cœur défaillant. Mon bourreau est aussi mon pilier.

Darce, il faut vraiment que tu fasses quelque chose pour ce cœur.

Je paie des frais d'assurance maladie exorbitants à cause de mon cœur détraqué, et travailler ici me permet à peine de les couvrir. Quand j'y réfléchis, ça rend ce job encore plus déprimant.

Mon cœur est maintenant de retour à sa triste version normale, mais jusqu'à ce que Jamie me parle à nouveau après ma bêtise monumentale, je dois tenter l'impossible : vivre sans jumeau. Tiens, et si je lui envoyais un petit texto bien senti ? Puis je me souviens que je ne peux pas. Car j'essaie une deuxième chose impossible à notre époque : vivre sans téléphone portable.

Il y a deux semaines, alors que j'étais avec Vince dans un bar appelé Sully, j'ai fait tomber mon portable dans la cuvette des toilettes. Pendant qu'il coulait au fond, l'écran s'est allumé et la photo de mon frère et son petit air suffisant sont apparus. C'est typique ça. C'était la première fois qu'il m'appelait depuis plusieurs mois, et il était au fin fond d'une cuvette pleine d'urine. L'écran est devenu noir. J'ai haussé les épaules, me suis lavé les mains, et je suis sortie des toilettes.

Mes parents me tueraient s'ils savaient que je suis injoignable. Ils me tueraient s'ils savaient que je ne porte pas de robe de chambre durant les froides soirées au cottage. *Ton cœur ! Fais attention !* Le pire, c'est que personne ne remarquera que je suis injoignable. Depuis que j'ai tout gâché et que Jamie est parti, mon téléphone ne sonne plus. C'est lui le jumeau gai et pétillant autour de qui tout le monde gravite.

J'entends un bruit de verre brisé à l'avant et quelques types lâcher des « Oooh ». Le bruit du verre cassé électrise les hommes. J'inspire à fond pour me donner du courage. Je fais ce boulot depuis plusieurs années, mais cette partie-là n'est jamais facile.

Je retourne dans la salle d'un pas lourd. Plusieurs mecs regardent Holly d'un air moqueur.

— Que s'est-il passé ?

Holly, rouge comme une pivoine, est en train de ramasser des morceaux de verre. Il y a de la bière partout et le devant de son T-shirt est trempé. Elle a vraiment besoin qu'on la sorte de là.

— Cette écervelée n'est même pas capable de servir une bière, crache un type en tenue d'ouvrier. Mais elle est bonne, c'est déjà ça. Pas comme l'autre.

Il veut dire moi. Je hausse les épaules.

— Ne t'inquiète pas, dis-je à Holly. Je vais m'en occuper.

Elle hoche la tête en silence et disparaît à l'arrière. Est-ce le service qui va la briser ? Ce type ne se contentera pas de payer et de partir. Il a besoin de stimulation. Je me mets en mode pilote automatique pour me préserver tandis qu'il enchaîne les insultes. Je serais plus jolie si mes cheveux étaient plus longs. Je serais tellement plus sexy si je faisais plus d'efforts avec mon apparence. Je ressemble à un mec qui porte du maquillage. Celle-là pique un peu. Mais je suis une vraie dure à cuire, alors les insultes et commentaires désobligeants glissent sur moi sans m'atteindre. Mais alors que je suis en train de servir cinq doubles whiskys, il dépasse les bornes.

— Pour qui est-ce que tu te prends ? Quelqu'un de spécial ?

Sa voix perce le brouillard. Je me tourne brusquement vers lui, seulement je suis incapable de répondre. Je ressens une grande déchirure, comme une bûche de bois qu'on viendrait de fendre en deux à la hache. Il voit qu'il a tiré en plein dans le mille et sourit d'un air mauvais.

J'ai entendu des choses bien plus terribles encore, et dans de nombreuses langues, mais j'ai l'impression qu'on ne m'a jamais rien dit de pire.

Et je sais pourquoi. C'est exactement ce que m'a dit mon frère avant de quitter la maison.

Il est temps de faire intervenir le vigile. Je le désigne du doigt comme si je choisissais un poisson rouge.

— Lui.

Keith l'expulse par la peau du cou tandis que le reste du groupe grogne et pousse des jurons.

— Tout ce que vous avez à faire, c'est commander, payer et laisser un pourboire, dis-je, la colère irradiant dans ma poitrine. Ne me parlez pas. Faites ces trois choses et dégagez hors de ma vue.

Holly revient et s'accroupit à côté de moi pour m'aider à finir de ramasser le verre brisé.

— Aïe ! s'exclame-t-elle soudain.

Elle s'est coupée. Un mince filet de sang coule sur son mollet, tachant sa chaussette blanche et sa basket.

Je réprime un soupir.

— Montre-moi.

Tandis que je fouille la trousse de premiers secours, une idée me vient.

— Tu sais coudre ? Mon amie Truly aura peut-être besoin d'une assistante bientôt. Tu pourrais probablement travailler de chez toi.

— J'ai fait mon dessus-de-lit. C'était facile, juste des lignes droites. Si c'est de la couture basique, je pense que ça pourrait aller.

Son mascara a coulé. Elle l'essuie et regarde autour d'elle comme si elle était en train de réaliser ce que je sais depuis le début : cet endroit n'est pas fait pour elle.

Je la soigne, divise les pourboires en deux et la renvoie chez elle en avance.

— Si tu ne veux pas revenir, préviens Anthony par texto.

Elle hoche la tête, les yeux emplis de larmes.

C'est une fille adorable. Pour son bien, j'espère qu'elle ne reviendra pas. Sinon elle risquerait de devenir comme moi.

Il est presque 22 heures. Le bar ne ferme qu'à 4 heures et les vraies dures à cuire qui font le service de nuit commencent à arriver. Si je reste travailler ici, moi, c'est à elles que je finirai par ressembler. Je glisse mes pourboires dans mon sac et, pendant quelques minutes, je leur fais la liste des abrutis à surveiller.

Je salue Keith en passant devant son tabouret, mais il se lève déjà.

— Tu connais la consigne, dit-il.

— Ce sont des conneries.

Il hausse les épaules.

— C'est comme ça.

— Et toi, qui te ramène jusqu'à ta voiture ?

Je l'observe pendant qu'il réfléchit à la question.

— Toi tu m'accompagnerais sûrement, répond-il en

souriant. Je peux te trouver un boulot dans la sécurité si tu veux arrondir tes fins de mois. Ça t'irait comme un gant.

— Sûrement, mais non merci.

Je pousse la porte et sors dans un nuage de fumée de cigarettes et gaz d'échappement.

— Sérieux, je déteste que tu me maternes comme ça.

— J'avais remarqué, rétorque-t-il sèchement.

Je jette un coup œil par-dessus mon épaule et le vois scanner le parking de ses yeux entraînés. Bien avant que je commence à travailler au bar, quelque chose de glauque est arrivé à une des serveuses. Depuis, la ruelle semble avoir une atmosphère sordide et oppressante qui donne la chair de poule.

Résignée, je commence à avancer.

— Allez, chien de garde, c'est l'heure de ta promenade.

D'un pas pressé et irrité, je traverse les petits groupes de motards agglutinés autour de leurs motos. Keith, perché sur des jambes immenses, n'a aucun mal à me suivre.

Un type m'apostrophe :

— Attends une minute, bébé.

— Je peux pas ce soir, minaude Keith d'une voix féminine.

Ça les fait tous marrer.

— Ça va, Darcy ? me demande-t-il. Tu n'as pas l'air dans ton assiette.

Sa question me surprend. Mais je ne devrais pas sous-estimer sa perspicacité. Après tout, son boulot, c'est de surveiller les gens.

— Oui, ça va. Merci d'avoir viré ce type tout à l'heure. Ça doit être la meilleure partie de ton travail, les jeter dehors et les voir rebondir sur le béton.

Je fouille dans mon sac tranquillement. Protégée par quelqu'un d'aussi grand, je n'ai pas besoin de sortir du bar la clé serrée au creux de mon poing.

— Non, ce n'est pas ça la meilleure partie.

Keith pose son coude sur le toit de ma voiture. Il est très grand, banal mais assez séduisant. Évidemment, il est marié.

— Au fait, je te dois toujours les vingt dollars de l'autre soir. Je voulais te dire merci et… merci de m'avoir écouté.

Je me sens mal tout à coup, parce qu'en fait je ne l'écoutais pas du tout.

Pendant qu'il parlait de sa femme, de sa belle-mère, d'un portefeuille égaré, de maladie, se plaignait de trop travailler et soupirait tout en réduisant son dessous de verre en miettes, j'entourais les erreurs de planning sur le tableau de service comme une incorrigible lèche-bottes. Il a beau être gentil et il avait beau avoir besoin qu'on lui remonte le moral, vingt dollars n'étaient pas cher payé pour mettre fin à cette conversation.

— N'y pense plus.

J'ai toujours la poitrine qui se gonfle de fierté quand je fais preuve de générosité. Je m'apprête à ouvrir ma portière, mais Keith ne bouge pas.

— Non vraiment, je m'en fiche des vingt dollars. Tu pourras me payer un verre pour célébrer mon départ quand je démissionnerai. Je ferais mieux d'y aller. J'ai une bouteille de vin qui m'attend.

— Tu pourrais la boire ici. C'est un bar, tu sais.

Je grimace.

— Comme si j'avais envie de passer une minute de plus que nécessaire avec ces types.

— Tu pourrais t'asseoir à côté de moi.

Je secoue la tête.

— Sur le divan, à la maison, c'est là où je bois le mieux. En petite tenue. À écouter les Smith qui me rendent toute gentille et déprimée.

Oups. C'était un peu trop honnête. Qu'est-ce qui m'a pris de dire ça ?

Je pose la main sur la portière mais, au lieu d'enlever son bras, il souffle un grand coup. C'est bizarre, on dirait qu'il essaie de gagner du temps. Va-t-il encore me demander de l'argent ?

— Mon Dieu, qu'est-ce qu'il y a ? Crache le morceau.

Il lève la tête vers les étoiles.

— Sacrée nuit, hein ?

Je pose la main sur la hanche.

— Tu te comportes vraiment bizarrement, Keith. Arrête de t'affaler sur ma voiture.

— Tu le sens, n'est-ce pas ?

Il baisse la tête vers moi, une expression étrange sur le visage. Comme s'il avait besoin d'éternuer.

— Un troupeau de dinosaures qui charge ?

Ça ne le fait pas rire. Il continue de me fixer et de m'empêcher de partir.

— Quoi ? Je suis censée sentir quoi ?

Il pointe le doigt entre nous deux.

— Toi et moi. Ce qu'il y a entre nous.

Choc + surprise = colère.

— Bon sang, Keith, de quoi est-ce que tu parles ?

— J'ai remarqué que tu me regardais souvent.

— Évidemment ! Tu es le gilet pare-balles qu'on garde sur le tabouret près de la porte !

Il s'apprête à me toucher le bras mais je le retire.

— À ta place, j'éviterais. Je ne suis pas sûre que ta femme serait vraiment fière de toi, là.

À mes yeux, il n'y a rien de plus répugnant que l'infidélité. C'est tout l'opposé de ce qu'est censé garantir un mariage. Quelqu'un vous promet amour éternel et fidélité, et il se permet ensuite de mater les nanas au boulot ?

— Va te faire voir, Keith. Je ne plaisante pas.

Il se ratatine, la main sur la nuque, l'image même du désespoir.

— Depuis que sa mère est malade, ma femme n'a plus de temps à me consacrer. J'ai l'impression que toi et moi on partage quelque chose, tu vois ?

— C'est uniquement parce qu'on est amis. Enfin, *était*.

J'ouvre brusquement ma portière. Il saisit mon poignet pour m'empêcher de bouger et un frisson de peur me parcourt. Je tire pour me dégager, mais il resserre sa poigne. Je m'énerve et tire plus fort. Mon poignet me fait encore plus mal que la fois où Jamie l'a tordu exprès quand on était enfants. Mais là, j'ai envie que ça fasse mal. C'est préférable à l'immobilité.

— Si tu voulais bien m'écouter…

Mais sa main glisse sur ma peau comme de la soie et je me libère. Le parking est maintenant désert. Mon cœur s'accélère et analyse la scène comme un type qui jetterait un œil par-dessus son journal : *Tiens donc. Que se passe-t-il ici ?* S'il me lâche maintenant, je serais furieuse.

Je pointe un doigt accusateur vers Keith.

— Je pensais que tu faisais partie des mecs bien. J'avais tout faux, comme d'habitude.

Je me glisse dans mon siège et claque la portière. J'entends un cri de douleur étouffé. Je verrouille les portières et déguerpis en vitesse. Prendre la fuite, c'est ma spécialité. Mon ex-ami adultère n'est maintenant plus qu'un point dans mon rétroviseur.

— Je me suis encore plantée, les mecs bien ça n'existe pas.

Quand je m'entends dire ça à voix haute, je comprends que ce n'est pas vrai. Il reste un homme bien en ce monde, un homme en or. C'est la marée haute dans un monde de flaques. Vite, il me faut un verre de vin. J'ai besoin de boire, de m'endormir et de tout oublier.

Je me rends à l'épicerie près de chez moi en faisant des détours et en gardant un œil dans le rétroviseur. Mon cœur finit par se calmer et je me dispute avec moi-même pendant dix minutes. Ai-je été trop gentille avec Keith ? Trop familière ? Trop provocante et grossière ? Trop généreuse avec mes sourires ? Non. Je n'ai rien fait de mal. Qu'il aille se faire voir.

Je me repasse quelques-unes de nos conversations et grimace en me rappelant combien je les trouvais faciles et agréablement platoniques. Je me suis peut-être servie de lui comme substitut de mon frère. Ai-je payé Keith vingt dollars pour qu'il soit mon ami ?

Mon Dieu. J'ai vraiment touché le fond…

Je me demande combien de Keith j'ai photographiés dans les portraits de mariage que j'ai réalisés au fil des années. Je teste mon poignet. La douleur me rappelle que j'ai beau être prudente ce ne sera jamais suffisant. Je dois vraiment apprendre à rester sur mes gardes. Il me faudra beaucoup de vin, ce soir.

Je me gare le long du trottoir. Avant, il y avait un espace vert ici, entre la maison où j'ai grandi et le cottage de Loretta. On n'arrête pas le progrès mais un 7-Eleven aux couleurs fluorescentes, ça frise l'insulte. Je ne peux toujours pas passer devant mon ancienne maison. Elle a été repeinte en mauve. Encore que j'aurais sûrement moins de mal à la regarder elle qu'à jeter un coup d'œil vers la maison blanche délabrée de l'autre côté de la rue.

Des sentiments, encore. Vite, du vin ! Je me dépêche d'entrer dans l'épicerie.

— Ah non, pas encore ! s'exclame Marco, le caissier. Pas encore.

— Je suis trop fatiguée pour supporter un sermon, alors ne commence pas.

Si je viens là, c'est uniquement car cette épicerie est à côté de chez moi. Autrement, je ne m'infligerais pas cette peine. Le caissier, Marco, a découvert un livre sur le sucre et ses dangers et sa vie a changé.

— Le sucre c'est du poison, déclare-t-il.

Il commence à me raconter une histoire qui a l'air inventée de toutes pièces sur des rats de laboratoire accros au sucre. Je choisis une bouteille pas chère de vin blanc sucré et une conserve de pâtée pour chats pour Diana, puis je me rends dans mon rayon préféré au monde.

— Ils ont délaissé la nourriture pour le sucre et sont morts de malnutrition, continue-t-il.

Je l'entends ensuite vendre un paquet de cigarettes à un client. Il ne fait aucun commentaire à cette personne bizarrement.

Je passe ma tête à l'entrée du rayon.

— C'est bien ce que je compte faire. Arrête de me parler, s'il te plaît.

C'est terrible de penser que je suis là depuis assez longtemps pour qu'un vendeur connaisse mes petites habitudes. Je ne le laisserai pas tout gâcher. Ce moment est spécial. Je l'ai attendu toute la semaine.

C'est incroyable les différentes formes que peut prendre le sucre. C'en est presque de l'art. De la science. C'est cosmique. Si je devais choisir une religion, ce serait celle-là.

Je suis amoureuse de ces couleurs acidulées. Gélatine pétillante enrobée de grains de sucre ; bâtons de réglisse de cuir verni ; joyeux sachets de Skittles ; marshmallows roses et blancs, plus doux que des pétales de fleurs. Ils sont tous là, dans un éventail de couleurs et de formes, à m'attendre.

— Diabète, cancer..., énumère Marco.

Je ne l'écoute que d'une oreille.

Mon amie Truly – la seule de mes amies du lycée qui vit encore ici – pense que les femmes devraient s'offrir un petit plaisir hebdomadaire. Vous savez, pour affronter les horreurs de ce monde. Elle s'offre des fleurs. Moi, mon truc ? C'est de faire grimper mon taux d'insuline et mon alcoolémie.

Tous les dimanches soir, c'est Halloween à la maison.

Je déambule lentement en faisant glisser mes doigts le long des tablettes de chocolat. Hum, ces petits carrés sexy. Noir, au lait, blanc... Je ne suis pas difficile, je les aime tous. Je ronge les pommes d'amour jusqu'au bâton. Je dévore les bonbons acidulés qui piquent dont les petits garçons raffolent. Si l'enveloppe du bonbon est imprégnée de sucre, je la lèche deux fois. Vous voyez l'enfant qu'on kidnappe en lui promettant une sucette ? C'est moi.

Parfois, je caresse la marchandise pendant vingt minutes en ignorant Marco, mais ce soir j'en ai marre des voix masculines.

— Cinq sachets de marshmallows, rien que ça, lâche-t-il d'une voix résignée. Du vin. Et une boîte de nourriture pour chat.

— Et alors ? La nourriture pour chat, c'est faible en glucides.

Il n'a pas l'air de vouloir bouger alors je scanne chaque produit moi-même et sors quelques billets de ma liasse de pourboires.

— Ton boulot consiste à vendre les produits. Alors vends-les. Ma monnaie, s'il te plaît.

Marco regarde la caisse avec un dilemme moral dans les yeux.

— Je ne comprends pas pourquoi tu t'infliges tout ça. Chaque semaine, c'est la même rengaine.

Il jette un coup d'œil hésitant par-dessus son épaule vers le livre recouvert d'une couche de poussière. Il sait qu'il n'a pas intérêt à le glisser en douce dans mon sac avec le reste de mes achats.

— Ce ne sont pas tes affaires, mec. Contente-toi de faire ton boulot. Je n'ai pas besoin de ton aide.

En réalité, il n'a pas totalement tort : je suis accro. Je lécherais un rail de sucre glace sur le comptoir s'il n'y avait personne. J'entrerais dans un champ de canne à sucre, la bouche grande ouverte et mordrais à pleines dents.

Je travaille sur cette carapace depuis des années et elle est en béton armé. Mais certaines personnes arrivent à voir à travers et se disent que je suis une demoiselle en détresse. Elles essaient alors de m'aider. Mais elles se trompent. Je ne suis pas une gazelle boiteuse. C'est moi qui pourchasserai le lion.

— Rends-moi ma monnaie ou je te jure que...

Je ferme les yeux pour essayer de retrouver mon calme.

— Contente-toi de me traiter comme les autres clients.

Il me tend quelques pièces et emballe mes drogues sucrées et moelleuses.

— Tu me rappelles moi, à une époque. J'étais super accro. Quand tu te sentiras prête. Je n'ai pas mangé de sucre depuis huit mois. Je sucre juste mon café avec de l'agave en poudre...

Mais je m'éloigne déjà. Arrêter le sucre ? Et puis quoi encore ? Que me reste-t-il qui m'apporte un tant soit peu de plaisir ? Le sentiment de mélancolie en moi s'intensifie et je me sens encore plus triste. Je marque une pause avant de sortir.

— Je vais écrire à ta direction pour me plaindre du service.

C'est hypocrite de ma part de jouer la carte du client mécontent. Mais hé, je manque d'inspiration.

— Tu viens de perdre un client, mon... *canard en sucre.*

— Ne le prends pas comme ça ! s'emporte Marco tandis que les portes se referment derrière moi.

Je m'assieds dans la voiture, verrouille les portières, mets le contact et laisse le moteur ronronner pendant que j'écoute la radio à fond. Je sais que Marco me voit, car il frappe contre la vitre en plexiglas pour essayer d'attirer mon attention.

J'ouvre un sachet sur mes genoux et enfourne quatre énormes marshmallows roses dans la bouche. J'ai l'air d'un écureuil. Puis je lui fais un doigt d'honneur. Ses yeux sortent de sa tête. Je glousse pendant au moins cinq minutes au volant. Ça faisait bien longtemps que je n'avais pas autant ri. Et tant mieux, car sinon il me suffirait de repenser à ce que m'a dit l'abruti du bar pour me mettre à pleurer. « Pour qui est-ce que tu te prends ? »

J'apostrophe ma grand-mère :

— Salut, Loretta !

Arrêtée à un feu rouge, je plonge à nouveau ma main dans le sachet de bonbons, sentant leur texture moelleuse et fondante du bout des doigts. J'espère qu'elle est là-haut sur un nuage juste au-dessus de ma tête. Si les anges gardiens existent, alors je sais que c'est le mien. Elle ne laisserait personne d'autre endosser ce rôle.

— Pitié, pitié, pitié. Envoie-moi un signe. J'en ai vraiment besoin.

Ma gorge se noue quand je m'entends prononcer ces mots. J'ai besoin d'un câlin. Besoin de sentir la peau chaude de quelqu'un contre la mienne. Je me sens terriblement seule. Et je sais que même une partie de jambes en l'air avec Vince ne suffirait pas à combler ce vide en moi.

Qui suis-je ? Je sais exactement qui je suis. Je suis mal aimée, sans attaches et mon jumeau m'a abandonnée.

Comme si Loretta m'avait entendue, le feu passe au vert. Je prends le temps d'ingurgiter quelques autres marshmallows avant d'accélérer. Le monde s'est endormi, et je suis complètement seule.

Quoique, peut-être pas.

Arrivée dans Marlin Street, j'aperçois une étrange voiture garée devant la maison. J'éteins la musique et ralentis.

C'est un pick-up noir imposant, exactement le genre de véhicule que l'enfoiré du bâtiment conduirait. Il a l'air flambant neuf et rutilant, et ses plaques d'immatriculation indiquent un autre État. Ce taré sait où j'habite ? Les poils de mes bras se hérissent.

Je passe lentement devant la maison en tournant la tête. Personne n'est assis dans le pick-up. Ça ne peut pas être Jamie. Il ne louerait jamais de pick-up, et de toute façon, il se serait garé dans l'allée, pas dans la rue. Je fais le tour du pâté de maisons, le cœur battant à tout rompre. L'espace d'un instant, je regrette que Keith ne soit pas là, puis je me rappelle notre altercation.

Alors je m'énerve.

J'entre dans l'allée le pied au plancher et mets les pleins phares. Je baisse la vitre de quelques centimètres et crie, par-dessus le battement assourdissant de mon cœur :

— Qui va là ? C'est une propriété privée !

Un vieux chihuahua à la démarche rigide se met à aboyer et sort de l'obscurité au petit galop. Il porte un tricot rayé. Un homme apparaît également, et soudain tout va mieux. Même sans le chien, j'aurais reconnu sa large carrure n'importe où. Je ne vais pas être assassinée. Je dirais même qu'à ce moment précis je suis la femme la mieux protégée au monde.

Je lève les yeux vers le nuage au-dessus de ma tête, pleine de gratitude.

— Merci, Loretta. C'était vraiment rapide.

Il n'y a qu'une seule chose plus douce encore que le sucre. Et elle est devant moi.

Chapitre 3

Une bête sommeille en Tom Valeska. Je la sens chaque fois qu'il pose les yeux sur moi.

Jamie l'a trouvé enfermé à l'extérieur de sa maison de l'autre côté de la rue quand nous étions enfants. Jamie appelait cette maison la « maison des pauvres », car elle était toujours habitée par des familles au regard triste, qui se succédaient à une vitesse alarmante. « Ce n'est pas parce que nous menons une vie aisée que cela te donne le droit de te moquer, Prince », le réprimandait notre mère. Pour le punir, elle le forçait à tondre leur pelouse sans toucher le moindre argent de poche. Tous les six mois, on offrait un panier de bienvenue aux nouveaux voisins, souvent des femmes apeurées qui avaient d'énormes cernes sous les yeux et qui passaient une tête effrayée par leur nouvelle porte d'entrée.

Il avait fait chaud cet été-là. Nos parents étaient très occupés – maman donnait des cours de chant ; papa, architecte, passait ses journées au bureau –, et nous n'avions pas pu remettre le panier de bienvenue, recouvert de cellophane et assorti d'un nœud, à Mme Valeska qui partait toujours aux aurores dans sa voiture rouillée, les bras chargés de seaux et de produits ménagers.

Pour passer le temps, son fils – âgé de huit ans comme nous – traînait dans leur jardin et coupait des bûches de bois à la hache. Je le savais parce que je l'avais repéré plusieurs jours avant que Jamie le trouve. Si j'avais eu le droit de sortir de la maison, je serais allée le voir pour le mener à la baguette. *Salut ! Tu n'as pas trop chaud ? Tu as soif ? Va t'asseoir à l'ombre !*

Jamie, autorisé à sortir dans la rue tant qu'il pouvait toujours apercevoir la maison, a trouvé Tom enfermé dehors tard un soir et l'a ramené à la maison. Il l'a fait entrer dans la cuisine en le tirant par la manche. Tom avait l'air d'avoir besoin d'un bain antipuce. Ce soir-là, on lui a servi des nuggets de poulet.

— J'allais dormir sur la balancelle sur la terrasse. Je n'ai pas encore de clé, avait timidement expliqué Tom à nos parents dans un murmure rauque.

Ils avaient tellement l'habitude d'entendre Jamie beugler qu'ils avaient dû pencher la tête pour l'entendre. Il était si serein malgré la perspective d'une soirée sans dîner et d'une nuit passée à dormir dehors que j'en étais impressionnée. Éblouie, comme si j'étais en présence d'une célébrité. Chaque fois qu'il jetait des regards furtifs vers moi avec ses yeux marron cerclés d'orange, j'avais des papillons dans le ventre.

Il me regardait comme s'il m'avait percée à jour.

Ce soir-là, les règles du jeu ont changé à la table de la famille Barrett.

Rendu presque muet par sa timidité, Tom fut obligé de supporter le débit incessant de Jamie. Ses réponses très brèves s'apparentaient à un grognement animal qui me plaisait. Déchargés du rôle d'arbitres entre les jumeaux, nos parents ont pu se bécoter et échanger des mots doux. Et pour la première fois de ma vie, on m'a laissée tranquille.

Et ça me plaisait. Personne ne m'a volé de nuggets. Personne n'a pensé à mon cœur ou à mes médicaments. J'ai pu jouer avec le vieil appareil photo Pentax sur mes genoux entre deux bouchées tout en jetant des coups d'œil furtifs à la fascinante créature assise en face de Jamie. Tout le monde prenait pour argent comptant qu'il était humain, mais moi, je n'en étais pas si sûre. Ma grand-mère Loretta m'avait raconté assez d'histoires dans lesquelles des hommes se transformaient en animaux et vice versa pour me rendre méfiante. Comment expliquer autrement ce regard pénétrant et la montée d'adrénaline que je ressentais chaque fois qu'il posait les yeux sur moi ?

Plus tard ce soir-là, le panier de bienvenu a été livré à sa mère épuisée. Elle en a pleuré. Nos parents et elle sont restés un long moment à discuter sur la terrasse en sirotant des verres de vin. Il a été décidé qu'on garderait Tom dans la journée, pendant que sa mère serait au travail. C'était le médiateur dont ma famille avait besoin sans le savoir. Mes parents ont supplié de pouvoir l'emmener à Disney avec nous. Par fierté, Mme Valeska a essayé de refuser mais ils ont insisté : « Ça nous rendrait un fier service. Ce garçon vaut son pesant d'or. Une fois que le traitement médicamenteux de Darcy sera ajusté, on sera beaucoup plus libres de voyager. À moins qu'on la laisse chez sa grand-mère. Ce serait peut-être plus sage. »

Après ce premier dîner en compagnie de Tom, j'ai fait une chose très étrange. Je suis montée dans ma chambre, j'ai sorti le carnet que je tenais caché dans une grille de ventilation et j'ai dessiné un chien de traîneau. Je ne savais pas quoi faire d'autre de cette étrange sensation qui m'emplissait. Sur le collier du chien de traîneau, j'ai écrit, en tout petit pour que personne ne puisse lire, *Valeska*. J'imaginais une créature qui dormirait au pied de mon lit, qui prendrait délicatement de la nourriture de ma main, mais serait capable de sauter à la gorge de quiconque pénétrerait dans ma chambre sans permission.

Je savais que c'était bizarre. Jamie me crucifierait d'avoir inventé un animal fictif inspiré du garçon de l'autre côté de la rue. Non pas qu'il puisse le prouver. Mais c'est exactement ce que j'ai fait, et encore aujourd'hui, quand je suis assise seule dans un bar à l'étranger et veux donner l'impression que je suis occupée, ma main dessine les contours de Valeska sur un dessous de verre, avec des yeux de loup, ou sous les traits d'un prince charmant.

Et mon intuition ne m'avait pas trompée.

Un petit Barrett pourri gâté tombait dans une crevasse ? Le loyal Valeska apparaissait, évaluait la situation de ses beaux yeux troublants et nous tirait par le col de la force de ses dents pendant qu'on se laissait faire, humiliés, jusqu'à être hors de danger. La décapotable de Barbie est cassée ? « C'est l'essieu. Appuie dessus. » La voiture est en panne ? « Soulève le capot, laisse-moi voir. Essaye. Voilà, ça fonctionne. »

Et il n'a pas sauvé la mise qu'à moi, la jumelle. Tom tirait Jamie de bagarres, le ramenait quand il était trop ivre pour conduire, et l'aidait à sortir du lit le lendemain. Et chaque fois que je me suis retrouvée à l'étranger dans une ruelle sombre et inquiétante par accident, j'ai mentalement conjuré Valeska pour qu'il fasse le trajet à mes côtés.

J'admets que c'est bizarre. Mais c'est la vérité.

Donc pour récapituler : ma vie est merdique, et Tom Valeska se tient sur ma terrasse, sa silhouette se découpant à la lumière du lampadaire, du clair de lune et des étoiles. J'ai des papillons dans l'estomac et je suis dans une crevasse depuis si longtemps que je ne sens plus mes jambes.

Je sors de la voiture.

— Patty !

Dieu, merci pour les petits animaux et la façon dont ils détendent l'atmosphère. Tom la pose par terre et Peppermint

Patty[1] remonte l'allée jusqu'à moi de son pas boiteux. Je garde un œil sur la terrasse éteinte derrière Tom. Quand je comprends qu'aucune brune élégante n'apparaîtra, je me mets à genoux et prie silencieusement.

Patty est un chihuahua à poil court et à la robe noir feu, avec une grosse tête de pomme. Chaque fois qu'elle plisse les yeux, on dirait qu'elle est en train de vous juger. Depuis le temps, je ne le prends plus personnellement, mais *pfiou*, ce chien vous regarde comme si vous n'étiez rien de plus qu'une crotte puante. Elle se souvient de moi. Quel honneur d'être gravée de façon permanente dans son minuscule cerveau de la taille d'une noix. Je la prends dans les bras et embrasse sa gueule.

— Quelle bonne surprise ! Que fais-tu ici si tard, Tom Valeska, homme parfait ?

Parfois c'est plus simple de dire tout haut ce qu'on pense tout bas.

— Je ne suis pas parfait, répond-il. Je suis là parce que je commence les travaux de ta maison demain. Tu n'as pas eu mes messages vocaux ?

— Mon téléphone est dans la cuvette des toilettes d'un bar. Et il est très bien là où il est.

Il fronce le nez de dégoût. Il est sûrement soulagé que je ne lui aie pas demandé d'aller le récupérer.

— De toute façon, tout le monde sait que tu ne réponds jamais. On a reçu le permis de construire, donc les travaux commencent… Maintenant.

— Aldo n'a eu de cesse de repousser pour les raisons les plus stupides qui soient. Et maintenant les travaux commencent deux mois en avance ? C'est… inattendu.

1. Peppermint Patty est le nom anglais de Patty pastille-de-menthe, personnage de la bande dessinée *Snoopy*.

Je me sens nerveuse tout à coup. Rien n'est prêt. Et quand je ne dis rien, je veux dire moi.

— Si j'avais su que tu venais, j'aurais acheté du Kwench.

— Ils n'en fabriquent plus.

Il me sourit et une étincelle jaillit dans mon cœur.

Sur le ton de la confidence, il ajoute :

— Ne t'inquiète pas. J'en ai plein dans ma cave à vin.

— Beurk, ce soda a un goût de plastique.

J'éprouve une sensation bizarre sur mon visage. Je porte une main à ma joue. Ça alors ! Je suis en train de sourire. Si j'avais su que Tom venait, je lui aurais préparé des serviettes propres que j'aurais pliées avec soin, et j'aurais rempli le frigo avec ses aliments préférés. Si j'avais su qu'il venait, j'aurais guetté sa voiture de la fenêtre.

Si j'avais su qu'il venait, je me serais moins laissée aller.

Je remonte l'allée, sentant les pierres trembler sous mes pieds.

— Le Kwench devrait être réservé aux occasions spéciales. Tu pourrais célébrer tes quatre-vingts ans avec un verre de Kwench et un sandwich au fromage et à la laitue. Je parie que c'est toujours ton déjeuner de choix.

— Absolument.

Il détourne le regard, gêné et sur la défensive.

— On dirait que je n'ai pas changé. Et toi, quel est ton déjeuner habituel ?

— Ça dépend du pays où je me trouve. Et je bois quelque chose de plus fort que du Coca discount.

— Tu n'as pas changé non plus, alors.

Encore aujourd'hui, les regards qu'il me lance ne durent jamais plus d'une seconde. Mais ce n'est pas grave. Une seconde dure une éternité quand je suis avec lui.

— Tu as reçu mon cadeau de Noël, ma petite, dis-je à Patty en regardant son tricot.

— Merci, son cadeau lui va comme un gant. Le mien aussi me va parfaitement, d'ailleurs.

Le T-shirt vintage de la Saint-Patrick qu'il porte, sûrement par politesse, est tellement serré qu'on dirait que les coutures vont lâcher. Si c'était une personne, ce serait un spectre épuisé, haletant « Aidez-moi, pitié ! » C'est idéal pour se rincer l'œil. Et pour provoquer des rêves dont on se réveille en nage et honteux.

— Je savais que tu ne trouverais pas ça ringard. Je me suis dit que vous seriez bien assortis. Elle qui s'appelle Patty, toi portant un T-shirt de la Saint-Patrick.

J'ai déniché ce T-shirt dans une friperie à Belfast, et à ce moment-là, j'ai eu l'impression de retrouver Tom.

On ne s'était pas parlé depuis deux ans, mais je me suis sentie comme illuminée de l'intérieur. C'était le cadeau idéal pour lui. J'ai envoyé le colis par avion adressé à Thomas et Patty Valeska en gloussant comme une ado, avant de réaliser que ce serait sûrement sa petite amie qui le réceptionnerait. J'avais complètement oublié Megan. Je n'ai même pas glissé un porte-clés dans le colis pour elle.

Je jette un œil vers sa main gauche – toujours pas d'alliance. Dieu soit loué. Mais il faut que j'arrête de faire abstraction de Megan. Enfin, disons, dès que j'aurai dit la chose suivante.

— Ce T-shirt est au septième ciel.

Je souris d'un air espiègle en apercevant son expression à la fois surprise, flattée et consternée. Un clignement plus tard, elle a disparu. Je suis accro.

— Tu es toujours une adolescente attardée, dit-il, la voix pleine de désapprobation et en regardant sa montre.

— Et toi, tu es toujours un vieux pantouflard sexy.

Ses yeux se mettent à briller d'irritation. En plein dans le mille.

— Pourquoi, tu t'es beaucoup amusée toi ces temps-ci ?

— Je crois qu'on n'a pas la même conception de ce que s'amuser veut dire.

Il laisse échapper un soupir grognon, et tape du pied les marches délabrées.

— Tu veux que je fasse les réparations, oui ou non, Madame-je-sais-tout ?

Je fais doucement sautiller Patty comme un bébé. Je remarque que ses yeux ont désormais une teinte bleuté laiteuse.

— Oui, s'il te plaît. Pendant que papa travaillera dur, Patty et moi on s'amusera.

Je marque une pause, puis ajoute :

— Je n'en reviens pas qu'elle ait autant vieilli.

— Le temps qui passe fait cet effet-là généralement, réplique Tom sèchement.

Mais quand je lève la tête vers lui, il se radoucit.

— Elle a eu treize ans. Pourtant, on croirait que c'était hier que tu as choisi son prénom.

Il s'assoit sur la première marche, le regard tourné vers la rue.

— Pourquoi es-tu passée sans t'arrêter devant ta propre maison ?

J'ai toujours les yeux fixés sur la terrasse éteinte derrière lui. Je m'attends à ce que Megan apparaisse d'un instant à l'autre. C'est la plus longue conversation seule à seul que Tom et moi ayons jamais eue. J'ai peur que ça dérape. Ce serait le moment idéal pour que Jamie débarque.

Je n'ai jamais pu décider si les cheveux de Tom ont la couleur du fudge au caramel ou au chocolat. Mais dans les deux cas : miam ! Ils ont la texture d'un roman d'amour qui serait tombé dans l'eau du bain et qui aurait séché : pages ondulées et écornées qui forment une vague légèrement sensuelle. J'ai envie d'y passer la main et d'empoigner doucement quelques mèches.

Ces *muscles*… Je commence à transpirer.

— Tu m'as donné la frousse. Je t'ai pris pour…

Je m'interromps et fais sautiller Patty de plus belle sur mon genou replié.

— Franchement, elle est trop mignonne.

— Tu pensais que c'était qui ? insiste-t-il.

Sa voix rauque se fait plus grave et mon estomac se noue. Les hommes de cette carrure ne se rendent pas compte de leur force. Regardez-moi la taille de ces bottes. La taille de ces poings. Il pourrait tuer. Puis je me souviens du gamin de huit ans et de Valeska le protecteur et me détends à nouveau.

— Un type que j'ai fait virer du bar. Sérieux, Tom, tu m'as presque donné une crise car…

Instinctivement ses yeux sautent sur ma poitrine. Et merde.

Je m'interromps.

— Arrête ça tout de suite.

Il s'affaisse et se met à gratter le côté de sa botte. Il connaît les règles. Interdit de me materner.

— Tu ne peux pas m'empêcher de m'inquiéter pour toi, Princesse, grogne-t-il, les yeux rivés au sol.

— Plus personne ne m'appelle comme ça. Ai-je l'air d'une princesse, franchement ?

Je dépose Patty sur l'herbe. Il me détaille rapidement des pieds à la tête, et détourne le regard, un sourire au coin des lèvres.

Je donnerais n'importe quoi pour connaître la pensée qui vient de lui traverser l'esprit. Pour ça, il faudrait sûrement que je pose les mains sur lui pour le presser comme un citron.

Je me relève lentement afin d'éviter d'affoler mon cœur, et mes yeux tombent sur le logo de l'aile de son pick-up noir. Et là, ça fait tilt. Je fais volte-face.

— Valeska Construction. Ce n'est pas vrai ! Tu es libre !

Il lève la tête vers moi en plissant les yeux, l'air gêné.

— Oui.

— Enfin !

Je ne peux pas retenir le grand sourire qui se dessine sur mon visage.

— Tu as quitté Aldo. Oh ! Tom, je suis tellement fière de toi !

— Ne t'emballe pas trop vite, me prévient-il, penchant la tête pour cacher combien ma réaction lui fait plaisir. Je n'ai encore rien fait.

Quand Aldo est venu évaluer le cottage, il a carrément suggéré de raser la propriété de notre grand-mère décédée au bulldozer. Niveau tact, on fait mieux. Jamie a éclaté de rire. Niveau tact, il n'est pas mieux.

J'ai dû leur rappeler que le testament de Loretta stipulait que le cottage devait être rénové et qu'elle demandait qu'un budget soit mis de côté à cet effet. Les rires avaient cessé. Aldo avait soupiré et rempli le formulaire de permis de construire, répétant à plusieurs reprises que son stylo ne marchait pas. Quand je lui en ai claqué un autre dans la main, il a plissé ses yeux injectés de sang dans ma direction.

« Une erreur monumentale, onéreuse et risquée. Une tâche accomplie pour le plaisir. »

J'ai rétorqué : « Sans blague, Sherlock. Continue d'écrire. »

Pourquoi Loretta a-t-elle ajouté comme clause que Jamie et moi vendions le cottage ? N'a-t-elle donc jamais envisagé la possibilité que je pourrais vouloir vivre ici, à me complaire dans ma propre solitude ? Mais non. Avec les jumeaux, tout doit toujours être partagé de manière équitable.

— Aldo t'a enseigné la leçon la plus importante de ta carrière.

Je marque une pause pour que Tom ait le temps de ruminer ce que je viens de dire, puis je reprends :

— Tout ce qu'il ne faut pas faire.

— C'est vrai, répond Tom avec un faible sourire, les yeux fixés sur le logo de son pick-up. Au moindre doute, je me demanderai « Mais que ferait Aldo ? »

— Et tu feras tout le contraire. Tu sais qu'il m'a mis une main aux fesses ? Quand Jamie et moi sommes venus te rendre visite sur ton premier chantier ? Quel enfoiré. J'avais à peine dix-huit ans. J'étais encore une ado.

Le sourire de Tom disparaît.

— Je n'étais pas au courant. Tu lui as cassé la main ?

— Tu as de la chance que je ne t'aie pas appelé pour te demander d'enterrer son cadavre. Tu l'aurais fait, n'est-ce pas ?

Je sais que je ne devrais pas poser ce genre de questions, car il est avec Megan, mais je ne peux pas m'en empêcher. J'ai besoin de savoir s'il est toujours mon Valeska.

— J'ai une pelle à l'arrière, répond-il, en indiquant le camion du menton.

Je suis parcourue d'un frisson d'excitation. C'est troublant de savoir qu'il ne plaisante pas. Si j'en avais vraiment besoin, il creuserait un trou de ses mains.

— Je sais que c'est un connard qui manque de professionnalisme, reprend-il. Mais il m'a donné mon premier boulot. Contrairement à Jamie et toi, pour moi, les opportunités ne se bousculaient pas à l'époque.

Il se redresse et serre les jambes comme un gentil petit garçon obéissant.

— Il n'y aura aucune main baladeuse sur mon chantier.

— Ça dépend à qui appartiennent les mains baladeuses…, dis-je d'un air pensif.

Le regard de Tom s'assombrit. J'éclate de rire.

— Détends-toi, je sais. Il n'y a pas plus professionnel que toi. Mes fesses ne craignent rien.

— Je vais tout faire à la perfection.

Enfant, Tom a gagné des concours de coloriage. Le cottage sera son jouet grandeur nature.

— J'en suis certaine.

Je baisse la tête pour inspecter ses épaules. On dirait que les coutures de son T-shirt vont exploser. Il a tellement changé depuis la dernière fois qu'on s'est vus. Il a toujours été grand et musclé, mais là il est carrément baraqué. Le travail manuel l'a complètement transformé.

— Eh bien, qu'est-ce que tu attends ? Tu as une clé, non ? Que les rénovations commencent !

— Je préférerais commencer demain matin, si ça ne t'ennuie pas.

D'un seul mouvement fluide, il éclate de rire, grogne et s'étire. Comme s'il était allongé dans un lit et non pas assis sur de vieilles marches branlantes.

— J'ai bien une clé. Mais je sais combien tu tiens à...

Il marque une pause.

— ... Ton indépendance, finit-il.

La pause qu'il marque laisse à penser qu'il aurait pu tout aussi bien dire autre chose. Il fait toujours ça : il me laisse entrevoir ce qu'il pense de moi avant de se fermer comme une huître jusqu'à ce que Megan agite ses clés de voiture sous son nez et qu'il disparaisse pendant six mois.

Je meurs d'envie d'en savoir plus, mais je me force à serrer les dents pour me taire. Je transpire tellement que mon débardeur est collé à mon dos.

On regarde Patty qui barbote dans les feuilles sur la pelouse, le nez dans l'herbe. Elle s'accroupit à demi puis change d'avis.

Tom pousse un long soupir.

— C'est maintenant qu'elle a envie de pisser ? Ça fait une heure qu'elle aurait pu faire ses besoins.

— Maintenant que les travaux sont sur le point de commencer, je suis encore plus déterminée à retrouver mon passeport. Je suis sûre qu'il est dans la maison. Loretta a dû le cacher.

Je m'affale à côté de lui et claque des doigts pour appeler Patty. *Reviens faire tampon entre Tom et moi, petit animal.*

— Il faudra peut-être que tu en fasses faire un autre, dit Tom avec réticence.

— J'aimerais mieux éviter. J'y tiens à celui-là. Il contient tous mes visas. C'est comme un album. Je le trouverai demain en faisant ma valise.

Je lève la tête vers le ciel et m'adresse à ma grand-mère :

— Rends-le-moi, j'en ai besoin pour me casser d'ici !

— Elle voudrait peut-être que tu restes, pour une fois.

Il a pris un risque là, avec son *pour une fois.*

— Je vais faire comme si je n'avais rien entendu.

Il se contente de lever la tête vers le ciel étoilé et de sourire. On dirait que ma réaction ne le surprend pas. Mon estomac est prévisible lui aussi : il est envahi de papillons. Son visage a le genre de structure qui me fait sortir des choses stupides sans réfléchir. Et c'est ce que je fais une fois de plus.

— Chaque fois que je te vois, je suis choquée de me rendre compte que tu n'es plus un enfant. Regarde-toi.

— Eh oui, je suis un homme maintenant.

Son torse ressemble à une tablette de chocolat, les carrés visibles à travers l'emballage. Vous voyez la texture à la fois mate et brillante du chocolat ? Sa peau est comme ça. J'ai envie de gratter son torse de mes ongles. J'ai envie de commencer mon festin d'Halloween avec ses tablettes.

Megan, Megan… Bague en diamant, bague en diamant…

Mais j'ai beau me répéter ce mantra dans la tête, ça ne fonctionne pas.

Il est tellement compact que je me demande toujours combien il pèse. Est-ce que le muscle pèse plus lourd que la graisse ? Il doit peser une tonne. Il mesure deux mètres et je l'ai vu grandir, mais sa carrure me surprend chaque fois que je le vois. C'est le corps des pompiers aux fesses bien musclées qui ouvrent les portes à coups de pied pour venir vous sauver.

— Comment fais-tu avec un squelette pareil ?

Il baisse la tête pour passer son corps en revue, l'air déconcerté.

— Je veux dire, comment est-ce que tu coordonnes tes quatre membres pour te déplacer ?

Mes yeux se posent à nouveau sur ses épaules et descendent en suivant les courbes, les creux, les ombres créées par les contours de ses muscles, les plis du coton.

J'aperçois sa ceinture – quelle veinarde celle-là ! – et un centimètre sexy de boxer noir et je sens le rouge me monter aux joues. J'entends mon cœur qui…

— On lève les yeux, DB.

Merde, grillée. Il faut dire que je n'ai pas été très discrète.

— Mon squelette et moi, on se déplace sans problème. Bon, que se passe-t-il avec cette terrasse branlante ?

Comment expliquer ce qui est arrivé à la maison ? Je n'en ai pas suffisamment pris soin, voilà tout. Cette planche desserrée par exemple ? J'aurais dû m'emparer d'un marteau et donner un grand coup pour la remettre en place.

— Tu veux connaître ma théorie ? Je pense que c'était la magie de Loretta qui faisait tenir la maison debout.

Je frotte vigoureusement mes mains sur mes cuisses pour essayer de retenir mes larmes. Heureusement, il me connaît assez pour savoir que j'ai désespérément besoin qu'on change de sujet.

— Et tes cheveux ? Que leur est-il arrivé ? Ta mère m'a annoncé la nouvelle.

— Ça ne m'étonne pas. Je crois qu'elle a appelé tous ses contacts. Elle était hystérique. *Oh ! Princesse, pourquoi ?* Tout ça pour une coupe de cheveux !

Je passe une main dans mes cheveux en essayant de garder un air nonchalant. On dirait un crâne de garçon maintenant. Je croise les jambes et mon pantalon moulant en cuir couine. Je le lisse d'une main aux ongles vernis de noir. Une princesse, moi ? Je n'en ai jamais été aussi loin.

Si ma mère savait que j'ai un piercing au téton, elle me sermonnerait en me disant que mon corps est un temple sacré. *Désolée, maman, je me suis planté un clou dans le sein.*

— Elle m'a appelé en pleurs. Je travaillais sur un toit. J'ai cru que tu étais… enfin bref, se remémore Tom, le front plissé. Tu n'imagines pas comme je me suis senti soulagé en apprenant que Darcy Barrett avait seulement coupé sa tresse. Tu es allée chez un barbier ?

— Oui, chez un bon vieux barbier.

Je m'interromps quand je vois son expression amusée.

— Quoi ? Hors de question d'aller dans un salon de coiffure pour femmes. Je me serais retrouvée avec une coupe courte tendance ou un truc dégueu comme ça. Je voulais une coupe de pilote de la Seconde Guerre mondiale.

— OK, s'esclaffe Tom. Et il savait comment réaliser cette coupe ?

J'écrase un moustique.

— Oui, mais au dernier moment il a changé d'avis. Il ne voulait plus le faire.

Tom regarde vers ma nuque.

— Tes cheveux étaient… jolis.

Ça alors ! Si j'avais su !

— Le coiffeur avait oublié que les cheveux de femmes sont doux. Il a supplié, mais j'ai insisté. Le bruit des ciseaux dans mes cheveux…

Je frissonne.

— On aurait dit qu'il coupait dans du muscle. Il s'est mis à prier en italien. J'ai eu l'impression de subir un exorcisme.

— Faire prier les hommes effrayés… Tu n'as vraiment, mais alors vraiment pas changé, raille Tom.

— Amen.

Je m'étire en levant les bras mais mes vêtements humides suivent à peine le mouvement. Être assise à côté de Tom Valeska m'a rendue toute moite de désir. L'envie dévorante d'aller trop loin me submerge, comme lorsqu'on était adolescents.

— J'adore quand ils prient en italien, dis-je de mon murmure le plus sexy. Pitié, pitié, *signora* Darcy, ne me forcez pas.

— *Signora*, ça signifie que tu es mariée, non ? Tu n'es pas mariée, dit-il d'une voix faible en refusant de croiser mon regard.

Je l'observe à la dérobée et remarque que les poils de son avant-bras sont hérissés. Comme c'est intéressant…

— Ouais, qui voudrait bien m'épouser ?

Maintenant, c'est moi qui me recroqueville sur moi-même, tripote ma botte, et change de sujet. Je le fais avec ma finesse habituelle.

— Hé ! Est-ce que tout le monde s'attend à recevoir un coup de fil de ma mère disant que je suis morte ?

Il reste muet. Je suppose que ça veut dire oui.

— Les coups de fil dramatiques, ça la connaît. Envoyer des photos aussi. J'en ai reçu une belle de maman à ton sujet, tiens.

Cette fois, c'est moi qui refuse de croiser son regard. Je passe mes bras autour de mes genoux en rouspétant.

— Bon sang Tom, tu aurais pu me prévenir !

Il sait exactement où je veux en venir.

— Je suis vraiment navré.

Tom s'est fiancé ! Enfin ! Il était temps ! Sa mère est folle de joie ! Deux carats, tu te rends compte ? Darcy, dis quelque chose. C'est formidable, non ?

Si c'était moi qui avais été sur un toit, j'aurais fini sur un brancard. Au lieu de ça, je suis allée dans un bar et j'ai bu vingt toasts en l'honneur de l'heureux couple. Ça faisait bien huit ans que cette cuite couvait.

À mon réveil, la photo d'un diamant de la taille d'un morceau de sucre sur une main à la manucure parfaite m'attendait sur mon téléphone. J'ai vomi et je suis arrivée en retard au mariage que je devais photographier. La mariée a critiqué mon manque de professionnalisme. Un des plats principaux de la réception était du bar et la salle puait le marché aux poissons. Peu après le repas, j'ai vomi dans le porte-parapluies près de la porte.

Et pendant ce temps, Loretta me cachait ses quintes de toux et Jamie enchaînait les entretiens pour des boulots branchés en ville et passait de moins en moins de temps avec moi. Toute cette année-là était à gerber, et elle m'a vraiment laissé un arrière-goût amer.

— Je refuse tes excuses. Tu ne m'as même pas appelée pour me l'annoncer toi-même, espèce de goujat. On communique seulement à travers ma mère, désormais ? Je croyais qu'on était amis.

Je lui donne un coup de pied mais ma botte, beaucoup plus petite que la sienne, ne fait pas beaucoup de dégâts.

— Alors cette bague ? Le diamant est tellement énorme qu'il va m'aveugler ?

C'est ma façon à moi de dire « Félicitations ! » et de

demander « Quand est-ce que Megan arrive ? » Je leur ai envoyé une carte, c'était déjà pas mal. Ils ont probablement éclaté de rire en imaginant Darcy Barrett au rayon des cartes de vœux.

Tom s'apprête à répondre, mais quelque chose attire son attention. Une voiture est en train de passer devant le cottage en roulant au pas. C'est une grosse cylindrée, lourde et basse. Son moteur ronronne en s'approchant du trottoir.

Mon estomac se noue. Je sais qui c'est. Et Tom ne va pas être content.

Chapitre 4

Tom commence à se lever, et la voiture accélère et s'éloigne dans un crissement de pneus. Comme la vie doit être facile quand on a une silhouette grande et effrayante qui fait fuir le danger.

— C'était qui ? demande-t-il en se rasseyant.

C'était Vince, qui venait pour une partie de jambes en l'air.

— Pas la moindre idée.

Tom a deviné que je mentais, alors j'enfourne un marshmallow pour abréger cette conversation. Tandis qu'il est sur le point d'insister, je lui enfourne un marshmallow dans la bouche. Il me lance un regard mi-agacé, mi-amusé. Et moi, je suis au septième ciel. J'ai senti ses lèvres sur mes doigts. Finalement, cette soirée n'est pas si nulle que ça.

Alors que son regard se pose sur ma botte, le réverbère dessine une lame noire sous sa pommette. Si j'avais mon appareil, je prendrais une photo. Et là, quand il regarde mes jambes et que ses cils créent une ombre en forme de croissant. Et encore une autre, quand ses yeux croisent les miens et que la lueur dans son regard indique qu'il est en train de penser à moi. Puis il détourne les yeux.

Une seconde. Il suffit d'une seconde pour que mon cœur se mette à frétiller comme un poisson coincé dans un filet.

— Je peux te prendre en photo ?

C'est sorti tout seul.

— Non, répond-il avec douceur et patience, comme chaque fois que je le lui ai demandé.

Il ne voit pas ce que je vois. Chaque année, il faut insister pour qu'il accepte de poser derrière Megan pour la photo de Noël et son sourire est toujours crispé.

Oh, mais j'y pense. Je suis la candidate toute désignée pour prendre des photos de lui en costume devant l'autel.

— Tant pis. Je ne fais plus de portrait de toute façon.

J'entrelace mes doigts en essayant de retrouver mon sang-froid.

Ressaisis-toi, Darcy. Ce n'est pas sa faute s'il est né avec le genre de visage que tu aimes prendre en photo. C'est un homme au cœur d'or, gentil et timide. Le fiancé de quelqu'un. Tu n'es qu'une ado attardée. Laisse-le tranquille.

Il s'est fermé comme une huître. Bientôt, on aura épuisé tous les sujets de conversation.

— Tu es enfin devenu ton propre patron. Comment a réagi Aldo ?

Tom éclate de rire. Ce changement de sujet plus neutre le soulage visiblement autant que moi.

— À ton avis ?

— Il va devoir se mettre à bosser. Alors je dirais qu'il l'a mal pris.

Je me sens submergée par l'envie de le protéger. Cet élan réveille quelque chose de fort et sombre en moi.

— Tu veux que j'aille le voir pour le forcer à te faire des excuses ?

Je dois avoir une expression marrante parce qu'il se met à rire.

— Du calme, Darce. Ne montre pas les crocs.

— C'est plus fort que moi. Les gens profitent de toi. Même nous, les jumeaux, on profite de toi.

— Pas du tout.

Il est penché en arrière, ses paumes à plat sur la terrasse, ses jambes interminables étirées devant lui. Je prends la même position, pour comparer mon corps au sien. Ma main ? On dirait une patte de chihuahua à côté de celle de Valeska. Ma botte lui arrive à mi-mollet. Je tourne la tête. Mon épaule ? C'est un mug à l'envers à côté d'un ballon de basket.

Je ne suis pas particulièrement fine, mais il me donne l'impression d'être délicate. Petite et légère. Une princesse. Je fronce les sourcils, me redresse et me force à me rasseoir.

— Aldo voulait repousser les travaux du cottage pour un chantier plus important et moins contraignant. J'ai dit que ça ne pouvait plus attendre. Si Jamie et toi avez changé d'avis au sujet des travaux, je suis dans de beaux draps, dit-il, en ne plaisantant qu'à moitié. J'ai embarqué la plupart de ses ouvriers avec moi.

— Ne t'inquiète pas, on n'a pas changé d'avis. Retape le cottage et aide-moi à partir d'ici.

Il a demandé aux ouvriers de le suivre ? Je ne l'aurais jamais cru capable d'une telle audace. Je regarde du coin de l'œil sa carrure massive ; peut-être que si, en fait.

— Tu verras, c'est bizarre d'être son propre patron.

Je lui donne un petit coup d'épaule, résistant à l'envie de m'appuyer contre lui.

— Merci de ne pas l'avoir écouté.

— Merci à toi. De me… donner du boulot.

— Quoi ? C'est moi ta patronne maintenant ?

Je ressens une montée de dopamine. J'adore le taquiner. Et je le vois si rarement que j'ai envie d'en profiter à fond. Mais alors que je m'apprête à dégainer les blagues douteuses que j'ai sur le bout de la langue, le visage de Megan m'apparaît. Je me mords la lèvre pour me faire taire. Ils seront bientôt mariés. Il faut que j'arrête les bêtises.

— Vois-nous plutôt comme des associés.

Il me lance un regard surpris.

— Est-ce que ça va ?

— Bien sûr, tout va bien.

Il se lève.

— Je m'attendais à une pique bien sentie à la Darcy. Comment as-tu fait pour résister ?

Il tend une main pour m'aider à me relever. Il a tellement de force que l'espace d'un instant je décolle du sol.

— J'arrête officiellement les blagues. Pour des raisons évidentes.

Je soupire. Un autre des petits plaisirs de la vie qui prend fin…

Je grimpe quelques marches pour me rapprocher de son visage et je me tourne vers Patty qui continue de gambader dans le jardin.

— Dépêche-toi. Je commence à avoir froid.

Je resserre les bras autour de ma taille.

— Qu'est-ce que c'est ?

Tom a remarqué la rougeur sur mon poignet. Valeska, qui a senti le danger, pointe son nez.

— Juste une réaction à mon nouveau parfum.

Tom s'apprête à toucher mon bras mais s'arrête quand deux centimètres nous séparent. Il tient sa main au-dessus de mon poignet pour mesurer la rougeur. Il est furieux. Scandalisé. Bouche bée devant tant de culot. Je m'attendrais presque à ce que le ciel se recouvre de nuages noirs et que le tonnerre se mette à gronder.

— Qui t'a fait ça ?

— N'en fais pas toute une histoire.

Je plonge ma main dans le sachet de bonbons derrière moi et enfourne plusieurs marshmallows.

— C'est moins mauvais que ça en a l'air, dis-je, la bouche pleine.

— Qui t'a fait ça ? répète-t-il, une lueur incandescente presque surnaturelle dans les yeux.

Il regarde de nouveau vers la rue. Il va traquer cette voiture noire. Il va déchiqueter la gorge de Vince.

Pourquoi suis-je la seule à remarquer la bête qui sommeille en lui ?

— Non, ce n'est pas le type qui vient de passer en voiture. C'est un autre abruti au boulot. Il sait qu'il n'a pas intérêt à recommencer.

Je suis prête à dégainer ma réplique suivante : *je peux me débrouiller toute seule*. Il le sait. L'air crépite entre nous.

Je peux sentir l'énergie qui vibre en lui. Je vois plusieurs pensées lui traverser l'esprit, mais il les ravale en grimaçant. Elles doivent avoir un goût horrible. Il pense probablement à ce qu'il ferait si quelqu'un osait toucher Megan. Ce serait sanglant.

— S'il a besoin qu'on lui rafraîchisse la mémoire, fais-moi signe, lâche-t-il finalement.

Il s'écarte pour mettre de la distance entre nous. C'est une chose qu'il n'aime pas chez moi. Mon mode de vie sombre, imprévisible, lui fout les jetons.

J'ai du mal à garder mon calme moi aussi, mais pour une tout autre raison. Je suis sûre que Megan ne se rend pas compte de la chance qu'elle a. Elle est probablement en train de se pomponner, de se faire un masque ou d'hydrater ses cuticules, ou quoi que ce soit que font les femmes qui s'entretiennent. Elle est esthéticienne après tout, et personne ne fait confiance à une esthéticienne négligée. Je parie qu'elle est en train de s'admirer dans le miroir.

Et pendant ce temps, son fiancé est comme une tarte aux pommes sur un rebord de fenêtre, dans un monde plein d'accros au sucre comme moi. Son insouciance en ce qui concerne Tom m'a toujours énervée.

Si c'était mon fiancé… Non. Mieux vaut ne pas y penser.

J'ai mal à la mâchoire à force de serrer les dents pour me retenir de parler.

— Allez, viens. Rentrons, dis-je.

Tom sort de sa poche un vieux porte-clés et le tient en l'air.

— Regarde.

— Ça alors ! Tu l'as toujours !

Loretta lui a offert ce porte-clés quand nous étions enfants. Il représente Garfield qui porte des écouteurs, Odie à côté de lui, la gueule ouverte en plein aboiement. Il porte l'inscription *Le silence est d'or !*

À la maison, les surnoms étaient courants. Prince, Princesse. Loretta surnommait Tom Trésor. Moi, j'étais Ma douce, et Jamie, Bandit. Mon père appelait Tom Tiger, ce qui le faisait rougir de plaisir. Papa savait peut-être exactement ce qu'on avait ramené ce soir-là.

— Ça me plaît que tu aies une clé.

Merde, pourquoi ai-je dit ça ? Que va-t-il penser ?

Je m'empresse d'ajouter :

— C'est sûrement un collector.

Pendant que j'ouvre la porte avec sa clé, il passe le pouce au-dessus des trous où était vissée ma plaque de cuivre PHOTOGRAPHIE DE MARIAGE BARRETT. Il se dit probablement que je ne serai jamais la photographe de son mariage.

— Ouais, ouais, je suis désolée.

Mais pas tant que ça, en fait.

J'ouvre la porte du genou. Ses yeux se posent sur la plaque MAISON DE DESTIN, accrochée par Loretta pour créer une ambiance propice à l'attention de ses clients. Je les imagine se frottant les mains en découvrant la plaque. *Destin. Chic alors !* Il vérifie du pouce qu'elle est bien vissée, l'air mélancolique.

— Elle me manque tellement, murmure-t-il.

On se tient là, tristes, jusqu'à ce que le silence soit interrompu par l'arrivée de Patty qui fait sa petite course de marteau-piqueur entre nos jambes, éternuant et reniflant. Merci, petit animal. Tu tombes à pic.

J'allume la lumière de l'entrée, et la première chose que l'on voit, c'est la rangée de soutiens-gorge noirs en dentelle que j'ai mis à sécher au-dessus de la cheminée, sur les clous où on suspendait nos chaussettes de Noël.

Un ange passe.

— Eh bien…, dit Tom en déglutissant. Le Père Noël en ferait une crise cardiaque.

Je jette mes clés sur la table basse en riant.

— Je ne m'attendais pas à recevoir de la visite.

L'écho de la voiture de Vince résonne à travers la pièce comme un gros mensonge. Patty s'élance avec détermination dans le couloir.

— Si tu pisses à l'intérieur, tu vas avoir des problèmes, lui crie Tom.

Je décroche les soutiens-gorge et les lance dans le fauteuil.

— Mon Dieu, quelle soirée. Je suis contente que tu sois là.

Je sors la bouteille de vin du sachet en plastique et commence à dévisser la capsule avec le bord de mon débardeur.

— Laisse, je vais le faire, me dit-il.

Vu la taille de sa main et sa force, ce sera un jeu d'enfant.

— J'en suis parfaitement capable.

Je le contourne pour entrer dans la cuisine éteinte. J'ai intérêt à me montrer ferme, car sinon il dérape et commence à me traiter comme une princesse.

— Je te sers un verre ? Ou est-ce que les gentils garçons comme toi filent direct au lit ?

Il fronce les sourcils.

— Les gentils garçons comme moi se lèvent à 5 heures du matin.

— Et les vilaines filles comme moi se couchent à 6 heures.

Je souris en le voyant secouer la tête d'un air résigné.

Il fait un geste pour allumer la lumière mais je l'en empêche.

— Arrête, tu vas te faire électrocuter.

— Sérieux ? Tu as reçu une décharge ?

Il regarde ma poitrine, horrifié. Elle contient la seule chose qu'il ne peut pas réparer.

— Non, parce que j'ai appris de l'erreur de Jamie.

La scène me revient en mémoire et je ne peux m'empêcher de sourire d'un air espiègle. *Putain de merde ! Aïe ! Darce, arrête de glousser ! Je me suis fait mal !*

— Ton frère se fait électrocuter et ça te fait sourire.

Tom n'est pas du genre à rire des déboires des autres, mais c'est plus fort que lui.

— Mauvaise fille.

— Tu n'as pas idée.

J'appuie sur l'interrupteur avec une cuillère en bois.

— Bon, je te préviens, la cuisine est en mauvais état.

Je le regarde faire l'inventaire de haut en bas : les taches d'humidité au plafond, le papier peint qui se décolle, le plancher qui rebondit sous les pieds. Avec le temps, je n'y faisais plus attention, mais à cet instant je prends la mesure du besoin de rénovation de cette pièce.

— Tu peux me dire pourquoi vous vous êtes disputés avec Jamie ? J'ai entendu sa version. J'aimerais entendre la tienne.

Il se tourne vers le mur pour suivre une fissure du regard. Dans son dos, je descends mon verre d'un trait sans bruit. Le temps qu'il se retourne, mon verre est de nouveau rempli. Ni vu ni connu.

— Que dire ? Je me suis laissé emporter.

Je bois lentement.

— Continue, répond Tom en ouvrant le robinet.

Il crachote et l'éclabousse. Lorsqu'il le referme, on

entend un bruit d'égouttement. Il trouve le seau que j'ai placé dans le placard sous l'évier.

— Ah, merde.

Son téléphone carillonne et il regarde l'écran, un sourire au coin des lèvres. Il répond au texto, sûrement quelque chose du style :

Je suis bien arrivé. Tu me manques, Meg.

Une sensation de brûlure m'envahit la gorge. J'ai envie de lui arracher son téléphone et de le jeter dans les égouts. Je m'empresse de boire une autre gorgée de vin, et la sensation s'atténue.

— Voyons... Le jour où j'ai rendu Jamie fou de rage... Par où est-ce que je commence ? Ça faisait un moment qu'on ne se supportait plus. Vivre dans des chambres côte à côte était facile quand on était enfants et qu'on t'avait dans le lit superposé pour faire tampon.

Mais, sans personne pour nous distraire, on se cherchait et se disputait sans cesse. Jamie voulait qu'on aille vivre en ville. Moi, je voulais rester. Je ne pouvais pas racheter sa part du cottage. C'était un bras de fer que je ne pouvais pas gagner parce que, comme l'a souligné notre mère, Loretta voulait qu'on rénove le cottage, le vende et partage l'argent. « Vois ça comme une petite cagnotte », avait dit maman en tapotant mon cœur.

J'avais répondu que je n'en voulais pas, de cette cagnotte. Je l'avais gagnée d'une façon trop douloureuse. « Je suis navrée, Princesse. Je sais combien elle comptait pour toi. Et ça, c'est sa façon de te montrer combien tu comptais pour elle », avait-elle gentiment répondu.

— Un samedi matin, on a sonné à la porte. Jamie était dehors en train de faire son jogging. Il était tôt et j'étais très... fatiguée, disons.

Ses yeux se posent sur mon verre.

— Bon d'accord, il était 11 heures et j'avais une énorme gueule de bois. Sur le perron, un type séduisant en costume m'a tendu sa carte de visite. J'ai cru que je faisais un rêve érotique.

— Pour l'instant, c'est en tout point la version de Jamie.

Tom entrebâille la fenêtre de la cuisine, la soulève légèrement, puis la fait doucement basculer de gauche à droite jusqu'à l'ouvrir complètement. Seule une personne ayant pratiquement grandi dans cette maison connaîtrait cette astuce.

— J'ai toujours eu l'intention de la réparer, dit-il.

Ses yeux sont tristes. Il n'a pas connu ses grands-parents. Je suis contente qu'on ait partagé notre grand-mère avec lui.

— Loretta t'aurait dit que la fenêtre n'est pas cassée.

Le vin glisse tel du satin chaud dans mes veines. J'en suis déjà à mon troisième verre. Tom pense que c'est mon second. *Ah ah !*

— Donc, tu étais peut-être en train de faire un rêve érotique…, m'encourage Tom.

Son intervention me tire de ma rêverie et je réalise que je me tiens dans la lumière du frigo ouvert et qu'il est complètement vide. Qu'est-ce que je vais bien pouvoir lui servir au petit déjeuner ? Un homme d'une telle carrure a besoin de protéines. Une table de banquet digne d'un Viking, des chopes de bière, un feu crépitant. Une peau de bête nouée sur les hanches. Et moi, languide et épuisée au creux de son bras mais qui en redemande encore.

Je remplis ma bouche de vin et referme le réfrigérateur.

— Et donc, ton rêve érotique ? répète Tom.

Je suis tellement surprise que je recrache le vin sur la porte du frigo. Ma facture de téléphone impayée ressemble maintenant à une aquarelle.

— Donc, il arrive à me faire sortir dans l'allée. Il me dit

qu'il est navré au sujet de Loretta, *bla, bla, bla.* Il parlait d'elle comme s'il la connaissait. Même s'il était dragueur, je savais que ce n'était pas un rêve érotique puisqu'il portait encore ses vêtements. Il était en train de me mettre le moral à zéro en critiquant l'état du cottage. Et là, j'ai compris. C'était un promoteur immobilier.

— Douglas Franzo du Groupe Shapley, c'est ça ?

— Exact.

Jamie s'est sûrement plaint à Tom une centaine de fois à ce sujet. *Douglas Franzo, putain ! Tu te rends compte ! Le fils du P-DG ! Un homme important ! Riche ! Puissant !*

— Je l'ai prié de partir.

— D'après ton frère, dit Tom en grognant sous l'effort tandis qu'il referme la fenêtre, tu es devenue hystérique et il a déchiré l'offre. Puis tu as poursuivi sa voiture jusqu'à l'angle de Simons Street, pieds nus, ne portant rien d'autre qu'un déshabillé.

— C'est le détail qui t'a marqué, hein ?

J'essaie de faire mon regard de mâle alpha mais il ne détourne pas les yeux cette fois. Une seconde, deux secondes, trois secondes. Je baisse la tête vers mon verre de vin.

— Tu sais bien que je déteste quand tu compares nos versions. Pourquoi prendre la peine de me poser la question si tu sais déjà comment ça s'est passé ? Jamie est arrivé en joggant au coin de la rue, ses bracelets-éponge aux poignets, en hurlant, « QU'EST-CE QUE T'AS FOUTU, BORDEL ? » Fin de l'histoire.

Enfin, pas tout à fait. J'espère que Jamie ne lui a pas raconté la suite. La Troisième Guerre mondiale a eu lieu ici, dans cette cuisine. Après qu'il est parti, préférant quitter les lieux plutôt que risquer de m'étriper, je me suis agenouillée et j'ai ramassé les morceaux du service de table Royal Albert qu'on avait brisé. On se l'était envoyé, assiette après assiette.

Une autre jolie chose qui a fait les frais du tempérament des jumeaux Barrett. *Pour qui est-ce que tu te prends ?*

Tom me lance un regard qui signifie « Ne commence pas à bouder » tandis qu'il jauge les plinthes du bout de sa botte, desserrant et donnant du jeu à tout ce qu'il touche.

— Je ne crois pas tout ce que ton frère me dit à ton sujet, tu sais. Ça a toujours l'air faux. Je ne prends pas tout pour argent comptant…

— Sauf qu'après tu découvres qu'il a dit la vérité et tes illusions sont brisées, une fois encore.

— Je ne parlerais pas d'illusions. Je te connais depuis longtemps.

Je descends mon troisième verre de vin.

— Jamie a remonté l'allée en rampant à la recherche des morceaux déchirés. Il a recollé l'offre. Tu le crois, ça ?

— Oui. Le montant en dollars devait le motiver.

— Il a pris rendez-vous avec le type, il a tout essayé. Il a même été jusqu'à lui envoyer une corbeille de fruits. Mais c'était trop tard, j'avais tout gâché.

— Te connaissant, je sais que tu ne regrettes pas, dit Tom, l'air pensif.

Je m'appuie sur le four cassé et le regarde se déplacer à travers la cuisine. Qu'espère-t-il trouver ? Une chose qui peut encore être sauvée ?

— Quelle est ta prochaine grande aventure ? me demande-t-il.

— Je vais faire les cartons, et quand j'aurai fini, je prendrai un billet sur le premier vol disponible.

Je hausse les épaules lorsque je remarque son air dubitatif.

— Je suis sérieuse. Je trouverai sûrement un vol pas cher pour une destination au soleil qui ne nécessite pas de visa. Et toi, quelle est ta prochaine aventure ?

Je ne me fais pas suffisamment confiance pour dire « lune

de miel » d'une voix assurée. J'imagine Tom et Megan allongés sur une plage. Puis je découpe Megan de l'image.

— J'achèterai quelque chose de pas cher, le retaperai et le revendrai.

— Tu travailles trop ! Tu as besoin de vacances. Soyez sûrs de prendre un hôtel avec une piscine fabuleuse, dis-je, les dents serrées.

Voilà, c'est le mieux que je puisse faire.

Adolescent, Tom faisait partie de l'équipe de natation du lycée. Je passais des heures à le regarder faire des longueurs, assise au bord de la piscine. J'essayais de les compter mais je perdais le fil, tant j'étais hypnotisée par ses respirations en rythme. J'ai mis plusieurs années à comprendre qu'elles me donnaient des papillons dans le ventre car elles étaient terriblement érotiques.

— Tu nages toujours ?

Par réflexe, il roule des épaules.

— Ça doit bien faire deux ans que je n'ai pas eu le temps. Où vas-tu emménager après ? Tu vas prendre une location ?

Il fronce le nez.

— Fais-moi plaisir : prends quelque chose en bon état.

— Je ne sais pas. Je viens seulement de m'habituer à avoir une adresse postale. Je mettrai mes affaires dans un garde-meubles, et à mon retour, je resterai dans la maison de bord de mer de mes parents.

Réalisant ce que je viens de dire, je grimace. J'espère que ça n'a pas donné l'impression d'une fille pourrie gâtée qui passe son temps à voyager et qui, quand elle rentre au pays, s'installe chez papa et maman pour se faire dorloter et prendre le petit déjeuner au lit.

— J'ai fait des travaux pour agrandir la terrasse à l'arrière de leur maison.

C'est du Tom tout craché ça, à suer sang et eau dès que les Barrett claquent des doigts.

— Je suis sûr qu'ils y sont en ce moment même, en train de s'embrasser à la lueur du clair de lune.

— Beurk. Probablement.

Mes parents partagent une vraie alchimie. Je n'en dirai pas plus.

— Tu n'as même pas fait un plongeon dans l'océan pendant que tu étais là-bas ?

— Je n'y ai même pas pensé, répond-il, un peu surpris.

— L'eau, c'est ton élément pourtant. La prochaine fois, profites-en.

Je retourne dans le salon et me jette sur le canapé. Patty fait irruption dans la pièce, plus bruyante qu'un T. Rex, un crayon dans la gueule. Il faut que je me force à poser les questions difficiles, histoire d'en être débarrassée.

— Quelle destination avez-vous choisie pour votre lune de miel ?

Aucune réponse. Mais je n'ai pas dit mon dernier mot.

— J'ai beaucoup voyagé. Je peux vous aider avec votre itinéraire.

Il évite de croiser mon regard et je m'enfonce dans les coussins. Peut-être que si je refuse d'être photographe à son mariage je ne serai même pas invitée. J'imagine déjà les explications de maman. *Petit. Intime. Seulement la famille et leurs amis les plus proches.*

Merde alors ! C'est ça. Je ne suis pas invitée et il essaie de trouver un moyen de me le dire.

Tom se dirige vers la salle à manger et prend le risque d'allumer la lumière. Je l'ai transformée en petit studio photo. Il y a des cartons de marchandises contre le mur.

— C'est donc ça que tu fais maintenant ?

— Ouais.

Je plonge la main dans mon sachet de marshmallows

pour combler la sensation de vide en moi. J'allume la chaîne hi-fi rétro de Loretta, lance la lecture aléatoire et les Cure emplissent la pièce. Le vide grandit en moi de façon délicieuse.

— Des mugs, dit-il d'un air sceptique. Tu prends des mugs en photo pour qu'ils soient vendus sur des sites Internet ? Je croyais que Jamie l'avait inventé, ça.

— Hé non, c'est vrai.

J'engloutis plusieurs marshmallows et prends une gorgée de vin pour les faire descendre.

— Pas seulement des mugs.

Il s'approche des autres cartons et je crie pour le mettre en garde.

— Ne regarde pas dans celui-là.

— Pourquoi ? Qu'y a-t-il à l'intérieur ?

Il soulève le rabat.

— Ah. D'accord.

— Tu n'imagines pas comme c'est dur de trouver le bon éclairage pour photographier un godemiché violet de vingt-cinq centimètres.

— Je suis sûr que c'est impossible, répond-il, les dents serrées.

Il est scandalisé. C'est adorable. Incapable de résister, il jette un autre coup d'œil dans le carton.

— Ne fouille pas dans ce carton, Tom. Tu aurais besoin d'un lavage de cerveau.

Pourtant, j'ai vraiment l'impression qu'il en meurt d'envie.

Je donnerais mon ventricule gauche pour savoir ce qu'il a pensé de toute cette silicone. Dégoûtante ? Excitante ? Comparable à ce qu'il a dans son boxer noir ? Il lève la tête mais son expression est indéchiffrable. Puis il me lance un regard désapprobateur.

Quel garçon sage. Je lui adresse mon sourire le plus carnassier.

— J'ai le droit de garder la marchandise, parfois.

Je vois passer tellement d'émotions sur son visage qu'il me fait l'effet d'une bille de flipper qui rebondirait sur les murs et les meubles. Pauvre Tom. Je décide de le libérer.

— J'ai tellement de mugs…

— Mugs, répète-t-il, comme si ce mot avait mauvais goût. Je trouve que ça ne te ressemble pas. Tu es une portraitiste primée.

— Justement. Aujourd'hui je fais des portraits mélancoliques de sex toys.

Je hausse les épaules en voyant son expression.

— Je me contente de photographier ce qu'on m'envoie. Tous les produits que tu vois sur Internet, c'est moi qui les ai pris en pho… photo.

L'alcool me fait manger mes mots et je sais qu'il l'entend.

— Tout le monde s'en fout du photographe. Tout ce qui intéresse les clients, c'est de cliquer et d'ajouter le go… godemiché à leurs paniers d'achat.

Je cambre le dos, dégrafe mon soutien-gorge et me laisse retomber avec un grognement. Je le fais glisser le long de mon bras et le lance sur la pile. Tom a détourné le regard pendant toute la scène.

Et pourtant, j'ai l'impression qu'il n'en a pas raté une miette.

Chapitre 5

— D'après Jamie, même Loretta aurait dit que c'était de la folie de ne pas accepter l'offre de ce promoteur.

C'est plus fort que moi, je ne peux pas m'empêcher de triturer ma petite blessure. J'ai l'impression que je mérite un sermon et Tom ne m'a pas passé de savon.

— J'aurais peut-être réagi différemment si j'avais su que je perdrais mon frère à cause de cette histoire.

Waouh. Regardez-moi, capable de débiter tout ça de façon presque normale malgré mes quelques verres de vin.

— Tu ne l'as pas perdu, DB. Tu l'as seulement contrarié, répond-il d'une voix si douce que ça me donne envie de pleurer.

— Il a coupé contact avec tellement de personnes au fil des années. Jamais je n'aurais cru que j'aurais droit au même traitement. Tu te souviens de son collègue Glenn ? Il lui a fait rembourser un prêt alors que sa femme était à la maternité.

— Ouais. Parce que Glenn avait obtenu la promotion qu'il voulait. Jamie est très généreux avec les personnes dans son cercle d'amis.

Je ricane.

— C'est un cercle minuscule.

— Mais s'il est fâché, ou vexé, ou s'il pense qu'il a été trahi, continue Tom, il se transforme en…

— Glaçon. Jamie, c'est la glace. Tout comme moi.

— Non, toi tu es le feu, répond-il du tac au tac. Vous êtes des opposés.

Voilà un autre aperçu surprenant de ce qu'il pense de moi. Les hommes qui m'ont vue ce soir au bar auraient tous dit que je suis glacée jusqu'à l'os.

— Je préfère être la glace.

— Crois-moi, la glace est pire. Le feu est bien mieux. S'il te plaît, garde ton tempérament explosif.

Il marque une pause et soupire d'un air triste.

— Quoi qu'il en soit, je pense que tu as eu raison de refuser. Tu imagines un immeuble ici ? Serais-tu vraiment allée à l'encontre des derniers souhaits de ta grand-mère ?

— Bien sûr que non. De toute façon, la question ne se pose plus. J'ai tellement énervé le promoteur qu'il a choisi une autre rue pour l'implantation de son projet. Je ne peux pas frapper à la porte d'à côté pour demander du sucre, ça c'est sûr.

Je bois une autre gorgée de vin.

— Le vrai problème, c'est que j'ai pris la décision seule. Aucune concertation : le péché ultime entre jumeaux.

— Tu l'as poussé à bout, c'est indéniable.

Tom connaît aussi bien que moi les points sur lesquels mon frère est implacable : l'argent, la loyauté, les prises de décisions.

Je ne me souviens plus quand j'ai avalé mes médicaments pour le cœur pour la dernière fois, mais ce qu'il en reste dans mes veines se mélange au vin d'une manière très agréable. Il faut dire que j'ai travaillé dur pour forger une tolérance.

Je fais voler mes chaussures sous la table basse.

— Je n'en reviens toujours pas de partager quelque chose avec Jamie à parts égales. Je crois que c'est la première fois que ça arrive.

Tom s'approche du mur et commence à appuyer sur les bulles du papier peint.

— Bien sûr que non. C'est déjà arrivé.

Je fais signe vers le fauteuil.

— Viens t'asseoir, détends-toi.

Il déplace la pile de soutiens-gorge et s'assoit. Son côté gentil garçon obéissant est à croquer.

— Jamie ne m'a jamais laissée avoir la moitié de quoi que ce soit. Même quand maman nous donnait une part de gâteau en nous disant de partager…

— Il prenait la plus grosse, finit Tom.

— Il disait que c'était parce qu'il était plus grand et donc qu'il méritait plus.

J'observe Tom, assis là, dans ce fauteuil, ses traits embellis par la lueur de la lampe. Quelle belle part de gâteau. Encore une magnifique photo que je ne prendrai pas.

— Je ne t'avais jamais pour moi toute seule, dis-je, trop soûle pour empêcher les mots de sortir.

Je le dévisage pendant qu'il réfléchit à ce que je viens de dire. Il ne peut pas le nier. On a passé notre enfance à des extrémités opposées de la table à manger, mon frère autoritaire toujours en train de parler, rire, dominer la conversation. Et formant une barrière entre nous. « Laisse Tom tranquille », me houspillait-il sans cesse. « Ignore-la, Tom. » L'avoir pour moi toute seule, c'est une première.

On partage tous Tom Valeska : Jamie, Megan, et moi. Sa mère et nos parents. Loretta et Patty. Tous ceux qui l'ont rencontré veulent un morceau de lui, car c'est la meilleure personne qui soit. Je compte rapidement toutes ces personnes. J'inclus son dentiste et son médecin pour faire bonne mesure. Peut-être ne m'appartient-il qu'à hauteur de 1 %. Je dois m'en contenter. Je suis obligée de partager.

— Pourquoi fallait-il qu'il naisse le premier ? dis-je, tandis que le vin emplit mes veines d'une douce chaleur réconfortante. Si j'étais sa grande sœur, les choses seraient peut-être différentes.

— Ton père faisait toujours remarquer en riant que Jamie était le prototype, plaisante-t-il. Ce qui fait de toi le produit fini.

— Un produit merdique alors, bourré de défauts…

Je me donne un coup sur la poitrine, ce qui fait trembloter mes seins.

— Je voulais te demander, commence Tom lentement, en évitant soigneusement de croiser mon regard. Comment va ta pelote de coton ?

C'est comme ça qu'il appelle mon cœur depuis qu'on est enfants. Ça fait si longtemps que je ne me rappelle plus comment ce surnom a émergé. Pour lui, l'intérieur de mon cœur ressemble à une pelote de coton. Il a tellement de façons de gérer les jumeaux Barrett que c'en est impressionnant. Son adorable euphémisme me fait toujours frémir l'entrejambe.

— Ma pelote de coton se porte à merveille. Je suis immortelle. Je verserai du Kwench sur ta tombe. Euh. Non, je ne me vois vraiment pas expliquer ça à Megan quand on sera vieilles. J'ai changé d'avis. Je mourrai la première.

— Je m'inquiète pour toi.

— Et moi, je m'inquiète pour les intellos sexy qui posent trop de questions et qui se retrouvent coincés dans une maison une nuit entière avec moi.

Je m'étire en allongeant les jambes et la bretelle de mon débardeur glisse sur mon épaule nue. Je me demande si mon piercing au téton ressort à travers le coton. À en juger par la façon dont il me regarde et dont il regarde les soutiens-gorge, il vient de comprendre que notre amitié de dix-huit ans a enfin atteint l'étape suivante. Il était temps.

On est seuls et il fait nuit.

Je plonge mes yeux dans les siens et je sens cette énergie

crépiter en lui. Tout le monde le considère comme un gentil garçon. Ce que je sens, moi, entre nous ? C'est bestial.

— Tu le sens ce qui se passe entre nous, n'est-ce pas ? dis-je.

Une porte s'ouvre en grinçant, et on sursaute tous les deux. L'espace d'un instant je me demande si c'est mon frère. Ce serait bien le genre de Jamie d'avoir créé un passage secret et d'avoir dissimulé l'entrée derrière la bibliothèque.

La chatte de Loretta, Diana, pénètre dans la pièce, vexée, ses yeux verts braqués sur Patty. Elle aussi fait partie de notre héritage. D'habitude, cette chatte m'horripile mais ce soir je lui suis reconnaissante de dissiper la tension.

Je claque des doigts vers elle et elle me regarde l'air de dire « Tu te fous de moi ? »

— Je déteste être cynique, mais penses-tu que Loretta l'a adoptée pour compléter sa panoplie de diseuse de bonne aventure ?

Tom secoue la tête.

— Ce n'était pas une escroc. Elle y croyait vraiment.

Il a tout essayé au menu de Loretta. Elle était fascinée par sa main. Il a une ligne de cœur incroyable. « Comme si une lame t'avait tranché la main », avait-elle dit en accompagnant le geste à la parole. *Une lame immense.* Son visage de petit garçon s'était contracté de surprise tandis qu'il observait sa main à la recherche de sang.

La spécialité de Loretta était le tarot, mais elle proposait d'autres services : feuilles de thé, yi jing, numérologie, astrologie, feng shui. Chiromancie, interprétation des rêves et pendule. Vies antérieures. Animal totem. Auras. Un jour, alors que j'étais adolescente, j'ai voulu lui rendre visite mais j'ai été coupée dans mon élan par la note *Séance en cours* sur la porte.

J'englobe la pièce de mes bras.

— Je sais. Et je pense qu'elle avait un don. Mais bordel, elle n'y est pas allée de main morte niveau ambiance.

Avant l'arrivée de ses clients, elle recouvrait la table basse d'un tissu épais et scintillant et y déposait une boule de cristal. Le papier peint est orné d'hortensias écarlates très réalistes. Les rideaux sont ourlés de perles noir de jais qui scintillent à la lumière. On se croirait dans la lampe d'un génie. Quand la cheminée est allumée et que les lampes diffusent une lumière rougeoyante, on pourrait gober tout et n'importe quoi. Encore aujourd'hui, l'air est empli de l'encens préféré de Loretta, mélange de sauge, cèdre et santal. Et on devine encore une légère trace d'herbe. C'est dans cette pièce que je sens le plus sa présence et qu'elle me manque le moins.

J'indique la cheminée d'un geste du menton.

— Cette cheminée est une de mes cinq choses préférées au monde. J'ai hâte que les températures baissent et qu'on se fasse un bon feu.

Je compte mentalement les pages du calendrier.

— Oh… Mince.

Tom serre les mains et se penche en avant.

— On a le temps de refaire un feu avant…

Je hoche la tête en ravalant le sentiment de tristesse qui m'envahit.

— Une dernière fois, ce serait super. Eh bien, on dirait que je n'ai pas pensé à toutes les choses auxquelles je devrais dire adieu.

Avec un froncement de nez hautain, Diana saute sur le bras du fauteuil où est assis Tom, ce qui fait vibrer Patty d'indignation. Ces chers et tendres médiateurs…

— J'ai supplié Jamie de prendre Diana chez lui. C'est bien connu, tous les grands méchants ont un chat à la fourrure majestueuse à leurs côtés.

Le vide qui grandit en moi ayant besoin d'être comblé, j'ouvre un nouveau sachet de marshmallows.

Tom tend la main vers la chatte et elle frotte sa gueule blanche sans vergogne contre ses doigts avant de me regarder d'un air satisfait de ses yeux vert électrique. C'est de bonne guerre. J'adorerais lui faire la même chose. Il bâille et s'enfonce un peu dans son fauteuil. Et moi, pendant ce temps, j'ai de plus en plus de mal à me retenir de lui sauter dessus.

Soudain, je me rappelle quelque chose.

— Au fait, la chambre de Jamie pose problème.

Il saisit l'occasion pour quitter la pièce. Tiens donc. On dirait que je ne le laisse pas indifférent.

Je lance après lui :

— Ce n'est pas ma faute. Je n'étais pas au courant de ta visite.

— Franchement, Darcy ! Ça va jusqu'au plafond ! grogne-t-il du couloir.

— Je n'ai pas d'autre endroit où les mettre et Jamie refuse de venir récupérer ses affaires. Alors je les ai simplement… empilées.

Quand il réapparaît, je suis en train de me resservir un verre de vin. Mais l'alcool me rend maladroite, et je renverse quelques gouttes à côté. Il me toise, confisque la bouteille, et la tient à la lumière pour en examiner le niveau.

— Assez bu pour ce soir, déclare-t-il en me passant une main dans les cheveux pour atténuer la réprimande. Je n'arrive pas à m'y faire. Ils sont vraiment très courts.

Il n'a toujours pas dit que ça m'allait bien. Et je ne lui demanderai pas, car il est incapable de mentir. De toute façon, comparée à Megan, ma coupe, aussi originale soit-elle, ne fait pas le poids. Megan a de beaux cheveux bruns brillants. Même moi j'ai envie de les toucher.

— On dirait que je fais partie d'un boys band coréen

mais je m'en fiche. Au moins je peux sentir la brise sur ma nuque, maintenant.

Quand il retire ses doigts, je tends le cou discrètement vers lui. J'espère qu'il ne remarque rien. J'ai tellement besoin de contact humain que c'en est gênant. Un hologramme de Vince apparaît subitement devant moi, et je cligne des yeux pour le faire disparaître.

— Je n'avais jamais vu ta nuque avant ce soir. Qu'est-il arrivé à ta tresse une fois qu'elle a été coupée ? Pas la poubelle, j'espère.

Rien que d'y penser, il a l'air horrifié.

— J'en ai fait don. Quelqu'un là dehors marche avec une grosse perruque blonde. Alors, est-ce que je ressemble à Jamie maintenant ?

Il rit et la pièce s'illumine. Littéralement. Les lampes s'allument toutes en même temps. Installation électrique défaillante ou Loretta qui nous espionne ? J'ai ma petite idée.

— Qu'a dit ton frère quand ta mère lui a envoyé la photo ?

— Que je ressemblais à une version gothique ratée de Jeanne d'Arc et que j'avais coupé le seul truc joli chez moi. Mais je m'en fiche. Moi, j'adore.

Il met la bouteille et le verre hors de ma portée puis prend le sachet de marshmallows que je tenais contre moi et le pose sur la cheminée.

— Vous ne vous ressemblez pas du tout.

— Je ressemble à Mme Pac-Man avec un nœud sur la tête. Je suis Jamie version miniature.

— Pas du tout.

— C'est un compliment ou une insulte ? Mon frère est beau, au cas où tu l'aurais oublié.

Il secoue la tête, amusé, mais continue de garder le silence. Je sais que c'est peine perdue. Ça fait des années que j'essaie de lui soutirer une réponse. Il se rapproche, et avec une infinie tendresse il touche la rougeur sur mon bras.

— Ça, c'est inadmissible. Et je…

Il ravale le reste de sa phrase et je vois sa mâchoire qui se contracte et ses poings qui se serrent. Je sais exactement ce qu'il fera. Il n'a pas besoin de le dire. Je le sens.

Alors que je me redresse pour desserrer ses poings, il décide de se retirer dans le seul endroit où je ne peux pas le suivre.

— Je vais prendre une douche, lance-t-il.

Il sort et réapparaît avec une énorme valise.

— Tu prends un vol international ?

— Ah, ah. Très drôle, répond-il sèchement.

L'avion, ce n'est pas son truc. L'imaginer dans un minuscule siège, serrant nerveusement les accoudoirs, est étrange. Et adorable. Et me rend mélancolique. Le vin me fait cet effet-là. Il faut dire que les Cure n'aident pas non plus.

Je me rallonge et croise les jambes au niveau des genoux.

— La douche est devenue un peu capricieuse. Tu veux que je te montre ?

Je garde un ton neutre, mais je le vois rougir tandis qu'il ouvre la fermeture Éclair de son sac. — Non, merci.

Il sort un pyjama et une trousse de toilette noire.

— Oh ! attends.

Je bondis et descends le couloir en courant, Patty sur les talons.

— Je ferais mieux de vérifier…

— Darce, détends-toi, dit-il derrière moi tandis que je ramasse des piles de sous-vêtements. Souviens-toi, enfants on a pratiquement partagé une salle de bains.

Et il vit avec une femme. Il a tout vu.

Il entre et la pièce rétrécit de moitié. La tentation est trop grande. Je ne bouge pas.

— Tu dois sortir, maintenant.

Sa main attrape le bord de son T-shirt. Il le remonte et j'aperçois un centimètre de peau bronzée. Miam, on dirait du fudge caramel. *Lève les yeux, DB, lève les yeux.*

Ses articulations deviennent blanches.

— Allez, on sort maintenant.

Je ne sais pas s'il s'adresse à moi ou à Patty. Tandis qu'il me fait sortir, je prie pour que sainte Megan me donne des forces.

— Les serviettes sont toujours rangées au même endroit ?

Je l'entends qui tourne le verrou. Mon estomac se noue. A-t-il peur que je lui saute dessus ? Comme c'est embarrassant qu'il se montre aussi prudent.

— Oui. Excuse-moi, je me comporte bizarrement avec toi.

— Ce n'est pas grave.

De l'autre côté de la porte, Tom est en train de se déshabiller.

Allez, Maison du Destin. Effondre-toi que je puisse voir derrière ce mur.

— Tu oublies qu'on se connaît depuis un bail, toi et moi.

— Et je suis bizarre avec toi depuis tout ce temps.

— Ouais.

J'entends un bruit de ferraille, une explosion et il pousse un cri perçant.

— Maudits tuyaux !

Je l'entends tirer le rideau de douche. Je me laisse glisser le long du mur et m'assois par terre. Tiens, on dirait que Patty a une sœur jumelle. J'en garderai une quand Tom repartira.

— Quel veinard, ce tuyau d'évacuation.

Le vin m'a coupé les jambes. Je devrais peut-être m'inquiéter. Je n'ai pas bu tant que ça. Suis-je en train de mourir ? Je me concentre sur mon cœur. Il bat régulièrement, avec bravoure.

— Les Patty, cette douche ne sait pas la chance qu'elle a, dis-je en regardant les deux petites gueules à côté de moi.

Faisons le bilan de la soirée.

Tom Valeska est en train de passer son beau visage sous mon jet de douche, des bulles de savon glissent sur sa peau dorée, et l'eau s'écoule sur les courbes de ses muscles sublimes. Je l'ai vu sortir de piscines tant de fois que je sais de quoi il a l'air. Enfin presque. Il a bien changé depuis l'adolescence.

Rien que d'y penser, je transpire encore plus. Je m'essuie le visage et le cou avec le haut de mon débardeur.

Il a des jambes interminables et des fesses musclées. Des hanches qu'on a envie de chevaucher. Ses épaules ? En ce moment même et juste derrière cette porte, elles dégoulinent d'eau. Ça y est, il a éteint la douche. Il est probablement en train de nouer une des serviettes de Loretta autour de sa taille. Et dire qu'elles sont à peine assez grandes pour moi…

Je suis assaillie par toutes sortes d'images qui auraient bien besoin d'être enfermées dans le carton à godemichés, comme un sarcophage maudit.

Ça ne peut pas être réel. Je me suis endormie sur le canapé et suis en train de faire un rêve érotique, en proie au délire et à la déshydratation. Mais si c'était un rêve, la porte serait entrouverte, et des volutes de vapeur s'échapperaient de la salle de bains. Pour entrer, je serais capable de retirer les vis des gonds de la porte avec mes dents avant de les recracher au sol.

Je peux l'affirmer avec certitude : aucun homme ne m'a jamais donné envie de lécher le carrelage embué de la salle de bains.

Les yeux fermés, j'entonne *Megan, Megan* pour m'encourager. Puis, tandis que je me redresse avec difficulté, je me force à visualiser sa bague en diamant.

Je descends le couloir jusqu'à ma chambre et me démaquille avec des lingettes. J'enfile ensuite un legging et un T-shirt à l'effigie d'un vieux groupe de musique. Je suis épuisée. Tant pis pour le brossage de dents. Quand Tom apparaît sur le seuil de ma chambre dans un autre T-shirt près du corps et un bas de jogging, je me demande encore si je suis en train de rêver.

Il pointe la chambre de Jamie de son pouce.

— Tu oublies quelque chose. La chambre.

Sa mâchoire se crispe et il ravale un bâillement. Je suis vraiment la pire des hôtesses.

— Où est-ce que tu me veux ? demande-t-il.

— Dans mon lit.

Puis réalisant ce que je viens de dire, je m'écrie :

— Pas avec moi ! Je vais dormir sur le canapé.

Je jette un œil vers le tiroir de mon chevet.

— Attends, laisse-moi mettre le feu à ma chambre d'abord.

Il éclate de rire. Il me connaît par cœur.

— Je prends le canapé, déclare-t-il.

— Il est trop petit pour toi. Toi, tu dors ici.

Je rabats les couvertures, le saisis par les poignets et le pousse en arrière. Il n'oppose aucune résistance. Soit j'ai une force surhumaine, soit il est léger comme une plume. Il est probablement exténué. Pourtant, il a encore assez de force pour me lancer un regard qui fait se contracter mes entrailles. Lorsqu'il remonte la couette, elle recouvre à peine ses hanches. Il ressemble à un beau et grand Viking, même sous une couette rayée aux couleurs acidulées.

— Non vraiment, ça me gêne, insiste-t-il.

Il s'adosse contre la tête de lit et contemple ma table de nuit du coin de l'œil. Je ne m'inquiète pas trop. Il a un sens moral à toutes épreuves. Le mien, par contre ? Pas si solide que ça. Il faut que je quitte cette chambre. Ce pays.

— Jamie me tuerait si je te laissais dormir sur le sofa ou par terre. On n'a qu'à dire que je suis la… reine des hôtesses.

J'ai vraiment l'air soûle. Et pourtant, je commence à me sentir très sobre. Je suis en train de fouiller dans le grand coffre en bois au pied du lit à la recherche d'une couette lorsque j'entends le matelas qui grince. Vu la tête qu'il fait, le bruit pourrait tout aussi bien venir de son âme.

— Voyons, Tom. Dormir dans mon lit, ce n'est pas tromper Megan. Et les draps sont propres, je te signale.

Dans ma vision périphérique, je le vois qui regarde, avec une horreur non dissimulée, l'espace vide à côté de lui. Il imagine probablement Vince à cet endroit. J'attrape un oreiller en prenant soin de garder la tête baissée. Pas besoin de jeter un œil vers Tom. Je l'ai déjà imaginé dans mon lit des tas de fois. C'est le genre de rêve qui vous fait rougir de honte.

— Bon, eh bien… Bonne nuit.

Je descends le couloir à reculons en me cognant les coudes de partout, et m'effondre sur le canapé.

Je m'emmitoufle sachant que la pièce se rafraîchira dans la nuit. Allongée sur le canapé, je décide de me fixer un nouvel objectif. Rien de trop ambitieux. Pas comme prendre mon courage à deux mains pour redescendre le couloir jusqu'à sa chambre. Non, je vais sagement rester allongée sur le canapé. Me retrouver nue contre lui moite de sueur n'est évidemment pas envisageable.

Ni maintenant, ni jamais. Pas avec Tom.

Je pensais qu'avoir 1 % du cœur de Tom Valeska, c'était comme gagner le jackpot, mais j'avais tort. Ça ne me suffit plus.

Non. Maintenant, je vais viser les 2 %.

Chapitre 6

La nuit a été courte. Je n'ai pas cessé de repenser au jour où Tom m'a dit exactement ce qu'il ressentait. Ce jour où, sans le savoir, j'étais à 100 %.

J'avais dix-huit ans, et j'étais dans ma chambre en train d'enfiler des chaussures noires à semelles compensées par-dessus mes bas résille pour aller rejoindre les racailles avec lesquelles je traînais à l'époque. Appuyé contre le chambranle de la porte, Tom m'avait demandé de ne pas y aller. Ce n'était un secret pour personne qu'il n'approuvait pas que je passe mes nuits dehors avec des mecs gothiques. Je n'y avais rien vu de particulier. Pour moi, il se montrait protecteur comme à son habitude, rien de plus.

Avec ma finesse habituelle, je lui avais aboyé dessus. « Pourquoi est-ce que je ne devrais pas y aller ? Donne-moi une seule bonne raison. »

Tom m'avait répondu, d'une voix calme mais ferme : « Parce que je t'aime. » Et j'avais répondu sans réfléchir et avec désinvolture « Je sais. » Car oui, je le savais. Comment aurait-il pu en être autrement ? Il m'avait sauvé la mise un nombre incalculable de fois. Il aurait vraiment fallu que je sois stupide pour ne pas m'en rendre compte. Encore aujourd'hui, je sais qu'il m'aime, comme une sorte de frère adoptif.

« Je sais » n'avait visiblement pas été la bonne réponse.

Il s'était empourpré d'embarras, avait descendu les

marches de l'entrée au pas de course et passé le portail sans se retourner. Je lui avais couru après, traversant la rue, mais il ne s'était pas arrêté. Et il m'avait claqué la porte au nez.

Avec le recul, j'ai compris que c'était le genre de déclaration qu'on ne recevait qu'une fois dans la vie. Et j'ai tout gâché.

Ce soir-là, j'ai fait faux bond à mes amis et je suis allée voir Loretta pour lui raconter ce qui venait de se passer. « Je m'y attendais », avait-elle répondu. J'avais rétorqué « Évidemment, tu es voyante ». Elle avait secoué la tête. Ce n'était pas ce qu'elle voulait dire.

« Ce garçon prendrait une balle pour toi. »

On a fumé un joint assises dans son jardin et c'était mortel. « Ne le dis pas à ton père. Comment mon propre fils peut-il être si coincé ? C'est une plante, nom de Dieu ! » Ce soir-là, elle m'a parlé de son premier époux. J'avais été sidérée d'apprendre qu'elle avait connu un autre homme bien avant grand-père William.

« Je n'étais encore qu'une enfant », avait-elle dit d'un air pensif, les yeux plissés au milieu des volutes de fumée. « Peut-être que si je l'avais rencontré dix ans plus tard… C'était une erreur terrible. Je lui ai fait atrocement mal, parce que j'étais trop jeune et immature pour l'aimer comme il le méritait. J'ai encore des regrets. Donne-toi le temps de grandir et profite de la vie. Tu es un électron libre, tout comme moi. »

J'avais ri et répondu qu'il n'y avait aucun risque que je me marie. Tom et moi ne faisions que nous embrasser, rien de plus, tant que ça restait sans conséquences.

Ça n'avait pas du tout fait rire Loretta. « Il t'aime plus que ça. Tu ne le prends pas suffisamment au sérieux. »

Comme s'il valait mieux que je parte sur-le-champ, elle m'a acheté mon premier billet d'avion. Quelques jours plus tard, alors qu'il faisait encore nuit, elle m'a conduite à l'aéroport et m'a donné des espèces. Ce moment a changé ma vie. Soudain, j'étais responsable de moi-même et plus une moitié de jumeaux. Je n'avais plus l'impression d'être un poids et je me suis sentie libérée. Je savais que j'avais pris la bonne décision.

Pendant que Loretta gérait les retombées à la maison, affrontant mes parents et mon frère, je jetais ma première pièce dans la fontaine de Trevi à Rome, complètement accro à ce nouvel anonymat et à tout ce qu'il m'offrait. Personne ne voyait en moi une fille avec un problème cardiaque et mon frère plus magnétique ne me faisait pas d'ombre. Et mieux encore, je n'avais aucune obligation et pouvais faire ce qui me chantait.

Lorsque j'ai jeté cette pièce dans la fontaine, j'ai souhaité que Tom ne souffre pas trop de ma négligence.

Perdue dans mes souvenirs, sur le canapé avec la couette remontée sur le visage, je commence à être gagnée par le sommeil. Avant de sombrer, je m'imagine en train de descendre la passerelle de la porte d'embarquement jusqu'à l'avion. C'est le moment que je préfère : partir pour que tous ceux que j'aime puissent enfin respirer.

Sauf que la première fois que je suis partie, je me suis absentée un peu trop longtemps. Quand je suis rentrée, prête à plonger mon regard dans celui de Tom et à exprimer mes sentiments, j'ai été coupée dans mon élan par la femme élégante et sûre d'elle qui se tenait à côté de lui et qui un jour porterait une magnifique bague de fiançailles.

Et le pire dans tout ça : ils se sont rencontrés grâce à Jamie.

— Vivante ? demande une voix au-dessus de ma tête.

Je me réveille avec un reniflement, repousse la couette et ouvre les yeux.

— Ma tête…

— Madame est servie, dit Tom en déposant un gobelet et une boîte en carton sur la table basse.

Je ne dois vraiment pas avoir fière allure, car sa voix est pleine de compassion.

Je ne me suis pas lavé les dents hier soir et ma bouche est pâteuse, alors je détourne légèrement la tête pour éviter de l'asphyxier.

— Je t'ai déjà dit que tu étais l'homme idéal ?

— Plusieurs fois. Je t'ai pris des gaufres. J'ai bien fait ?

Tout comme son sandwich fromage laitue, ma nourriture spéciale gueule de bois n'a pas changé. J'acquiesce de la tête et me redresse sur les coudes. Je suis contente qu'il ignore que j'ai passé la nuit à ressasser de vieux souvenirs.

— Quelle heure est-il ?

Le café est délicieux, sucré à la perfection et d'une température idéale. Je le finis en quelques gorgées et penche le gobelet pour faire tomber les dernières gouttes dans ma bouche avant de lécher l'intérieur du rebord.

— Mon Dieu. C'était tellement bon.

Est-ce que tout est toujours aussi bon quand c'est lui qui l'apporte ? Megan, petite veinarde. Je suis sûre qu'il rendrait une tranche de pain rassis succulente. Il ôte le couvercle de son gobelet, y verse quelques sachets de sucre et me le donne. Quelle gentillesse ! Quelle générosité !

Et j'ai tout gâché. J'ai absolument tout gâché.

Les larmes me montent aux yeux et ma gorge se noue. Cela n'échappe pas à Tom.

— Ne te mets pas dans tous tes états, ce ne sont que des gaufres, dit-il en souriant. Il est bientôt midi. J'ai plusieurs choses à te montrer avant d'appeler Jamie.

Son portable se met à sonner.

— Tiens, en parlant du loup.

Je prends son téléphone et appuie sur la touche haut-parleur. Même avec une boule dans la gorge et les yeux embués de larmes, la tentation est trop grande.

— SOS micropénis, à votre écoute. Comment puis-je vous aider ?

Silence à l'autre bout du fil. Puis on entend un profond soupir que je reconnaîtrais entre mille. Je l'ai sûrement entendu avant même de naître. Tom me lance un grand sourire amusé et j'irradie de l'intérieur. C'est officiel : il est à moi à 2 %.

Jamie ne se laisse pas démonter :

— Hilarante. Elle est hilarante.

— Je trouve aussi, répond Tom.

Je continue dans la même veine :

— De quelle taille parlons-nous, monsieur ?

— Ne l'encourage pas, ordonne Jamie lorsque Tom, incapable de se retenir, se remet à rire. Darcy, où est ton portable ?

— Dans les toilettes pour femmes chez Sully. Deuxième W-C en partant de la porte.

— Achètes-en un autre, andouille.

— J'en ai un vieux dans la voiture. Je te le laisse, si tu veux, propose Tom.

Il a toujours une solution, surtout quand son patron Jamie est à portée d'oreille.

— Non, je n'en ai pas besoin. Je suis bien comme ça.

Du café, des gaufres, Tom près de moi, Patty qui s'appuie contre mon mollet, et mon frère qui m'insulte ? Tout est rentré dans l'ordre.

— Laisse-moi deviner. Elle a tellement la gueule de bois qu'on dirait un zombie, lance Jamie.

Tom est incapable de mentir.

— Eh bien…

Chez moi le mensonge, c'est inné.

— J'étais sortie me promener.

Mon frère se met à ricaner, et son rire dure un peu trop longtemps à mon goût.

— C'est ça, ouais. J'espère que tu ne traîneras pas dans les pattes de Tom pendant les travaux.

— Je serai partie avant même qu'il ouvre sa boîte à outils, ne t'inquiète pas.

— Exact, rétorque Jamie, la voix pleine de sarcasme. C'est bien ton genre, prendre la fuite quand les choses deviennent difficiles. Pauvre Tom va devoir tout faire tout seul.

— Pauvre Tom est là pour faire un job et être payé, je te rappelle, intervient Tom.

J'ouvre la boîte et trouve deux gaufres dorées et croustillantes à souhait.

— Hé ! Je dois faire les cartons. C'est super physique comme boulot !

Je les arrose de sirop et commence à les découper à la main. J'en donne un minuscule morceau à Patty et en enfourne un énorme en me léchant les doigts.

— Tu vas flirter avec Tom pour qu'il le fasse à ta place.

La bouche pleine, je m'écrie :

— Pas du tout !

Au-dessus de moi, Tom est aussi navré qu'amusé.

— Oh mais si. Tu vas être encore pire maintenant, se moque Jamie. Je suis sûre que tu as essayé de l'amadouer et que tu n'étais même pas convaincante.

Je lève un visage inquiet vers Tom.

— Comment ça « pire » ? Qu'est-ce qu'il veut dire ?

Tom hausse les épaules et interrompt nos mesquineries.

— Les ouvriers arrivent lundi prochain, et d'ici là on a beaucoup à faire. Darce doit faire les cartons et je veux que vous vous mettiez d'accord sur un style.

— Moderne, répond Jamie.

— Vintage, dis-je au même moment.

Tom pousse un grognement et se laisse tomber lourdement au bout du canapé. J'enlève mes jambes juste à temps. Il recouvre ses yeux de la main.

— Adieu, monde cruel.

— Ça va aller, dis-je, entre deux bouchées. Ne t'inquiète pas.

Je coupe un morceau et lui mets dans la bouche.

— C'est facile pour toi de dire ça, raille Jamie. Pendant que Tom et moi on fera le sale boulot, toi tu seras en train de te balader dans un pays étranger, un cône de glace à la main. Quelle est la prochaine étape de ton processus de réinvention, au fait ? Tu as déjà fait le piercing et la coupe de cheveux à la dure. Ce sera sûrement un tatouage, non ?

Je ne relève pas, car je vois Tom chercher le piercing du regard. Nez ? Non. Lobe ? Non. Sourcil ? Non. Il détourne le regard et je le vois passer en revue dans sa tête toutes les possibilités restantes.

Je foudroie le téléphone du regard.

— Et toi, ton sale boulot consistera à rester assis bien tranquillement dans ton bureau et occasionnellement répondre aux appels et aux mails de Tom ? Tu vas choisir un robinet ou du carrelage sur Internet ? C'est ça que tu appelles « faire le sale boulot » ?

— J'en ferai plus que toi, siffle Jamie.

Son air de défi me rappelle le bon vieux temps et quelque chose s'illumine en moi. J'ai envie de répondre *Challenge accepté* ! Mais mon cerveau en pleine gueule de bois tâtonne et aucune réponse ne me vient. Je peux peut-être faire les cartons en un temps record.

— Il va de soi que c'est moi qui fais le sale boulot et que vous me payez pour le faire, intervient Tom, parfait dans son rôle habituel d'arbitre des jumeaux Barrett. Est-ce que 5 % du prix de vente ça te convient, Darce ?

— Les maths et elle, ça fait deux, lance méchamment Jamie, en même temps que je réponds « Bien sûr ».

Tom donne involontairement raison à Jamie.

— Tu ne sais même pas combien ça fera. Tu connais les prix du marché dans le quartier ?

Il éloigne le téléphone et continue en baissant la voix :

— N'accepte pas à la légère. C'est ton héritage, Darce. J'ai des contrats à vous faire signer à tous les deux. Même si on est amis, on doit faire les choses dans les règles. Dès que vous aurez signé, vous deviendrez mes clients.

— Les affaires sont les affaires, dit faiblement la voix de Jamie à travers le téléphone. Je vois que tu écoutes mes conseils.

J'aurais dit oui pour 10,20, 5 % de son cœur. J'aurais dit oui à tout.

— Quel est le problème ? Je te fais confiance. Je suis sûre que c'est une proposition honnête. Tout ce qui m'importe, c'est que le cottage soit rénové.

— Il faut que tu deviennes plus responsable en matière d'argent.

Tom n'a pas l'air content de la confiance aveugle que je place en lui. On dirait même que ça le rend malade.

— Tu entends ça, Tom ? Tu es la seule personne sur Terre en qui Darcy a confiance ! lance Jamie, avec un peu d'exagération et beaucoup de jalousie.

Je tire la langue en direction du téléphone.

— C'est l'homme parfait, dis-je, pour le plaisir de le provoquer.

— Il faut que tu arrêtes de dire des choses pareilles, dit Tom d'un air peiné.

Je l'entends qui se murmure à lui-même : « Pas de pression, pas de pression. »

— Tu lui as tout dit, n'est-ce pas ? demande Jamie.

Un long silence s'ensuit. Un silence interminable.

— Oui, je vois, continue Jamie. Je comprends pourquoi tu la joues comme ça. Tu as raison, c'est plus malin.

Tom refuse de croiser mon regard. On dirait qu'il n'en mène pas large. Pour la première fois, je sens une pointe de doute.

— Qu'est-ce que vous mijotez tous les deux ?

Tom pousse un profond soupir.

— Rien du tout. Bon, cette conversation ne mène nulle part. Il faut que j'y aille, un type vient jeter un coup d'œil aux fondations. J'ai vraiment besoin que vous vous mettiez d'accord sur un style d'ici à mercredi. J'ai du matériel à commander.

— Conserve le même style mais donne un coup de neuf.

Je lui adresse un signe de tête entendu. Affaire réglée. Mais évidemment, Jamie n'entend pas les choses de cette manière.

— Prends exemple sur mon appartement, ordonne-t-il. Ne te prends pas la tête avec Darcy, elle sera bientôt partie. Fais une rénovation moderne standard. Comme cet endroit que tu as refait l'année dernière, avec le joli mur d'accent gris. Fais ce qui se vend le mieux.

— Mur d'accent gris ? Loretta se retourne dans sa tombe en éclatant de rire là.

J'embrasse le beau papier peint du regard. Je pensais que je pouvais faire confiance à Tom pour respecter l'état d'esprit du cottage.

— Tu réalises qu'un vieux cottage comme celui-ci aurait l'air ridicule dans un style moderne ?

— On fera le point sur le budget toutes les semaines, continue Tom comme s'il ne m'avait pas entendue. Chaque changement dans le budget devra être approuvé par chacun d'entre vous. Je compte finir ce chantier en avance et sous le budget.

— Je sais que tu y arriveras, répond Jamie avec assurance.

C'est la première fois que je l'entends aussi confiant.

— Je vous laisse, j'ai une réunion. Tom, tu as entendu : je veux du moderne.

Il raccroche. Tom lance le téléphone sur la table basse et s'adosse d'un air las. Sous la couette, mes pieds sont maintenus en place par sa cuisse.

— Du vintage moderne, marmonne Tom. Barrett contre Barrett. Je ne sais pas comment je vais m'en tirer sur ce coup-là. Tu te rends compte que je n'arriverai pas à vous satisfaire tous les deux ?

— Dans ce cas, tu n'as qu'à décider qui de nous deux tu as envie de rendre le plus heureux. Je te donne un indice : c'est moi.

Je lui souris. Comme le doute déforme ses traits, je souris de plus belle, de manière encore plus adorable, et fronce le nez d'un air mutin, jouant à fond la carte de la petite sœur pourrie gâtée.

— C'est vrai que j'aime te faire plaisir, concède-t-il.

Bingo. Me voilà à 3 %. J'ai l'impression d'avoir gagné un prix.

— À quoi est-ce que Jamie faisait allusion ? Tu peux me le dire, tu sais.

Il ramasse les boîtes vides et je m'empare du sirop précipitamment et bois le reste. À voir sa tête, c'était répugnant.

— Tu vas avoir du diabète, dit-il faiblement. Tes dents parfaites auront des caries.

Parfaites ? Il a dit parfaites ?

— Ça valait le coup, c'était trop bon.

— Je ne vous cache rien concernant les travaux. Vous serez au courant de tout.

Son regard se pose sur ma bouche. Je lèche ma lèvre. L'air devient lourd entre nous. Il est toujours assis sur mon pied. Je ne savais pas que c'était un fétiche, mais hé, on en apprend tous les jours. Je remonte en position assise en faisant trembler mes abdos. Nos visages se retrouvent beaucoup plus près. Oups.

— Tu vis toujours sur site quand tu fais un projet de rénovation ?

— Oui. J'ai apporté mon équipement de camping.

Une seconde s'écoule et il détourne le regard en se frottant les mains sur les cuisses comme s'il transpirait.

— Jamie parlait d'un piercing… ? reprend-il d'une voix hésitante.

— Oui. Et ça m'a fait un mal de chien !

Il ne me demandera pas où. Il s'y refuse.

— Je pensais que tu avais eu assez d'aiguilles pour toute une vie.

— Celle-là, c'était pour le plaisir.

J'ai fait ce piercing sur un coup de tête, me disant que j'aurais l'air d'une dure à cuire lors de mon prochain rendez-vous chez le cardiologue. J'ai eu très mal, comme si mon âme et mon corps entier avaient été transpercés. Et pourtant, j'ai adoré, car la douleur était telle que l'espace d'un instant je n'ai plus pensé ni à la colère de mon frère contre moi, ni à la bague en diamant de Megan.

En plus, c'est carrément *sexy*. Argent et rose, c'est une sacrée combinaison.

Il se demande où il pourrait bien être, j'en suis sûre. Il est temps de lui rappeler qu'il est fiancé.

— Que pense Megan du fait que tu sois si souvent absent de la maison ?

Je continue sans lui laisser le temps de répondre :

— Elle doit détester.

— Ça lui est égal, répond Tom d'une voix plate. Elle a l'habitude.

— Si tu étais à moi, ça ne me plairait pas. Mais tu sais comment je suis.

Ma remarque le fait réagir. Il se redresse comme si une décharge électrique lui avait parcouru l'échine.

— Comment es-tu ? Je ne sais pas, je t'assure, ajoute-t-il lorsque je lui lance un regard qui dit « Arrête tes conneries ».

— Avec la plupart des mecs ? Ils pourraient vivre ou mourir, ça me serait égal. Toi, par contre…

Je jette un œil vers les deux gobelets de café vides. Il est si gentil que j'ai envie d'être honnête en retour. L'idée qu'on puisse abuser de sa gentillesse, moi y compris, me rend folle. J'ai envie de marcher deux pas devant lui, où qu'il aille, pour abattre les obstacles sur son chemin. S'il dormait sur un chantier, et s'il était à moi, je partagerais sa tente. Toute la nuit, chaque nuit, qu'il vente ou qu'il pleuve des cordes. Je ne permettrais jamais à une autre femme de s'asseoir aussi près de lui que je le suis maintenant. Megan est folle de laisser un tel spécimen dans la nature sans surveillance.

Si j'étais elle, je ne supporterais pas de me savoir assise assez près de lui pour sentir sa peau. Il a l'odeur des bougies qu'on souffle en faisant un vœu un jour d'anniversaire. De ma vie, je n'ai jamais été possessive avec un homme, mais Tom Valeska ? Il active un instinct que je dois garder enfoui au fond de moi, verrouillé à double tour, car il ne m'appartient pas.

Tom n'est peut-être pas le seul chien de traîneau dans le coin.

Il a dû lire en moi comme dans un livre ouvert, car il cligne des yeux et déglutit avec difficulté. Il essaie d'ignorer la tension sexuelle entre nous. Parce que c'est un homme bien. Et mon cerveau ne voudrait pas qu'il soit différent. Mon corps, lui, voudrait qu'il me soulève et me plaque contre le mur. Qu'il me fasse l'amour sur le rebord de la fenêtre. À même le sol. Dans le lit.

Il faut que je me reprenne avant que la situation ne dérape.

— Oh ! arrête. Tu me connais mieux que personne. Alors, tu me le dis ce secret ?

— Ce ne serait pas une bonne idée, crois-moi, répond-il avec prudence.

Mais ses pupilles sombres le trahissent. Je sais qu'il crève d'envie de m'en parler. Il se serait contenté de dire non autrement. Il ne m'aurait pas laissé une petite ouverture par laquelle me faufiler. Il l'a sur le bout de la langue. Je me demande si je peux le persuader.

— C'est à propos du cottage ?

Il secoue la tête comme s'il était hypnotisé. Je pourrais me noyer dans ses yeux couleur noisette. Dans cette lumière du matin, c'est une vraie mine d'or. De l'or, du sable, des tombeaux, des pièces d'or, des richesses en pagaille. Des pyramides égyptiennes, la vie éternelle. Un sarcophage doré. Le service de table de Cléopâtre.

— Ça concerne Jamie ?

Il secoue encore la tête.

— Tu peux me le dire, dis-je de ma voix la plus persuasive.

Il reprend subitement ses esprits, secoue la tête, et fronce les sourcils, l'air contrarié.

— Arrête ça.

Cette fois, je prends ma voix la plus innocente.

— Arrêter quoi ?

— Jamie a raison. Tu flirtes avec moi pour essayer de me soutirer des informations.

Il a l'air écœuré.

— Tu devrais vraiment prendre la relève de Loretta. Tu es douée.

Je peux peut-être l'hypnotiser de temps en temps, mais Jamie fait de lui ce qu'il veut. Cette maison est à la merci de mon jumeau tyrannique qui n'a aucune fibre artistique.

— Et toi, tu devrais arrêter de me cacher des choses. Je vais participer aux travaux.

Et là, ça fait tilt. C'est exactement ce que j'aurais dû dire à Jamie. Le sentiment de culpabilité que je traîne depuis notre grosse dispute fond comme neige au soleil. Je vais tout faire pour m'assurer que le souhait de Loretta soit exaucé et je vais veiller à ce que la magie inhérente à la Maison du Destin soit conservée.

— À mon avis, pour que Jamie me pardonne, il va falloir que je sue sang et eau et que je verse quelques larmes. Je vais me racheter.

— Pas trop de sang, ni de larmes. Ni de transpiration, ajoute Tom, pensif. Contente-toi d'être présente chaque fois que j'aurai besoin d'appeler Jamie pour qu'une décision rapide soit prise. Est-ce que tu peux t'installer chez Truly ?

— Hors de question. Je participe aux travaux et je dors dans une tente, comme toi. Je fais partie de l'équipe.

Il sourit mais il reprend aussitôt son sérieux.

— Désolé, c'est non.

— Pour quelle raison ? Tu n'as pas besoin de main-d'œuvre gratuite ?

— Je n'arrive pas à me concentrer quand tu es dans les parages, répond-il en toute honnêteté.

Je sens une étincelle s'allumer dans mon cœur. Mais il n'a pas le regard fuyant, alors je ne devrais probablement pas y lire un sens caché.

— Mais c'est ta maison, donc je ne peux pas t'en empêcher, continue-t-il. Tu pourrais aider sur de petits projets ponctuels. Comme peindre la nouvelle clôture.

— Non. Je ne veux pas faire des trucs de nana. Je veux utiliser des outils.

— Pas d'objet lourd, pas de travail physique, pas d'échelle, rien d'électrique…

Tom s'interrompt. Je suis sûre qu'il est en train de m'imaginer avec mon doigt dans une prise. Son front est barré d'un pli soucieux.

— Je ne crois pas que mon assurance couvrirait ça. T'avoir sur le chantier, c'est un handicap.

Le choc est tel que j'en reste bouche bée. J'ai l'impression d'avoir un trou béant dans le cœur et qu'un gouffre s'ouvre sous mes pieds. Tout se met à tanguer. Un handicap…

— Oh mon Dieu, Darce, ce n'est pas ce que je voulais dire, bafouille-t-il, horrifié. Je me suis mal exprimé.

Je me lève avec difficulté et manque de trébucher sur la table basse.

— C'est bon, ça va. Tu as raison. Fais ce que tu veux avec le cottage. De toute façon, il sera vendu à un clone de Jamie plein aux as. Alors quelle importance ? Je m'en fiche.

C'est un miracle que j'arrive encore à parler.

— Non, tu ne t'en fiches pas, proteste-t-il.

Je me précipite vers la salle de bains, Tom sur mes talons. Je m'y glisse, ferme la porte et tourne le verrou.

— Je sais combien c'est important pour toi. Et je te promets que le résultat te plaira.

— Je m'en fiche. Le temps que tu ouvres le premier pot de peinture, je serai à des milliers de kilomètres. Tu n'as qu'à faire ce que veut Jamie, sans Darcy le handicap au milieu.

Il est temps de remettre mes sentiments en ordre. De rassembler toutes ces feuilles éparses et de les passer à la déchiqueteuse.

— Je suis navré.

Il faut que je parte avant de faire quelque chose d'irréversible.

— Ouvre-moi, s'il te plaît, supplie Tom en frappant

de nouveau. Ce n'est vraiment pas ce que je voulais dire. Évidemment que tu n'es pas un handicap.

— Si tu l'as dit, c'est que tu le pensais. Tu ne mens jamais.

— Si. Tous les jours.

Je me regarde dans le vieux miroir moucheté. J'ai une mine affreuse, des cernes énormes. Une rougeur grotesque digne d'un vaudeville sur chaque joue. Quand j'étais en ville pour le réveillon, j'ai observé Megan. Sa peau est si impeccable. On dirait qu'elle n'a pas de pores.

— Laisse-moi tranquille, dis-je, le sentant toujours derrière la porte.

Il ne peut pas me suivre ici de toute façon. Je me déshabille et baisse les yeux sur mon corps bizarre, ses articulations trop grosses et son ventre flasque. Le piercing au sein me semble maintenant ridicule au lieu d'être sexy.

— Je pourrais démonter la porte, lance-t-il sur le ton de la plaisanterie.

Je me revois hier soir, allongée sur le sol devant la salle de bains comme un chien attendant son maître.

— Si tu fais ça, tu me verras toute nue et tu ne t'en remettras pas. Laisse-moi tranquille, je vais prendre une douche.

— Ne te renferme pas dans ta coquille. C'est normal que tu t'inquiètes pour la maison. Et je veux savoir comment tu imagines le produit fini.

Sa voix se fait plus affectée :

— DB, s'il te plaît, rhabille-toi que je puisse te prendre dans mes bras et te dire combien je suis désolé.

Je lui réponds sèchement :

— Tu as entendu le patron. Il veut du moderne.

Ma voix a l'air encore plus dure quand elle rebondit sur le carrelage. J'ouvre le robinet et la douche crachote. Je reste sous le jet, dans la vapeur, à pleurer silencieusement, l'eau balayant mes larmes. Ni vu ni connu.

Je me tiens à l'endroit même où Tom Valeska se tenait nu hier.

Mais désormais il ne faut plus que j'y pense. Il faut que je me fasse une raison. Il ne sera jamais à moi.

Chapitre 7

Après le déjeuner, l'électricien arrive et allume l'interrupteur à côté de la porte d'entrée. On entend un *pop*, les lumières vacillent, et il retire précipitamment sa main en criant « Bordel ! » La maison est une vipère aujourd'hui. Elle veut blesser quelqu'un.

Le mug que je suis en train de prendre en photo porte l'inscription CASSE-COUILLES n° 1. Ce serait le cadeau d'anniversaire parfait pour Jamie. Enfin, si on se reparle d'ici là.

Je prends une photo, change légèrement l'angle du mug sur le petit plateau tournant blanc, prends une autre photo et sauvegarde une rotation de trois cent soixante degrés. Puis je transfère le fichier numérique et lui attribue un numéro de série avant de barrer ma check-list. Si je perds le fil et m'emmêle les pinceaux, je vais m'arracher les cheveux. C'est un travail lent, méticuleux et, soyons honnêtes, franchement ennuyeux.

Quand je pense au fait que j'ai gagné le prix Rosburgh à l'âge de vingt ans grâce à l'un de mes portraits, mes mains se mettent à trembler et je dois refaire toute la série. Pourquoi diable fallait-il que Tom m'en reparle ? J'avais presque réussi à laisser le souvenir avec la toile, sous le lit de Jamie.

— CASSE-COUILLES n° 1. Je devrais peut-être garder ce mug pour moi, dis-je à Patty, endormie sur un coussin. Il m'irait comme un gant.

Je le prends et me dirige vers la fenêtre pour espionner Tom. Il fait très professionnel et compétent dans sa tenue de travail. Il est en train de pointer du doigt la toiture tandis que l'expert à côté de lui, un homme voûté, hoche la tête.

Il ne m'a pas fallu longtemps pour perdre pied. Si j'avais mon téléphone, je me forcerais à regarder la photo de la bague de fiançailles de Megan pour me remettre les idées en place. Je ferme les yeux et l'image m'apparaît : diamant taille coussin, d'un éclat plus froid que la glace.

Ce n'est pas ce que je choisirais. Je choisirais quelque chose du style de la bague de Loretta : un saphir noir. Non, en fait, c'est la bague de Loretta que je veux, point. Le fait qu'elle l'ait léguée à Jamie me dépasse complètement. Elle savait que je l'adorais. Parfois, elle me la prêtait pendant plusieurs semaines d'affilée en me disant « oh ma douce, elle te va si bien ! » L'a-t-elle léguée à Jamie pour me punir de quelque chose ?

Sur le parking du notaire, j'ai proposé à Jamie de la lui racheter. Erreur tactique. Ses yeux gris ont viré au bleu, comme chaque fois qu'il est content ou excité. Il s'est mis à jubiler.

— Non, a-t-il répondu avec un plaisir non dissimulé.

Maintenant qu'il sait à quel point j'ai envie de l'avoir, cette bague vaut plus que la Joconde. Personne ne serait assez fou pour m'épouser, mais heureusement pour moi, personne ne serait assez fou pour épouser Jamie non plus.

Le soleil se couche quand je décide qu'il est temps de me comporter en adulte et de régler les choses entre Tom et moi. Je le trouve seul dans le jardin, en train d'écrire dans un carnet. Le bout de sa langue dépasse entre ses dents.

— Regarde-toi, quel élève méticuleux !

— Oui, m'dame.

Il prend une photo des marches à l'arrière de la maison avec son portable. Je n'y avais jamais prêté attention, mais elles sont joliment rustiques. Je les remonte d'un pas lourd et elles rebondissent sous mes pieds.

— Darcy, je suis tellement navré, commence-t-il.

Il s'est probablement entraîné plusieurs fois. Autant lui épargner ça.

Je le fais taire d'un geste de la main.

— N'en parlons plus.

Je prends son portable et regarde la photo qu'il vient de prendre.

— Tu pourrais gagner un prix avec cette photo. C'est moi la photographe, c'est moi qui aurais dû les remarquer. Je me demande parfois s'il y a quelque chose que tu ne sais pas faire.

Je ne plaisante qu'à moitié.

— Oh ! des tas. Pourquoi ne prendrais-tu pas ton appareil ? Ou peut-être que tu pourrais recommencer à prendre des photos de modèles vivants.

Est-ce sa façon de me demander d'être photographe à son mariage ?

Il hésite, et je sais que ça va venir. La requête que je serai incapable de refuser, même si elle me brise le cœur.

— Si te laisser me prendre en photo…

L'envie de hurler « Non, pitié, ne me demande pas ça ! » me submerge. Je l'interromps derechef.

— Les affaires n'ont jamais aussi bien marché. Je ne retournerai pas aux modèles vivants. Les mugs, ça ne se plaint jamais. Ils ne s'effondrent pas en larmes en ruinant leur mascara. Ils ne publient pas de critique cinglante en ligne.

— Quelqu'un a fait ça ?

Ça ne lui viendrait jamais à l'idée de me chercher sur Google. Ce n'est pas du tout son genre.

Virulente. Il n'y a pas d'autre mot. Apparemment je ne méritais pas ma plaque près de l'entrée.

Aucun professionnalisme. En retard. Gueule de bois – sûrement encore ivre. Distraite. Mauvaise présentation. Désagréable et grossière avec les invités. Flou. Mal cadré. Ruiné mes souvenirs. J'appelle mon avocat.

Tom ravale sa demande. C'est probablement plus sage. Il mérite d'avoir de bons souvenirs de son mariage et que tout se déroule sans accroc.

— Si j'avais terminé la rénovation du studio, tu ferais peut-être encore des portraits à l'heure actuelle, dit-il.

Il regarde vers le long bâtiment rectangulaire au bout de la clôture, au-delà du bassin. À une époque c'était l'atelier de menuiserie de grand-père William, et il sent toujours le callitris. Loretta avait pour habitude de s'asseoir à l'intérieur sur une chaise pliante, et de boire son café du matin en pensant à lui. Ce lieu allait devenir mon studio photo et, avant ça, le salon de voyance de Loretta. Un été, Tom avait bien avancé dans les travaux. Il avait posé un revêtement mural à l'intérieur et de la moquette. Puis Aldo l'avait envoyé sur un chantier, puis un autre, et encore un autre. Tom ne supporterait pas de ne pas finir ce projet-ci.

Le sentant culpabiliser, je m'empresse de le rassurer.

— Ne te sens pas coupable. Tu étais occupé. Ce n'est pas à cause de toi que j'ai arrêté les portraits.

Techniquement si, c'est en partie à cause de lui que j'ai arrêté les portraits, mais il n'a pas besoin de le savoir. De toute façon, j'étais sur la mauvaise pente depuis longtemps.

— Je serais venu si tu m'avais appelé, me reproche-t-il. Tu le sais.

— Ne t'inquiète pas. Tu es là quand j'ai le plus besoin de toi. Comme toujours.

Patty se tient sur le bord du bassin plein de vase. Une patte avant se soulève. Je la prends dans les bras et embrasse sa petite tête de pomme.

De la fenêtre de la buanderie, Diana me lance un regard

horrifié dans une superbe interprétation féline du tableau *Le Cri*.

— Patty, arrête de flirter avec le danger, dis-je en levant sa gueule vers moi.

— Ça te va bien de dire ça. Tu vis dans une maison dont l'installation électrique pourrait provoquer un incendie.

Tom me tend son carnet et commence à déplier une échelle.

— Je n'arrive pas à croire que Loretta vivait dans un endroit aussi délabré. Pourquoi ne m'a-t-elle pas demandé de rénover il y a des années ?

Il commence à s'énerver.

— Elle n'avait pas à supporter tout ça.

Je ris malgré moi.

— Oh ! elle n'avait pas envie de faire les cartons. Elle disait, je cite : « Tu n'as qu'à t'y faire. »

Je feuillette les dernières pages de son carnet. J'avais presque oublié son écriture : carrée, droite, des abréviations mystérieuses. Je découvre des pages noircies de flèches montantes et descendantes, de mesures, d'estimations budgétaires. Page après page, de mauvaises nouvelles.

— Elle voyait ces problèmes comme des excentricités qui donnaient du caractère à la maison. Et elle avait raison.

— Tu ressembles tellement à ta grand-mère que c'en est effrayant.

Tom accroche l'échelle de l'autre côté du mur.

— Promets-moi que tu ne toucheras pas aux prises. Et que tu n'essaieras pas de lire les lignes de ma main.

— Je connais les caprices de cette maison. Je vivais là chaque fois que mes parents partaient au ski, tu te rappelles ?

Mes parents adorent descendre des montagnes enneigées dans des combinaisons assorties. Je me demande ce que ça fait d'avoir autant de liberté.

— Est-ce que tu m'en voulais à mort ?

Il les accompagnait à ma place pendant que je restais chez Loretta à prendre des photos jusqu'à ne plus avoir suffisamment de lumière et à lire des romans près du feu, ma main dans le saladier à bonbons. Charmant, mais ça ne faisait pas le poids face à une piste de ski diamant noir. Je secoue la tête.

— Non, ça me faisait plaisir que tu y ailles.

J'étais contente qu'ils puissent tous s'amuser sans se soucier de mon cœur défaillant.

— Contente pour moi parce que j'étais pauvre, dit Tom avec une légère amertume dans la voix.

Il lève la tête et pose un pied sur le premier barreau de l'échelle.

— Contente que tes parents incroyablement généreux m'emmènent partout.

— Non. Contente pour toi parce qu'être celui qui reste sagement à attendre c'est nul, et je ne voulais pas de ça pour toi.

Je me souviens de Loretta me disant « Fais leur signe de la main, bonté divine. Ils pourraient mourir d'un crash d'avion. Tu le regretteras si tu ne leur dis pas au revoir. Souris et laisse-les s'amuser. »

Ce genre de déclaration est encore plus perturbant venant d'une diseuse de bonne aventure.

Ce que j'interprétais comme : « qui aurait bien pu se détendre en ma présence, la bombe à retardement ? »

— Ça vous permettait de souffler au lieu de constamment vous inquiéter pour moi.

— On ne partait pas car on avait besoin de souffler, répond Tom, surpris.

Il commence à grimper.

— Si c'est ce que Loretta t'a dit, elle avait tort.

L'espace d'un instant, j'ai l'impression qu'il sait que je me suis confiée à ma grand-mère et qu'elle m'a fait quitter la ville à cause de ce qui s'est passé entre nous. Mais comment pourrait-il le savoir ? Je n'en ai jamais parlé à personne. Quand il baisse la tête vers moi, je suis soulagée de constater que ses yeux ne trahissent aucune rancœur ni aucun mauvais souvenir.

— Si tu as besoin d'allumer ou d'éteindre quelque chose à l'intérieur, demande-moi. J'ai caché ton sèche-cheveux.

— Ça veut simplement dire que tu l'as mis quelque part en hauteur, au-dessus de ma ligne de vision. On sait tous les deux que tu étais le plus nul à cache-cache.

Je me rince l'œil pendant qu'il grimpe.

— Tu fais quoi là-haut, au fait ?

— Je jette un coup d'œil aux gouttières.

— Moi aussi, je jette un coup d'œil…

Il me lance un regard noir et je lui souris de toutes mes dents.

— Quoi ? Je m'intéresse à l'état de mon cottage.

J'entends un grand bruit de ferraille. Tom secoue toute la gouttière à environ trente centimètres du toit. Des feuilles visqueuses me tombent dessus. Patty et moi rugissons comme des phoques.

— Enfoiré !

— Ça t'apprendra, petite obsédée !

Il secoue la gouttière une nouvelle fois.

— Tu as l'esprit mal placé, Tom !

— Est-ce que tu veux grimper sur cette échelle pendant que je me tiens en bas à reluquer tes fesses ? Voir ce que ça fait ?

Grillée. Encore. S'il remarque chaque fois que j'ai les yeux rivés sur lui, je suis foutue.

— Normal que je me rince l'œil. Tu es canon, bébé.

— Je dois t'en faire de l'effet… Tu es restée cachée dans la salle de bains pendant longtemps. Je ne savais pas que le chauffe-eau avait une telle capacité.

Tom sort un tournevis de sa poche arrière.

— Ce chauffe-eau est une boîte de conserve. J'étais gelée à la fin.

Je suis restée sous la douche jusqu'à ce que l'eau devienne froide, que je me retrouve engourdie jusqu'à l'os et que l'énergie insatiable en moi se tarisse. C'était la première fois que je prenais une douche froide parce que j'étais dans tous mes états à cause d'un homme.

Il regarde vers le toit du voisin et, de profil, je le vois déglutir. Il est probablement en train de se dire « Darcy Barrett, rat d'égout trempé et grelottant, ses cheveux trop courts plaqués sur la tête. Dégueu. »

Il se hisse un peu plus haut sur le bord du toit. J'entends un bruit de tuile qui glisse et l'échelle se met à trembler. Je bondis et me plaque de tout mon long au bas de l'échelle en l'encerclant de mes bras.

— Putain ! Sois prudent !

Une autre feuille humide me tombe sur le visage.

— Tout va bien, me rassure-t-il en commençant à redescendre.

Il ne se retourne pas, mettant un long moment à redescendre l'échelle et la plier. Cela me permet de lui cacher le bond soudain que mon cœur a fait.

— J'ai cru que j'allais devoir te rattraper.

Je me dirige vers le bassin, en prenant soin de lui tourner le dos. Mon cœur commence à s'accélérer quelque part dans la région de ma gorge.

Je déglutis une fois, deux fois, mais il ne se calme pas. Le sang dans mes veines se met à circuler dans le mauvais sens.

Mon cœur lance : *Alors comme ça, on a eu une petite frayeur ? Super, je vais m'en donner à cœur joie !* Et maintenant, il s'emballe. Palpitations, vue qui se brouille. La machine est lancée.

Vite, il faut que je pense à autre chose.

En dehors de mon problème cardiaque qui fait des siennes, un autre schéma déplaisant se répète. Je taquine Tom comme d'habitude, il me reprend, et je me mets alors à penser à Megan. Je me ratatine de l'intérieur comme une cannette de bière vide. Puis je regarde vers lui, la joie m'envahit de nouveau et le cycle recommence.

Je sais quelle est la solution : un taxi jusqu'à l'aéroport.

— Je suis sûre que tu me rattraperais.

Il tend ses bras vers le ciel.

— Mais tu te retrouverais écrabouillée.

Puis il remarque que je me tiens immobile.

— Est-ce que ça va ?

J'expire lentement.

— Ça va.

C'est un gros mensonge. Mon cœur s'affole comme s'il essayait de sortir de ma poitrine, les palpitations remontant dans mon cou.

Tom pose les mains sur moi.

— Ta petite pelote de coton, murmure-t-il avec une profonde empathie. Ça s'affole là-dedans, c'est ça ?

— Arrête. N'en fais pas toute une histoire.

Je m'écarte mais il me suit.

— Ça va s'arrêter. Il suffit que je cesse d'y penser. Ton inquiétude ne fait qu'empirer les choses.

Il retire ses mains comme s'il venait de se brûler.

Il a l'odeur qu'il a toujours eue : une bougie d'anniversaire sur laquelle on vient de souffler. C'est l'odeur âcre qui reste dans vos narines quand vous fermez les yeux et faites un vœu irréalisable, votre bouche salivant à l'idée de manger le gâteau.

— Respire, m'encourage-t-il, exactement comme le ferait Jamie.

Je m'autorise un coup d'œil vers son beau visage ;

le regard hanté dans ses yeux me rappelle pourquoi je n'accompagnais jamais ma famille en vacances quand j'étais enfant. Pourquoi j'étais celle qui leur disait au revoir à l'aéroport. Je ne suis qu'inquiétude, peur et incertitude.

Je suis un handicap.

Je me force à souffler un grand coup.

— Ne t'inquiète pas. Quelques jours de vacances sur une plage et je serai comme neuve.

Il s'éloigne et l'air frais emplit l'espace entre nous. Je vais de l'autre côté du bassin et tapote ma poitrine comme si j'aidais un nourrisson à faire son rot. Si je le fais suffisamment fermement, je sens moins les battements irréguliers de mon cœur.

Tom a l'air misérable.

— Je suis navré de ce que je t'ai dit. Tu me crois, n'est-ce pas ? Tu n'es pas un handicap. C'est ta maison. Tu as tout à fait le droit de participer à sa rénovation.

Il retourne à son carnet, mais il consulte ses notes sans les voir.

— Mais je ne pense pas que tu devrais voyager. De toute évidence, tu n'es pas en état.

— Je suis comme ça depuis des années. Ne commence pas.

Il soupire bruyamment.

— Donc mon échelle tremble et tu te jettes dessus comme si c'était une grenade, mais tu te transformes en statue de cire et je suis censé l'ignorer ?

Il pose une main sur sa hanche. C'est ce qu'il fait toujours quand il perd patience.

— Je ne suis pas d'accord avec tes règles.

— Toute ma vie, on s'est inquiété pour moi.

Je lève la main pour attraper ma tresse mais mes doigts se referment sur le vide. Je me rappelle alors que je ne suis plus la même personne. Je suis une dure à cuire, maintenant.

— Contente-toi de t'inquiéter de la maison.

— Je m'inquiète pour toi, dit-il d'une voix qui signifie « Arrête les conneries ». Dis-moi ce qui se passe réellement. Je n'ai jamais vu autant de bouteilles de vin vides de ma vie.

Du pouce, il désigne la poubelle de tri sélectif.

— Tu ne vas pas bien.

— Ne commence pas...

Il m'interrompt.

— Tu bois, alors que tu ne devrais pas. Tes médicaments sont périmés, est-ce que tu le savais ? Tu travailles dans un endroit où les clients peuvent te tripoter. Te faire mal. Des hommes passent devant chez toi toute la nuit.

— Tu exagères...

— Ton frigo est vide. Tu ne prends plus de vraies photos.

Il dit ça comme si c'était tragique.

— Et tu essaies de me tenir à distance, comme d'habitude, en faisant ce que tu fais toujours.

— C'est-à-dire ?

— Tu le sais parfaitement. Tu prends tout à la rigolade. Tu joues avec moi.

— Alors, dis-moi ? Qu'est-ce que ça fait ?

J'ai les yeux rivés sur ses ongles courts et propres qui s'enfoncent dans le coton de ses vêtements, au niveau de sa hanche. Je transpire. J'ai besoin d'essuyer la sueur qui perle à mes sourcils avec ma manche, mais il s'en rendra compte.

— Darcy Barrett qui joue avec moi ?

Il rumine la question.

— On dirait qu'elle plaisante, mais j'ai l'impression qu'elle dit la vérité. Et je ne sais jamais si c'est du lard ou du cochon.

Waouh. Il me connaît vraiment sur le bout des doigts.

— Tu es un gars intelligent. Tu trouveras.

Il se passe une main dans les cheveux. Ce biceps... Ces courbes... C'est de l'art.

— Tu vois, tu continues. C'est ta technique pour me déconcerter et pour éviter d'avoir à me répondre.

Il se retourne vers la maison, comme s'il avait besoin de soutien moral. Patty court vers lui et lui grimpe sur le mollet. Il baisse les yeux vers elle.

— Je suis un jouet pour chien, Patty. Tata Darcy aime m'entendre couiner.

— Si j'étais Megan, je me donnerais un coup de poing dans la figure.

Je serre le poing et me donne un léger uppercut.

— Je suis vraiment désolée. Je ne sais pas ce qui me passe par la tête. Si ça peut te consoler, je ne fais ça avec personne d'autre. Tu es... spécial.

— Vraiment ?

Nos regards se croisent et j'aperçois une étincelle dans ses yeux. J'ai un petit flash-back désagréable de mon altercation avec Keith, qui s'est trompé sur mes intentions. Le cœur de Tom est solide comme le roc de Gibraltar mais je dois me montrer prudente.

— Ça ne devrait pas te plaire d'entendre ça. Tu es fiancé, je te rappelle. Megan, uppercut... ?

— Elle s'en ficherait.

C'est exactement ce qu'il a dit la dernière fois, quand j'ai parlé de la tente. Il essaie de me transmettre un message à son sujet, mais je ne sais pas si je suis prête à l'entendre. Elle est visiblement aussi cool que son diamant. Elle est sûre d'elle, et elle est fiancée à l'homme le plus fidèle au monde.

— Elle n'est pas jalouse, dit-il, confirmant ainsi ce que je pensais.

— Aucun jury sur cette terre ne la reconnaîtrait coupable, tu sais.

J'ai dit ça sur le ton de la plaisanterie, mais en réalité je suis sérieuse.

— Si j'avais la chance d'être fiancée à un apollon comme toi, je sortirais les griffes et je me montrerais méchante. Je suis sûre qu'elle est pareille.

Il rit et mon estomac se noue.

— Ai-je besoin de préciser que tu es toujours méchante ?

Il marque une pause, puis continue, maladroitement.

— Elle n'est pas du tout comme toi.

— Ça paraît clair, dis-je en désignant mon visage et mon corps de la main.

Il me regarde d'un air confus.

— Quoi qu'il en soit, je ne vais pas tenter le diable. Je te l'ai dit, je vais trouver une autre victime à tourmenter. Tu l'as échappé belle. Plains mon futur mari. Il ne sait pas ce qui l'attend.

La bague de Loretta me revient à l'esprit et je lève la main gauche pour contempler mes doigts nus.

Il émet un reniflement sarcastique.

— Toi ? Tu ne te marierais jamais !

Son incrédulité me blesse profondément. J'ai l'impression de m'être coupée au doigt et que la blessure saigne. Je réponds en tâchant de ne rien laisser paraître.

— Si, je me marierai. Et pourquoi pas, d'abord ? Je suis trop dure à vivre ?

Je fais mine de dresser des cornes sur la tête.

— Non, c'est simplement que ça ne m'avait jamais traversé l'esprit.

Il soupire, lève la tête vers la maison et sa silhouette se tasse. Quelque chose le rend triste. Je fais quelques pas hésitants vers lui. Je me demande quelles mauvaises nouvelles il a reçues aujourd'hui.

— Qu'ont dit l'électricien et le plombier ?

— À ton avis ?

Il est consterné.

— Ce serait le boulot le mieux payé de leur carrière. Tout est à refaire. La plupart des canalisations ont besoin d'être changées. Nouvelle étanchéité. Nouveau carrelage. Refaire l'électricité. Pour l'instant, je ne peux pas nommer une seule chose qui n'a pas besoin d'être remplacée.

— Est-ce que le budget de Loretta sera suffisant ?

Il ne répond pas tout de suite. Ce qui veut dire « Probablement pas ».

— Je vais vous préparer un tableur avec les estimations.

— Horriblement cher alors. Tellement cher qu'il faut des cellules Excel et des formules. Et tout passera en chrome et peinture grise. Jamie obtiendra ce qu'il veut. Tu le sais. Il t'a dans la poche.

Tom me lance un regard amusé.

— Je ne suis pas son genre.

— Tu es à 100 % à lui.

Je tapote l'ongle de son auriculaire.

— Jamie me laisserait peut-être ça.

Il hausse les épaules.

— Il n'est pas là. Je t'offre donc ceci.

Il tend son autre main vers moi et je réalise qu'il m'offre son autre ongle de petit doigt. J'en ai maintenant deux. Je suis ivre de joie.

— Je les chérirai toujours.

On rentre ensemble, ramassant Patty au passage.

— Et moi, j'ai quoi en retour ?

— Oh ! tu sais bien : mon cœur, mon âme… La totale.

— Oh Darce, soupire-t-il, comme si j'étais incorrigible. Tu joues avec moi. Encore.

Chapitre 8

Étrangement, j'aimerais que Jamie soit là. Il mettrait fin à ce silence pesant avec son bagout habituel, en faisant des blagues et en nous lançant des vannes. J'ai l'impression d'être à deux doigts de briser mon amitié avec Tom. Et quand ça arrivera, j'aurai perdu une autre personne à qui je tiens.

Loretta, mes parents, Jamie, Tom, Truly. Combien d'êtres chers me reste-t-il ? Je suis tentée de prendre la fuite. Personne ne peut me quitter si je suis la première à partir. Rien que d'y penser, j'en ai le souffle coupé. Loretta est morte quand j'étais suspendue au-dessus d'un océan dans un siège côté couloir. Peut-être que je n'ai pas la bonne stratégie.

Peut-être que je devrais m'accrocher aux gens que j'aime avec un acharnement féroce.

Tom consulte son téléphone.

— Tu seras là demain après-midi ? On va couper le courant quelques heures.

— Pas sûre.

Je consulte le planning sur le frigo. Je suis sans portable depuis seulement deux semaines, mais je trouve que vivre sans technologie fait un bien fou.

— J'aide Truly à faire de la couture en fin d'après-midi.

— Donc demain, journée couture ? Tu ne vas pas

perdre ton sang-froid et partir en courant à l'aéroport pour prendre le premier avion ?

Tom a l'air si plein d'espoir que je sens mon vieux cœur endurci se fissurer un peu.

— Je suis si impulsive que ça ?

— Je ne connais personne de plus impulsif que toi.

Qu'a-t-il dit l'autre jour ? Il aime me faire plaisir. À mon tour d'essayer.

— Je n'ai toujours pas retrouvé mon passeport.

Ça n'a pas l'effet escompté. Il n'a pas l'air soulagé. Je persévère.

— Je vais rester encore un peu.

Bingo. Le plaisir fait briller ses yeux, qui s'illuminent telle une bougie. Le regard qu'il me lance me déstabilise. En cet instant, j'ai l'impression que le reste du monde s'évapore. Il n'y a plus que nous deux, suspendus dans une bulle dorée et délicate.

Il se racle la gorge et la bulle éclate. Je suis redevenue sa cliente.

— Je pense vraiment que tu devrais rester jusqu'à ce qu'on se soit mis d'accord sur un style.

Je hoche la tête.

— Je commencerai les cartons demain matin. Je peux peut-être demander à quelques types au boulot de m'aider à pousser les meubles.

L'atmosphère change instantanément. J'ai dit la chose qu'il fallait éviter. Il jette un œil vers la marque sur mon poignet et demande, dans un grondement :

— Tu te moques de moi ?

— Ce ne sont pas tous des abrutis.

— Tu creuserais une tombe pour moi ? demande-t-il, pince-sans-rire.

— Tu sais bien que oui.

Je vais dans ma chambre, prends mon flacon de médicaments et vérifie la date de péremption. Ils sont effectivement périmés. J'en verse quelques-uns dans ma main et les avale quand même. C'est sûrement mieux que rien.

— Je creuserai super lentement de manière à ne pas affoler mon vieux cœur détraqué.

Derrière moi, Tom vibre toujours de colère.

— C'est moi qui bougerai les meubles, déclare-t-il, les dents serrées.

— Si tu insistes.

Appuyé contre le chambranle de la porte, il me regarde pendant que je fouille mon armoire à la recherche d'une tenue.

— Où est-ce que tu vas ?

— Je vais grimper à l'échelle et m'asseoir sur le toit.

Je sors une robe courte et lisse les plis. Ma petite blague semble l'avoir un peu détendu.

— Il fera froid là-haut.

— Ben voyons. Comme si c'était à ça que tu penserais en premier en me voyant monter une échelle en robe.

Je fais un cercle avec mon doigt pour le faire se retourner. Il s'exécute. Il connaît la chanson, depuis le temps.

— Tu ne fermais pas souvent la porte de ta chambre, fait-il remarquer.

Puis il soupire d'un air résigné.

— C'est qui ce mec ?

— Quel mec ?

J'enfile rapidement la robe, mes bottes, et vaporise un soupçon d'Eau de dynamite, l'huile de parfum que Loretta m'a créée. Elle suivait son instinct, donc c'est irremplaçable.

— Qui est l'homme pour qui tu te parfumes ?

Il se retourne vers moi. Il n'a pas complètement repris forme humaine.

— Je me parfume pour moi, pas pour émoustiller la gent masculine.

Constatant la frustration sur son visage, j'ajoute :

— Ce n'est personne.

— J'aimerais que tu m'en dises un peu plus sur ce qu'il se passe dans ta vie. Avec qui sors-tu ?

Il a l'air mal à l'aise. On dirait qu'il lit un script. Avec un revolver sur la tempe. Jamie lui a-t-il demandé de me faire passer un interrogatoire ?

— Il ne te plairait pas. Et de toute façon, on n'est pas ensemble, dis-je d'une voix monocorde.

Je me faufile sous son bras pour sortir de la chambre.

— Je te laisse encore mon lit ce soir. Je prendrai le canapé. Il y a un restau thaï qui livre, le menu est sur le frigo. Passe le bonjour à Megan de ma part.

Je l'entends me suivre. D'un mouvement fluide et sans ralentir le pas, j'attrape mes clés, mon sac et ma veste. Hors de question de rester à mariner dans cette ambiance gênante. Je prendrai un taxi près de l'épicerie. Il continue de me suivre jusque dans l'allée.

— On dirait que tu prends la fuite, Darce. Tu préfères prendre la tangente plutôt que parler de tes soucis de santé et de ton problème d'alcool ?

S'il continue d'insister, je risque de lui révéler le vrai problème : premièrement, j'ai envie de lui sauter dessus. Deuxièmement, il est fiancé.

Troisièmement : je suis tellement jalouse de Megan que j'ai envie de lui rouler dessus avec une moissonneuse-batteuse et d'en faire un sac de graines.

Rien de neuf, en somme.

— Arrête de me suivre.

Je me retourne et marche à reculons.

— Sauf si tu veux m'accompagner. Mais tu risquerais de t'amuser.

Valeska n'a qu'une envie : que je repasse de l'autre côté de la clôture, où rien de dangereux ne pourrait m'arriver.

Je le vois sur lui – sa posture rigide, ses poings serrés. Il se retient de me ramener à la maison.

— Je commence tôt demain. Reste à la maison ce soir, s'il te plaît, Darce.

Sa façon de me protéger et de me traiter en princesse est trop savoureuse, trop craquante. Je n'ai pas envie de me bercer d'illusions et d'y voir quelque chose qui n'existe pas. Je ne peux pas rester seule sous le même toit que lui.

— Non.

— J'ai promis à tout le monde que je veillerais sur toi, insiste-t-il.

Puis, réalisant ce qu'il vient de dire, il pince les lèvres. Il sait très bien que ce genre de déclaration va me faire prendre la fuite encore plus vite.

Je crie, pour qu'il m'entende.

— Impossible ! Je ne réponds plus de rien quand tu es dans les parages !

Juste avant d'arriver à l'angle de la rue, je le vois ouvrir la bouche de stupéfaction. Il en reste sans voix. On n'entend plus que le son de mes bottes. Je n'ai pas besoin de me retourner pour savoir qu'il me suit du regard jusqu'à ce que je disparaisse.

C'est ce qu'il a toujours fait.

Tom est en train d'écrire « JAMIE – SPORT » sur un carton contenant les affaires de sport de mon frère. On s'est lancé un défi impossible : vider sa chambre.

— Alors, comment s'est passée ta soirée ? Je ne t'ai pas entendue rentrer. Il devait être tard.

— À peine minuit. Sûrement très tard pour un couche-tôt comme toi.

— Tu t'es amusée ? me demande-t-il d'un ton assez formel.

— Carrément.

Tu parles. Je me suis ennuyée à mourir. Je n'ai même pas croisé Vince. Je voyage seule à l'étranger, alors j'ai l'habitude des soirées en tête en tête avec moi-même. Mais quelque chose a changé. Je n'avais qu'une seule envie : rentrer. Je rêvais de m'allonger sur le canapé devant un bon film, avec une tisane, et les mains de Tom dans mes cheveux, à écouter Patty gambader dans la maison. Pour éradiquer ce fantasme domestique bizarre, je suis allée chez McDo me gaver de sundaes, puis j'ai pris un taxi pour rentrer une fois que j'ai été sûre qu'il dormait. Je suis la reine de la lâcheté.

« Il faut que je trouve un autre endroit où dormir ce soir », a déclaré Tom ce matin pendant que je me brossais les dents. Heureusement, j'avais la bouche pleine de dentifrice, sinon je me serais exclamée : « Non, reste ! »

Par gentillesse il n'a pas fait mention de mon moment d'égarement d'hier. C'est tout lui, gentil et bon.

J'essaie d'en faire abstraction, moi aussi.

— Jamie est à son bureau, en train de pianoter sur une calculatrice. Regarde-moi, en train de travailler plus dur que lui, dis-je en empilant des livres dans un carton. Eh bien, il adorait les histoires de conspiration !

— Et les histoires avec des mallettes pleines de cash, renchérit Tom, en tirant d'autres affaires de sous le lit.

Quand on était adolescents, Jamie lui passait ses livres dès qu'il les avait terminés. Tom en a lu beaucoup.

— Des pin-up aux lèvres rouges sensuelles, des hors-bord à Monte-Carlo..., dis-je.

Puis je m'arrête sur un livre avec un revolver sur la couverture, et il s'ouvre de lui-même un peu trop facilement sur un passage coquin. Je m'appuie contre le lit et commence à lire.

Tom, occupé à empiler des haltères, lève les yeux vers moi.

— Ton dur labeur n'aura pas duré longtemps, raille-t-il.

Je lève un doigt pour qu'il me donne une minute. Il y a une scène d'orgasme renversant, assorti de quelques grognements de plaisir.

— Et maintenant Jamie et moi avons lu la même scène érotique. Elle est gravée dans nos cerveaux à tout jamais.

Je tremble de tout mon corps.

— Pourquoi est-ce que je me suis infligé ça ? Je ne m'en remettrai jamais.

Tom éclate de rire.

— La tentation était trop grande.

Il prend le livre, et à ma grande surprise, il lit la scène en entier, tournant la page avec un air si concentré qu'il pourrait tout aussi bien être en train de réviser pour un partiel.

Je vois ses yeux balayer la page de gauche à droite. La scène d'orgasme est maintenant dans sa tête.

Mon cœur se contracte et un brusque afflux de sang me fait monter le rose aux joues. Si regarder Tom lire une scène érotique me fait autant d'effet, il vaut mieux que j'empêche mon cerveau d'imaginer l'étape suivante.

Trop tard. Regardez-moi ces grandes mains. Ces jointures de la taille de noix et ces ongles bien propres. Le genre de mains qu'on voudrait partout sur soi. Et maintenant, je l'imagine me pénétrer d'un coup de reins impétueux, profond…

Il referme le livre d'un coup sec qui me tire de ma rêverie.

— C'était du rapide, commente-t-il.

Il lance le livre dans le carton, son regard impassible. Qu'a-t-il pensé de la scène ? Lui a-t-elle donné des idées ?

— Dans ces livres, les hommes cherchent des gisements de minerais de fer, dis-je.

Tom se met à rire.

— Et ceux écrits dans les années 1970 mentionnent

toujours *une brassière*. J'avais plus de dix-sept ans quand j'ai compris qu'il s'agissait simplement d'un soutien-gorge.

Je soulève en grognant un deuxième carton à moitié plein.

— Tu étais un garçon naïf, c'est vrai. Il y a toujours des descriptions de tétons durcis par le désir et de touffes de poil. Et les femmes atteignent toutes systématiquement l'orgasme en quelques minutes. *Oh oui, Richard !* Foutaises.

Sur le carton j'écris « LES LIVRES PORNO DE JAMIE ». Tom barre le mot du milieu d'un coup de feutre.

— Je crois me rappeler que Loretta aimait ses livres un peu pimentés.

Je m'esclaffe.

— Ça, tu l'as dit. Pendant que vous vous éclatiez au ski, j'étais ici à me triturer l'esprit avec ses romans érotiques. Pas étonnant que j'aie pour mille dollars de sex toys dans la salle à manger… Tout s'explique.

— Je jetais un coup d'œil à ses livres de temps en temps, avoue Tom, avec un sourire en coin.

J'éclate de rire.

— Tom Valeska, petit dévergondé ! Tu as bien fait.

Je suis hilare.

— Je lisais un paragraphe par-ci par-là quand Jamie était dans la salle de bains ou Loretta dans la cuisine en train de préparer des sandwichs. C'est comme ça que j'ai fait mon éducation sexuelle.

Il déplie un nouveau carton et y lance d'autres affaires.

— C'était un peu décousu, mais j'ai fini par assembler les morceaux du puzzle. Le moins qu'on puisse dire, c'est qu'ils m'ont donné des attentes trop élevées.

Je meurs d'envie d'en savoir plus, mais je me contente de répondre :

— Et moi donc.

J'écris beaucoup de chèques que mon corps ne peut encaisser. Un cœur comme le mien ne tolère pas de parties de jambes en l'air trop vigoureuses, mais les types que je choisis ne se doutent de rien. J'écris sur l'autre carton de livres « LES FANTASMES PERVERS DE JAMIE », le soulève et le cale contre ma hanche. Soudain, le bord du carton accroche mon piercing. J'attrape mon sein en hurlant de douleur.

Tom me lance un regard alarmé.

— Est-ce que ça va ?

Il pense probablement que je fais une crise cardiaque.

— C'est mon piercing. Malgré le temps qui passe, je me fais toujours avoir et j'oublie qu'il est là. À chaque fois, la douleur est tellement forte que je suis certaine qu'il est directement relié à mon cerveau.

J'observe Tom pendant qu'il rumine cette information. Je n'arrive pas à savoir s'il est rebuté ou excité.

— La douleur remonte jusque dans les dents.

— Pourquoi l'avoir fait ? demande-t-il faiblement.

— C'est joli.

Tom m'arrache le carton des bras avec une violence qui ne lui ressemble pas. Il se dirige vers le garage. Je le suis.

— Pas la peine de te blesser. Tu as quasiment emballé sa chambre toute seule. Même Jamie ne pourrait pas t'accuser de ne pas avoir participé aujourd'hui.

Je retourne dans la maison récupérer l'autre carton.

— Celui-là, c'est moi qui le prends.

Je fais rapidement l'inventaire. Mon cœur est en pleine forme. Tout va bien. Sauf que Tom fait barrage sur le seuil de la chambre.

— Pousse-toi.

Il me prend le carton des bras.

— Non. Je préfère que tu m'en veuilles plutôt que tu tombes dans les pommes.

Et le voilà parti.

Résignée, je commence à remplir un nouveau carton.

— Un carton de chaussures, c'est peut-être à ma portée, dis-je d'un air ronchon à Diana qui a sauté sur le rebord de la fenêtre.

Je suis sûre qu'elle prévoit d'aller faire sa sieste sur le lit de Tom, la petite coquine. Elle a bien raison d'en profiter.

Je jette les pompes dans le carton sans ménagement. Il a probablement une garde-robe entière de chaussures. Il avait tellement peur de commettre un homicide après notre violente dispute qu'il s'est dépêché de quitter la maison et n'a emporté qu'une seule valise.

— Merci de m'avoir laissé ta chambre, dit Tom en revenant. Ça faisait des années que je n'avais pas aussi bien dormi… Ton matelas…

Les mots ne lui viennent pas. Mais je sais ce qu'il veut dire.

— Si un jour je dois épouser quelqu'un, ce sera ce lit. C'est pour ça que je dors autant.

En réalité, je me fatigue de plus en plus vite. Quand je voyage, je suis obligée de faire une sieste l'après-midi. Ensemble, on retourne le matelas sur le vieux lit de Jamie et on met des draps propres à fleurs.

— Quand je voyage, ce lit, c'est ce qui me manque le plus. Plus encore que mes proches.

— Il faut vraiment que tu adores voyager pour quitter un lit comme celui-là.

— Même si c'est dur pour toi de le croire… Oui, j'adore ça. Si c'est Jamie qui a pris mon passeport, je ne lui pardonnerai jamais.

— Évidemment que tu le pardonnerais, marmonne-t-il d'un air hésitant.

Il me fixe d'un air inquiet.

— Tu ne penses pas ce que tu dis, si ?

— Si. Tous ceux qui me connaissent savent que ce

serait la pire chose à me faire. Je déteste devoir rester contre mon gré.

J'en ai marre qu'on parle de Jamie. Je change de sujet.

— Tu es sûr de rentrer dans ce lit ?

Jamie n'a pas eu beaucoup d'histoires pendant qu'il vivait ici. Ce qui explique les livres et le lit une place.

— Ça ira. N'oublie pas, je dormirai dans ma tente dès que les travaux auront commencé. Tiens, qu'est-ce que c'est ? demande-t-il en sortant une large toile de dessous le lit.

On l'adosse contre le mur. C'est le portrait qui m'a fait gagner le prix Rosburgh. Un portrait de mon frère, évidemment.

— Il a vraiment paradé comme une célébrité ce soir-là, dis-je tandis qu'on regarde le portrait.

En toute objectivité, c'est une photo incroyable. C'est moi qui l'ai prise, mais je n'ai pas fait le travail toute seule. Dessus, le visage de Jamie interagit avec la lumière d'une façon exceptionnelle. À la soirée de remise de prix, il était ivre de sa propre beauté et de son charisme. Et de champagne, évidemment. J'avais l'impression que c'était lui qui avait gagné le prix, et pas moi. En tant que plus jeune lauréate depuis la création du prix, j'ai dû enchaîner les interviews, tandis que Tom se promenait dans la galerie, Megan à son bras.

— Il a couché avec deux serveuses cette nuit-là. Deux.

Tom est stupéfait, comme si c'était scientifiquement impossible.

Je réalise alors qu'il n'a connu que Megan, et que c'est la femme de sa vie. Sentant la jalousie poindre, je m'empresse de parler d'autre chose.

— Puisque tu insistes pour porter les cartons, déplace les cinq qu'il reste, et la chambre sera prête. Je suis sûre que Jamie ne croira pas que je t'ai aidé. Je devrais peut-être imprégner un mouchoir de sueur pour qu'il le fasse analyser par un laboratoire.

— Tu es obsédée par l'idée de prouver que tu peux travailler plus dur que lui. C'est un combat permanent et sans fin.

Tom observe le portrait avec une expression que je n'arrive pas à interpréter. Puis un souvenir lui vient en mémoire et il sourit.

— Vous êtes si durs l'un avec l'autre. Pourquoi n'essayez-vous pas de faire la paix ? Quand tout va bien, vous êtes les meilleurs amis du monde.

— J'ai été moins gâtée par la vie que lui. Je dois constamment faire mes preuves. Chaque fois que j'appelle quelqu'un, on me répond la voix tremblante comme si j'étais à l'article de la mort. C'est pour ça que j'aime les types comme Vince. Ils ne me traitent pas comme une invalide.

— Vince, répète Tom d'un air pensif. Pas Vince Haberfield du lycée tout de même ?

— Si, Vince Haberfield. Soit il n'est pas au courant pour mon problème cardiaque, soit il a oublié, alors quand on se voit, il n'en fait pas tout un plat.

L'expression de Tom me dérange, alors je vais dans la cuisine et sors le menu d'une pizzeria.

— Je vais te commander quelque chose à manger avant de partir chez Truly. Ça te dit, une pizza ? Question stupide. Évidemment que ça te dit, tu adores ça.

Quand je retourne dans la chambre, il est assis sur son nouveau lit.

— Sérieux ? Tu sors avec Vince Haberfield ? Il devient quoi cet enfoiré ?

— C'est toujours un enfoiré. Et on ne sort pas ensemble.

Je tends la main jusqu'à ce qu'il me donne son téléphone. Je connais suffisamment ses goûts pour choisir à sa place. Je raccroche et lui rends son portable.

— Dis quelque chose.

Il reste assis là en silence. Je ne sais pas à quoi il pense, mais ça a l'air de le perturber. Je lui tapote l'épaule.

— Je vois que la nouvelle ne te réjouit pas. Une autre actu à rapporter à Jamie, hein ?

— Je ne rapporte rien, répond-il, les dents serrées.

Je m'attendais à déceler Valeska dans son regard, mais Tom est toujours lui-même.

— Ne me juge pas. C'est super compliqué de rencontrer quelqu'un. Au moins, maintenant, je n'ai plus à chercher. Réjouis-toi d'avoir dépassé ce stade.

— Je croyais que vous ne sortiez pas ensemble.

Grillée.

— Je vais m'inquiéter pour toi maintenant.

Il se passe la main sur le visage.

— Tu n'es pas là pour me surveiller. Même si je sais que tu en as terriblement envie, ce n'est pas ton rôle.

J'ai pris ma voix la plus ferme. Je le vois protester silencieusement et il enfouit son visage dans ses mains en grognant. Il est tourmenté. Ma présence elle-même suffit à le perturber.

Il est temps de sortir. Un faux pas et il fera sa valise en deux temps trois mouvements et sera reparti aussi rapidement que Jamie.

— Je vais chez Truly quelques heures. Garde-moi un morceau de pizza.

Mes vêtements sont pleins de poussière, mais je n'ai pas besoin d'en changer. Ce n'est pas comme si j'allais à un rendez-vous galant. Clés, portefeuille, chaussures, et je suis dehors. Je suis la reine de la sortie éclair.

— À plus tard !

— Attends ! appelle Tom de l'intérieur de la maison, d'un air surpris.

Patty se faufile derrière moi.

— Hé, reviens !

Je lui cours après sur le trottoir et la prends dans mes bras.

— Petite vilaine !

Une voiture approche. À moins de s'être téléporté, ça ne peut pas être le livreur de pizza, on vient seulement de commander. C'est une voiture noire, bruyante. Je la reconnais. Je pique un sprint jusqu'à la porte d'entrée, mon sang battant à mes tempes, et dépose Patty dans les bras de Tom.

— Bye !

La voiture noire s'arrête en haut de la rue, bloquant l'allée de chez moi, et le contact est coupé. La portière conducteur s'ouvre.

Vince a soit le timing parfait, soit le pire de tous les temps.

Chapitre 9

Dans de tels moments, j'ai l'impression que Loretta me joue des tours. Je suis certaine qu'elle est allongée sur le ventre sur son nuage, en train de manger du pop-corn, et qu'elle fait descendre la voiture de Vince un peu plus rapidement sur Marlin Street en riant comme une folle. Deux minutes plus tard, je serais partie, et Vince serait passé sans s'arrêter.

Vince sort de la voiture mais trébuche de surprise quand il nous aperçoit Tom et moi. Il se ressaisit et s'assied sur le capot. En parlant du loup…

— Tu n'as toujours pas de téléphone, me lance-t-il.

Traduction : *Ça fait un moment qu'on ne s'est pas vus, j'avais envie de passer du bon temps avec toi, tu ne m'as pas appelé, c'est dur pour mon ego.*

Je le regarde avec des yeux neufs. La beauté simple et franche de Tom fait que les gars comme Vince ne m'attirent plus. Vince est mince et sec, a le teint pâle et les cheveux bruns, et s'habille de noir des pieds à la tête. Il est couvert de tatouages, a des cernes sombres sous les yeux et affiche un air d'artiste torturé. C'est l'opposé de Tom. Il allume une cigarette et se met à recracher des panaches de fumée.

— Comme je n'avais pas de nouvelles, je me suis dit que j'allais passer.

Vince déteste se justifier ou montrer de l'attachement aux filles avec qui il couche. De toute façon, je ne lui ai jamais rien demandé de tel. Il tire sur sa cigarette en regardant partout, sauf vers moi.

— Mais je vois que tu n'es pas seule. Tom Valeska, c'est ça ? Ça fait un bail, mec. Comment ça va ? Mignon ton chien.

— Super, répond Tom. Je me porte à merveille.

Sur son avant-bras, Patty regarde la scène avec des yeux exorbités, tel un crapaud. La cigarette la fait éternuer.

— Moi aussi, je vais bien, si jamais ça t'intéresse, Vince, dis-je.

Il se contente de me sourire et de me mater.

— Je vois ça.

Puis il tourne son attention vers Tom et le toise en plissant les yeux.

— Tu es là pour les rénovations ?

— Exact, répond Tom.

— Mieux vaut tard que jamais. Quelle ruine ! Et tu dors dans la maison ?

Vince regarde le pick-up, se demandant ce que cette organisation signifie pour nos parties de jambes en l'air.

Je sens Tom se raidir à côté de moi. S'il ne tenait pas un chihuahua, il croiserait les bras.

— Je serai sur place tous les jours durant les trois prochains mois. Darcy travaille sur la maison avec moi.

Vince rumine ce qu'il vient d'entendre et s'adresse à moi :

— Il paraît que tu me cherchais, hier soir. Lenny m'a envoyé un texto pour me dire qu'il t'avait vue chez Sully.

Il agite ses clés devant moi.

— Allons faire un tour.

— Je ne te cherchais pas. Et j'ai d'autres plans pour ce soir. Casse-toi, tête de nœud.

Je lui indique la rue du doigt.

— Waouh. Ça me donne vraiment l'impression d'être un homme objet.

Vince ajoute, avec un regard retors vers Tom :

— Il n'y a qu'une seule chose qui l'intéresse.

Techniquement, il a raison. Tom lève les yeux au ciel comme s'il essayait de se calmer. Au train où vont les choses, je vais devoir creuser une tombe petite et étroite.

Vince et moi couchons ensemble chaque fois que je fais escale en ville entre deux voyages. Je ne prends même pas la peine de le prévenir quand je repars, parce que ça lui est égal. On n'a aucun compte à se rendre et c'est très bien comme ça.

Le sexe avec Vince, c'est comme aller à la salle de sport. Je me sens un peu mieux juste après, tandis que la transpiration refroidit sur ma peau, mais j'ai toujours une bonne excuse pour ne pas y aller.

Tom a rencontré assez de mes petits copains pour savoir que la meilleure attitude à adopter, c'est de rester le plus courtois possible.

— Dans quoi travailles-tu, Vince ?

Vous ne devineriez jamais qu'il l'a traité d'enfoiré quelques minutes plus tôt. On lui donnerait le bon Dieu sans confession.

Vince regarde du coin de l'œil le logo sur le pick-up de Tom.

— En ce moment, je cherche… J'essaie de convaincre Darcy de me trouver un boulot au bar, mais elle refuse. Je pourrais peut-être travailler dans le bâtiment…

Tom ne saisit pas la perche.

Je secoue la tête.

— Comme si j'avais envie de t'avoir dans les pattes. Tu pourras y travailler quand je serai partie.

— Et tu penses quoi du fait qu'elle soit rentrée avec une blessure ? À cause d'un type du bar ? lui demande Tom en le regardant fixement.

Vince me dévisage des pieds à la tête mais ne semble rien voir qui sorte de l'ordinaire.

— Elle se débrouille très bien toute seule. Je suis sûre qu'elle lui a fait bien pire, réplique-t-il.

Il perd toutefois légèrement pied sous le regard de Tom et ajoute, maladroitement :

— Mais euh… Tu es sûre que ça va, Darce ?

— Très bien. Et tu as raison, je me débrouille très bien toute seule.

J'aime la façon dont Vince me voit. Comme une dure à cuire et pas comme une demoiselle en détresse.

— Qui t'a fait ça ? demande-t-il, plus curieux qu'indigné.

— Pff, Keith. Le grand connard de deux mètres.

— Noooon, siffle Vince. Il craque pour toi, tu sais. Ça se voit comme le nez au milieu de la figure. Tous les mecs se payent sa tête.

— Ça aurait été sympa de me prévenir. Est-ce qu'un tonneau de Viagra est tombé dans la distribution d'eau ? Parce que autant que je sache j'ai rien d'un canon.

Je donne un coup de pied dans le gravier. Je suis encore gênée chaque fois que je me revois en train de rire et de plaisanter de manière insouciante avec des hommes, sans rester sur mes gardes.

— Il essayait de me dire une chose que je n'avais pas envie d'entendre. Il m'a attrapé le bras pour que je l'écoute. C'est tout. C'était un moment désagréable, mais il n'y avait rien de violent, dis-je en m'adressant à Tom.

— Il t'a attrapé le poignet sur ton lieu de travail. Il t'a blessée. C'est inacceptable.

Les yeux de Tom s'animent de cette lueur orangée qui signifie que Valeska est tout près. Dans mon monde en noir et blanc, c'est la seule couleur qui importe. L'espace d'un instant, j'ai envie d'être dans ses bras, mon visage entre ses grandes mains rassurantes. Là, personne ne pourrait me blesser.

— À ta place, je ne le provoquerais pas. Il est immense, lance Vince à l'intention de Tom.

Il remarque l'expression de Tom et détourne le regard avec un sourire narquois, à moitié masqué par la fumée de cigarette.

— Remarque, t'arriverais peut-être à te défendre. Ça se voit que tu es allé à la gym.

— Même pas, répond Tom.

— Non, Vince, un corps comme ça, c'est le fruit de longues années d'un dur labeur, dis-je.

Cette conversation ne va nulle part. Vince commence à me gonfler avec son petit sourire satisfait et ses allusions. Une discussion avec Vince, c'est comme essayer d'enfiler un ver vivant sur un hameçon.

Puis je prends conscience de quelque chose et mon cœur rate un battement. Vince et moi sommes faits du même bois. Comment Tom peut-il me supporter ? Oh ! merde. J'ai bien un genre de mecs : les gens comme moi. Son piercing à la langue me fait un clin d'œil dans la lumière du crépuscule, et mon piercing au téton lui répond dans le bonnet de mon soutien-gorge noir. On se ressemble tellement qu'on pourrait être jumeaux.

Je déverrouille ma voiture.

— Je ne plaisante pas. Il faut que j'y aille. Ta voiture m'empêche de sortir.

— La fuite, ça la connaît, hein ? lance Vince à Tom dans un moment inattendu de complicité. Elle est pro dans ce domaine. Quoi de neuf sinon, mec ? Il paraît que tu vas épouser la brune sexy ? Félicitations.

Vince en a entendu parler pendant une de mes cuites chez Sully, un soir où j'étais complètement déprimée. Je ne pensais pas qu'il écoutait. Qui sait ce que j'ai bien pu dire d'autre ?

Je me sens rougir d'embarras. Je ne supporte plus d'entendre parler de ce mariage. J'ai hâte de partir d'ici mais mes clés se sont emmêlées. Je les secoue de colère.

— Non, on a rompu.

Je me fige. Puis je fais volte-face et fronce les sourcils en les regardant. Tom ne ment jamais. À quoi joue-t-il ?

— Ah. Navré, mec.

Ça a l'air d'être une mauvaise nouvelle pour Vince. Son regard navigue entre Tom et moi, jaugeant la situation, puis il s'écarte du capot, écrase son mégot de cigarette, et vient vers moi d'un pas nonchalant dans des bottes presque identiques aux miennes. Il passe un bras autour de ma taille. Dans une bouffée nauséabonde de nicotine, il murmure :

— Mais si, tu es canon. Rejoins-moi plus tard. Je te ferai grimper aux rideaux.

Sa lèvre inférieure frôle mon lobe d'oreille. Vince m'a dit des choses bien pires et beaucoup plus graphiques, mais j'ai un mouvement de recul. J'espère que Tom n'a rien entendu. Je le repousse.

— Sans façon.

Un livreur de pizza s'arrête devant la maison.

— Je m'en occupe, nous dit Tom sèchement, en déposant Patty dans les violettes et en fouillant sa poche à la recherche de son portefeuille.

— Oh ! allez. Ne fais pas ta mijaurée.

Vince aime quand je résiste à ses avances. Il est comme tous ces mecs du bar qui adorent qu'on les malmène. Je mettrais ma main à couper que si je devenais fleur bleue et romantique je ne le reverrais plus jamais.

— À plus tard, Darce, lâche Tom en rentrant avec sa pizza.

Patty le suit, le nez en l'air comme une snob. Je m'attends à ce qu'il claque la porte mais il la referme doucement.

Je pointe un doigt menaçant vers Vince.

— Ne viens plus rôder par ici. Ça l'énerve.

Vince hoche la tête et enfourne un chewing-gum.

— Je me souviens comment il se comportait avec toi au lycée. Il s'est montré un peu brutal avec moi une fois.

Cette constatation a l'air de le surprendre. Il me regarde d'un œil nouveau.

— On se connaît depuis un bail, en fait.

— Non tu te trompes. C'était Jamie la petite brute.

— Non, c'était Tom. Fais gaffe qu'il ne retombe pas amoureux de toi.

Il a dit ça sur le ton de la plaisanterie. Les mots de Tom me reviennent en mémoire. Je comprends alors que Vince est sérieux.

— Un mec comme ça, ça le foutrait en l'air de te voir partir. Allez, salut.

Avant que j'aie le temps de riposter, il grimpe dans sa voiture et fait vrombir le moteur. Il fait marche arrière sans regarder dans son rétroviseur, fait demi-tour dans une grande boucle histoire de frimer, et part en poussant un cri. Je reste plantée là un long moment à recouvrer mes esprits.

Comment n'ai-je pas remarqué à quel point nous nous ressemblions lui et moi ? Qui se ressemble s'assemble.

Quelque chose dans la façon dont Tom a fermé la porte me dérange. Je suis sûre qu'il s'est dit que je céderais aux avances de Vince et partirais avec lui, oubliant ainsi Truly. Et si c'est le cas, je ne peux pas lui en vouloir. Au fil des années, il m'a vue monter dans un nombre incalculable de voitures noires pendant que lui restait à la maison. Quand il s'agit de prendre la fuite, je suis championne.

« Retomber amoureux. »

« Retomber amoureux de toi. » Ai-je été aveugle ? Même cet abruti de Vince le savait ?

Ma main tremble et j'ai l'impression que Loretta m'aide à enfoncer ma clé dans la serrure. Je n'ai qu'une seule idée en tête : trouver Tom et lui dire que je vais mieux me comporter. Devenir meilleure. Que j'arrête les conneries.

La maison me fait l'effet d'un diapason. Elle est silencieuse, mais je ressens une sorte de vibration, une ligne de basse profonde, jusque dans mon estomac. Tom se tient de dos dans la cuisine, une main de chaque côté du vieil évier profond. Ma vie a l'air de l'écœurer.

— Désolée. J'ignorais que Vince allait passer.

Il sursaute et se cogne la tête contre le placard au-dessus de lui dans un *craaack*. Il hurle de douleur.

— Merde. Désolée, désolée.

Je cours vers lui et baisse sa tête en passant ma main sur le sommet de son crâne.

— Pauvre Tom. Je suis désolée, désolée. Je n'ai pas fait exprès. J'aurais dû être plus prudente.

Je ne parle pas uniquement de sa tête, mais de toutes les fois où je n'ai pas été à la hauteur. C'est un soulagement de pouvoir enfin dire les choses.

— D'habitude, je t'entends arriver à un kilomètre à la ronde, gémit Tom, avec une douleur évidente dans la voix.

Il roule des épaules, et quand il se redresse complètement, ma main glisse sur son épaule.

— Ne te faufile pas en douce comme ça.

Il s'adosse contre l'évier, une main sur la tête, et je m'appuie contre lui. Aveuglé par la douleur, il ne semble pas le remarquer. Mais lorsque j'essaie de m'écarter, son autre main se resserre autour de ma taille.

De cette nouvelle perspective, je vois la courbe de sa gorge et le bloc puissant de son biceps. Ses dents blanches parfaitement alignées mordillent sa lèvre inférieure. C'est fou comme douleur et plaisir se ressemblent. Comment peut-il avoir autant de classe malgré sa carrure de brute ? Michelangelo rêverait de l'avoir comme modèle. Je suis tentée de prendre une photo. Et ça fait très, très longtemps que ça ne m'était pas arrivé.

Si je pouvais poser les yeux sur une telle silhouette chaque jour, et que je pouvais me tenir entre ses jambes dès que l'envie m'en prenait, je ferais tout pour le garder. Qu'est-ce qui cloche chez Megan ? Une vague de frustration me submerge. Elle fait la même erreur que moi à dix-huit ans. Elle ne sait pas quel cœur elle a entre les mains. Je me demande si je devrais essayer de m'en mêler. Mais comment faire sans passer pour une cinglée ?

Je perçois le moment où sa douleur reflue et où il réalise à quel point nous nous tenons proches l'un de l'autre. Il a envie de reculer mais il n'a nulle part où aller. J'essaie de m'écarter mais sa main me retient.

J'ai été assise à côté de lui lors de longs trajets en voiture quand nous étions enfants, mais on ne s'est jamais tenus face à face aussi près l'un de l'autre. Je vois tous les détails de son visage, des paillettes de sucre cristal dans ses yeux à sa barbe naissante couleur sucre roux. Il est tellement délicieux que ma gorge se noue.

Mais lui me regarde d'une façon qui me fait me demander si je vais avoir des problèmes.

— Je croyais que tu sortais, dit-il.

Je passe mes bras autour de sa taille et le serre fort contre moi.

— Je suis revenue pour m'excuser. La façon dont tu as fermé la porte m'a fait de la peine et je voulais te dire que je vais devenir meilleure.

— Comment est-ce que j'ai fermé la porte ? Et de quoi parles-tu ? Devenir meilleure comment ?

Il passe son autre bras autour de mes épaules et croise

les pieds derrière mes talons. Il m'emprisonne de tout son corps. C'est chaud, moelleux et ferme à la fois. Je pensais que mon matelas était le paradis, mais c'était avant de me retrouver blottie contre lui. Plutôt mourir que me détacher.

J'inspire ses phéromones et son odeur de bougie d'anniversaire. J'ai envie de tout savoir de lui, que son corps n'ait plus aucun secret pour moi, de ses os à ses cellules ADN.

Je parle d'une voix étouffée, mon visage contre sa poitrine.

— Tu as fermé la porte comme si tu pensais que j'allais partir avec Vince. Je veux te ressembler. Être complètement honnête, à 100 %.

J'ai l'impression d'être au bord d'un précipice. C'est assez effrayant, mais je décide de me lancer.

— C'est le meilleur câlin de toute ma vie.

Les battements de son cœur sous ma pommette sont réguliers, et je voudrais qu'il ne s'arrête jamais de battre.

— Oui, c'est plutôt agréable, dit-il, amusé.

Mais c'est lui qui fait tout le travail. Je resserre mes bras et l'étreins encore plus fort. La bulle dorée grandit autour de nous. Je n'ai jamais ressenti ça avec un autre homme. Je sais ce que c'est : de la joie. Ses bras sont la seule chose qui m'empêche de décoller du sol. Je penche mon visage en arrière pour voir s'il le sent, lui aussi, ce bonheur qui nous enveloppe.

Il sourit en voyant l'émerveillement sur mon visage.

— Honnêteté totale de Darcy Barrett ? Je risquerais de ne pas m'en remettre. Et je ne suis pas aussi franc que tu l'imagines.

Son regard se voile.

Je recule la tête de quelques centimètres pour mieux voir son visage.

— Pourquoi essaies-tu toujours de me convaincre que tu n'es pas parfait ? À mes yeux, tu l'es. Tu es parfait.

Crois-moi, j'ai rencontré des hommes aux quatre coins du monde. Personne ne t'arrive à la cheville.

Sa main remonte le long de mon dos.

— Comment pourrais-je mériter l'honnêteté totale de Darcy Barrett, et sa confiance aveugle ? Je ne suis pas parfait. J'ai peur qu'un jour tu t'en rendes compte.

Il déglutit et essaie désespérément de changer de sujet.

— Oh ! tiens, c'est vrai qu'on voit ta nuque. Je n'arrive toujours pas à me faire à cette coupe de cheveux.

Il pose sa main chaude sur ma nuque, et je me sens irradier de l'intérieur.

Être touchée par quelqu'un d'autre m'a toujours fait cet effet-là, comme si je me rechargeais. Est-ce un truc de jumeaux ? Est-ce parce que j'ai été maintenue en couveuse pendant une semaine ? Je ne sais pas. C'est une particularité à la Darcy. Sentir un autre humain contre moi m'apaise et les immenses mains de Tom, tannées par le travail, sont le nirvana. Je me laisse aller contre sa main et me mets à ronronner de façon étrange. Je suis sûre que mes pupilles s'assombrissent. Il réagit au quart de tour. Il retire sa main et me repousse brusquement. Il a l'air choqué, comme si je venais de recracher une boule de poil.

— Pardon, pardon.

Je pose ma main où était la sienne et frotte vigoureusement ma peau redevenue froide.

— C'est mon truc.

— Les cous ? demande-t-il d'une voix faible.

— Ma peau est assoiffée de contact. J'ai besoin qu'on me touche en permanence.

Ai-je imaginé la pression appuyée contre mon bas-ventre ?

Regardez ce que je suis en train de faire. Gâcher un beau moment.

— Je ferais mieux d'y aller. Truly m'attend.

J'ouvre le carton de pizza et prends une tranche. Rien

de tel qu'un morceau de pizza pour se remettre les idées en place. Je mords, mâche, mais Tom reste silencieux. Il est complètement figé.

Je lance, entre deux bouchées :

— Dis quelque chose. Dis-moi que je suis cinglée, tu te sentiras mieux après.

Il se racle la gorge.

— C'est pour ça que tu as besoin de Vince ? Ta peau est assoiffée de contact ? Qu'est-ce que ça signifie ?

Je continue de manger ma pizza en soutenant son regard.

— Vince, c'est toujours mieux que rien.

— Comment es-tu passée des romans d'amour de Loretta à « mieux que rien » ?

— Pendant que toi tu étais heureux en couple, j'ai vécu pas mal de déceptions amoureuses. Et j'ai sûrement déçu pas mal d'hommes aussi, pour être honnête.

Il n'a pas l'air de me croire. Mon ego apprécie.

— Vince n'est pas si horrible que ça.

Tom prend le temps de choisir ses mots.

— Tu veux savoir ce que je pense de ton plan cul ? J'ai un marteau de forgeron dans le pick-up. Ça me ferait plaisir de le lui montrer.

Je suis parcourue d'un frisson d'excitation.

— Tu vois, tu dis toujours la vérité. À mon tour. Comment ça se fait que Megan ne soit pas constamment en train de te serrer dans ses bras ? Tes câlins sont divins.

Prononcer son nom à haute voix me ramène soudain à la scène devant la maison.

— Pourquoi as-tu menti à Vince ?

Il sait exactement où je veux en venir.

— Je n'ai pas menti.

— Je sais, tu ne mens jamais. Sauf que là, en l'occurrence, tu as menti. Vous n'avez pas rompu. Vince ne va pas se sentir menacé que tu vives ici, tu sais. Il s'en fiche.

— Si. On a rompu.

— Ah, ah, très drôle. Arrête de te moquer de moi.

Je déchire un morceau de croûte et en donne un bout à Patty avant d'essuyer mes mains sur mon pantalon.

J'attends mais il ne dit rien. Il se contente de me regarder.

— Mais… Mais tu es censé me forcer à être photographe à ton mariage. Tu me le demanderas, et je serai obligée d'accepter. Et vous serez tous les deux tellement photogéniques que j'en aurai mal au cœur.

Je plante une main sur ma hanche en le toisant du regard, mais il ne réagit pas. Mon Dieu. Est-il sérieux ?

— Mon téléphone est dans la cuvette depuis combien de temps au juste ?

— On s'est séparés il y a quatre mois environ. J'ai dit à ta famille que je t'annoncerais moi-même la nouvelle.

— Sauf que c'est temporaire. Tu vas la récupérer.

— Non, dit-il doucement.

— Tu as envie de la récupérer, n'est-ce pas ? Je vais t'aider.

Il se contente de secouer la tête. Et moi je perds pied.

Je fais un pas de côté vers la porte arrière. De l'air. J'ai besoin d'air. Besoin de voir le ciel, les étoiles, de sentir l'air frais contre ma peau. Besoin de m'asseoir sur les anneaux de Saturne, les pieds dans le vide, le vaste univers noir en dessous et d'être seule. Mais Tom se décale pour me bloquer le passage et maintenant c'est moi qui me retrouve appuyée contre l'évier.

— Reste ici.

— Je n'arrive pas à y croire. Est-ce que tu vas bien ?

J'ai envie de l'attraper par les épaules et de passer son corps au peigne fin pour vérifier qu'il va bien ; d'ouvrir sa poitrine pour voir dans quel état est son cœur.

— Moi ?

La question semble le surprendre.

— Tout le monde me demande si elle, elle va bien.

— Évidemment, elle a perdu le meilleur homme qui soit ! Est-ce que tu vas bien ? Est-ce que tu veux que j'aille lui mettre une raclée ?

Je remarque qu'un des placards au-dessus de ma tête est ouvert. Pour me donner une contenance, je lève la main dans le but de le fermer. Quand mes doigts attrapent la minuscule poignée, la charnière toute fine se casse. Me voilà avec une porte cassée dans la main. Je l'appuie contre ma jambe en essayant de me donner l'air cool, mais j'ai l'impression de passer une audition pour une émission de catch.

C'est plus fort que lui : il explose de rire.

Je vais assommer Megan avec cette porte jusqu'à ce qu'elle réalise quelle connerie monumentale elle a commise.

— Tu es tellement féroce, DB.

Il sait exactement à quoi je pense. Un coin de sa bouche se soulève tandis qu'il regarde les dégâts que j'ai causés. Il adore mon côté féroce.

— C'est peut-être moi qui mérite une raclée, tu n'en sais rien, dit-il.

Il me prend la porte de placard de la main. Je l'entends qui se murmure « Ça se passe à peu près comme je m'y attendais ».

— Est-ce que tu as le cœur brisé ?

Je lève le bras et arrache la porte de placard suivante avec un *crack* satisfaisant. Je la lui tends.

— C'est… douloureux. Pas brisé.

Il lève la tête vers le placard suivant. Il semble se dire « Foutu pour foutu », et il l'arrache.

— Qui a rompu ?

Crack. Une autre porte arrachée.

— C'est ce que j'ai essayé de déterminer. Après huit ans,

la décision a été en quelque sorte mutuelle, comme c'est souvent le cas. Désolé, je sais que tu l'appréciais beaucoup.

Il marque une pause avant de reprendre :

— En fait, non. Je n'ai jamais pu dire si tu l'appréciais ou non.

J'arrache la porte d'un des placards du bas et essaie de la fendre en deux avec mon genou. Je ne sais pas quoi faire d'autre pour canaliser cette énergie. Il est célibataire. Pour la première fois en huit ans. Et j'ai envie de sentir la brûlure de la moquette sous mes genoux, d'être plaquée au mur, de lécher l'eau de la douche sur son corps, de nourrir la bête en lui de pizza froide en pleine nuit pour qu'il reprenne des forces.

Megan n'est plus qu'une mare de sang derrière ma moissonneuse-batteuse, et c'est tant pis pour elle.

Il essaie de me calmer en posant une main sur mon épaule.

— Pourquoi est-ce que tu fais ça ?

— Je dois absolument canaliser cette énergie sinon…

Sinon je risque de faire quelque chose de si irréversible qu'on sera incapables de se regarder dans les yeux quand on se croisera à la maison de retraite à quatre-vingts ans. Et puis merde. L'honnêteté totale que j'ai promise ? La voici. Des paroles irréversibles. Terrifiantes.

— Tu vas me toucher, oui ou non ?

Chapitre 10

Tom baisse les yeux vers la porte de placard qu'il tient à la main.

— Je te demande pardon ? demande-t-il après un long moment de flottement.

— Pose tes mains sur moi. Tout de suite.

J'essuie ma bouche du revers de la main. Tant pis pour l'haleine de pizza. Tous les regards à la dérobée, toutes les années passées à le reluquer dans ses T-shirts près du corps, la certitude viscérale que l'animal en lui me veut aussi... Tout remonte à la surface et mon corps prend les commandes.

Je suis convaincue qu'il le sent aussi. Comment pourrait-il en être autrement ? Lui seul me fait irradier de l'intérieur, fait ressortir mon côté jaloux et animal. Je n'ai jamais autant désiré quelqu'un. Et personne d'autre ne me fait prendre de douche froide ou détruire une cuisine à mains nues. Je veux le faire hurler de plaisir. Je veux être la seule femme qui occupe ses pensées.

— Enlève ton T-shirt et tes chaussures. Je m'occupe du reste, dis-je d'une voix rendue rauque par le désir et les yeux rivés sur sa boucle de ceinture.

Je tends un doigt vers la chambre.

— Le lit. Tout de suite !

Il est sidéré.

— Tu as perdu l'esprit ?

Quand je m'approche de lui comme un effrayant zombie assoiffé de sexe, il recule, quasi tétanisé, contre le réfrigérateur. Le tableau est presque comique : un homme à la carrure impressionnante terrifié devant mes doigts tendus. Il lève le bras pour arracher le volet rétractable cassé de la fenêtre et le lance par terre entre nous. S'il croit que ça va m'empêcher de lui sauter dessus...

— Darcy, c'est une blague ?

— Est-ce que ça en a l'air ?

Il déglutit. Sa mâchoire est crispée, les tendons tendus comme des rubans. J'ai sûrement l'air d'une prédatrice.

— Je ne plaisante pas. Je te l'ai dit, à partir de maintenant, je dis la vérité. J'ai envie de toi. Terriblement. Et je sens combien tu as envie de moi aussi. Alors montre-moi ce que tu as dans le pantalon.

Ma respiration se fait de plus en plus saccadée.

— DB, tu perds les pédales. Arrête de te moquer de moi.

Holly a raison, je ne suis pas une romantique. Tant pis, je réglerai ça plus tard.

— Tom Valeska, baise-moi.

Il relâche une respiration tremblante et j'aperçois la peur dans son regard. Je suis une prédatrice assoiffée de sexe ; lui, un gentil garçon qu'un rien fait rougir. Soudain, le doute m'assaille et je plisse les yeux. Valeska n'est nulle part en vue. Sérieusement ? Je pensais que j'aurais déjà ses crocs sur moi.

— Alors ?

Il tire sur sa boucle de ceinture, comme si elle le gênait.

— Je suis désolé que la rupture t'ait fait un tel choc. J'aurais dû te le dire dès que je suis arrivé.

Il tourne le bassin et j'en ai la certitude. Il a une énorme érection, et elle m'est réservée. Et je compte bien en profiter. Centimètre par centimètre jusqu'à ne plus pouvoir cligner des yeux.

Mon regard lui coupe le souffle. Je n'ai pas besoin d'un miroir pour savoir que j'ai l'air d'une cinglée.

Je vais lui laisser quelques minutes pour recouvrer ses esprits.

— Pourquoi ne m'as-tu rien dit ? Mon Dieu, Tom. Je suis passée pour une imbécile. Combien de fois ai-je parlé de Megan, sans que tu ne dises rien ?

Je m'attaque à la plus grosse porte, celle du cellier. Pas le choix.

Crack. Tom l'attrape avant que je me retrouve écrasée en dessous.

— De nombreuses fois.

Il la pose sur notre pile de débris grandissante d'un air triste.

— C'est beaucoup plus difficile de te mentir que je ne l'aurais cru.

Il regarde furtivement vers la porte de ma chambre et secoue légèrement la tête, comme s'il avait de l'eau dans l'oreille.

— Tu viens vraiment de me dire de…

Sa voix déraille.

— Tu dis la vérité à Vince, mais pas à moi ?

— C'était plus fort que moi.

Là, dehors, il était presque froid. Mais quand il regarde vers moi, ses yeux sont noirs de désir. Affamés. Un aimant nous attire l'un vers l'autre. Enfin.

— Dit le type qui a un marteau de forgeron dans son camion.

Je secoue la tête et retire tous les boutons du four cassé puis je les jette à ses pieds.

— Tu es la seule personne sur qui je peux toujours compter pour me dire la vérité. Et tu me mens depuis que tu es arrivé. Pourquoi ?

— Je me suis dit que ce serait plus facile de te l'annoncer après les rénovations.

Il me dit ça comme si c'était parfaitement raisonnable et logique.

— Et pourquoi ?

Mon estomac se noue tandis qu'une petite voix dans ma tête murmure « oh non ».

— À cause de tout ça, dit-il en écartant les bras.

Ses yeux tombent sur ma bouche. Je m'humidifie la lèvre et repense à la tension sexuelle entre nous lorsqu'il m'a apporté les gaufres.

Ce soir, il passe à la casserole.

Puis il me ramène à la réalité, avec douceur et gentillesse, comme lui seul peut le faire.

— Je me suis dit que ce serait plus prudent de ne rien t'annoncer avant que le cottage soit terminé. Je craignais qu'on rencontre ce genre de… problème.

Il tourne la tête vers la porte de ma chambre comme s'il ne pouvait pas s'en empêcher.

— Et ça n'arrivera pas, finit-il en respirant bruyamment.

Ses yeux sont profondément tourmentés. Il ne me fera pas l'amour, car il ne me voit pas ainsi. Du tout. Et je viens d'abattre mes cartes. Je viens de refaire la même erreur que lorsque j'ai demandé à Jamie de me vendre la bague de Loretta sur le parking, quelques minutes après qu'il en a hérité. Pourquoi est-ce que je n'essaie jamais d'élaborer de stratégie ? Je dis toujours les choses sans réfléchir.

— J'ai pensé que ce serait plus prudent de mentir, continue-t-il.

Un sentiment brûlant de honte naît au creux de mon estomac, remonte mon cou et me fait rougir jusqu'à la racine des cheveux. L'humiliation me consume.

— Plus prudent…, dis-je d'une voix presque inaudible. Plus prudent ?

Mes parents comprendraient probablement la raison de ce petit mensonge innocent. Jamie comprend, lui.

— Je dois rester concentré sur la maison. C'est la première fois que je gère seul un projet de A à Z, explique-t-il.

Il se met à transpirer. Il a du mal à reprendre son souffle.

— Je te connais depuis que tu fais fondre des Barbie au briquet. Tu es la sœur de Jamie. J'ai promis à tes parents de veiller sur toi.

Et soudain, je comprends. Megan faisait tampon. Depuis des années, il savait que je lui sauterais dessus à la minute où ils ne seraient plus ensemble. Mon Dieu, je n'ai même pas tenu une minute. Pour une dure à cuire, je n'assure vraiment pas.

Il vient de monter son entreprise et gère son premier chantier seul et ne veut pas de moi qui se dandine la bouche en cœur comme Pépé Le Putois. Je suis sa cliente. Je suis la sœur de son meilleur ami. Je suis la fille au cœur fragile du couple Barrett. Celle sur qui il a promis de veiller. Le handicap.

Je suis une psychopathe qui arrache les portes de placards, qui va arracher ses vêtements et le dévorer de baisers. Il faut que je me ressaisisse.

Je me force à rire pour masquer ma peine et hoche la tête.

— Je vois. C'est sûrement plus sage, en fait.

Sur des jambes tremblantes et dans un état second, je me dirige vers la porte d'entrée. L'air du soir pénètre dans la maison et rafraîchit mes joues brûlantes. Je vais me diriger vers l'océan le plus proche et continuerai de marcher jusqu'à ce que j'atteigne la cité de l'Atlantide. Là-bas, au moins, personne ne me retrouvera.

— La prochaine fois qu'on se voit, je t'interdis de me faire culpabiliser. Fais comme si je n'avais rien tenté. Mais tu sais quoi ? Je pensais que tu en avais plus que ça dans le pantalon.

***

Je passe au supermarché acheter une bouteille de vin bas de gamme et me rends chez Truly. Elle ouvre la porte en clignant des yeux comme une chouette.

— J'ai besoin de squatter ton canapé quelques heures, lui dis-je, en retirant mes bottes. Je viens de faire quelque chose d'impardonnable.

— OK, répond-elle sans hésitation, comme l'excellente amie qu'elle est.

On est inséparables depuis le lycée et je ne compte plus le nombre de soirées qu'on a passées l'une chez l'autre quand l'une de nous avait besoin de réconfort.

Sauf que ce soir squatter son canapé n'est pas une option. Il déborde de piles de sous-vêtements. Truly semble à peine avoir remarqué mon arrivée. Elle retourne à sa machine à coudre, une lampe vive allumée au-dessus d'elle, et le bourdonnement recommence.

Truly Nicholson est la créatrice de Rebelle et Culottée, une ligne de sous-vêtements devenue culte. Ses parents l'ont baptisée Truly[1] in utero, quand elle a enfin fait son apparition à l'échographie. Au vu des nombreuses difficultés pour le concevoir, ce bébé était un *vrai* miracle.

— Arrête maintenant. Tu en as assez fait pour ce soir, dis-je en la voyant voûtée au-dessus de sa machine.

Je suis sûre qu'elle n'a pas mangé depuis plusieurs heures – peut-être même des jours – étant donné les taches de graisse sur ses doigts. Les miettes, les taches, les liquides sont les ennemis jurés.

— Truly, il faut que je te parle du truc complètement dingue qui vient de se passer.

Clac-clac-clac. Elle coud cinq centimètres de points minus-

1. Truly signifie « vraiment » en anglais.

cules. J'entends un *clic* puis *Clac-clac-clac.* Machinalement, Truly lève le pied de la pédale, repositionne le tissu et appuie sur la pédale de nouveau. *Clac-clac-clac.* Elle a le regard vraiment concentré. Je suis sûre qu'elle a déjà oublié ma présence. Quand je vois qu'elle a terminé la culotte sur laquelle elle travaillait, j'éteins la lampe au-dessus d'elle.

Le terrible maléfice prend fin. Elle s'avachit et pose la tête sur ses bras pendant que je fouille la cuisine à la recherche de lait chocolaté qui ne soit pas périmé. Je déplace la pile de linge propre qu'elle a posée dans le fauteuil et l'y installe en lui mettant la paille dans la bouche. Ses mains ne lui seront plus d'aucune utilité ce soir.

— Un peu exagéré, murmure-t-elle, la voix enrouée.

Elle tourne ses yeux vert pâle vers moi tandis qu'elle finit le verre d'un trait. Ses cheveux blond vénitien ont viré au jaune paille. Ses joues d'habitude rieuses sont pâles et ses fossettes ont disparu. Elle se dit ronde et moelleuse. Elle a un buste impressionnant et des fesses en forme de cœur. Elle est toute en rondeurs et en courbes comme si elle avait été dessinée au feutre rose. Si les choses étaient différentes, je l'épouserais. Le jour où elle se mariera, je crèverai de jalousie.

Moi, personne ne m'épouserait. Après ce soir, il n'y a plus aucun doute possible : je suis cinglée.

Je regarde les piles de sous-vêtements terminés. Dix par pile. Je commence à compter. Il doit y avoir au moins trois cents culottes, facile.

— Tu travailles dessus depuis combien de temps ?

— Quelle heure est-il ? Et quel jour est-on ? demande-t-elle le plus sérieusement du monde.

— Mardi soir.

Je déplace son verre et prends sa main froide dans la mienne. Elle ferme les yeux tandis que je commence à redresser ses doigts. Les tendons résistent tels des fils de fer. Je commence à la masser doucement. J'ai l'impression qu'à ce stade elle ne sent plus rien.

— Tu travailles trop dur. Tu te fais du mal.

— Mon site Internet a buggé et a doublé les commandes. Deux… cent… cinquante… culottes. J'ai pleuré pendant une heure, dit-elle avec détachement. Cinq cents au total.

La partie « Jamie » de mon cerveau fait le calcul. Les maths n'ont jamais été ma tasse de thé, mais ça fait beaucoup d'argent.

— Tu aurais dû annuler les transactions.

— Impossible… Les clients auraient été déçus.

Elle retire sa main et me tend l'autre. Les doigts sont recroquevillés et cette fois, quand je les redresse délicatement, elle couine de douleur.

— Tu ne dois *rien* à personne. Tout cet argent ne vaut rien si tes mains se transforment en pinces de homard. Le syndrome du canal carpien, c'est sérieux.

Je meurs d'envie de lui demander si elle a consulté un médecin, mais je me retiens. Je déteste quand on me pose la question. Je retourne dans la cuisine. Son frigo est aussi vide que le mien. Je trouve du pain de mie dans le congélateur et mets quelques tranches dans le grille-pain.

— Il faut juste que je me débarrasse de ces commandes, murmure-t-elle d'une voix ensommeillée. Je les finis, je les envoie et ensuite…

— Ensuite tu penseras à une autre insulte ultra-branchée et le cycle recommencera.

Rebelle et Culottée est une ligne de sous-vêtements en coton biologique à taille haute sans coutures et à l'entrejambe suffisamment robuste pour ne pas vous rentrer dans les fesses. Ils portent tous une insulte ou une phrase offensive sur le derrière. Aujourd'hui, je porte une culotte qui dit « CONNASSE » en police graffiti.

Pendant que j'attends les toasts, je jette un œil à la

nouvelle collection. D'inspiration marine, elles sont rouges et bleues à rayures. « ÉPAVE HUMAINE » est inscrit sur les fesses. J'ai photographié le prototype il y a quelques semaines.

— Déchet humain, style nautique. Il m'en faut une. Il leur manque quelque chose ou elles sont prêtes ?

Truly pousse un grognement.

— Des ancres miniatures. Qu'est-ce qui m'a pris de vouloir ajouter des ancres ?

— C'est ton côté fantaisiste.

— Eh bien, grâce à mon côté fantaisiste, on doit coudre cinq cents ancres miniatures.

Elle désigne un paquet minuscule.

— À toi de jouer.

— Aucun problème.

Coudre de petits ornements, repasser, emballer, tirer des colis de sous-vêtements jusqu'au bureau de poste, ça me connaît. L'espace d'un instant, le nombre d'ancres à coudre me fait paniquer. Mais ce n'est rien à côté de ce que Truly doit ressentir. En plus, ça me changera les idées et me fera oublier que je viens de faire exploser mon amitié fragile avec l'une des meilleures personnes qui soit.

Ce travail manuel, qui demandera toute ma concentration, tombe à pic. Au moins, je ne pourrai plus penser à rien d'autre. La moindre erreur est interdite, sinon le sous-vêtement ne paraîtra pas neuf. Je vérifie la couleur du coton, mesure la ceinture pour en trouver le centre, enfile du fil sur une aiguille, et couds l'ancre en ne serrant pas trop les points. Un nœud propre et indécelable et hop, je coupe le fil. Plus que quatre-cent-quatre-vingt-dix-neuf. Je lève la culotte pour la montrer à Truly et elle hoche la tête en silence. Son téléphone s'allume plusieurs fois. Elle a reçu plusieurs textos à la suite.

— Dis donc, tu es très demandée. Qui est-ce ?

— Mon faux amant secret, répond-elle d'une voix traînante.

Elle n'aurait aucun mal à trouver un vrai petit ami. J'observe son visage. Lorsque je remarque le sourire qui soulève le coin de sa bouche et l'étincelle dans ses yeux, je comprends qu'elle me cache quelque chose. Oh ! la vilaine petite cachottière. Truly craque pour quelqu'un.

— Je vais te laisser garder ton secret encore un peu. Mais après, je te ferai cracher le morceau.

— Ya des chances que tu y arrives. C'est dur de te cacher quoi que ce soit.

C'est la deuxième personne qui me dit ça ce soir. J'ai vraiment besoin d'un verre. Je reprends ma couture en évitant soigneusement du regard ma bouteille de vin bien fraîche et ses gouttelettes de condensation qui me mettent l'eau à la bouche.

— Je vais donner ton numéro à une de mes collègues, Holly. Je pense qu'elle ferait une bonne assistante. Il est temps que tu trouves un robot un peu plus fiable que moi.

Je recommence. Cinq points, nœud, coupe. Au suivant.

— Et je vais acheter un nouveau portable. Viens me chercher la prochaine fois.

— Désolée. J'ai paniqué et j'ai commencé à coudre, dit-elle d'une voix somnolente.

— Si jamais le bug se reproduit, je rédigerai le mail pour tes clients et j'annulerai les commandes. Je peux être la garce du management. Tant pis, s'ils sont déçus.

— J'ai besoin de cet argent, déclare Truly.

Je suis surprise. Parler d'argent ne lui ressemble pas.

— Si je veux développer ma ligne de vêtements, je dois faire un prêt. La banque sera rassurée de voir un compte bien garni.

Elle ferme les yeux. On reste assises longtemps en silence puis je commence à coudre une nouvelle ancre.

— Tom est en ville. Les rénovations débutent.

Truly fait la moue.

— Ça veut dire que tu repars ?

— Non, je vais rester le temps des rénovations. Je vais prêter main-forte pour les travaux.

Je pousse un soupir théâtral pour éviter qu'elle ne me prenne trop au sérieux.

— Je fais ça pour que Jamie me pardonne d'avoir déchiré l'offre du promoteur immobilier. Et je veux être sûre que le résultat me plaise.

Je repense à ce qu'a dit Truly. Comment l'aider financièrement ? Mais j'y pense… Jamie travaille dans une banque.

— Peut-être que Jamie a un contact qui pourrait t'aider pour ton prêt. Ou…

Une idée me vient en tête et je continue, enthousiaste.

— Quand la maison sera vendue, je pourrais…

— Non, me coupe Truly.

Elle secoue la tête, les yeux toujours fermés.

— Pas de bonne fée Barrett. Je ne veux pas faire jouer mes contacts. Je compte bien me débrouiller seule.

— Ça ne coûterait rien à Jamie de donner ton nom à un collègue.

— Je parlais de toi.

— Moi, une bonne fée ?

Je saisis la bouteille de vin en riant mais la relâche aussitôt en sentant le verre humide contre ma paume. Je ne peux pas prendre le risque de mouiller ne serait-ce qu'un seul fil et de tout gâcher pour Truly. J'essuie ma main sur ma jambe.

— À l'époque, tu m'as donné les fonds pour constituer mon capital de lancement.

— Tu m'as remboursée, je te rappelle.

Je ressens un pincement d'embarras dans l'estomac.

— Tu fais toutes les photos gracieusement. Tu vas coudre cinq cents ancres miniatures...

— J'en ai seulement fait cinq pour l'instant.

Mais elle continue sur sa lancée.

— Tu fais mes courses et me masses les mains. Tu es la meilleure.

— Je suis une épave humaine.

— Tu es la meilleure, répète-t-elle jusqu'à ce que je sourie et que l'envie de boire passe. Comment va ce cher Tom ? Toujours un monsieur muscle aux airs d'intello sexy ?

— Je dois me mettre une muselière chaque fois qu'il passe près de moi.

Truly soupire.

— Comme au lycée. Jamie t'a toujours fait croire que tu devais le laisser tranquille.

— Je pensais que j'arrivais à cacher mon attirance pour lui. Tu connais la dernière ? Je te le donne en mille : le mariage est annulé.

Je compte mes points méticuleusement en attendant son exclamation de stupeur, mais elle ne vient pas.

— Je ne suis pas totalement surprise.

— Ah bon ? J'étais tellement stupéfaite que j'ai arraché les portes de placard de la cuisine. Elles forment une pile par terre. Ensuite, je lui ai dit de grimper dans mon lit.

— Ah ! s'esclaffe Truly les yeux fermés.

— Ce n'est pas une blague. Je lui ai dit de...

Une boule se forme dans ma gorge et ma voix déraille.

— Je lui ai dit de me baiser.

Elle se met à rire si fort qu'elle est prise de convulsions. Puis elle répond, entre deux éclats de rire :

— Megan ne m'a jamais paru amoureuse de lui. Je trouvais ça étrange, car ils allaient très bien ensemble. Ils sont tous les deux canon. Mais ils faisaient plus frère et sœur. Je suis sûre qu'elle ne lui a jamais ordonné de...

Elle ouvre les paupières et je vois ses yeux verts qui pétillent.

— … La baiser, finit-elle.

— Elle n'a pas intérêt, dis-je dans un grondement féroce.

— Elle notait probablement leurs ébats dans son agenda. Samedi, 18 heures. Une étoile autocollante pour indiquer un rapport sexuel terminé.

Truly sombre à nouveau dans un demi-sommeil, en continuant de glousser par-ci par-là.

Pendant que Tom se reposerait, entre deux parties de jambes en l'air torrides, j'écrirais dans mon journal, la main si tremblante que je ferais des pâtés d'encre, *Sexe, baise torride, sucer, petite mort, besoin de manger pour reprendre des forces.*

Ah, moi et mon cœur romantique…

— Tu ne sais pas ce qui se passe quand ils sont seuls, dis-je pour défendre Tom.

Je m'étire dans un grognement.

— Je suis sûre que c'est un dieu au pieu. Il est tellement… doué. Elle n'aurait eu aucune raison de se plaindre.

— Les as-tu déjà vus s'embrasser ? Une seule fois ? Pas moi, et j'ai toujours trouvé ça bizarre. J'aurais aimé les voir s'embrasser.

Truly commence à manger ses mots. Le mélange lait et toast lui fait visiblement l'effet d'un somnifère.

— Peut-être qu'elle n'en avait pas envie quand j'étais là.

Ce qui n'aurait rien d'étonnant. Dans ces moments-là, je crève de jalousie. Je m'imagine perchée sur une colline, regardant un village en train de brûler, les flammes dansant dans mes yeux de Viking. Ma petite rêverie me déconcentre et je bousille l'ancre que je suis en train de coudre. Je dois défaire tous les points et recommencer.

Mon petit fantasme n'a pas échappé à Truly.

— Je suis tellement contente que tu sois de mon côté. Tu ferais une adversaire redoutable.

— Tu me confonds avec Jamie.

— Il n'est pas si horrible que ça.

— Tu veux rire ! C'est le grand méchant que tu affrontes dans le dernier niveau d'un jeu vidéo. Pour en revenir à Tom et Megan, je n'ai jamais rien fait pour qu'ils se séparent. J'ai toujours été très cordiale avec elle.

— Elle était peut-être mal à l'aise que tu la fixes de tes immenses yeux gris à chaque réveillon de Noël. Tu l'examinais sous toutes les coutures comme si elle était sous un microscope.

Je soupire et continue de coudre en mode automatique.

— Elle est tellement belle. Même moi, je craquais pour elle. Sa peau et ses cheveux sont tellement... impeccables.

— Les tiens aussi.

— Mes cheveux ?

Je fais un geste vers ma nuque.

— De quels cheveux tu parles au juste ?

— Darce, explique Truly avec patience comme si je ne comprenais rien à rien, tu es une dure à cuire, mais quelle jolie dure à cuire ! De toute façon, quelle importance ? Visiblement, il attache peu d'importance à l'apparence.

Je marque une pause et reprends ma couture.

— Tom est la meilleure personne au monde. L'homme idéal. Je m'étais faite à l'idée qu'il soit à elle. Mais maintenant...

Perdue dans mes pensées, je fais tomber l'aiguille sur le tapis. Je pousse un juron et me mets à genoux pour la chercher à tâtons.

— Il est célibataire et je devrais probablement m'exiler sur une autre planète. Je viens de me comporter avec lui en vraie prédatrice sexuelle. J'étais vraiment effrayante.

Je me pique et lâche un nouveau juron.

— Il avait peur de moi, je te jure.

— Voyez-vous ça.

Elle se remet à glousser, ivre de fatigue. Elle se lève et se rend dans la salle de bains, toute proche vu la taille minuscule de son appartement. Je l'entends faire pipi pendant de longues minutes.

— Il ne m'a rien dit. Il m'a menti. Il comptait me l'annoncer une fois les travaux terminés. Il a dit que c'était plus prudent.

Je m'interromps et fais la grimace.

— Plus prudent, tu te rends compte ? Que suis-je censée faire, lui sauter dessus ?

Je repense à la scène de la cuisine. J'étais tellement convaincue d'avoir senti son érection contre mon ventre.

— C'était vraiment à deux doigts.

Truly recrache du dentifrice dans le lavabo.

— Il ne se fait peut-être pas confiance quand tu es dans les parages.

— Non, ce n'est pas ça du tout. Il veut faire les rénovations sans que je sois au milieu, à essayer de l'embrasser et le renifler. Je vais devoir me tenir à carreau pendant les trois mois à venir. Est-ce que je peux dormir chez toi ?

Elle sourit d'un air espiègle.

— Non. Tu restes avec lui.

Je la conduis dans sa chambre et allume sa lampe de chevet. J'enlève ses Keds à motif de cerises et elle grimpe au lit en rampant, sans enlever ses vêtements. Puis, elle se met à pleurer.

— Oh ma chérie… Qu'est-ce qui ne va pas ?

— Je suis épuisée, sanglote-t-elle. Même m'allonger c'est douloureux.

J'arrange ses cheveux sur l'oreiller.

— Je sais, mais tu seras endormie dans une seconde. Je serai là à ton réveil et je t'aiderai avec les envois.

— Je suis sûre que Vince ne t'a jamais fait détruire une cuisine à mains nues, murmure-t-elle en fermant les yeux, les larmes coulant le long de ses joues et mouillant ses cheveux.

— Non. Ça, c'est le moins qu'on puisse dire.

— Intéressant. Mieux vaut ne rien dire à Jamie…

L'espace d'un instant, j'ai une sensation de vertige. J'ai mal compris et cru qu'elle se parlait à elle-même. Mais non, c'est impossible. Je me donne un mal fou pour préserver mon amitié avec Truly des griffes de mon frère.

Elle est à moi. 100 % à moi.

— Sans déconner. Il serait dans le premier avion pour sauver Tom. Classe affaires évidemment, siège hublot. Un blondinet snobinard qui sirote son vin en costume, en grimaçant aux petites gens sous ses pieds.

— C'est plutôt sexy, marmonne-t-elle.

Sa tête roule sur le côté. La voilà endormie.

Les paroles de Holly me reviennent en mémoire. « Il est tellement charmant. »

Nom de Dieu. Plusieurs tonneaux d'un agent aphrodisiaque ont dû contaminer la distribution d'eau. Je me demande si Jamie s'est infiltré dans la partie primitive du cerveau de Truly à la manière d'une tique. S'il faut, je l'en sortirai à la pince à épiler.

Je retourne dans le salon, reprends mon aiguille et me remets à coudre. Mon horrible tombeur de frère me manque. C'est dans de tels moments, dans l'obscurité, sans musique ni personne à qui parler, qu'il me manque le plus. J'ignore comment combler ce vide. Et pour couronner le tout, j'ai vraiment dépassé les bornes avec Tom. Je revois la terreur sur son visage. J'ai fait preuve d'une bien trop grande honnêteté. Et je ne peux même pas mettre ça sur le compte de l'alcool.

La bouteille de vin, par terre sur le tapis, me fait de l'œil.

— Quoi ? Laisse-moi tranquille.

Je couds, mes yeux rivés sur l'aiguille.

Mais elle continue de me regarder.

Je couds quelques ancres supplémentaires et je capitule. Je dévisse le bouchon et inspire. Je prends une petite lampée à même la bouteille, puis allonge mes gorgées. Je bois l'équivalent d'un verre. Puis je pense à Tom trouvant les bouteilles vides dans ma poubelle. À la tâche que m'a confiée Truly.

— Il faut que je me concentre, dis-je sévèrement à la bouteille.

En route pour aller la mettre au frigo, je sens soudain de légères palpitations. Je me dépêche de me rasseoir. Ouf. Ces quelques allées et venues m'ont épuisée. Et évidemment, j'ai oublié mes médicaments à la maison.

Pour la première fois, je m'inquiète pour mon cœur. C'est pire que lorsque j'ai laissé mon Furby pleurnicher sous mon lit et qu'il est mort. Je ne suis plus mon traitement depuis longtemps. Comment faire pour réparer une telle négligence ? Je tapote ma poitrine. *Tiens bon, petit cœur.* Il faudrait vraiment que j'aille consulter mon cardiologue et passer un ECG, mais Jamie m'a toujours accompagnée à ces rendez-vous. Je suis un bébé. Princesse qui essaie de jouer à l'adulte mais qui échoue lamentablement.

Je vais coudre toutes les ancres avant que Truly se réveille. J'y passerai la nuit s'il le faut. Je vais m'affairer comme les lutins qui aident le cordonnier. Peut-être que ça m'évitera de penser au fait que Tom, le sublime Tom, est aujourd'hui célibataire.

Je pourrais peut-être le convaincre, suggère une petite voix optimiste dans ma tête.

Aïe !

Une seconde d'inattention et je me suis encore piqué le doigt. Comment pourrais-je prendre le risque de lui faire de la peine une nouvelle fois et de le perdre, simplement pour assouvir mes désirs ? Il faudrait vraiment que je sois la pire des garces. Une personne égoïste, qui ne penserait qu'à son propre plaisir. Une fille facile avec qui les mecs se consoleraient. Puis, le cœur serré, je me dis que c'est exactement ce que je suis. *Épave humaine.*

Je me remets à coudre sans m'arrêter.

Chapitre 11

Je n'avais pas vu le soleil se lever depuis une éternité.

Dans mon ancienne vie, j'aurais déjà chargé mon matériel photo et je serais en route pour profiter au mieux de cette lumière dorée. Elle met tout le monde en valeur, rend tout lumineux. Même mes logiciels de retouche ne gomment pas aussi bien les défauts.

Cela étant dit, se réveiller à une heure pareille, c'est de la torture. N'ayant pas encore le courage de me lever, je reste allongée sur le lit à regarder les chevrons exposés de la toiture au-dessus de moi.

J'ai failli acheter une tente, mais Tom a secoué la tête et m'a installée dans l'atelier au fond du jardin. *Installe-toi là avec tes meubles, DB.* Il avait laissé échapper un grognement délicieusement sexuel en déménageant le matelas et avait soigneusement évité de croiser mon regard. Même les éternuements joyeux de Patty n'ont pas réussi à briser la tension. Désolée, petit médiateur, Tata Darcy a été très, très vilaine.

J'ai détruit la cuisine et j'ai détruit ma plus vieille amitié.

Chaque fois qu'on se croise, mon « baise-moi » résonne entre nous jusqu'à ce qu'on s'éloigne l'un de l'autre, gênés et grimaçants. D'habitude, Tom arrive à passer outre mes moments d'égarement, mais cette fois c'était la goutte d'eau. J'ai pourtant l'impression que ses yeux dorés sont constamment en train de me surveiller. Quelque chose de profond en moi – de l'optimisme peut-être – me dit qu'il réfléchit à ma proposition et l'examine sous tous les angles, pour voir ce qui pourrait en découler, quelles pourraient en être les conséquences. « Montre-moi ce que tu as dans le pantalon. »

Aujourd'hui, les rénovations commencent. Le jour que Tom a si méticuleusement préparé est enfin arrivé. C'est pour ça que je me lève si tôt, pour lui prouver que je suis autant investie que lui. Que portent les ouvriers ? N'étant pas sûre, j'opte pour une tenue passe-partout. Un débardeur et un jean noirs, et une culotte qui dit L'IDIOT DU VILLAGE. Yeux charbonneux, cheveux à la Elvis. Je lace mes bottes bien serrées. Aujourd'hui, je file droit.

J'ouvre la porte coulissante et sors dans la belle lumière du matin. Il est si tôt que ça me rappelle ces matins où je pars pour l'aéroport, valise à la main. Un coup d'œil à mon tout nouveau téléphone me confirme qu'il est abominablement tôt : 5 h 30.

C'est l'heure de se comporter à nouveau en adulte.

Tom a installé sa tente sur l'herbe, sous la fenêtre de ma chambre, telle une barrière, comme le Valeska que j'imaginais enfant. Personne n'osera passer devant pour atteindre la porte vitrée de l'atelier. Je m'approche de sa tente. Elle est fermée et aucun bruit ne s'en échappe. Je gratte doucement le rabat de mes doigts. Patty me répond en grattant elle aussi.

— Tom ? Est-ce que l'eau est ouverte à l'intérieur ? Il faut vraiment que j'aille aux toilettes.

Chaque fois que je souhaite utiliser les toilettes ou ouvrir un robinet, l'eau est coupée. Ou ouverte, mais on n'a pas le droit de s'en servir. C'est pénible.

Il n'obtient ni son ni réponse. Je dézippe un coin de la tente juste assez grand pour que Patty se faufile. Elle se précipite sur la touffe d'herbe la plus proche et vide sa vessie. Je suis à deux doigts de faire pareil.

— Tom ? Tu es là-dedans ?

— Quoi ? marmonne-t-il d'une voix ensommeillée.

Un ange passe.

— Oh ! merde !

J'entends un bruissement et quelques grognements et il déboule de la tente en agitant les bras.

— Quelle heure est-il ? demande-t-il en me regardant de haut en bas.

Je suis tellement fière de moi que je claironne :

— 5 h 30 !

— Et merde. Je n'avais plus de batterie. Mon réveil n'a pas sonné.

Il se passe les deux mains sur le visage et son T-shirt remonte au-dessus de son nombril. Son téléphone est peut-être mort, mais moi... je ne me suis jamais sentie aussi vivante. Son estomac est si ferme et musclé qu'on pourrait s'appuyer dessus pour signer un document au stylo-bille.

Mon corps réagit au quart de tour. Je sens une douce chaleur m'envahir tandis que mes entrailles commencent à se contracter. *Attention, Darcy, rappelle-toi ce qu'il a dit... Plus prudent, plus prudent.* Répéter cette phrase tel un mantra suffit à me donner la force de détourner le regard de ce corps et ce visage sublimes.

— Dieu merci, tu t'es réveillée, soupire-t-il comme si je venais de lui sauver la vie.

— Aucun problème.

— Tu... Tu ne viens pas de rentrer, si ? demande-t-il en s'attardant sur mon maquillage et ma tenue noire.

Je crois déceler une certaine vulnérabilité dans son regard. Est-ce qu'il s'imagine que j'ai passé la nuit avec un homme ?

— Mon service au bar a fini tard et je suis rentrée directement. J'ai passé la nuit ici. Ce sera comme ça pendant les trois prochains mois. J'ai mis mon réveil comme une grande avant d'aller me coucher.

Il souffle un grand coup et baisse les bras, faisant disparaître son bandeau de peau. J'expire de soulagement moi aussi.

— Un jour, tu m'as dit que les mauvaises filles se couchaient à 6 heures du matin.

Attention, terrain glissant. Mieux vaut ne pas relever.

— Est-ce que l'eau est ouverte à l'intérieur ou pas ?

— Oui.

Puis il disparaît avec agitation dans la tente et s'écrie, paniqué :

— Mes hommes seront là d'un instant à l'autre.

J'entends le bruit de vêtements qu'on enfile. Dommage que je ne puisse pas voir à travers la toile. De nos jours les tentes sont beaucoup trop opaques et robustes.

Je vais dans ma chambre pour récupérer la batterie externe que j'ai achetée en même temps que mon nouveau portable lorsque j'ai décidé de devenir une personne responsable.

— Branche ton téléphone à ça.

— Ça commence mal, grommelle-t-il en s'en emparant. S'il te plaît, ne dis pas à Jamie que je ne me suis pas réveillé. J'en entendrais parler pendant les vingt prochaines années.

— Ne t'inquiète pas. Je sais comment il est.

Triste de le voir aussi exigeant avec lui-même, j'ajoute, en prenant une voix d'hôtesse de l'air :

— Ce matin, votre trajet est d'approximativement trente mètres. Tu n'es pas en retard, Tom. Ça va aller. Même si tu avais dormi jusqu'à 9 heures, ça irait.

— Non, ça n'irait pas, rétorque-t-il un peu sèchement de l'intérieur de la tente. J'ai dit que je ferais tout à la perfection.

Le mot sonne comme un fardeau. C'est ma faute. La faute aux Barrett. Il se donne tellement de mal pour nous.

Je vais dans la salle de bains pour me laver les dents, puis fais le tour de la maison vide tandis que les rayons magiques du matin filtrent de biais par les fenêtres. Soudain, je suis prise de nostalgie. J'ai la sensation que tout arrive trop vite. Dans l'effervescence des cartons et en essayant d'éviter Tom, j'ai oublié que bientôt tout ce décor ferait partie du passé. Je ne suis pas encore prête à dire au revoir au cottage. Je m'approche du mur et plaque mes mains sur la vieille tapisserie, la sentant craquer sous mes doigts. Comment faire pour garder ces souvenirs à tout jamais ?

— Je t'aime. Merci. Je suis désolée de t'avoir négligé, dis-je dans un murmure.

Je me dirige ensuite vers la cheminée. Je vais m'assurer que les ouvriers la recouvrent avec des draps pour qu'elle ne se retrouve pas abîmée. Chaque clou enfoncé par Loretta est précieux. J'ai peur de perdre toutes ces petites choses qui m'unissent à elle en voyant la maison se vider. Je fais volte-face, tentée de demander à Tom de tout annuler.

Si je le suppliais en le regardant droit dans les yeux, je sais qu'il le ferait.

Je suis tirée de mes pensées par plusieurs coups frappés à la porte. Trois hommes dans des polos flambant neufs portant l'inscription *Valeska Construction* se tiennent sur le seuil. La fierté me coupe la voix. Et dire qu'il y a à peine quelques minutes j'ai failli demander à Tom de tout abandonner. Il vaut plus qu'un vieux cottage. Avec ce projet, Tom joue son avenir. Je ne dois pas l'oublier.

Règle d'or de la barmaid ? Trouver le mâle alpha.

— Vente de biscuits ? Allez voir ailleurs, les filles.

Le chauve se retourne vers la rue pour vérifier qu'il a sonné à la bonne porte. Le jeune sourit d'un air amusé. Le vieux pince les lèvres. Ah, le voilà.

— Je plaisante. Je suis Darcy. Tom est à poil mais il sera là dans une minute.

Tom entre à grandes enjambées dans la pièce, l'air courroucé.

— Je ne suis pas à poil, aboie-t-il.

Et pourtant… tout indique qu'il vient de se lever. Ses cheveux sont en bataille, et il a une ombre de barbe et la marque de l'oreiller sur la joue. Il est terriblement séduisant.

— Darcy, surveille tes manières, s'il te plaît.

Je lève les mains.

— Hé ! Je ne suis pas responsable de ce qui sort de ma bouche avant 6 heures du matin. Ni avant d'avoir bu mon café d'ailleurs. Maintenant, écoutez, dis-je en tapotant la cheminée. Je veux que vous preniez soin de cette cheminée comme d'un enfant.

Je tapote la cheminée une dernière fois et vais dans la cuisine.

— Dur le réveil, patron ? demande le jeune ouvrier.

Il me suit sans attendre la réponse. C'est un petit jeune musclé plein d'énergie et d'impertinence. À mon avis, il a moins de vingt et un ans. Au bar, j'aurais sûrement demandé à voir sa carte d'identité. Peut-être que c'est un apprenti, le Tom version nouvelle génération. *Va chercher. Tire. Porte.* Il s'appuie sur le comptoir.

— Je peux avoir un café ?

— Bien sûr. Qui d'autre en veut ?

— On n'a pas le temps, on doit déballer l'équipement, déclare Tom.

Je prends quelques mugs de l'étagère quasiment vide.

— Ça ne prendra qu'une minute.

Je sais d'expérience que tout le monde se sent bien mieux après une bonne dose de café.

J'ajoute, en riant :

— Je pense que Tom a besoin d'une double dose.

Je lui souris par-dessus mon épaule. Si je peux rendre les choses amusantes, il ressentira peut-être moins de pression.

— Allez sortir l'équipement, ordonne Tom d'une voix grave que je n'ai jamais entendue de ma vie.

C'est le genre de voix qui devrait dire « Mets-toi à genoux ». Mes jambes fléchissent, et mon corps répond : « Oui, Maître ».

Ils se retournent et sortent. Tom me lance un regard noir par-dessus son épaule et les suit. Je souffle bruyamment dans la pièce vide. J'adorerais que Tom me donne des ordres. Et je suis sûre que c'est le seul homme qui n'en profiterait pas.

Il faut vraiment que j'arrête d'avoir de telles pensées.

Je baisse la tête vers Patty.

— Eh bien, ma petite, je ne sais pas comment, mais j'ai encore merdé.

Je n'ai jamais vu Tom aussi furieux contre moi. Je verse quelques cuillères de pâtée dans son bol et pars à la recherche de Diana. Je la trouve sur le rebord de la fenêtre dans la vieille buanderie, la queue enroulée autour de ses pattes et la fourrure hérissée.

— Tu ne reconnais plus ta maison, hein, ma belle.

Diana, occupée à regarder par la fenêtre fêlée, ne daigne pas se tourner vers moi. Je n'ai même pas vérifié qu'elle avait un endroit où dormir hier soir. Ce n'est pas parce qu'elle n'a pas besoin de moi, ou ne m'aime pas, que je ne dois pas faire d'efforts. Je la soulève. Elle se débat mais je la porte sous le bras pour l'emmener dans ma nouvelle chambre. Je la laisse avec un bol de sa pâtée au poisson favorite et une excuse.

Il faut que je lui trouve une nouvelle maison. Je me demande si Truly accepterait de l'adopter.

En dehors de Diana, je dois régler un autre problème : retrouver ce satané passeport. J'ai emballé toute la maison de mes propres mains, mais je n'ai pas mis la main dessus. C'est à s'arracher les cheveux. J'ai fouillé chaque poche, chaque sac, chaque boîte à chaussures, chaque recoin. Il est de plus en plus probable que Jamie l'ait pris avec lui. Je lui ai envoyé deux textos à ce sujet. Il ne m'a même pas répondu.

Je me prépare un café dans mon mug CASSE-COUILLES n° 1, histoire d'annoncer la couleur et, Patty sur mes talons, je rejoins les ouvriers. Ils sont tous dans l'allée, en train de décharger du matériel.

Je m'approche de Tom, occupé à sortir des échelles de l'arrière d'un camion.

— Tu comptes faire les présentations ?

Je sirote mon café en essayant de paraître détendue.

— Oui, quand on aura sorti l'équipement et que tout le monde sera arrivé.

Il a un planning en tête.

— Donne, je vais t'aider.

Il regarde ma main tendue avec un air stupéfait et fronce le sourcil.

— Non, tu es la cliente.

Puis il me tourne le dos, hisse deux échelles sur un avant-bras, et attrape une boîte à outils de l'autre main. Quelle force… Je suis impressionnée.

— Ne reste pas au milieu, s'il te plaît, dit-il avant de rejoindre les autres de l'autre côté.

Patty a beaucoup plus d'expérience que moi dans ce domaine. Elle sait exactement quand ne pas se mettre au milieu. Elle me lance un regard, et cette fois, je ne suis pas dupe. Elle me juge complètement.

— Pardon, dit le type chauve.

Je les gêne eux aussi, on dirait.

Le vieux s'intéresse à l'inscription sur ma tasse et me dévisage avant de renifler d'un air méprisant. *Ouais, ça lui va bien.* Ça fait longtemps que je ne me suis pas sentie aussi inutile. Vais-je être dans les pattes de tout le monde pendant trois mois ?

— Tiens, prends ça, me lance le plus jeune en me tendant une lourde mallette en plastique.

Je suis tellement reconnaissante d'être traitée comme une personne normale que je pourrais lui sauter au cou.

Ma dignité retrouvée, je les suis de l'autre côté de la maison, Patty fermant la marche.

— Où est-ce que vous dormez ?

— Le motel sur Fairfax, répond-il alors qu'on arrive à l'angle. Je suis Alex, au fait.

Tom regarde mon café, le chihuahua à mes pieds et la mallette dans ma main.

— Alex, je viens de dire que c'est la cliente, le réprimande Tom d'une voix pleine de patience.

— Non, je travaille, comme tout le monde ici. Écoutez, je fais partie de l'équipe maintenant.

Je lève la tête vers Tom mais il détourne le regard.

Pourquoi ma présence le perturbe-t-elle autant ? A-t-il honte de moi ? Il a dit qu'il n'arrivait pas à se concentrer quand je suis dans les parages… Visiblement, il n'exagérait pas.

— Reprenons du début. Je suis Darcy Barrett. Comment vous appelez-vous ?

— Colin, répond le vieux type en se raclant la gorge.

— Ben, se dépêche de répondre le chauve, comme si c'était l'appel à l'école.

Ben, le chauve. Colin, le vieux. OK.

— J'ai déjà fait la connaissance d'Alex, dis-je en le désignant du doigt. Et je sais qui est M. Grincheux ici présent. Son nom est sur vos polos. Où est-ce que je mets la chienne ?

— Je la mettrai dans ta chambre, me répond Tom sèchement.

Ça ne lui va vraiment pas d'être grincheux.

— D'autres ouvriers vont arriver. Est-ce que tes chaussures sont à bout renforcé ?

— Hé oui, figure-toi.

— Pourquoi est-ce que ça ne me surprend pas ?

Son téléphone, rallumé et en train de charger, se met à sonner. À voir le désespoir dans ses yeux, la journée commence mal.

— Alex, arrête de mater, gronde Tom avant de décrocher.

Le pauvre Alex a l'air d'un chiot à qui on viendrait de donner une tape sur les fesses.

Tandis qu'il convient d'un horaire de livraison au téléphone, Tom vient vers moi et replace ma bretelle de soutien-gorge sous mon débardeur. Je suis électrisée de partout. C'est la première fois qu'il me touche intentionnellement depuis que j'ai ronronné de plaisir quand il a posé la main sur ma nuque. Je crois qu'il faudra longtemps avant que le sentiment de honte disparaisse.

Je secoue l'épaule pour le repousser.

— Arrête.

Il s'éloigne, contrarié et les épaules tendues. La bête se réveille.

Je bois mon café lentement en soutenant le regard du vieux Colin. Il se défend plutôt bien, mais après trente secondes – j'ai compté –, il détourne le regard.

C'est qui le nouvel alpha maintenant ?

Ils commencent à suivre leur maître mais je les interromps. Il est temps de mettre les choses au point.

— Attendez. J'ai un mot à vous dire à tous les trois. Je suis la cliente, donc c'est moi la patronne, c'est ça ?

— C'est Tom le patron, bredouille Alex, effrayé et voulant son papa, même s'il vient de se faire taper sur les doigts.

— Et moi, je suis sa patronne.

Vu la tête qu'ils font, ça a l'air d'être une mauvaise nouvelle.

— Je suis sympa comme nana. Mais je refuse qu'on m'infantilise, qu'on m'ignore ou qu'on me laisse sur la touche. Vous allez tous me traiter comme si je faisais partie de l'équipe. Surtout toi, dis-je à Colin. Je n'ai aucune expérience en rénovation, mais j'ai deux mains et un cœur qui bat. C'est la maison de ma grand-mère. J'y suis très attachée.

Ces infos semblent leur donner la pièce manquante du puzzle. Ils se détendent tous visiblement. Maintenant, la présence de la cliente déterminée sur le chantier a du sens.

— Tu vas expliquer tout ça au patron ? demande Alex, les yeux rivés sur la silhouette de Tom. Parce qu'il est de mauvaise humeur. Et ça ne lui arrive jamais.

Je jette mon reste de café dans le jardin et pose le mug sur la rambarde de la terrasse.

— Il me connaît assez pour savoir que ce sera comme ça et pas autrement. Et maintenant, on se met au boulot.

La nouvelle équipe que nous sommes passe devant Tom d'un pas déterminé. J'ignore son regard perçant quand je reviens avec une caisse contenant des câbles électriques. Mon cœur va bien. J'ai mis une alarme dans mon téléphone qui dit « PRENDS TES MÉDICAMENTS IMBÉCILE », et j'ai considérablement réduit ma consommation d'alcool. *Continue de battre, petit cœur. J'ai besoin de toi.*

On continue de déballer l'équipement. Tom raccroche d'un appel. On dirait qu'il a une mise en garde ou une réprimande sur le bout de la langue, mais son téléphone sonne de nouveau. Avec un soupir frustré, il décroche.

— Jamie, je ne peux pas te parler. On est en train de déballer. Oui, elle va bien. Je t'appellerai à la pause déjeuner.

— Ça doit le rendre dingue de ne pas être là, dis-je à

Tom en passant devant lui les bras chargés de matériel. Si on ne fait pas gaffe, il va sauter dans le premier avion.

Tom tressaille si fort qu'il a dû se pincer un nerf.

— Ce serait mon pire cauchemar. Est-ce que tu pourrais...

Il s'approche pour me prendre le matériel des bras, mais son téléphone se remet à sonner.

— Tom Valeska, soupire-t-il.

— ... Est totalement claqué dis-je en finissant sa phrase. Sérieux, qu'est-ce qui lui arrive ?

J'échange un regard perplexe avec Alex en déposant le matériel sous la terrasse arrière.

D'autres voitures arrivent et se garent le long du trottoir. Je lis les inscriptions sur les polos : électricien, maçon, toiture, échafaudages, plomberie. Il y a des cigarettes, des gobelets de café à emporter et des voix masculines de partout.

— Ça ne lui plaît pas tout ça, commente Ben à voix basse pendant qu'on regarde Tom, qui fait les cent pas, le portable à l'oreille. C'était Aldo, qui était toujours pendu au téléphone. Tom a l'habitude d'être le muscle.

— Et quels muscles !

Oups, c'est sorti tout seul.

— Il a quelques petites choses à apprendre. C'est ce qu'il voulait et il l'a obtenu, dit froidement Colin avec un air de « Je te l'avais bien dit » qui ne me plaît du tout.

— Il est seul, maintenant. Il a intérêt à assurer, continue-t-il.

La mutinerie dans sa voix me fait hérisser le poil.

— Il n'est pas seul. Il nous a nous. Et ceux qui ne sont pas de son côté peuvent aller par là – je pointe vers l'entrée de l'autre côté – et prendre la porte.

— Darcy ! intervient sèchement Tom derrière moi.

Il a l'air contrarié. Merde, je vais avoir des ennuis.

— Tout le monde dans la cuisine, s'il vous plaît, reprend-il.

J'attrape ma tasse et on rentre en file indienne. Je crois apercevoir une lueur de respect dans les yeux de Colin quand il me regarde. Je soupire discrètement de soulagement. J'ai de la chance qu'il ne m'ait pas prise au mot. Je serais dans de beaux draps.

Je me tourne vers Alex :

— Tu peux me trouver un de ces polos ?

J'adorerais mettre un polo qui porte le nom Valeska. Sentir son nom sur ma peau serait encore plus agréable que de la lingerie fine.

— Pas de problème, j'en ai un de rechange.

Je baisse les yeux vers mon débardeur. Tout est bien en place, en dehors des bretelles de mon soutien-gorge en dentelle qui dépassent.

On est tous rassemblés dans la cuisine. Je me sers une seconde tasse de café et au moins huit paires d'yeux se tournent vers moi. Il fait beaucoup trop chaud avec tous ces hommes dans la pièce et leurs déodorants m'écœurent, alors je vais ouvrir la fenêtre. Évidemment, elle est bloquée. J'essaie la technique habituelle, mais elle ne bouge pas et je tire d'un coup sec. Je suis en train de me donner en spectacle. Personne ne pipe mot.

— Allez, petite emmerdeuse ! dis-je dans un murmure.

Quelqu'un éclate de rire.

— Bonjour, commence Tom.

Le bruit des bottes qui raclent le sol indique que tout le monde se redresse pour écouter le patron.

— Je sais que certains d'entre vous ont été prévenus un peu tard. Merci d'être venus.

Il soulève la fenêtre pour moi avec deux doigts. Soulève, secoue, et contracte joliment un biceps.

Cette maison n'en fait vraiment qu'à sa tête.

— Voici mes hommes – Colin, Ben, et Alex, dit-il en pointant les trois que j'ai menacés dix minutes après leur arrivée. Dan et Fitz sont là pour la plomberie ; Alan, pour la toiture ; notre électricien, Chris, arrivera à 9 heures. On a beaucoup à faire et une toile quasiment vierge.

Tom est plus baraqué et plus grand que n'importe quel homme ici, et ils ont tous l'air de zombies mal rasés aux yeux injectés de sang à côté de lui. Je commence à me dire qu'il a toujours ce teint lumineux et éclatant.

— Et elle, c'est qui ? demande un type au fond.

— Darcy Barrett. La propriétaire, répond Tom.

— Je suis l'équipe de démolition. J'ai déjà commencé le travail, regardez.

Je désigne les placards de la cuisine. Tom me regarde comme s'il attendait que je fasse un discours. Quelque chose pour rallier les troupes ? Je n'en ai aucune idée. J'aimerais qu'il y ait un comptoir de bar entre moi et tous ces hommes. Je prends mon courage à deux mains et me lance.

— Ce cottage appartenait à ma grand-mère Loretta. Elle nous l'a légué, à moi et mon frère Jamie. J'y suis très attachée. Je sais qu'il tombe en ruines, mais si vous pouviez éviter de faire la remarque quand je suis à côté, je vous en serais reconnaissante.

— C'est un joli petit cottage, dit Ben avec compassion.

Tom hoche la tête.

— Ce que Darcy veut dire, c'est que ce n'est pas n'importe quelle maison pour nous. Darcy et moi restons sur site dans le jardin. Au-delà du bassin, l'accès est interdit.

Il me prend mon mug des mains et bois lentement une gorgée. Tous les hommes le regardent. Ils comprennent que leur patron leur transmet un message. Je vois la spéculation dans leurs yeux, ils se demandent quel lien unit leur patron et la propriétaire. Je serre la mâchoire pour éviter de me retrouver bouche bée.

— Où est la fiche qu'on doit signer ? demande Colin.

Je me tourne vers lui.

— Quelle fiche ?

— Tom veut faire les choses dans les règles, répond Colin un peu sèchement. Il souhaite que tous les employés signent un document attestant qu'on leur a montré où se trouve la trousse de premiers secours, expliqué comment signaler un accident, quelle est la procédure en cas d'incendie... Ce genre de choses.

— Tout ce qui concerne la sécurité des ouvriers, en somme, dis-je. Je vois.

— Euh, bafouille Tom.

Je lève la tête vers lui. Il a l'air affolé.

Il me rend le mug et attrape sa pochette en cuir, pleine à craquer de devis froissés. J'aperçois même un gros échantillon de moquette qui dépasse. Je me rappelle vaguement qu'il m'a demandé si j'avais une imprimante. J'en ai bien une mais, évidemment, elle n'a pas d'encre. Il ne s'en remettrait pas de se planter là-dessus devant ses gars, surtout après les longues nuits qu'il a passées à travailler sur ses tableurs.

Il est temps que j'intervienne pour lui sauver la mise.

— Je vous la fournirai avant la pause déjeuner.

— On n'a pas de pause déjeuner, rétorque un type avec une pointe de sarcasme.

Je lui lance mon sourire de requin, celui que je réserve aux abrutis du bar.

— Je parlais de *ma* pause déjeuner. Mais j'ai hâte de découvrir ton emploi du temps, mon pote.

Il baisse la tête et se balance d'un pied sur l'autre, les yeux rivés au sol.

— Et les contrats pour les sous-traitants ? Les formulaires de déclaration des revenus ?

Soit Colin essaie sincèrement d'aider Tom, soit il essaie carrément de lui mettre des bâtons dans les roues.

À ce niveau-là, je ne peux rien faire. C'est bien trop technique. Du coin de l'œil, je vois Tom qui serre les dents. Il a été si occupé à commander la bonne quantité de matériel qu'il a oublié que c'était lui le patron désormais.

Je lance un regard noir à Colin et ressens une pointe de satisfaction quand je le vois tressaillir.

— Je n'ai jamais rencontré quelqu'un d'aussi obsédé par la paperasse. Qu'est-ce que je viens de dire ? Vous aurez tout ça au déjeuner.

Je tourne les yeux vers Tom.

— On commence la journée d'intégration quand l'électricien est là, c'est bien ça ?

Il n'a pas besoin de savoir que j'ai un guide de rénovation pour débutants sur ma table de chevet. Il hoche la tête, le visage crispé.

— L'eau et l'électricité seront coupées jusqu'en début d'après-midi. Des sanitaires mobiles seront livrés dans une heure environ, alors prenez votre mal en patience. Un pour les hommes et un pour les femmes.

— Il te gâte comme une princesse, Darcy, s'écrie Alex. Attends de voir la queue qu'il y aura devant celui des hommes une heure après le déjeuner.

Ils rient d'un air écœuré.

— Je passerai voir chacun de vous pour vous donner les directives, reprend Tom. Continuez de déballer le matériel, mais restez à l'extérieur de la maison jusqu'à 7 heures. Darcy doit prendre des photos pour moi. Ensuite, on commencera le tour des lieux.

Les hommes se dirigent vers la porte par petits groupes, testant les plinthes de leurs pieds et les encadrements de porte de leurs mains. Je rince mon mug dans l'évier.

— Pourquoi veux-tu des photos ?

Tom me dévisage avec une telle intensité et une énergie si puissante émane de lui que je me sens déstabilisée.

Son téléphone se met à sonner, et il rejette l'appel d'un air excédé. Peut-être va-t-il me dire « Merci beaucoup, tu m'as sauvé la mise, Darcy ». Mouais. Je n'y crois pas trop. Mais les mots qui sortent de sa bouche me surprennent tout de même.

— Tu peux me dire ce qui t'a pris au juste ?

Chapitre 12

— Je t'ai sauvé la mise. Pas la peine de me remercier.

Il me regarde d'un air stupéfait tandis que j'essuie ma tasse.

— Je n'avais pas besoin que tu me sauves la mise.

— Ce n'est pas l'impression que j'ai eue. Sans cette bonne vieille DB, tu serais encore au lit.

Alex a raison. Ça ne ressemble pas à Tom d'être de si mauvaise humeur.

— Tu dois recadrer le vieux type, là, Colin. Il essaie de saper ton autorité.

— C'est l'hôpital qui se fout de la charité ! C'est toi qui parles de saper l'autorité ? À ton avis, qu'est-ce que tu viens de faire ? réplique-t-il, une main sur la hanche.

— Tu commençais à t'enliser. Je t'ai aidé à te sortir de là.

Je me dirige vers l'atelier, un Tom grincheux sur les talons.

— Est-ce que je t'ai entendue menacer de virer Colin ?

Patty me fait sa petite danse de bienvenue mais je la contourne pour prendre mon appareil photo.

— Il avait besoin qu'on lui rappelle qui est le patron.

Pourquoi est-il si contrarié ? Ne sait-il pas que je suis toujours de son côté ?

— Colin fait ce boulot depuis des années. J'ai vraiment besoin de lui sur le chantier.

Son téléphone sonne de nouveau.

— Je peux te rappeler dans une minute ? Merci.

— Tu te comportes comme un abruti. Ne laisse pas ça tout gâcher entre nous.

Ma voix se brise. Je ne parle pas uniquement des travaux. Je m'en veux terriblement depuis la scène de la cuisine. Mon *Baise-moi* beaucoup trop honnête a tout changé entre nous et lui a donné envie de prendre la fuite en courant.

— Je suis désolée. Je suis vraiment désolée.

— Je pense que c'est trop tard. Les choses ont déjà changé.

Il se passe une main dans les cheveux.

— Je me comporte en abruti parce que je suis stressé, et parce que tu te balades en plein milieu du chantier.

— Alors ignore-moi.

— Tu es très dure à ignorer.

Il jette un regard de côté vers la maison, le sourcil froncé.

— Voilà où on en est. Aujourd'hui commence le projet sur lequel j'espère bâtir ma carrière et je n'arrive pas à me concentrer.

— Car tu as envie de me plaquer contre un mur et de m'embrasser, dis-je, provoquant Valeska, cette bête en lui qui réagit toujours en ma présence, qui me protège et me traque. Et tu le ferais devant tout le monde. Tu aimes avoir mes clés dans ta poche. Tu ne supporterais pas qu'un autre les détienne.

Il inspire et expire plusieurs fois.

— Dis-moi que j'ai tort.

— Je ne répondrai pas à ça.

Mais son corps lui me répond. Je le vois frémir comme si un poids énorme venait de lui tomber sur les épaules. Il a l'air si tourmenté que je me sens envahie par le regret. J'aime tant provoquer l'animal en lui que je l'empêche de se retransformer en Tom, la version calme, maîtresse d'elle-même qu'il a besoin d'être.

Je hausse les épaules et frémis de la même façon. *Remets ta muselière, DB.*

— Qu'est-ce que je prends en photo ?

— Tout, répond Tom d'une voix enrouée. Je veux que tu prennes tout en photo.

On remonte vers l'arrière de la maison et il me hisse sur les marches en tirant d'une main sur la ceinture de mon jean.

— Dans quel but ?

— Deux raisons. Pour tenir Jamie au courant, parce que si on ne le fait pas il va se pointer ici.

Il me place à l'entrée du couloir.

— Et j'ai besoin de contenu pour mon site Internet. Une partie avant et après. Heureusement pour moi, j'ai un photographe professionnel à disposition.

Il a dit « professionnel » avec une pointe de sarcasme, mais je ne m'en offusque pas. Après tout, je viens de mettre les pieds dans le plat devant son équipe, alors c'est de bonne guerre.

— Tu m'as sauvé la mise tellement de fois que je ne compte même plus. Je te rendrai toujours la pareille. Jamais je ne pourrais rester là à te voir t'enliser sans rien faire alors que je peux te tendre la main. C'est ce qu'on fait l'un pour l'autre.

Il cligne des yeux, interloqué.

— Personne ne fait ça pour moi.

— Moi, si.

— Comment t'expliquer ce que j'essaie de dire pour que tu comprennes ?

Tom passe derrière moi. Ses doigts glissent entre les miens et il lève mes mains jusqu'à placer l'appareil devant mes yeux. Tandis que j'aligne le viseur sur le couloir, il bouge nos mains. La photo que je viens de prendre est évidemment bonne pour la poubelle.

— Peux-tu faire ton travail dans ces conditions ?

J'essaie de le repousser mais il se rapproche et pose les lèvres sur le côté de mon cou. Cette même bouche qui a bu dans ma tasse, avertissant chaque homme qui se tenait dans la cuisine que je suis chasse gardée. Intouchable. Il est encore loin dans la forêt sombre où on joue. Il s'imprègne de mon odeur en inspirant à pleins poumons. L'espace d'un instant, je sens le frottement de sa barbe naissante sur la courbe de mon épaule et une mystérieuse pression sur les fesses. J'ai l'impression d'être une femelle sur le point d'être mordue, délicatement et lentement, par son mâle. Peut-être qu'il me mordrait assez fort pour laisser une marque. Quand il relâche enfin sa respiration, je sens son souffle délicieusement chaud chatouiller le haut de mon débardeur.

— Il y a tant de choses que je ferais, si je le pouvais, murmure-t-il.

Je le repousse de mon épaule.

— En parler ne sert pas à grand-chose.

Tom Valeska est un sacré menteur. Il a envie de moi. Mais il n'a pas assez de cran pour me l'avouer. Mon pouls semble pulser : *lit, lit, lit*. Et je suis déçue qu'il croie si peu en moi. Comme si tout était toujours voué à l'échec quand la tornade Darcy Barrett est dans les parages. C'est ce que j'ai été toute ma vie, après tout. Une complication.

Alors que j'essaie de prendre une autre photo, il fait encore trembler l'appareil.

— C'est exactement ce que je ressens quand tu es près de moi. Cette maison ? Ces travaux ? Je joue mon avenir. N'interviens plus comme ça, grogne-t-il au-dessus de mon oreille.

— Éloigne-toi de moi. C'est plus prudent, tu te souviens ?

Je n'arrive pas à masquer l'amertume dans ma voix.

— Tu es encore là-dessus ?

Le portable de Tom se met à sonner. L'envie me démange de jeter ce maudit téléphone dans un volcan en éruption.

— Je crois que tu n'as pas complètement saisi ce que je voulais dire.

— Bien sûr que si, je ne suis pas stupide.

Je m'efforce de me concentrer sur le viseur.

— J'étais simplement…

Il marque une pause si longue que je me dis qu'il est parti. Je prends quelques photos.

— … Surpris. Je ne pensais pas que tu me voyais comme ça, finit-il.

— Tu n'étais pas surpris, tu étais traumatisé. Mais rassure-toi, j'ai reçu le message cinq sur cinq. À partir de maintenant, on va ignorer cette… chose entre nous. On va rester focalisés sur l'objectif, vendre la maison, et on se reverra à Noël. Peut-être. Ou peut-être pas. Il y a un festival en Corée à ce moment-là qui m'a toujours intéressée.

— Ce qui s'est passé dans la cuisine… Pourrais-tu m'expliquer pourquoi tu t'es comportée comme ça ?

J'entends le plancher qui craque sous ses pieds.

— Tu te sentais seule ? Énervée ? Tu essayais de te venger de quelque chose ?

L'idée que je puisse avoir envie de lui et de lui donner du plaisir ne lui a pas effleuré l'esprit.

— Je te le dirai un jour. Quand on aura quatre-vingts ans.

C'est immature de ma part, mais je sais que c'est le genre de réponse qui l'énervera le plus.

Je prends une autre photo et regarde l'écran. La réalité est là, indéniable. Cette pièce – et cette relation potentielle avec Tom – n'est pas la version fleurie que j'avais dans la tête. Cette maison tombe en ruines et Tom est hors de ma portée. Me voilà revenue à la case départ.

Son téléphone se remet à sonner.

— Il faut que je réponde.

Il commence à s'éloigner, mais je le retiens.

— Ton petit numéro, dans la cuisine…

Je prends quelques autres photos.

— Avec mon café ? Que je ne t'y reprenne plus.

— Qu'est-ce que j'ai fait ?

Son pouce est au-dessus de la touche Décrocher, mais il lève le visage vers moi. Il a les sourcils froncés. Il ne fait pas semblant ; il ne s'en souvient vraiment pas.

— Tu as bu dans ma tasse. Maintenant, tes hommes nous regardent comme si on était…

Je ne peux pas finir.

Tom a la décence d'avoir l'air gêné.

— Je suppose qu'on n'est pas tous logés à la même enseigne. Tom Valeska, répond-il en s'éloignant.

Il est temps de se mettre au boulot. Je vais sortir profiter de la lumière couleur sundae fraise du matin pour prendre des photos.

Je descends jusqu'au bassin et porte l'appareil à mon visage. Ça doit bien faire un an que je n'ai pas pris de photo en extérieur. J'ai du mal à tenir l'appareil. Que vient-il de se passer ? J'en ai encore les mains qui tremblent.

— Par quoi commencer ?

Ma poitrine se serre tandis que je réfléchis à voix haute. Prendre des photos du cottage ? C'est bien trop réel. Ce sont des photos de quelque chose que je vais perdre. Prendre des photos de mugs dans un caisson blanc lumineux est peut-être ennuyeux, mais au moins, avec eux, tout est beaucoup plus simple.

— Photographie tout, répond un type près de moi en dépliant une table en fer.

Il lève une scie circulaire au-dessus en grognant et ajoute :

— Tout va changer.

Je fais le tour du périmètre.

Allez, Darcy, essaie au moins d'en prendre une.

La première photo est la plus dure, et j'appuie sur le déclencheur en regardant à peine à travers l'objectif.

Je prends des photos immobilières, froides et détachées, en m'encourageant au fur et à mesure, mais bientôt je suis assez détendue pour profiter des petits détails. Juste pour moi, pour les garder à jamais. Je m'appuie contre la clôture et photographie la girouette penchée, surmontée d'un cheval au galop, qui n'a pas tourné depuis des années.

Ce n'est pas ce que Tom avait en tête quand il m'a dit de photographier le cottage, mais je prends en photo la mousse et le lierre accrochés au mur, et la façon dont le chèvrefeuille retombe, recouvrant tout d'une poudre jaune. Je photographie cette maison avec la délicatesse que j'aurais pour une mariée. Même si j'aimerais qu'elle perdure à jamais à la manière d'un conte de fées figé dans le temps, je sais qu'il est temps de lui dire au revoir. Et si j'en suis capable, c'est uniquement car je sais qu'elle est entre les mains de Tom.

Satisfaite de mes photos en extérieur, je retourne dans la maison.

À l'intérieur, le temps presse, alors je me dépêche. J'ai probablement l'air d'une cinglée, mais je zoome sur les hortensias du papier peint et je prends une photo du carreau que Loretta a changé dans la salle de bains : un unique carré rose saumon dans un océan de carreaux ébréchés couleur crème.

Je cours après la montre. Les ouvriers s'affairent autour de moi, mais lorsque je me recule pour prendre la cheminée en photo, un silence respectueux se fait. Je ne laisserai pas même une feuille de papier de verre l'effleurer. Pourquoi n'ai-je pas fait ça plus tôt ? J'aurais dû prendre le temps de photographier tout ça, sauvegarder et archiver ces souvenirs. J'avais oublié que la photo était une passion, pas seulement un moyen de gagner ma vie.

Un martèlement se fait entendre, et soudain, le monde extérieur me rappelle à l'ordre.

Une vingtaine de minutes plus tard, j'ai terminé. J'ai pris plus de deux cents photos et je me sens un peu vidée. J'ai vraiment envie d'aller les charger sur mon ordinateur pour voir le résultat. Je regarde l'heure sur mon portable et découvre avec stupéfaction que j'ai pris des photos pendant une heure.

Je croise le regard de Tom. Il ne me sourit pas mais je vois à son expression qu'il est content de moi. Tout n'est peut-être pas perdu. Je me demande s'il a même un site Internet ou s'il a menti pour m'encourager à prendre des photos.

— Bon travail, Darce, me dit-il. Maintenant enfile des gants et mets-toi au boulot.

Mercredi : je suis morte de fatigue. Encore trois mois à tenir. Trois mois à me pousser pour ne pas être au milieu, à trébucher sur des câbles électriques et être recouverte de poussière. J'étais de service au bar hier soir et je viens tout juste de terminer une séance photo pour Truly. À mon avis, à 18 heures, je serai au lit.

À côté de moi, le fond blanc est toujours installé et il y a des peignoirs et des dessous Rebelle et Culottée partout sur mon lit. Je suis en train de trier des photos de postérieurs en sous-vêtements lorsque mon téléphone se met à sonner. La photo de mon frère s'affiche sur l'écran. Pour une fois, c'est moi qui réponds au téléphone la peur au ventre. Est-il mort-mourant-mal en point ? Blessé ? A-t-il eu un accident ? Il doit se passer quelque chose d'important pour qu'il m'appelle après notre énorme dispute.

— Salut, ça va ?

Je me félicite intérieurement d'avoir l'air si détendue.

— Incroyable ! Pour une fois dans sa vie, Darcy répond au téléphone, raille-t-il.

Il n'a pas tort. Même quand mon portable n'est pas au fin fond d'une cuvette de toilettes, je suis difficile à joindre. La plupart des gens dorlotent leurs portables comme un bébé, mais moi, j'aurais laissé le mien sur les marches de l'église.

— Il y a un début à tout.

— Je suis au courant de quelque chose, déclare Jamie après un moment de flottement.

Je continue de faire défiler les photos que je viens de prendre.

— Waouh, félicitations. Tu ferais mieux de le dire à ton patron. Il sera tellement content de t'avoir embauché.

Il pousse un soupir à me performer le tympan. Je souris d'un air espiègle.

— Comment ça avance, les travaux ?

Je ne suis pas son employée. Je n'ai pas de comptes à lui rendre.

— Je parie que tu te sens comme moi à une époque. Ces étés où je vous regardais Tom et toi tondre la pelouse de tous les voisins, à vous en mettre plein les poches.

— On a sué sang et eau pour ça. On a travaillé comme des mules. Pendant que toi tu restais bien au frais à l'intérieur avec l'air conditionné.

— Je voulais vous accompagner, mais je devais me contenter de regarder par la fenêtre. Tout comme toi, en ce moment même.

Je n'ai pas grand espoir qu'il comprenne ce que j'essaie de lui expliquer, ni pourquoi c'est si important pour moi de veiller au bon déroulement des travaux.

— Les travaux se passent bien. Tom et moi suivons ça de près.

— Je sais que tu es au courant. Pour Tom et Megan.

Sur l'écran, je déplace un fichier.

— Oh ! ça. Oui, dis-je d'un air désinvolte. On est potes. Il me raconte certaines choses.

C'est une légère exagération. Je fais pas mal de bêtises par ici.

— C'est ça, ouais, dit Jamie, la voix pleine de sarcasmes. Écoute-moi bien. Tu as intérêt à le laisser tranquille.

— Qu'est-ce que tu…

— Ne me prends pas pour un imbécile, me coupe-t-il. Tu baves dès que vous êtes dans la même pièce. Ça fait des années et ça crève les yeux. C'est pour ça qu'il ne voulait rien te dire.

Mon cœur chavire. Jamie vient de confirmer sans le savoir ce que j'espérais être un malentendu de ma part.

— Ton comportement le gêne. Tu lui fais honte. Il ne ressentira jamais la même chose pour toi.

Vous pouvez toujours compter sur Jamie pour vous mettre plus bas que terre.

— Baver, c'est un peu exagéré… Mais oui, il est canon. Que veux-tu ? Je suis photographe. J'aime les belles choses.

Je déteste entendre cette nonchalance dans ma voix. Réduire Tom à un simple physique me fait me sentir mal.

— Pourquoi ? Tu ne sors pas avec des jolies filles toi, peut-être ?

— Je drague des canons parce qu'on joue dans la même cour. Et je ne drague pas mes amis d'enfance, moi.

Il se met à ricaner.

— Je n'arrive même pas à croire qu'on soit obligés d'avoir cette conversation. Tom et toi ? Ça n'arrivera jamais.

Il marque une pause.

— Alors comme ça, tu te dis photographe à nouveau ?

Je préfère ne pas relever.

— Il m'a dit que c'était terminé entre eux. Étonnamment, il a l'air d'aller bien.

— Pas du tout. Il est effondré. Mais ça, évidemment, tu ne le savais pas.

Mon estomac se noue. Il faut dire que je n'ai pas vraiment essayé d'écouter avant de commencer à détruire la cuisine à mains nues.

Jamie continue :

— Ça fait un moment qu'il essaie d'arranger un rendez-vous avec Megan pour en discuter et éventuellement se remettre avec elle. Mais tu ne peux pas le savoir non plus, car ce n'est pas ton *pote* et tu ne vois pas plus loin que le bout de ton nez.

— Étrange comme tu es possessif envers ton ami d'enfance. Tu as quelque chose à m'avouer ?

Je ne dis pas ça pour le plaisir de le provoquer. La pensée m'a traversé l'esprit une ou deux fois.

Jamie ne mord pas à l'hameçon.

— Ce mec m'a sorti du pétrin un millier de fois. Maintenant, c'est mon tour. Je veux être sûr qu'il ait l'avenir qu'il mérite.

— Tu devrais être coach en développement personnel, Jamie. Je me sens inspirée. Il a déjà son entreprise. Son rêve. Il a atteint son but.

— C'est seulement la première étape. Tom veut le conte de fées. Une maison avec barrière blanche, un mariage. Emmener des triplés à Disneyland et tout le tintouin. Tu n'as jamais remarqué qu'il passait son temps à s'occuper des choses et à les réparer ? On ne rajeunit pas. Darce, il est fait pour être un mari et un père.

Bordel. Je déteste quand il a raison. Je reste silencieuse.

Jamie sent que le message est passé. Il se radoucit et reprend avec une gentillesse presque insupportable.

— C'est ça, qu'il veut. Être le père qu'il n'a jamais eu. Il veut se marier, fonder une famille et mettre sa mère à l'abri du besoin. Pas une histoire sans lendemain avec la reine des coups d'un soir.

— Peut-être que moi aussi je...

Je m'interromps. Je ne sais pas ce que je veux. En réalité, je ne me suis jamais projetée de la sorte. Ce type de scénarios, c'est pour les femmes comme Megan.

— Non, pas avec lui. Megan ne lui a pas rendu la bague. Il ne veut pas la récupérer. Tires-en les conclusions qui s'imposent, Darcy.

J'ai soudain envie de vomir.

— D'accord, je comprends, dis-je d'une petite voix.

— Si tu joues avec lui et que tu le fais à nouveau craquer pour toi, pour ensuite partir et le laisser, comme quand on avait dix-huit ans, je ne te le pardonnerai jamais.

Ça ne devrait pas m'étonner qu'il le sache. Mais je suis tout de même surprise.

— C'était compliqué.

— Non, ça aurait dû être une évidence et tu as tout gâché. Comme tu as gâché l'offre du promoteur immobilier pour la maison.

Jamie s'adresse à quelqu'un dans son bureau et revient vers moi :

— J'ai quelqu'un sur place qui garde un œil sur toi.

— Colin, dis-je d'un air mauvais.

— Peut-être. Peut-être pas, me nargue-t-il.

— Prouve-le.

— Tu as fait tomber un pistolet à clous hier et il s'est cassé. Je dois y aller. Tiens, c'est marrant. D'habitude, c'est toi qui dis ça.

Il raccroche et je pose ma tête dans mes mains.

Évidemment que Tom se remet avec Megan. C'est évident. Ils ont bâti une vie ensemble pendant huit ans, et il a travaillé dur pour en arriver là. Il faut juste qu'il aille la retrouver, qu'ils achètent leur belle maison avec barrière blanche, mettent leur nom sur la boîte aux lettres et allument les lumières.

Une minute plus tard, la porte s'ouvre et j'entends le tintement du collier de Patty. Pour la première fois de ma vie, j'aimerais que Tom fasse demi-tour et me laisse seule.

— Oh ! génial. Qu'est-ce que j'ai fait cette fois ?

Je sais ce que j'ai fait. J'ai tout gâché.

Tom se laisse tomber lourdement sur la chaise derrière moi en soupirant d'un air épuisé.

— Qu'est-ce qui te fait dire que tu as fait quelque chose de mal ?

— Tu m'adresses seulement la parole pour me réprimander.

Je me passe la main sur le visage. Je ne devrais pas être sur la défensive. Il n'y a aucune animosité en lui. Le voir si fatigué et avachi me fait de la peine. Peut-être pouvons-nous prendre un nouveau départ. Pour la dixième fois. Essayons.

— Je viens de parler avec mon frère chéri.

— Ah bon, il t'a appelée ? Que voulait-il ?

— Me menacer de bien me comporter avec toi et me rappeler mes échecs.

C'est la stricte vérité.

— Il est trop dur avec toi.

Tom montre beaucoup plus d'indulgence que je n'en mérite.

— Continue de lui envoyer les photos de la progression des travaux et on n'aura pas de visite surprise.

Tom fait doucement pivoter sa chaise de gauche à droite.

— Celles que tu as prises le premier jour étaient fantastiques. Tu le sais, n'est-ce pas ? Je suis content de revoir ça, dit-il en désignant le fond blanc installé contre le pan de mur disponible près de la porte.

— Tout le monde a un téléphone équipé d'un appareil photo dans sa poche de nos jours. Je suis obsolète.

Tom est entré avant que j'aie eu le temps d'enfouir les émotions douloureuses que Jamie a réveillées. Mais il me tend un rameau d'olivier. Je devrais en profiter. J'essaie d'être reconnaissante que les choses soient redevenues cordiales et tranquilles entre nous, pourtant, au fond de moi, je sais ce que je veux. J'ai terriblement envie de lui. Il me fait l'effet d'une drogue. Ces deux extrêmes entre nous sont vraiment difficiles à gérer.

Trouvons un sujet neutre.

— Comment se porte ta mère ?

Tom émet un bruit entre le grognement et le soupir.

— Elle me rend nerveux. Non. C'est son propriétaire qui me rend nerveux. Voilà quelqu'un à qui tu peux aller mettre une raclée pour moi.

Fiona, la mère de Tom, est une gentille dame un peu trop rêveuse qui a toujours l'air au beau milieu d'une crise. Elle me fait penser à une marmite en train de mijoter. Si Tom s'éloigne d'elle un peu trop longtemps, alors la marmite déborde et c'est la catastrophe. J'aimerais pouvoir dire que le problème est récent, mais Tom prend soin d'elle depuis toujours. Parfois, je me demande comment était son père. Je ne l'ai jamais rencontré, et je crois que Tom non plus. Il est probablement grand et séduisant. Et c'est un vrai connard, évidemment, pour les avoir abandonnés.

— Elle ne peut pas déménager ?

— Elle a recueilli une chatte pleine l'année dernière et n'a pas supporté de faire adopter les chatons. Ils sont tous noir et blanc. Je ne sais pas comment elle fait pour les différencier, répond-il en se frottant les yeux. Son propriétaire m'a dit qu'elle pouvait avoir un chat. Elle ne lui a pas encore dit que de un elle était passée à six.

Son ballon d'eau chaude fait des siennes et le proprio ne retourne pas mes appels.

Je fais un geste vers le panier de Diana.

— Pour six chats achetés, le septième offert ?

Tom semble avoir pris dix ans d'un coup.

— N'y pense même pas. Son prochain déménagement sera le dernier. Je n'ai plus la force de la faire déménager. Je lui ai promis une jolie maison avec clôture blanche.

Décidément, ils se sont donné le mot aujourd'hui. À ce train-là, je vais finir empalée par une clôture blanche.

— C'est pour ça que tu économises ?

Il continue comme s'il ne m'avait pas entendue.

— Les gars n'arrêtent pas de me demander où tu es. Enfin, Alex, surtout. Ton petit toutou s'ennuie quand tu n'es pas là.

Il plisse les yeux, scrutant ma réaction.

Je sais que Tom espère voir mon indifférence. Alors je me retourne vers mon ordinateur en haussant les épaules.

— Alors comme ça, le petit s'ennuie quand je ne suis pas là pour lui botter les fesses ?

— Il trouve que les choses sont plus marrantes quand tu es sur le chantier. Il va se faire des idées si tu continues de le coller. Il ne sait pas que c'est plus fort que toi.

— Je ne le colle pas !

Puis je me souviens d'avoir senti quelque chose de chaud contre mon épaule. Je nous revois, Alex et moi, appuyés l'un contre l'autre pendant qu'on regardait l'excavateur être déployé devant la maison.

— Oh. C'est vrai que je me suis peut-être un peu collée à lui.

— Il te vénère.

Tom regarde vers la maison avec de l'affection dans la voix.

— Il me rappelle tellement moi à son âge.

— Pourquoi, parce que tu me vénérais aussi ?

Oups. Je viens de désobéir à Jamie. Il ne serait pas content. Je me dépêche d'ajouter :

— C'est mignon. Mais celui que j'ai vraiment envie de voir à genoux, c'est ce vieux salopard de Colin. Je veux que d'ici la fin des travaux il me baise les pieds.

— Je devrais être jaloux ?

Le téléphone de Tom nous interrompt.

— Bonjour. Oui, dépose-les. Avant 16 heures.

Il raccroche.

C'est à ça que ressemblent nos conversations ces temps-ci. On est toujours interrompus par ce maudit téléphone. Tom est constamment sollicité. Je ne sais pas comment il tient le coup.

— Jaloux ou non, ça n'a rien à voir avec moi.

— Au fait, j'oubliais. Je suis en effet venu pour te crier dessus. Qui étaient-elles ?

Il parle des filles qui sont parties il y a vingt minutes.

— Tu ne peux pas laisser les gens traverser un chantier de construction.

— Des mannequins, dis-je en faisant défiler les photos. Je viens de faire une séance photo pour Truly. C'est marrant, Tom. La dernière fois qu'on a eu une vraie conversation, j'ai eu l'impression que tu avais besoin que j'arrête de te traîner dans les pattes. Et pourtant, te voilà.

— Tu viens d'organiser une séance photo au beau milieu de mon chantier, proteste-t-il.

Il se penche sur le côté pour regarder l'écran. Sagement, il se garde de tout commentaire.

— Tu aurais dû me prévenir. Il y a des mesures de sécurité à respecter. C'est dangereux pour les personnes qui n'étaient pas présentes à la journée d'intégration. Si quelqu'un se blessait…

— OK, OK, j'ai encore fait une bêtise. Arrête de râler ou je ne te donnerai pas ton cadeau.

— Un cadeau ?

J'entends la chaise de bureau couiner derrière moi.

— Le mérites-tu ?

J'essaie de gagner du temps, car j'ignore comment il recevra cette minuscule offre de paix. Il m'a suffisamment répété qu'il n'avait pas besoin de mon aide. Mais c'est ma façon à moi d'enterrer la hache de guerre.

— J'ai dû sortir un rat mort d'un renfoncement dans la cuisine. Je mérite effectivement un cadeau.

— Les rats morts, c'est le boulot d'Alex. Tu es le chef maintenant, dis-je en faisant défiler les dossiers photo et en essayant de prendre un air nonchalant. Tu es assis sur ton cadeau. Je t'ai aménagé un bureau. J'ai remarqué que c'était de plus en plus difficile pour toi de travailler à l'intérieur.

C'est ma façon de m'excuser d'avoir taché un rapport important pour le département en posant ma tasse de café dessus.

— Et la caisse dessous, c'est un lit pour Patty.

Tom pivote et regarde la table d'un œil nouveau. Ce n'est que la vieille table de la cuisine, à laquelle j'ai ajouté une lampe et un pot à stylos, mais il passe ses mains sur le plan de travail avec un regard presque lubrique.

— J'allais commencer à travailler dans ma voiture, dit-il en allumant la lumière. Merci, Darce.

— Je n'essaie pas de t'attirer ici pour des raisons tendancieuses.

Mince, pourquoi est-ce que j'ai dit ça ? Pour compenser, je pivote sur mon tabouret d'un air menaçant.

Tom ignore ma remarque.

— Oh que si, je suis attiré.

Il sort et revient quelques minutes plus tard avec son

ordinateur portable et une pochette pleine à craquer. Des cartes de visite virevoltent tels des papillons de nuit dans son sillage.

— Un bureau est une occasion que je ne peux pas laisser passer.

Il ressort une seconde fois, et revient les bras chargés d'échantillons : carreaux, dalles de moquette. Patty saute sur son nouveau lit et regarde Tom, ses grands yeux illuminés de son adoration habituelle.

Comme je te comprends, Patty. Je pourrais rester assise là à le regarder pendant des heures, à empiler des carreaux de salle de bains, la tête penchée, en pleine concentration. Il a toujours été comme ça : un garçon organisé, assis bien droit à son bureau bien rangé.

Oublions ça. Avance rapide.

Je pourrais rester assise à observer cet homme sublime pour toujours, les reflets brillants dans ses cheveux et ses grandes mains délicates. Le reflet de la lampe donne une couleur miel à ses yeux noisette. Il fait trois piles de papier en respirant régulièrement et calmement tandis que je le dévisage de mon regard gris, éblouie par l'aura qui émane de lui.

Il trouve la vieille corbeille sous son bureau du bout de sa chaussure et sourit.

— Tu as pensé à tout, Darcy Barrett, me dit-il sans lever la tête.

À cet instant, je réalise qu'il a toujours eu conscience de mes yeux posés sur lui. Il les a sûrement sentis toute sa vie. Je lui suis tellement reconnaissante d'essayer d'effacer ce moment d'égarement dans la cuisine.

Je ne vais pas le perdre. Il suffit que je reste concentrée sur notre objectif commun et que je continue de me montrer prudente. Que je garde la bouche fermée au lieu de débiter des énormités comme « Baise-moi ». Alors peut-être pourra-t-on rester amis et se dire au revoir la tête haute à l'issue de ces trois mois.

— Ça va vraiment m'aider. Je vais enfin pouvoir m'organiser.

Pile à ce moment-là, son téléphone sonne, et il attrape un stylo.

Tandis qu'il griffonne quelques mots en regardant vers la maison et mordillant sa lèvre, si pensif et si adorable, je réalise combien j'ai envie de lui. Mais pas seulement en moi. Pas seulement au niveau physique. Non, je veux plus que ça. Je veux de lui dans ma vie. Et qu'il n'en ressorte plus jamais.

Quand il raccroche et tourne les yeux dans ma direction, je fais comme si de rien n'était, comme si j'étais simplement en train de regarder vers la maison.

— Ça devient difficile de se concentrer dans la maison durant la journée avec tout ce boucan.

— Je reconnais que douze semaines sont un laps de temps vraiment court pour des travaux d'une telle envergure, concède-t-il.

Il embrasse l'atelier du regard et sourit.

— Je m'inquiétais de t'avoir installée ici, mais me voilà rassuré. On s'y sent bien.

Puis son regard s'arrête sur le lit. Il ne prend qu'un quart de l'espace pourtant, j'ai l'impression qu'on ne voit que lui.

Je retourne à mon ordinateur.

— Oui, c'est très douillet. Désolée, mais Truly a rendez-vous avec un consultant en stratégie de marque et elle doit leur présenter une brochure. Elle va arriver d'une minute à l'autre, en disant : « Salut, elle est prête ? » Alors, du balai.

— Ça fait un bail que je ne l'ai pas vue. Comment va-t-elle ?

— Elle est toujours aussi craquante.

Je continue de faire défiler les photos en essayant d'écraser le sentiment de panique qui m'envahit quand je vois que l'heure tourne.

— Elle pense que je suis douée en graphisme, mais elle se trompe.

— C'est un rendez-vous super important pour elle, non ? C'est donc ça, Rebelle et Culottée…

Il s'approche du plan de travail et se met à rire.

— Qui porte le mot « Connasse » sur les fesses ?

Je ne peux pas m'empêcher d'être sur la défensive.

— Moi. Tous les jours de l'année si tu veux savoir. C'est la meilleure culotte de la Terre.

— Maintenant, je me demanderai tous les jours ce que dit ta culotte.

— Tu tomberais à la renverse.

C'est dur de l'ignorer quand il s'appuie contre le plan de travail, la tête probablement baissée vers ma nuque. Je peux sentir la chaleur qui émane de son corps, et du coin de l'œil, je vois que son T-shirt s'étire sur son ventre d'une manière qui me met l'eau à la bouche. *Du calme, Darcy, du calme.*

Mais les choses deviennent encore plus difficiles lorsqu'il plaque une main sur ma peau.

Chapitre 13

— Tu fais tout ça gracieusement ?

Il caresse mon épaule et remet ma bretelle de débardeur en place. Elle retombe aussitôt. Il soupire et son souffle chaud chatouille ma peau.

— Pas bouger, ordonne-t-il à mon débardeur d'un ton irrité.

— Je suis payée en sous-vêtements et bonbons. Dans le contexte économique actuel, tout moyen de paiement est le bienvenu. Jamie me passerait un savon s'il le savait. Mais ça ne me dérange pas. Si je peux l'aider, alors je le fais.

— Tu es une bonne amie, dit Tom avec tant d'admiration dans la voix que je lève la tête de surprise. Tu es tellement généreuse, Darce.

— Oh ! euh... C'est gentil, merci.

Je me retourne vers l'écran d'ordinateur. La situation entre nous devient ingérable. Il m'attire à lui avec une intensité féroce, puis s'attend à ce que je reste assise là, bien sagement, comme une petite sœur. Je suis peut-être une cinglée qui détruit les cuisines, mais au moins, avec moi, on sait à quoi s'attendre.

Le problème de Tom, c'est qu'il ne sait pas qui il est. Pas vraiment. Ce serait vraiment intéressant de lui poser la question « Qui es-tu ? », car je sais qu'il ne donnerait pas la bonne réponse.

— Je veux que tu saches. Quand je travaillais pour Aldo, je comptais faire les travaux gratuitement.

Du coin de l'œil, je le vois se tordre les mains.

— Je me sens vraiment mal de prendre 5 %.

— Tu mérites chaque centime.

C'est toujours ce que ma mère lui disait. Et j'en rajoute une couche en utilisant le surnom que lui donnait mon père.

— Ne t'inquiète pas, Tiger.

Cependant, mentionner mes parents n'a pas l'effet escompté. Il n'a pas le mouvement de recul auquel je m'attendais.

— Tu dois retourner travailler ?

— Oui, mais je n'en ai pas envie. Alex a raison. Les choses sont toujours plus intéressantes là où tu te trouves, confie-t-il d'un air taquin.

— Ben voyons.

Il dit sûrement ça parce que mon écran d'ordinateur affiche une photo de postérieur en culotte.

Pourtant, quand je lève la tête, ce n'est pas l'écran qu'il regarde, mais moi. Et il me regarde avec douceur.

— Je suis vraiment dur avec toi ces derniers temps. Je suis désolé.

Il rejette un appel entrant sans hésitation.

— Je suis désolé pour tout. On repart sur de nouvelles bases ?

Son téléphone sonne à nouveau. Il a besoin de mon aide. Je le sais.

— Tout ce que tu as à faire, c'est me demander.

Ses yeux tombent sur mes lèvres et mon pouls s'accélère. Il n'a pas compris ce que je voulais dire. Je me dépêche de préciser ma pensée.

— Demande-moi de t'aider.

— Comment pourrais-tu m'aider ?

Il me regarde dans les yeux et je sens encore cette

vibration entre nous. La pièce semble rétrécir. Les murs se rapprochent, l'air nous enveloppe. Je ne peux pas m'en empêcher. Je pose ma main sur son avant-bras pour sentir sa peau.

— De n'importe quelle façon.

Je serre son bras et je sens ses muscles se contracter en réponse. Au-dessus de moi, je le vois déglutir.

— Je me casserais le dos pour toi.

Il prend mes mains dans les siennes. Il a quelque chose à dire et c'est important.

— Oui, je sais. Mais c'est vraiment important pour moi de faire ça tout seul.

Les paroles de Colin me reviennent à l'esprit, et je réagis au quart de tour.

— Tu ne seras jamais seul. Je suis là. Avec toi.

Il remarque que je montre les crocs et semble prendre conscience de quelque chose.

— Oui. Tu es là.

Son regard dévie vers mon plan de travail et soudain il lâche mes mains.

— Demande de passeport ?

Et merde. Malgré mon bordel, il a aperçu la seule chose que j'espérais qu'il ne verrait pas.

— Je m'avoue vaincue. Jamie a dû le prendre. Mais ça n'a aucun sens. Je sais que je l'avais après son départ. J'ai vérifié la date d'expiration. Je me demande si Vince l'a vendu au marché noir.

Je ris, *Ah ah*, pour qu'il sache que c'est une blague.

Mais visiblement il ne trouve pas ça drôle.

— Tu auras beaucoup d'argent après la vente de la maison. Tu ne reviendras jamais.

Truly ouvre la porte.

— Salut, elle est prête ? lance-t-elle. Je ne sais pas pourquoi, mais un vieux type vient de me hurler dessus.

Elle remarque comme nous nous tenons proches et semble hésiter.

— Salut, dit Tom avec un sourire si charmant que j'ai envie de réduire cette demande de passeport en miettes et de la jeter dans les toilettes. Colin a raison. Tu ne peux plus traverser le chantier.

Truly le regarde de haut en bas avec un air approbateur. Je ne peux pas lui en vouloir.

Il est beau comme un dieu, très grand et baraqué, sexy du sommet du crâne jusqu'aux semelles de ses chaussures. Comme Truly ne répond pas, il devient de plus en plus perplexe. Ça doit faire bien longtemps qu'il ne s'est pas regardé dans un miroir.

Truly recouvre ses esprits.

— Waouh, regarde-toi ! Un vrai monsieur muscle ! Alors, ça y est ? Vous avez enterré la hache de guerre avec Darce ?

— C'est justement ce que j'étais en train de faire, répond Tom.

Son téléphone vibre sans discontinuer. Il le regarde d'un air las. Je sais d'expérience que, quand les messages vocaux commencent à s'accumuler, les écouter donne l'impression d'être une tâche interminable. Il le remet dans sa poche, et reporte son attention sur Truly.

— Comment vas-tu ?

Ils s'enlacent maladroitement, Truly levant le sourcil en signe de pure extase par-dessus son biceps.

Je lâche, la voix pleine d'amertume :

— Je suis sûre que, rien que pour ça, ça valait le coup de venir. Non pas que je sois jalouse, mais les câlins se font rares ici par les temps qui courent.

Je retourne à mon ordinateur, voûtée comme une gargouille et continue de travailler sur la brochure. Depuis que Tom m'a serrée contre lui de tout son long dans la cuisine, je suis en manque de câlins, et j'ai constamment froid.

— Viens par-là, dit Truly, avec affection.

Elle se rapproche de moi et entoure mes épaules par-derrière. Ses câlins sont merveilleux. J'aimerais qu'ils m'enlacent tous les deux en même temps.

— Tom, tu sais comment est notre Darcy. C'est un vrai Tamagotchi.

— Un animal de compagnie virtuel. C'est tout moi.

Je me laisse aller en arrière et ferme les yeux, ma tempe contre celle de Truly, et je me sens instantanément mieux.

— Je sais exactement comment elle est, répond Tom, toujours appuyé contre le plan de travail.

— Elle a besoin de contact humain plus qu'elle ne l'admettra jamais, continue Truly en me serrant plus fort, sinon, elle se fane.

Elle me relâche avec un baiser sur la joue.

— Et de bonbons évidemment. De toutes les formes et de toutes les couleurs. C'est son carburant.

Elle commence à sortir des sachets de bonbons qu'elle dépose à côté de moi.

— Oh ! toi, tu as quelque chose à me demander…

J'attrape le sachet le plus proche et le déchire avec mes dents.

— C'est une vraie tigresse, non ? commente Tom en souriant à Truly.

— Ceux-là sont pour toi si tu me dis que tu as été gentil avec elle, parce que je sais qu'elle met son petit cœur en danger pour toi, répond-elle en tenant un sachet devant lui.

C'est sa façon polie de dire : « Darcy se plaint tout le temps de chaque bobo et bêtise qu'elle commet. »

Tom retourne mon tabouret, me lève sur mes pieds et me serre doucement et tendrement contre lui.

— Je me jette à ses pieds. Chaque minute de chaque jour. Mais elle ne s'en rend pas compte, dit-il.

Il pose une main à l'arrière de ma tête et je me retrouve enveloppée par ses muscles. L'odeur de son T-shirt et son odeur à lui, de bougie d'anniversaire et de vœu, m'enivrent. Ça va faire mal quand il va me relâcher. *Contente-toi de ce qu'on te donne, DB. Estime-toi chanceuse qu'il continue à te parler.*

Il me serre contre lui jusqu'à ce que j'étouffe, puis me repose sur mon tabouret. J'en veux encore. J'ai besoin qu'il me prenne encore dans ses bras, encore plus tendrement et plus longtemps. Je pourrais rester collée à lui pendant un mois. Je devrais dire quelque chose, mais j'en suis incapable. Truly me regarde l'air amusé et lui tend son sachet de bonbons sans faire de commentaire. Il prend la paire de ciseaux sur son nouveau bureau pour ouvrir l'emballage. Il est tellement bien élevé.

— Comment vont les affaires ? Ça rapporte, les sous-vêtements ? demande-t-il à Truly.

Il fait tomber quelques bonbons dans sa main. Succulents, délicieux, et roses, ils me font baver d'envie.

— Oui, bizarrement. Je m'en sors très bien, répond Truly en fouillant dans son sac. D'ailleurs, j'ai un cadeau pour Darce. Regarde.

Elle tend à Tom une culotte – la culotte rayée rouge et bleu marine de sa dernière collection. Dans ses grandes mains, elle semble minuscule. Je sais très bien que quand je la mettrai on ne verra pas mon nombril et qu'elle remontera d'un mètre à l'arrière.

— Je sais que les cadeaux sont contre ma politique d'entreprise, mais..., dit Truly en souriant.

— Voyons voir... Oh ! c'est adorable, s'exclame Tom lorsqu'il découvre la petite ancre.

Je reste sans voix de voir ma culotte entre ses mains. Il

la tourne et on aperçoit tous les deux qu'elle a sérigraphié « Absolument pas » au-dessus d'« Épave humaine ».

Je retrouve enfin ma voix.

— Et pourtant si, j'en suis une. Merci. Encore une paire customisée rien que pour moi.

Je la dépose dans mon tiroir du haut, avec tous mes autres chèques en coton.

Tom mâche ses bonbons en lisant l'éventail d'insultes sur l'écran tandis que je continue de faire défiler les modèles.

— Je m'attendais vraiment à une collection un peu plus…, commence-t-il.

— Oh ! tu veux dire des petites culottes coquettes couleur lilas avec écrit « déesse » en strass ? le coupe Truly. Je raterais complètement mon marché cible : des filles rebelles comme Darce qui ne veulent pas que leurs culottes leur rentrent dans les fesses.

Son téléphone se met à vibrer et elle regarde l'écran pendant un long moment. Elle le range, mais je la sens frustrée et tourmentée.

— Pourquoi tout le monde estime que je devrais faire des sous-vêtements mignons ?

— Sûrement car tu es adorable, répond Tom le plus sérieusement du monde.

Truly devient rouge comme une pivoine. Et je vois rouge, moi aussi. Adorable, voilà bien une chose que je ne serai jamais.

— Je ne mérite pas les bonbons, dit-il en versant le reste du sachet dans sa bouche. Je me conduis en… abruti depuis quelque temps. Tiens, d'ailleurs, je mériterais un slip qui dirait « Abruti » sur les fesses.

Truly cligne des yeux de surprise.

— Dis donc, on dirait que Loretta n'était pas la seule voyante par ici. C'est exactement pour ça que je suis venue cirer les pompes de Darcy. Le consultant veut inclure un modèle homme dans la brochure.

J'éclate de rire.

— Les mecs ne portent pas ce genre de sous-vêtements.

Tom plie le sachet vide de bonbons.

— Je viens de dire que j'en porterais.

Truly hoche la tête, encouragée par son soutien.

— Je pense qu'il y aurait un marché. Je travaille sur un modèle de boxer depuis quelque temps, donc j'avais un patron. Tadaaa ! Voici le premier boxer pour hommes, dit-elle en le sortant de son sac. Tu sais ce dont j'ai besoin maintenant, Darcy.

Elle se faufile jusqu'à moi en ouvrant un autre sachet de bonbons. J'ouvre ma bouche comme un oisillon, et elle enfonce quelques ananas moelleux dans mon bec.

Je couine, la bouche pleine.

— Non… Ne me force pas… Pitié…

— Quel est le problème ? demande Tom.

Entendant qu'on l'appelle de l'extérieur, il se dirige vers la porte.

— Oui, donne-moi une minute, crie-t-il en direction de la maison.

Il y a un million de choses dont il doit s'occuper sur le chantier. Il ne devrait pas perdre son temps à traîner ici avec moi.

— Arrête de fourrer ton nez dans mes affaires, Tom. Retourne travailler, lui dis-je.

— Recruter des mannequins hommes est le pire cauchemar de Darce, lui explique Truly. Chaque fois qu'elle a passé une annonce par le passé, elle a reçu des photos de pénis.

— C'est vrai. Pénis après pénis après pénis.

Tom croise les bras. Ça ne lui plaît pas d'entendre ça.

Je jette un œil à mon ordinateur, puis à ma montre, et je lève le visage vers Truly, en ignorant Tom.

— Ai-je encore un peu de temps ?

— Non, je suis désolée.

— Je peux faire un flatlay[1] ?

Même en le disant, je secoue la tête.

— Non, ils ne seront pas mis en valeur à côté de ceux portés par les mannequins. Laisse-moi le boxer. Je vais trouver une solution.

— Tu es sûre que tu n'en fais pas trop ? s'inquiète Tom.

Il pose à nouveau la main sur mon épaule. La bretelle de mon débardeur désobéit et glisse.

— Je crois que tu dors encore moins que moi en ce moment.

— Si seulement tu avais quelqu'un ici qui pouvait te servir de mannequin…, dit Truly, lentement et d'un air entendu.

Elle se tourne vers Tom et plisse les yeux en regardant sa taille.

— Quelqu'un de tout près. Quelqu'un de bien bâti, qui porterait une taille XL…

Tom ne va jamais marcher. Je le sauve de l'embarras de refuser.

— Il n'a pas le temps pour ça.

— Tom…, murmure Truly.

Le pauvre Tom ne sait pas quoi dire. Il est en train de s'empourprer.

— Mes fesses sont très flattées, Truly, mais je ne suis pas sûr d'avoir ce qu'il faut là où il faut.

Je ne peux m'empêcher de m'exclamer :

— Tu te fous de moi !

Comment peut-il dire ça ? Il n'a jamais vu ce qu'il avait, là derrière ?

1. Technique qui consiste à prendre en photo, vus d'en haut, des objets posés sur une surface plane.

— On va gentiment te laisser retourner travailler. Tant pis, je déclencherai l'avalanche de pénis.

Truly s'empresse de le rassurer.

— J'espère que ça ne te dérange pas que je te dise ça, mais tu as le corps idéal pour ce boulot. S'il te plaît, laisse Darcy prendre une photo de tes fesses. Si tu acceptes, je t'invite à dîner.

— Hum, un bon dîner…, dit Tom en salivant déjà.

J'ai envie de hurler. Et il l'a probablement remarqué, car il se retient de rire.

— Que dois-je faire ?

— C'est facile, explique Truly. Tiens-toi debout devant l'objectif. Inutile de rentrer le ventre. Je n'utilise que des tailles standard, pas de petites tailles. Et Darce retouche le moins possible. Des tailles standard, répète-t-elle d'un air satisfait, en regardant son entrejambe.

— Je ne crois pas que ce soit une taille standard, ça, dis-je d'une voix faible.

Tom sourit comme s'il était aux anges. Les joues me brûlent. Je sais que mon visage est rouge pivoine, car il se mordille la lèvre pour s'empêcher d'exploser de rire.

— Tu le fais exprès ou quoi ?

— Un peu. J'aime te taquiner.

On entend un autre cri à l'extérieur.

— Darcy a posé l'année dernière pour quelques collections quand on n'a pas trouvé de modèle à un prix raisonnable, révèle Truly.

Quelle trahison ! Fallait qu'elle vende la mèche !

Les oreilles de Valeska se redressent.

— Darcy a posé en sous-vêtements ?

Il trouve ça à mourir de rire. Et moi, je rougis de plus belle. Mon cœur bat la chamade et j'ai les veines en feu.

— Je t'interdis de regarder.

— Elle a un super derrière pour les sous-vêtements.

Vous pourriez être le couple égérie de la marque, tous les deux. Alors, qu'est-ce que tu en dis, Tom ? Un bon dîner ?

— Je n'ai jamais eu de dîner, moi.

— Ça marche, répond Tom, riant de sa propre audace.

Puis il ajoute son avertissement habituel :

— Interdiction de dire quoi que ce soit à Jamie.

Il jette un œil à son portable et regarde vers la maison.

— Et j'exige une énorme entrecôte. Bon, il faut vraiment que j'y aille. Ça m'a fait plaisir de te voir, Truly. S'il te plaît, signe une décharge, si tu veux continuer à rendre visite à Darce sur le chantier.

Avant de sortir, il jette un œil vers son nouveau bureau et lance d'une voix douce :

— Je suis sûr que je vais réussir à faire marcher cette imprimante.

— Non, ça doit être fait ici et maintenant, déclare Truly.

Elle lui tend le boxer et il le déplie. Sur les fesses est inscrit « ABRUTI DE PREMIÈRE ». Il éclate de rire.

— En plein dans le mille.

Il s'arrête de rire quand il comprend qu'elle ne plaisante pas.

— Je ne peux pas faire ça maintenant. C'est de la folie.

— Soit c'est toi, soit je vais faire le tour du chantier à la recherche d'un cobaye, répond Truly très sérieusement. Je te parie ce que tu veux que le jeune ouvrier que j'ai croisé dans la maison accepterait.

Il se retourne vers moi l'air renfrogné. Truly comprend qu'elle a touché un point sensible et se mord les lèvres pour se retenir de sourire. J'ai tellement envie de le voir en caleçon que j'en ajoute une couche.

— Alex serait partant, c'est sûr.

Truly sort et dit, en tenant la poignée :

— Je reste devant pour garder la porte. Tirez les rideaux.

Ça ne prendra que deux minutes. Tu enlèves ton pantalon, tu enfiles ça, Darcy prend quelques photos, et c'est terminé.

Avant de fermer la porte, elle crie à quelqu'un dans la maison : « Il arrive dans quelques minutes. »

— À l'entendre, ça a l'air tellement facile, marmonne Tom, la main sur sa braguette. Mon Dieu, pourquoi est-ce que j'ai accepté ?

— Parce qu'elle est tellement craquante que c'est impossible de lui dire non. Mais si on fait les photos, je t'interdis de t'en prendre à moi par la suite. Tu voulais te changer les idées, tu es venu ici. Tu es un grand garçon, et je ne peux pas te garder si tu n'en as pas envie. Hoche la tête pour dire que tu es d'accord.

Il s'exécute.

— Si ce n'est pas moi, ce sera quelqu'un d'autre, bougonne-t-il.

— Ça ne prendra qu'une minute. Fais comme si tu étais en maillot.

Je ferme les rideaux et allume les lumières, puis je me rapproche sur mon tabouret à roulettes.

— Mets-toi ici.

Je désigne le fond blanc. Je change les paramètres et souffle sur la lentille pour enlever la poussière. Je l'entends retirer sa ceinture et ses vêtements derrière moi, et après un moment qui semble interminable il se met en position. Je n'ai pas vu ses jambes depuis l'époque où il faisait partie de l'équipe de natation. Elles m'ont tellement manqué.

Le pauvre Tom a l'air terrifié. Il est passé de chef de chantier à mannequin en l'espace de vingt secondes. Ça lui a fait un choc. Et à moi aussi. Le moins qu'on puisse dire, c'est que ce boxer lui va comme un gant.

— Tu as besoin d'une cigarette ? Tu veux dire un dernier mot ? Détends-toi, on dirait que tu vas passer à la casserole.

L'occasion de faire ma petite maligne était trop belle.

Il tire son T-shirt vers le bas. Il a l'air si adorable et si vulnérable. C'est un gentil garçon dans un corps de bad boy. Truly avait raison. C'est le corps idéal pour poser en sous-vêtements.

Mon Dieu, il fait si chaud d'un coup. Je commence à transpirer.

Loretta était convaincue qu'il était viking dans une vie antérieure, et elle avait raison. Il a traversé la mer Baltique à la rame et maintenant il se tient là, la poitrine qui se soulève et retombe sous mon regard.

— OK.

J'essaie de ne pas m'attarder sur sa peau, ses jambes, ses cheveux. De qui se moque-t-il avec ce ventre ? Chaque fois qu'il se tortille et tire sur son T-shirt, j'aperçois sa peau. J'ai la bouche tellement sèche que je pourrais boire au bol de Patty. J'ai déjà photographié des mannequins, mais je n'ai jamais vu un tel corps.

— Je me débrouille bien ? me demande-t-il.

— Oui, très bien, dis-je avec une voix encourageante de maman qui regarderait son fils à un match de football.

Nerveuse moi aussi, je tape du pied. Même si j'en meurs d'envie, je ne lui demanderai pas d'ôter son T-shirt ; il a besoin de garder un semblant de dignité.

— Retourne-toi. Remonte ton T-shirt plus haut. Encore plus haut. Oui, voilà.

Il faut que je me retienne. Mais c'est impossible. Je vais exploser si je ne le dis pas.

— Tu as le plus beau cul de la planète.

Je passe en mode grande vitesse et commence à mitrailler ses fesses.

— Est-ce que Tom est là ?

La voix de Colin, toute proche, nous fait sursauter. La taupe de Jamie va nous surprendre en train de faire les andouilles de la façon la plus bizarre qui soit. Nous nous figeons.

— Il est en train de… discuter avec Darcy, répond Truly.

— Dis-lui de venir à l'avant. On décharge le bois de charpente, mais il n'a pas loué de chariot élévateur, alors on ne peut pas le déplacer, dit Colin d'une voix suffisamment forte pour que Tom l'entende.

— Merde, s'exclame Tom. Darce, dépêche-toi.

Puis il crie, à l'intention de Colin :

— Une seconde. J'en ai pour une seconde.

Truly ouvre la porte de quelques centimètres et les rideaux frémissent.

— C'est bon, il est parti.

Puis, jetant un regard vers Tom, elle ajoute :

— Oh ! il te va si bien, Tom.

Je l'adore mais je me lève et referme le rideau. *Personne d'autre ne mate à part moi*, grogne la louve enragée en moi. Le bruit du chantier s'estompe.

— Je n'arrive pas à croire que tu aies le courage de faire ça. Surtout après… la façon dont je me suis comportée.

Dans la cuisine, quand j'ai essayé de te sauter dessus.

— C'était trop dur de rester éloigné de toi. Je pensais que t'avoir dans les parages était mauvais pour ma concentration. Mais ne pas t'avoir sous les yeux est pire en fait.

— Au moins ici, je ne fais pas de bêtise.

— Tu m'as manqué.

Il secoue la tête.

— Que s'est-il passé au juste… dans la cuisine ?

— Si je me souviens bien, je t'ai dit de me baiser.

J'essaie de garder un ton léger et badin.

— Je crois que tu as eu un aperçu effrayant de ce qui arrive quand DB est à deux doigts de perdre le contrôle.

— Parce que tu appelles ça avoir encore du contrôle ?

Il est stupéfait.

Je revois les portes de placard arrachées, mon doigt tendu vers la porte de ma chambre, l'honnêteté crue, presque grossière, dont j'ai fait preuve. Mais en réalité il l'a échappé belle. Ça aurait pu être bien pire.

— Euh… Ouais.

Je baisse l'appareil photo. Je respire tellement fort que de la buée apparaît sur l'écran. Si ça continue, je vais détruire l'objectif.

— Si j'avais perdu tout contrôle, j'aurais…

J'appuie sur le déclencheur pour meubler le silence.

— J'aurais probablement…

Je couvre ma bouche comme si j'essayais de retenir un rot. Je ne peux pas le dire. Impossible.

— Dis-moi, lance-t-il par-dessus son épaule avec cette même voix grave qui a fait déguerpir ses hommes la queue entre les jambes le premier matin sur le chantier quand il a dit : « Déballez l'équipement ».

C'est une voix à laquelle on ne peut pas dire non.

Et puis merde. Il veut de l'honnêteté ? Il va être servi.

— J'aurais défait ta ceinture et je me serais mise à genoux. Tu aurais imploré le Seigneur.

Il pousse un cri étouffé.

— Mon Dieu, Darcy !

— Oui, c'est exactement ce que tu aurais crié.

Je croise une jambe par-dessus l'autre pour cacher mon excitation grandissante. Un frisson d'excitation me parcourt quand je comprends que je pourrais lui dire ce que je veux et qu'il serait obligé de se tenir là le dos vers moi à m'écouter.

— Heureusement pour toi, il me reste un peu de contrôle. Juste un peu.

Il roule ses épaules massives et soupire d'un air misérable.

— Allez, tourne-toi et on a terminé. Encore quelques minutes et tu pourras rejoindre tes hommes.

Je me balance de gauche à droite, et le frottement m'excite encore plus. Ça me ferait les pieds d'avoir un orgasme accidentel sur un tabouret.

— Mais je ne comprends pas, dit-il après un moment. Pourquoi ?

— Comment ça « pourquoi » ?

J'entends la stupéfaction dans ma voix.

— Tu as un corps sublime.

Quand il penche la tête vers moi par-dessus son épaule, son regard est vulnérable et incertain.

— Tu le sais, n'est-ce pas ? Je ne peux même pas te dire à quel point tu es sexy. Il faudrait que je te montre.

Il se balance d'un pied sur l'autre sans se retourner.

— Juste le devant et on a terminé. On en a pour trente secondes. Allez Tom, retourne-toi.

Il ne bouge pas.

— Tom. La Terre à Tom.

Il pousse un léger soupir.

— J'ai comme un petit problème.

— Ouais, moi aussi. J'ai envie de fourrer ma tête dans le carton à godemichés.

J'ai tellement envie de lui que j'ai l'impression que mon jean a rétréci, et les coutures me mordent la peau.

— Dépêchons-nous d'en finir.

— Une seconde, gémit-il, visiblement tourmenté.

— Tourne-toi, bon sang !

Je suis si désespérée d'en finir que je n'ai pas pu m'empêcher de crier.

Le visage déformé par la réticence, il se retourne en relevant son T-shirt. Six superbes tablettes apparaissent.

— Merde alors.

J'ai le souffle coupé, à un tel point que je peux à peine soulever mon appareil.

— Tu vois ce que je veux dire, lâche-t-il la mâchoire serrée.

Devant, son boxer a une forme… surprenante. Il est tout déformé. Comme s'il ne pouvait pas contenir la marchandise. Un angle qui devrait se terminer mais qui… continue. Mes entrailles se contractent. *Oh ! oui.*

— Pas étonnant que tu n'aies pas été impressionné par mon carton de produits coquins, dis-je en m'efforçant de calmer mes mains tremblantes et en zoomant. Pas évident de trouver le bon éclairage pour un tel… spécimen.

Il se baisse et attrape son pantalon.

— Très drôle, réplique-t-il, furieux. Il faut que tu en rajoutes. C'est plus fort que toi.

— Non, attends, j'ai besoin d'une photo pour Truly.

Je baisse l'appareil photo.

— Ne t'inquiète pas. C'est déjà arrivé. Un jour, j'ai fait une séance photo boudoir pour l'anniversaire de mariage d'un couple et…

Il pose une main sur ses yeux.

— Tais-toi une seconde par pitié.

L'effroi me submerge. Je ressemble de plus en plus à mon frère. Il n'arrête jamais de parler. Jamais.

Puis il ajoute :

— Ta voix est tellement sexy… Elle me fait de l'effet. Comme tu peux le constater.

— Oh.

Je lui tourne le dos.

— Je ne savais pas.

Un ange passe.

— Bien sûr que tu le sais, rétorque-t-il, excédé. Je n'ai jamais entendu une femme parler comme toi.

Il déglutit bruyamment.

— Tu dois faire plus attention à ce que tu dis quand tu t'adresses aux hommes.

— Qu'est-ce que tu insinues, au juste ? De ma vie, je n'ai jamais rien dit de tel à un autre homme.

Je jette un œil par-dessus mon épaule. Un dernier minuscule arrêt sur image et l'image sera gravée dans ma mémoire à jamais. Ça y est, c'est dans la boîte. Une boîte énorme.

— C'est humiliant. Es-tu aussi obsédée avec tous les mecs que tu trouves un tant soit peu mignons ?

— Non. Seulement avec toi. Et tu n'es pas seulement mignon. J'ai vu *David* de Michelangelo à Florence. À côté de toi, on dirait un nain de jardin avec un micropénis.

— Vous avez fini ? crie Truly.

— Presque ! dis-je en faisant un geste paniqué vers la porte. Allez Tom. Parlons de quelque chose de neutre. Comme les travaux de la maison. Comment est-ce que ça avance ?

— OK, souffle-t-il, l'air un peu soulagé.

— Parle-moi des gouttières ou des aérations. Cette énorme tache d'humidité sur le plafond de la cuisine, ça en est où ? Ou le...

Je me creuse la tête.

— Le treillis. Les canalisations. Les architraves et les épis de faîtage et les...

Il m'interrompt, aux abois.

— Je crois que t'entendre sortir des termes vaguement architecturaux rend les choses pires encore...

— Pervers !

Je prête plus attention à ma voix maintenant. Ai-je vraiment une voix sexy ? Je suis quasiment certaine que la seule réaction que j'ai jamais provoquée chez Tom, c'est la dilatation de ses pupilles. Et maintenant je suis face à son pénis en érection.

Plus prudent. Plus prudent.

Une autre minute passe.

— OK, dit-il, avec effort. Vas-y.

Je prends une dizaine de photos, et avant même que j'aie le temps de lui dire qu'on a terminé, il se baisse et enfile son pantalon à toute allure, le boxer toujours sur lui. Il déboule hors du studio, manquant de renverser Truly.

— Tu me dois plus qu'une entrecôte, lui lance-t-il en partant à toute vitesse. Tu me dois une entrecôte sur un paquebot de croisière.

Truly me rejoint à l'intérieur.

— Qu'est-ce que tu lui as fait ? me demande-t-elle.

J'essuie la sueur sur mon sourcil.

— Je ne suis pas sûre. Mais je crois qu'on ne récupérera pas ce boxer.

Chapitre 14

Jeudi : je suis si fatiguée que je tiens à peine debout.

Je suis dans la salle de bains, les mains sur les hanches, en train de regarder le mur. C'est la première fois que je m'apprête à démolir intentionnellement une pièce.

— Ben, peux-tu me donner les grandes lignes de ce que je suis censée faire ?

Les mots les plus banals me ramènent à la séance photo. Comme « grande ligne ».

Je fais confiance à Ben pour me prodiguer des conseils clairs et avisés qui m'éviteront de faire des bêtises. Je garde Colin dans le collimateur, car je suis presque certaine que c'est la taupe de Jamie. Je lui donne de mauvaises informations exprès pour essayer de le démasquer. Quant à Alex, il est surtout doué pour transporter des choses lourdes et rire à mes blagues.

— Commence par retirer les carreaux du mur. Utilise… Ça.

J'essaie de ne pas regarder le sommet de son crâne luisant pendant qu'il fouille dans la boîte à outils et en sort un pied-de-biche court.

— Vas-y doucement, sinon tu risques de faire un trou dans le mur.

Du pied, il pousse un carton vide vers moi.

— Fais attention, les carreaux seront tranchants. Porte des lunettes de protection. Il y a une poubelle à l'extérieur.

Alex transportera les cartons pleins. Ensuite, retire les carreaux au sol.

— Super. Merci.

Avoir une tâche clairement définie me soulage. Je noue mon débardeur ample à la hanche et remonte un peu mon jean. J'enfile les gants et pose les lunettes au-dessus de ma tête. Je suis prête.

À ce moment-là, Tom passe dans le couloir. Nos regards se croisent, puis il remarque le pied-de-biche dans ma main. Ses paupières tressautent et il trébuche, comme s'il venait de voir une chose qui lui était insupportable. Est-ce que j'ai l'air ridicule ? Est-ce qu'il pense que je vais me blesser ?

Puis je me souviens comment il a réagi quand je lui ai parlé d'architraves. Je fais un mouvement de balancier avec mon pied-de-biche.

— Il te plaît ce look ?

Il déglutit en hochant la tête.

— Euh, ouais.

Du haut de son échelle, Colin secoue la tête d'un air las. On est incorrigibles.

Au fil des jours, le même schéma se répète : Tom me voit travailler, devient distrait, et quelque chose dans une autre partie de la maison se détraque. Je suis une malédiction.

Je désigne le couloir de mon pouce.

— Continue d'avancer.

Il s'exécute, l'air troublé.

— À mon avis, il ne s'attendait pas à ce que tu participes, dit Colin.

— N'ai-je pas répété à plusieurs reprises que je faisais partie de l'équipe ?

J'essuie la transpiration sur mon sourcil avec mon avant-bras. Je suis en permanence en sueur. Je me suis fait une raison.

— As-tu fourni tes informations fiscales à Tom ?

— Pas encore, me répond Colin d'un air renfrogné.

— Oh vraiment, Monsieur paperasserie ?

Ça me démange de lui ordonner de les fournir d'ici à 17 heures. Mais je ne le ferai pas. Tom m'a fixé des limites et je vais sagement rester derrière.

Je ne peux m'empêcher de remarquer que Colin a l'air plutôt cool contre le mur blanc. Je saisis mon appareil et prends une photo rapide. Je fronce les sourcils en voyant le résultat. Je peux faire mieux.

Je change les paramètres, recadre, et la seconde photo est bien meilleure. Vraiment meilleure.

— Ça t'a plu d'être ma muse ?

Il ne me gratifie même pas d'une réponse.

Je mets l'appareil de côté. Deux images de visage au milieu de photos de prises électriques et plinthes fissurées. Tom serait peut-être fier de moi. Comme c'est étrange que ce soit l'horrible vieux Colin qui m'ait inspirée.

J'appuie ma paume contre le premier carreau de la rangée. J'ai l'impression de commettre un péché, mais je place le pied-de-biche à l'extrémité du carreau et *pop !* Il se détache et se brise à mes pieds.

Tom apparaît presque aussitôt sur le seuil.

— Fais attention.

Il regrette déjà d'avoir accepté de me laisser participer.

— Ouais, attends, dit-il à quelqu'un d'autre.

Il s'est lancé un défi impossible : superviser tout un chantier ainsi que le moindre de mes faits et gestes.

— Tout va bien.

Je fais tomber les carreaux suivants dans ma main et les dépose dans le carton.

— Hé, Colin ! Je suis un des mecs maintenant, pas vrai ?

Il pouffe de rire et répond « C'est ça ».

— Bye, Tom. À plus tard.

Il comprend le message et s'éloigne.

La séance photo improvisée a ruiné la petite trêve à laquelle on était parvenus. Quand j'ai raccompagné Truly à sa voiture, plusieurs groupes transportaient le bois à la main de l'autre côté de la maison, Colin avait les bras croisés, et Tom était furieux. Il a admis que sa participation à la séance photo était volontaire et a promis de ne pas m'en blâmer, mais j'ai tout de même l'impression qu'il m'en veut.

J'ai essayé de prêter main-forte, mais à l'instant où je me suis baissée, il m'a poussée comme si je m'étais approchée trop près d'une falaise. Valeska commence à prendre le pas sur Tom.

Ce doit être le stress qui fait ressortir l'animal en lui. Si je discute avec un des livreurs, il descend l'allée, les lèvres retroussées en un grondement silencieux. Si je prépare un sandwich pour ce crétin d'Alex, qui pour l'instant a oublié son déjeuner tous les jours, Tom s'appuie sur le plan de travail, les yeux emplis de jalousie, jusqu'à ce que je retire le fromage et la salade. Les ouvriers commencent à m'éviter. J'ai l'impression d'être une mine. Si Tom me touche encore, je vais sûrement exploser. Pas étonnant que je transpire en permanence.

— Je connais Tom depuis qu'on a huit ans. Mais certains jours je me demande s'il me reparlera jamais après les travaux.

— Conduire des travaux est très stressant, explique Ben avec diplomatie. Monter son entreprise aussi. Aldo lui a mis des bâtons dans les roues, surtout pour trouver de la main-d'œuvre.

— Il ne me l'avait pas dit.

Je me demande quels autres soucis l'empêchent de dormir.

— Les salaires. Les assurances. La sécurité des ouvriers. Les sous-traitants. Les contrats, énumère Colin du haut de son échelle.

Il claque des doigts dans ma direction pour que je lui donne la perceuse sans fil. Je suis à peine plus haut qu'Alex dans la hiérarchie.

— Je ne réponds pas à ça, dis-je en claquant des doigts vers lui. Exprime-toi normalement.

— Sécurité du chantier, fournisseurs, location de matériel, facturation, budget, continue-t-il.

Puis il me jette un regard entendu et lance :

— Gérer le client. Passe-moi la perceuse.

Je la lui tends.

— C'est bon, j'ai compris. Tout est sous contrôle.

— Je ne crois pas.

Il s'interrompt pour dévisser une grille d'aération puis reprend :

— Il a la tête ailleurs.

Il me tend la grille et je me retrouve avec plein de poussière grise dans les cheveux.

— Poubelle.

Je la lance dans le carton d'Alex en me sentant un peu persécutée.

— J'insisterais bien, mais on m'a dit de me mêler de mes affaires.

Je retourne à mes carreaux, seulement le cœur n'y est pas. Hier soir, j'ai trouvé Tom assis sur les marches à l'arrière de la maison, la tête dans les mains. Le temps que je m'approche, il avait repris une expression neutre.

Est-ce que ce sont les travaux ou Megan qui le tourmentent ?

Je me remets dans le bain et retrouve mon rythme. *Pop, smash. Pop, smash.* Je deviens habile avec mon pied-de-biche. Puisque j'avance assez rapidement, je décide d'aider Alex.

Je me baisse pour prendre le carton. Mais alors que je le soulève, mon cœur panique.

Je commence à avoir des palpitations. J'ai l'impression

qu'elles remontent dans ma gorge et ma vue se brouille. J'appuie mon épaule contre le mur. OK, cette fois, j'ai compris. Je crois qu'il faut que j'aille faire examiner ce cœur. Sauf que Jamie m'accompagne d'habitude. Je suis toujours la petite Darcy trop effrayée pour se rendre seule chez son cardiologue.

C'est bizarre. Je ne me suis pas faite à l'absence de Loretta, car je la sens si proche que je m'attendrais presque à l'apercevoir par la fenêtre en train de donner des ordres à quelqu'un.

Parfois, j'ai l'impression que c'est Jamie qui est mort, parce que le vide de son absence continue de croître. Et mon cœur bat plus que jamais de travers.

Ben se dépêche de me rejoindre.

— Je t'ai dit que déplacer les cartons était le boulot d'Alex. Est-ce que ça va ? Est-ce qu'on doit appeler Tom ? Il nous a demandé de l'informer si tu ne te sentais pas bien.

— Ah bon, il a dit ça ?

Je me redresse et pose ma main sur la hanche. Puis, les dents serrées et les yeux brûlants de larmes, je siffle :

— Je vais faire une pause. Ne lui dites rien.

— Ne rien lui dire ? répète Alex du seuil. On ne doit rien cacher au patron.

Il se rapproche.

Je dois vraiment donner l'impression d'être à l'article de la mort, car Colin s'inquiète assez pour descendre de son échelle, malgré l'arthrite qui le fait grimacer.

— Respire profondément, dit-il, fronçant les sourcils vers Alex l'air de dire « Tais-toi ! » Tu ne devrais pas t'asseoir ?

Je secoue la tête.

— Inutile de s'alarmer. Ça va passer.

Hors de question de sympathiser avec le vieux Colin à cause de nos problèmes de santé respectifs. Il s'éloigne en traînant les pieds, et me l'effet d'un chien reniflant museau au sol, parti chercher son maître. Ou pire, trouver un endroit tranquille pour appeler mon frère avec le dernier scoop.

— La tête qui tourne ? Ça m'arrive aussi.

On peut toujours compter sur Alex pour détendre l'atmosphère avec insouciance. J'aime ça chez lui.

— Surtout quand j'ai la gueule de bois, ajoute-t-il d'un air légèrement fanfaron.

Je plains ce pauvre gamin. Il m'a dit combien il s'ennuyait le soir, coincé dans sa chambre d'hôtel pas chère entre Ben le chauve et Colin le vieillard.

Je pense au regain d'énergie que j'ai ressenti lorsque Tom a dit que je manquais à l'équipe. Les choses sont plus marrantes quand je suis là. Ça me donne une petite idée.

— Alex, demain soir, emmène tout le monde au bar où je travaille. On boira un verre pour célébrer la première semaine de travail. J'offrirai une tournée. Il faudra que tu me montres ta carte d'identité.

Le visage d'Alex s'illumine.

— Génial ! On n'a pas fait ça depuis un bail. Tom nous fait travailler dur.

J'imagine déjà la scène : les ouvriers en train de se détendre après une dure journée de labeur, trinquant *Santé !* dans la bonne humeur, le moral retrouvé.

— Je veux que vous vous amusiez sur ce projet.

Mon cœur se calme, ma vue se stabilise. Le moment est passé. Je m'éloigne du mur.

— Mais ça ne veut pas dire que je craque pour toi. Tout le monde est invité.

Alex hoquette de surprise et se met à rougir.

— Je sais, répond-il après un moment de flottement.

— On sait tous de qui elle est amoureuse, lâche Ben.

Quel toupet ! Je fais mine de le frapper avec mon pied-de-biche, il fait semblant d'être blessé, et ce petit interlude nous donne le sourire à tous. J'allume la radio et on reprend nos tâches au rythme de la musique. Je ne pensais pas un jour dire ça en faisant des travaux, mais je m'éclate.

Ils me parlent de leur précédent contrat, une immense résidence secondaire au sommet d'une falaise. Tom a passé toute une nuit à poncer les sols dont il n'était pas satisfait. Ils ne font que confirmer ce que je sais déjà : Tom est un infatigable perfectionniste. Je décide de travailler plus dur, plus proprement, de manière impeccable. On ne pourra rien me reprocher.

— Dis, toi qui connais bien Tom, tu peux peut-être nous éclairer, commence Alex. Comment ça se fait qu'il ait un chihuahua ?

Il se baisse pour prendre le carton de carreaux que je viens de remplir.

— Qu'est-ce que tu veux dire ?

— Un type comme ça devrait avoir un grand chien, répond-il en grognant sous l'effort tandis qu'il soulève le carton. On pensait qu'il appartenait à Megan.

— Un type comme ça ? Tom l'a adopté quand il avait treize ans, et il se moquait du qu'en-dira-t-on. Il a choisi le chien de refuge qui lui témoignait le plus d'affection. Et c'est moi qui l'ai appelée Patty, des années avant que Tom rencontre Megan.

Je ne peux pas cacher la fierté qui transparaît dans ma voix. Attendez. Ce n'était pas de la fierté. J'avais carrément l'air possessive.

J'attrape Alex par la manche lorsqu'il passe près de moi.

— Hé !

Je jette un œil vers Ben et Colin. Ils sont tous deux concentrés.

Je baisse la voix.

— J'ai rencontré beaucoup d'hommes, aux quatre coins du monde, et Tom est le meilleur. Sans aucun doute, c'est le meilleur homme qui soit. Essaie de prendre exemple sur lui.

Alex hoche la tête, recevant la sagesse de grand-mère Darcy.

Un type comme ça, et puis quoi encore.

Je me remets au travail. J'ai envie de rappeler Alex pour lui énumérer toutes les raisons pour lesquelles Tom est l'exemple qu'il devrait suivre.

Hier, Tom a fait une réunion de chantier avec Patty assise entre ses pieds. Ce ne sont pas les muscles qui font la force de Tom, mais sa capacité à montrer sa douceur et sa vulnérabilité. J'ai rencontré mon homme idéal à l'âge de huit ans, et depuis, personne ne lui est jamais arrivé à la cheville.

Un type comme ça.

Je marque une pause et m'appuie de nouveau contre le mur, mais cette fois c'est parce que j'ai le souffle coupé en pensant à Tom. S'il passait sa tête par la porte, je crois que je serais incapable de garder une expression neutre.

C'est la première fois de ma vie que je me sens ainsi. Je suis complètement déboussolée.

Je retourne à ma tâche, les joues rosies par l'émotion. Le carreau couleur saumon est le prochain de la rangée. Je le garderai comme sous-verre. Je le détache avec délicatesse. *Pop.* Je le retourne et trouve une carte de tarot sous une couche de glu.

— Ça alors !

J'éclate de rire.

— Regardez, les mecs. Ma grand-mère m'a laissé quelque chose.

Ben et Alex viennent autour de moi comme si j'avais trouvé de l'or.

— Qu'est-ce que c'est ? demande Alex avec sa naïveté habituelle.

— Ma grand-mère était voyante. C'est la carte de tarot Force.

La carte représente une femme vêtue de blanc tenant ouverte la gueule d'un lion. Ce pourrait être une image violente, mais ce n'est rien d'autre que patience et stabilité. On dirait Valeska et moi.

— Qu'est-ce qu'elle signifie ? demande-t-il.

J'essaie de me rappeler. Loretta a tenté de m'apprendre à lire les cartes, mais j'étais toujours trop occupée. Trop fatiguée. En train de décuver. Ou à l'étranger.

— Je crois qu'elle signifie persévérance et courage. Mais il faudra que je vérifie.

— Il y a peut-être d'autres cartes cachées dans la maison, s'exclame Ben avec enthousiasme. C'est un signe. Alex, dis à tout le monde de garder l'œil ouvert.

Le fait qu'il ne prenne pas ça pour des sottises de bonne femme me fait sourire jusqu'aux oreilles.

Je finis le mur de carreaux en milieu de matinée, et même si mon cœur s'emballe à quelques reprises, je tiens bien le coup. Colin m'a surveillée comme une buse guettant sa proie. J'ai oublié de déjeuner et de boire et n'ai aucune idée de l'heure qu'il est quand je retire la dernière rangée de carrelage au sol et essuie mon visage transpirant avec le bord de mon débardeur.

— Eh bien ! s'exclame Tom, du seuil de la pièce.

Il embrasse la pièce du regard comme s'il la voyait pour la première fois.

— Je ne sais pas combien de temps ça aurait dû me prendre, alors je ne sais pas si tu es impressionné.

Je tremblote nerveusement tandis que ses yeux parfaits parcourent les murs, le sol, avant de remonter le long de mes jambes jusqu'à mon visage.

— Tu as fait ça toute seule ? demande-t-il, choqué.

— Une vraie machine, commente Ben avec un sourire en coin avant de retourner à sa tâche.

Tom se rapproche et saisit mon poignet pour prendre

mon pouls. De son autre main, il écarte une mèche de cheveux de mon visage. D'habitude, je n'aime pas qu'on s'inquiète pour moi. Et il est fiancé. Je devrais m'écarter. Mais peut-être que je devrais apprendre à me radoucir. Je me laisse aller contre sa main.

— Ça s'est super bien passé.

J'aperçois Colin qui serre les lèvres. Au moins, il n'a pas vendu la mèche.

— Tom, regarde. Loretta nous a laissé quelque chose.

Je lui montre le carreau et la carte de tarot collée en dessous.

Il se met à rire. Dans la lueur de fin d'après-midi, les particules de poussière qui flottent autour de nous se mettent à scintiller, faisant ressortir la couleur whisky de ses yeux. Je me sens ivre. Tom est le seul qui m'ait jamais donné des papillons dans le ventre.

— Elle ajoutait toujours une pincée de sel dans les petites choses de la vie, remarque-t-il avec affection.

Il passe ses bras autour de moi, me serre fort et me murmure à l'oreille :

— Tu as bien travaillé. Je suis vraiment impressionné.

Je lui rends son étreinte et j'inspire à pleins poumons, ma joue sur sa poitrine. Mon piercing au téton frotte contre lui de la façon la plus délicieuse qui soit. D'une minute à l'autre, je vais tout gâcher. Autant en profiter tant que ça dure.

— Et moi, je n'ai pas droit à un câlin, patron ? nous interrompt Alex.

Ben et Colin éclatent de rire. Oh mon Dieu, qu'est-ce qui cloche chez moi ? Cette sensation de faire partie de l'équipe me fait planer.

— Celle-ci a un traitement de faveur. Vous le savez bien, répond Tom.

Je penche la tête en arrière et vois que Tom sourit aussi.

Il me relâche et parcourt du pied les anciennes marques adhésives au sol.

— Ça avance plus vite que prévu ici. Bon boulot, tout le monde.

Je suis si folle de joie que je suis surprise de ne pas flotter à soixante centimètres du sol. Rendre Tom fier ? C'est comme sniffer un arc-en-ciel. Mais ça ne peut pas durer. Alors mieux vaut le faire sortir de la pièce avant que je refasse une bêtise.

— Tu ferais mieux de partir maintenant.

— Elle est douée, dit Alex en ramassant mon dernier carton de carreaux. Et elle travaille dans un bar. Ça va déchirer vendredi soir.

Il quitte la pièce.

— Comment ça, « vendredi soir » ? demande Tom en plissant les yeux. Qu'est-ce qu'il y a ?

Ben et Colin sortent précipitamment en marmonnant « toilettes » et « soif ».

Et juste comme ça, je redescends de mon nuage. J'ai encore mis les pieds dans le plat.

Chapitre 15

— J'ai proposé aux gars de venir boire un verre au bar vendredi soir.

Je me tourne pour gratter un éclat de carreau resté au mur, mais Tom pose sa main sur mon coude.

— Qui as-tu invité ?

— J'ai dit à Alex d'inviter tous ceux qui seraient intéressés.

Je prends une gorgée de ma bouteille d'eau.

— Désolée, mais tu ne peux pas venir. Tu es le patron. Personne ne sera capable de se détendre si tu es là.

Il claque la porte derrière lui avec son pied.

— Tu ne peux pas t'en empêcher, hein ?

Je sursaute, la peur au ventre. Je refuse de poser la main sur mon cœur effrayé. Jouer la carte du cœur, c'est tricher.

— Oh ! super. Qu'est-ce que j'ai encore fait ?

Il croise les bras en me lançant un regard furieux.

— Je dois rester derrière eux pour qu'on finisse dans les temps. Quand on aura terminé, ils pourront s'amuser. Pour l'instant, ils travaillent.

— Mais ce qu'ils font de leur temps libre…

— Je ne veux pas qu'ils se retrouvent attrapés dans le tourbillon Darcy Barrett, me coupe-t-il. Crois-moi, une fois que tu es dedans, tu ne peux plus en sortir.

Son téléphone se met à vibrer et il rejette l'appel d'un geste tellement brusque qu'il aurait pu fissurer l'écran.

— C'est la première semaine, Darcy. Tu aurais dû me consulter avant.

— J'ai seulement proposé de...

— Tu as invité toute l'équipe à un bar, où la propriétaire *sexy* – là il fait des guillemets avec ses doigts que je trouve insultants – va offrir sa tournée. Annule. La moitié d'entre eux travaillent le lendemain matin de toute façon.

Je réponds avec les mêmes guillemets.

— On dirait que mon entrepreneur *sexy* est contrarié. Tu n'as pas ton mot à dire sur ce qu'ils font de leur temps libre. Ce sont de grands garçons. Et on m'a dit que je rendais les choses marrantes par ici.

Il se doutait bien que je saisirais cette perche.

— Ce projet ? Tout ça ?

D'un geste de la main, il englobe la maison.

— Je suis le patron de tout le monde. Même le tien. Demande-moi avant de refaire une connerie pareille.

Il passe sa tête par la porte :

— Vendredi soir, c'est annulé.

— Eh merde, soupire Alex tandis que la porte se referme.

— Tu te comportes en abruti. Ça ne te va vraiment pas.

Cette remarque le déstabilise momentanément. Puis il se ressaisit et continue en baissant la voix.

— Si je ne reste pas concentré, ce projet sera un fiasco. Je dois me montrer dur avec eux. Et avec toi aussi, on dirait.

— Si tu en fais toute une histoire chaque fois qu'un employé commet une petite erreur innocente, alors tu n'es pas un très bon patron. Et ce n'est pas parce que tu ne sors jamais que le reste d'entre nous doit sagement rester à la maison.

C'était un coup bas. Il est stupéfait.

— Je n'ai pas le temps de m'amuser. J'essaie de vendre ta maison.

— Tu ne t'es pas amusé depuis longtemps. C'est quand

la dernière fois que tu es allé boire un verre ou dîner ? Que tu as invité une fille à sortir ? C'est quand la dernière fois que tu es allé nager ?

— Je n'ai pas le temps.

— Tu dis toujours ça. Le Tom que je connaissais ne pouvait pas vivre sans chlore.

— Et la Darcy que je connaissais prenait de vraies photos et choisissait elle-même ses sujets. Ne me fais pas croire que la vie que tu mènes actuellement est si enrichissante que ça.

Il se passe une main dans les cheveux.

— Je n'ai pas les idées claires quand tu es là, lâche-t-il, désemparé.

Il marque une longue pause et une lueur familière envahit ses yeux. Je l'ai vue tant de fois que je sais exactement ce qu'elle signifie. Il va se ranger du côté de Jamie.

— Te faire travailler était une erreur.

— Je t'interdis de me virer du projet. Ta réaction est vraiment exagérée.

— Tu me rends tellement…

Tom ferme les yeux et roule les épaules.

— Essaie de te mettre à ma place. Ces types sur le chantier savent que je suis le patron. Tu es la propriétaire. On forme une équipe. Je pensais que tu l'avais compris.

— Oui, mais ça ne veut pas dire qu'on ne peut pas se montrer sympas avec eux.

Il s'appuie contre le mur, et son épaule se recouvre de poussière.

— Au début, j'étais le copain de tout le monde, mais je me suis fait marcher sur les pieds. Je suppose que ça ne te surprend pas.

Je lis de la vulnérabilité dans son regard. Il cligne les yeux et, quand il les rouvre, elle a disparu.

— Tout doit rester sous contrôle.

La liste de responsabilités énumérées par Colin me revient en mémoire. J'ai envie de lui demander si tout se déroule bien. Mais je ne peux pas. Il m'enverrait paître.

Le sentiment de fierté que je ressentais quelques minutes auparavant a complètement disparu.

— Je m'amusais vraiment, là. J'avais hâte que tu voies le résultat. Et tu viens me dire que je ne devrais même pas être ici ? Vraiment sympa.

J'ai besoin d'air. J'essaie d'ouvrir la fenêtre, mais évidemment la petite emmerdeuse refuse de bouger.

— Laisse-moi faire.

Avec lui, elle va sûrement glisser comme de la soie. Je me penche pour saisir le pied-de-biche au sol mais Tom pose sa botte dessus.

— J'ai dit « enlever le carrelage », pas détruire la salle de bains.

— Autre chose, Tom. Ne dis pas aux gens de garder un œil sur moi. C'est vraiment insultant. Est-ce qu'ils sont tous au courant pour mon… ?

Je tapote ma poitrine.

— Seulement Colin, Ben et Alex. Je doute que mon assurance te couvre pour ça. Je prends de gros risques pour toi. Et maintenant, je dois trouver un autre couvreur.

Il plisse les yeux.

— Et c'est ma faute, parce que… ?

— J'ai dû le virer.

Il est tellement contrarié que s'il avait son marteau de forgeron à la main il ferait un carnage.

Au moins maintenant je sais qui m'a qualifiée de sexy.

— Tu baignes dans trop de testostérone et manques de recul. Je me contentais de faire mon boulot.

Ses yeux lancent des éclairs.

— Et c'est pour ça que je ne tolère pas qu'on parle de

cette façon à des femmes sur mon chantier. Je l'aurais viré s'il avait dit ça de n'importe qui, pas seulement de toi.

Chaque fois que Tom assume ses responsabilités et me montre à quel point il est respectueux, c'est un soulagement. Aldo, lui, aurait explosé de rire.

— Qu'a-t-il dit exactement ? dis-je en regardant par la fenêtre.

— Je préfère t'épargner les détails.

Je pose la main sur ma hanche.

— Je dois creuser une tombe ou pas ?

Il se fend d'un rire mais je sens bien que le cœur n'y est pas.

— Fais-la très profonde alors. C'était l'une de mes dernières options. Un des derniers couvreurs encore disponibles avant qu'Aldo ne lui mette la main dessus. Au train où vont les choses, ta maison n'aura peut-être pas de nouveau toit.

— Je suis sûre que celui-là fait l'affaire, dis-je en désignant le plafond.

— Oh Darce, si tu savais ce que je sais, tu n'en dormirais pas. Pas même dans un lit comme le tien.

Tiens donc. Mon matelas a fait sa petite impression. Je vois à ses pupilles dilatées qu'il y pense en ce moment même. Vite, il faut que je trouve une façon de rafraîchir l'atmosphère avant que la chaleur ne grimpe.

— Megan devait adorer ton côté protecteur.

— Elle n'a jamais mis les pieds sur un de mes chantiers. Elle ne s'est jamais servie d'un pied-de-biche, et elle n'a jamais transpiré.

Ses belles dents blanches mordent sa lèvre inférieure.

— Je n'ai jamais été comme ça. Je ne me reconnais pas.

La bête que j'ai imaginée enfant et qui m'a suivie autour du globe lors de chacun de mes voyages ? Celle qui dormait au pied de mon lit et était prête à déchiqueter la gorge de quiconque s'approcherait trop près de moi ? Elle est là, dans cette pièce, à cet instant même. Mais je n'ai pas peur. Si je m'approchais d'elle et que je levais la main, elle me caresserait avec sa joue. Sauf que ce n'est pas le moment d'expliquer le concept de Valeska à Tom.

— Si, tu as toujours été comme ça. Crois-moi.

— Seulement avec toi. Jamais avec Megan, dit-il d'un air coupable.

Il soutient mon regard jusqu'à ce que le pincement de culpabilité qu'il vient de ressentir s'évapore.

— Je vois que ça te plaît d'entendre ça.

Mes yeux de louve ont sûrement dû me trahir.

— Évidemment. Je meurs de jalousie. Elle n'est jamais venue te voir sur un chantier ? Pas même une seule fois en robe avec un panier à pique-nique ?

Il secoue la tête.

— Merde alors. Si tu étais à moi…

Je m'interromps brusquement.

— Si j'étais à toi, quoi ? demande-t-il, le sourcil levé.

Je suis si stupéfaite qu'un rire m'échappe. Je n'en reviens pas. Il prend de l'assurance. La façon dont il me regarde, là, maintenant ? Il a envie de me lécher, juste pour connaître mon goût.

Je me dégonfle.

— Je ferais bien de ne pas en dire davantage.

— Le problème, déclare-t-il lentement, c'est que j'ai envie de savoir.

— Fais marcher ton imagination.

Il a gagné et il le sait. Une étincelle d'amusement traverse son regard et un sourire soulève le coin de sa bouche, faisant apparaître sa canine tranchante, tandis qu'il recule vers la porte.

— C'est ce que j'ai fait, figure-toi. C'est pour ça que je suis dans cet état.

Il ouvre la porte pour essayer de calmer le jeu entre nous. Je sens un peu de tension s'évaporer de la pièce dans un nuage de vapeur rose, mais ça ne suffit pas. On est à deux doigts de se sauter dessus et d'offrir un spectacle torride aux hommes dans le couloir.

Il se rapproche de nouveau, et d'un doigt il remonte la bretelle de mon débardeur sur mon épaule.

— Ta peau et ta sueur me rendent dingue, murmure-t-il d'une voix si faible qu'elle en est presque inaudible.

Choquée par ses paroles, j'ai un mouvement de recul.

— Tu ne te rends pas compte à quel point tu es séduisante…

Je me mets à bredouiller, l'estomac noué.

— Euh, non. Enfin, je veux dire, on m'a dit que…

Un éclair de jalousie jaillit dans ses yeux, alors je me dépêche d'ajouter :

— Mais pas toi. Toi, tu ne me l'as jamais dit.

— Tu as tort. Je te l'ai dit de mille et une façons. Même quand je n'aurais pas dû. Ça a dû être marrant pour toi de me taquiner et de jouer avec moi dès qu'on était seuls trente secondes.

Il pense que c'est facile et agréable pour moi ? Huit ans. Huit ans pendant lesquels je suis restée sagement assise de l'autre côté du feu de joie pendant que Megan était perchée sur ses genoux. Huit ans que j'ai passés à boire pour ne plus ressentir la douleur de vivre sans lui.

— Et ça a dû être agréable pour toi de te fiancer sans te soucier de moi. Je prends mon après-midi.

J'attrape la carte de tarot, me baisse pour passer sous son bras et descends le couloir en courant, en évitant les pieds des ouvriers et les câbles électriques. Je traverse le jardin et me réfugie dans l'atelier. Patty me fait sa petite danse de bienvenue, seulement je suis trop ébranlée pour accorder une seconde d'attention à sa jolie tête en forme de pâquerette.

Évidemment, Tom m'a suivie.

— J'ai besoin que tu continues de travailler.

— Tu n'as pas besoin de moi. Personne ne me prend au sérieux, ici. Chaque fois que je saisis un outil, j'ai l'impression que tout le monde se dit « oh, c'est trop mignon ! » Je suis aussi inutile que Patty.

— Tu sais que c'est faux. Tu t'es vraiment donné du mal dans la salle de bains.

Je pose la carte de tarot sur mon plan de travail.

— Je ne fais rien d'autre que te stresser. Je suis un handicap. Tu l'as dit toi-même. Je vais te faire une faveur et faire profil bas quelque temps.

Tom s'appuie sur le chambranle mais il se refuse à entrer. Il trouve probablement ça *plus prudent*.

— Jamie m'a parié cent dollars que tu abandonnerais au bout d'une semaine. Tu vas le laisser gagner ?

— Je n'abandonne pas. Je vais simplement… partir.

Je fais signe vers la maison, où des ouvriers attendent Tom.

— Ils attendent tous le grand patron.

— Tu en as de la chance de pouvoir partir dès que les choses deviennent compliquées. Certains d'entre nous n'ont pas ce luxe.

Il retourne à la maison, où il est aussitôt pris d'assaut pour répondre aux questions et signer des documents. Je rembobine : *J'offre ma tournée. Bar. Envie que vous vous amusiez sur ce projet.* Est-ce vraiment suffisant pour mettre en péril le bon déroulement des travaux ? Je pensais que je faisais quelque chose de bien, mais la honte me consume et me donne mal au cœur.

Elle aveugle tout le reste. Même la bouffée de plaisir que j'ai ressentie en comprenant que je lui faisais de l'effet est ternie. Je l'attire mais ce n'est pas ce qu'il veut. Le pire dans tout ça c'est que Jamie avait raison. Je perturbe tellement Tom qu'il ne peut pas faire son travail correctement ni se donner à fond pour son nouveau défi en tant que patron. Il est complètement tourmenté.

Je prends l'enveloppe qui contient ma demande de passeport. Je vais aller la poster puis j'irai traîner mon vieux cœur moisi dans un bar pour descendre quelques verres. Regardons la vérité en face. Je ne suis pas physiquement capable d'effectuer du travail manuel et je n'ai pas la carrure d'un patron.

J'ai cinq noms dans le répertoire de mon nouveau portable : maman, papa, Tom, Jamie, Truly. Les cinq qui comptent, et à ce train-là je vais peut-être perdre Tom. Mon doigt hésite au-dessus du nom de Jamie, par réflexe, mais j'appelle finalement Truly. Elle décroche à la première sonnerie.

— Tu peux venir me chercher ? Ma voiture est bloquée par une centaine de camions.

Je me regarde dans le miroir. Je suis dégoulinante de sueur. J'ai la peau qui scintille, les joues rougies par l'effort, et mon maquillage a bavé. Sexy ? Tom est célibataire depuis un peu trop longtemps.

— Pas de problème, répond-elle, des aiguilles plein la bouche. Je peux être là dans pas longtemps. Que se passe-t-il ?

— Comme d'habitude. Mon cœur a failli exploser, je suis morte de malnutrition, et j'ai mis les pieds dans le plat. J'ai invité l'équipe au bar pour offrir ma tournée et Tom a pété les plombs.

Je ne cache pas mes problèmes cardiaques à Truly, parce qu'elle ne me sermonne pas à ce sujet.

À l'autre bout du fil, j'entends le bruit de sa machine à coudre.

— Ta tournée ? Déjà ? Les travaux ne vont pas durer des mois ?

— Si, mais je voulais rendre les choses un peu plus amusantes.

Le bourdonnement s'arrête et reprend.

— Les ouvriers se diraient que ce projet va être facile et amusant, alors qu'il ne l'est pas. Ils ne le prendraient plus aussi sérieusement, dit-elle.

— Je veux créer un esprit d'équipe.

— Tu peux sûrement trouver d'autres moyens pour que tout le monde se sente heureux sans leur servir à boire. C'est un mauvais réflexe.

— Je suis barmaid.

Je ne peux pas m'empêcher d'être sur la défensive. Cette conversation ne se déroule pas du tout comme je l'avais prévu.

— Tu n'as pas besoin d'être en mode « barmaid » quand tu n'es pas de service. Contente-toi d'être… toi-même, pour une fois. La vraie toi. Tu sais ce que je fais quand je commets une erreur en couture ?

— Tu t'effondres complètement. Non, attends… Ça, c'est moi.

Je m'assois sur le bord de mon lit en poussant un soupir.

— Jamie jubilerait si j'abandonnais.

Je l'imagine déjà. *Elle a laissé tomber ! J'en étais sûr !*

— Quand je fais une erreur, reprend Truly, je défais ce que je viens de faire et je recommence. Et, Darce ? Tu n'es pas barmaid. Tu es photographe. Ne l'oublie pas.

Je lève la tête vers la maison et regarde avec tristesse la foule autour de Tom.

— Je n'ai de cesse d'essayer de me rendre utile, sauf que ça finit toujours mal. Je commence à penser que la meilleure façon de l'aider est d'éviter de mettre les pieds sur le chantier autant que possible.

Truly soupire.

— Je serai toujours de ton côté, tu le sais bien. Alors ne prends pas mal ce que je vais te dire. Ces travaux sont l'occasion pour toi de rester et d'aller au bout du projet. D'habitude, tu as plutôt tendance à prendre la fuite.

Je suis piquée au vif.

— J'ai photographié des mariages pendant de nombreuses années. J'ai toujours honoré mes engagements.

— Mais tu dois commencer à penser à l'avenir. Où en es-tu professionnellement ? Tu as mis un terme à ta carrière de portraitiste parce que tu t'es plantée une fois et que cette mariée t'a descendue en ligne. Que vas-tu faire ensuite ?

Le bourdonnement reprend.

— Tu as énormément culpabilisé. Tu dois te pardonner.

Trop contrariée pour répondre, je me mets à me ronger les ongles.

— Va le voir et répare ton erreur. Il est complètement dépassé, Darce, ça crève les yeux. Trouve ce que tu peux faire pour l'aider et fais-le.

Quelques minutes plus tard, revigorée par ma conversation avec Truly, j'ouvre la porte. Alertée par le bruit, la moitié de l'équipe se tourne vers moi. À moi de jouer. Voyons voir si je peux arranger ça.

— Écoutez-moi tous. J'ai une proposition à vous faire.

Tom a les bras croisés et arbore une expression prudente. J'essaie de ne pas me laisser déstabiliser. Il s'attend sûrement à une énième bêtise à la Darcy.

— Il semblerait que j'aie brûlé les étapes et que la fête de fin de chantier ait lieu à la *fin*.

J'entends quelques éclats de rire et me sens encouragée.

— Au temps pour moi. Demain, je commanderai des pizzas pour tout le monde. On les mangera ici, sans une goutte d'alcool. Puis on se remettra tous à travailler dur.

Personne ne rouspète. En fait, ils crient même *Yeeeah !*

C'est parce que la pizza a de nombreuses vertus. Elle élimine la fatigue, la mauvaise humeur, remonte le moral, réaligne les chakras et redonne le goût de vivre. Je comprends que j'ai réussi mon coup lorsque je vois Tom se détendre, et une lueur d'amusement traverser son regard. Il sourit et secoue la tête avec affection.

Il me regarde comme s'il m'aimait à nouveau, et c'est pour ça qu'il n'y a rien de plus magique qu'une pizza.

— OK. Journée pizza vendredi, dit-il. Maintenant retournez bosser. Ça marche pour toi aussi, Darcy,

En fin d'après-midi, Tom s'approche de moi, des papiers dans les mains. Il a l'air épuisé. Son téléphone a sonné non-stop tout l'après-midi.

— Je vais à la salle de sport prendre une douche, annonce-t-il.

L'image délicieuse de Tom nu sous la douche me vient à l'esprit.

— La salle de sport a une piscine, non ?

— Je n'ai pas le temps d'aller nager.

— Prends-le. Même dix minutes. Ça te fera du bien.

Il a besoin de temps. Comment lui en donner plus ? Allez, Loretta, fais-moi un signe. Que puis-je faire ? Comment l'aider à retrouver un peu de sérénité ?

Son téléphone se met à sonner. Mais bien sûr ! Comment n'y ai-je pas pensé plus tôt ! Je passe mes bras autour de sa taille et sors son portable de sa poche arrière.

— Valeska Construction, Darcy au téléphone. Oui. Je reviendrai vers vous.

Je sors un morceau de papier de ma poche arrière et écris :

Couleur de carreau ?

— Oui. Demain matin. Au revoir.

Il me dévisage, mais son expression est indéchiffrable. Va-t-il me hurler dessus ?

Le téléphone sonne à nouveau.

— Je ferais mieux d'acheter un bloc-notes, dis-je avant de décrocher. Valeska Construction, Darcy au téléphone. Quoi ? Alex ? C'est moi qui réponds au téléphone de Tom dorénavant. Si tu as laissé ton téléphone ici, tu le récupéreras demain matin. Je ne sais pas, regarde la télévision ! OK. Salut.

Je raccroche.

— Aucun message.

— Tu n'es pas ma secrétaire, tu es ma cliente, proteste Tom.

Le téléphone se remet à sonner. Tom essaie de l'attraper. Je lève le doigt pour lui dire de patienter et réponds de nouveau.

— Pas de problème, mais il faudra que ça attende demain matin.

J'écris :

Confirmation location matériel.

— Il a fini sa journée. Au revoir.

Je glisse son téléphone dans ma poche arrière et je me sens tout de suite mieux : j'ai enfin trouvé comment me rendre utile.

— Vas-y. Si tu ne reviens pas en sentant le chlore, je te passerai un savon. Je vais écouter tous les messages vocaux et je rédigerai une liste de questions pour toi. Ensuite, je les rappellerai. Tout ira bien.

— Darce, murmure-t-il d'une voix emplie de gratitude.

Son corps s'affaisse tant il est exténué. On dirait qu'il est prêt à s'agenouiller et à me baiser les pieds.

Je lui tapote l'épaule.

— Ne te mets pas dans tous tes états. Ce ne sont que des messages.

Chapitre 16

En rentrant de mon service au bar le vendredi suivant, je trouve Tom encore en plein travail à son bureau. Le voir dans la même pièce que mon lit suffit à mettre tous mes sens en éveil. La fatigue que je ressentais s'évapore instantanément.

Il lève la tête vers moi mais réagit à peine. Il est épuisé.

— Bonsoir. À tout hasard, as-tu eu le temps de rappeler Terry ? me demande-t-il.

Il serre la mâchoire pour réprimer un bâillement. Étant donné son absence de réaction quand je suis entrée, je suis presque certaine d'avoir imaginé le moment où il m'a dit que j'étais séduisante.

— Ouais. Ce type est un connard.

Je retire mes boucles d'oreilles et jette ma veste sur le lit. Mes pieds me font mal. Je dirais même plus : j'ai mal partout. Je me demande s'il reste de la pizza de notre second vendredi pizza. Je suis devenue une légende sur le chantier. Si je n'achète pas de pizza vendredi prochain, les gars auront le cœur brisé.

Il se tourne vers moi, l'air contrit.

— Je sais. C'est pour ça que je déteste l'avoir au bout du fil.

— Malheureusement pour lui, il a rencontré un adversaire à sa taille, dis-je en consultant mon carnet. Il nous fait une réduction. Je pensais qu'on en avait fini avec la phase de démolition.

— J'ai dû faire appel à des spécialistes pour certaines choses.

Je me tourne brusquement, en reniflant.

— Je suis allé à la piscine, dit-il. Je ne sais pas comment tu arrives à toujours le sentir.

Il renifle son avant-bras.

— J'ai pris une douche après, promis.

— Alors c'est pour ça que tu as l'air d'être redevenu en partie toi-même. Y'a pas à dire, l'eau est vraiment ton élément. Quand je pense que tu ne savais pas nager lorsqu'on t'a rencontré. Heureusement que Jamie t'a appris.

Le souvenir lui revient.

— Le jour où j'ai vu votre piscine, je me suis dit que si je voulais en profiter j'avais intérêt à apprendre rapidement. Jamie m'a chambré à ce sujet pendant cinq ans.

Mes lèvres esquissent un sourire.

— C'est toi qui m'as appris, en fait.

— Non, c'est Jamie.

— Non, c'est toi. Tandis qu'il était occupé à frimer avec ses plongeons, toi, tu me montrais comment m'y prendre. Sous l'eau, pour ne pas qu'il voie, tu me tirais par la main.

Il souffle un grand coup.

— Bon sang, Darce. Je te connais depuis si longtemps. On a vécu tant de choses ensemble. Il y a tant à perdre. C'est pour cette raison que je dois continuer à faire preuve de prudence.

Il sait que j'ai besoin qu'on change de sujet.

— En parlant de redevenir soi-même… J'ai jeté un œil aux photos que tu as prises, lance-t-il, une lueur coupable dans les yeux.

— Ne sois pas gêné. Ce sont seulement des photos de l'avancement des travaux pour Jamie.

— Il n'y a pas que ça. Tu as pris des photos de personnes. Celle de Colin qui regarde à travers le trou dans le mur est fantastique.

Il irradie de fierté.

J'inspire profondément.

— Merci. C'était seulement pour m'amuser. C'est bizarre, mais je pense que Colin m'a inspirée. Son visage est si buriné.

— Jamais je n'aurais imaginé cela de la part de Colin. Je pensais qu'Alex aurait été ta muse, dit-il agacé.

Mon amitié avec Alex le contrarie.

— Le visage d'Alex n'a pas une structure intéressante, dis-je en observant la réaction de Tom. Pas d'aspérité, pas d'ombre. Darcy n'est pas inspirée.

— Mais tu as trouvé quelqu'un qui t'a inspirée. C'est le principal.

— Tu es retourné à la piscine pour me faire plaisir. Alors moi aussi, j'ai voulu te faire plaisir.

J'ouvre un dossier sur mon ordinateur pour lui montrer mon nouveau projet.

— Alors, qu'en penses-tu ? Est-ce que tu considères que ce sont de vraies photos ? J'ai choisi mes propres sujets.

Pendant ma demi-heure de pause au bar, j'ai photographié une pellicule intéressante de barbes de motards, tatouages et regards renfrognés. Je n'en reviens pas de la rapidité avec laquelle ces durs à cuire ont accepté d'être pris en photo.

— J'ai réalisé qu'il était beaucoup plus enrichissant de photographier des visages qui témoignent d'une histoire difficile. Je ne te harcèlerai plus pour que tu me laisses te prendre en photo. Ton visage est bien trop beau.

Il rit, visiblement flatté, et je sens son T-shirt me frôler le dos pendant qu'il observe les portraits. Histoire d'en profiter au maximum, je fais défiler les photos lentement.

— Je donne bientôt ma démission au bar. Je suis contente d'avoir compris que je devais faire ces photos avant de partir. Ce motard m'a dit que jamais personne ne lui avait demandé sa photo, dis-je en désignant une image sur l'écran.

Je lève la tête et regarde Tom observer le visage effrayant sur l'écran. C'est la partie de ma vie qu'il déteste. Le côté dangereux, imprévisible, effrayant. Le protecteur en lui a désespérément envie de me sortir de là, mais il se retient et se force à expirer.

— Oh ! je suis sûr qu'il a commis quelques délits et qu'il a été pris quelques fois en photo au poste de police, répond-il en se grattant le menton. On dirait plutôt qu'il regarde l'objectif comme si c'était la première fois qu'une jolie fille voulait l'immortaliser.

Jolie. Il a dit « jolie ». Mon cœur rate deux battements. Peut-être même trois.

— Je vais prendre des photos des clients en train de déconner sur le parking au coucher du soleil. Tu savais que les sigles sur leurs patchs de motards étaient des espèces de codes ? Je veux les prendre en photo. Je ne sais pas pourquoi. J'ai envie d'en faire la collection.

— Sois prudente, DB. Je sais que tu te débrouilles très bien toute seule, mais…

Il se ravise, avant de reprendre :

— Que pourrais-tu faire de ces photos ?

— Une exposition, peut-être.

J'entends la réticence dans ma voix. Gagner le prix Rosburgh et regarder Jamie parader m'a fait perdre confiance en moi. La blessure est toujours aussi vive, même après toutes ces années. C'est dur de me dire que je dois ma réussite à mon frère. Le voir poser sous son portrait a brisé quelque chose en moi.

— Je viens de me rendre compte que gagner ce prix

était la pire chose qui me soit jamais arrivée. Ça m'a fait croire que je ne peux rien réussir sans Jamie.

Tom se penche pour attraper une des brochures de Truly. Le rendu est excellent. Il la pose sur mon clavier.

— Nous savons que ce n'est pas vrai. Pourquoi pas un livre d'art ?

Je réfléchis. En voilà une bonne idée. L'enthousiasme me gagne.

— Je pourrais commencer par publier quelques photos sur les réseaux sociaux, me faire suivre, puis essayer de trouver un éditeur. Je pourrais photographier différents bars à travers le monde.

Il passe son bras autour de mes épaules. Le geste a l'air spontané, comme s'il ne pouvait pas se retenir.

— Ou tu pourrais te concentrer sur celui où tu travailles et rentrer tous les soirs à la maison, là où est ta place.

— Ne t'inquiète pas. Je n'ai toujours pas de passeport.

Je touche l'enveloppe fermée.

— Je n'ai pas de timbre.

Je me laisse aller en arrière contre lui. Juste un peu. Je le sens ronronner de plaisir. C'est incroyable le bien qu'on se fait quand on se contente de rester nous-mêmes. Je pose la main sur son avant-bras et ferme les yeux.

— Tu sais que c'est la première fois que je vis aussi longtemps dans un endroit depuis mes dix-huit ans ?

— Oui, je le savais. Ça te plaît ?

— C'est agréable. Même si je ne veux pas l'admettre.

J'ouvre les yeux.

— Mais toi non plus tu ne restes jamais au même endroit.

— Non. Et ce ne sera probablement pas le cas avant longtemps.

Il retire son bras, emportant avec lui la chaleur de son corps, et change brusquement de sujet.

— Tu ne travailles pas demain soir, si ? On m'a dit récemment que je ne m'amusais pas assez.

— Moi non plus, je ne m'amuse pas assez. N'écoute pas les conseils de quelqu'un qui est incapable de monter deux étages à pied et qui laisse moisir ses légumes.

Dans cette pénombre, c'est facile de reconnaître la vérité. Mais à peine les mots sont-ils sortis de ma bouche que je les regrette déjà. Je devrais peut-être aller faire un plongeon dans le bassin pour rafraîchir mes joues rougies par la honte. Je me lève, gênée, mais il me serre contre lui. La sensation est exquise.

— Je suis fou d'inquiétude pour toi, murmure-t-il au-dessus de ma tête.

— Je vais bien, dis-je, la joue posée contre son cœur qui bat si fort.

— Tout ce que je veux, c'est prendre soin de toi, mais tu ne me rends pas la tâche facile.

— Je sais. Mais si c'est si agréable, je devrais peut-être te laisser veiller sur moi. Juste un peu, de temps en temps, quand personne ne regarde.

— Tu n'as pas intérêt à me mener en bateau.

Il me serre encore plus fort, faisant remonter son bras le long de mon dos jusqu'à ma tête.

— Je sais reconnaître une proposition exceptionnelle quand j'en vois une.

Il a toujours été plus intelligent que moi. Moi, j'ai laissé passer ma chance avec lui.

— D'accord, dis-je dans un murmure. Mais tu es le seul à pouvoir veiller sur moi. Personne d'autre.

— Ce sera dur pour moi de veiller sur toi quand tu seras dans un autre hémisphère.

Je visualise la salle d'embarquement de l'aéroport, revois les nombreux itinéraires de bus, train et avion que j'ai pris aux quatre coins du monde, les aéroports internationaux où j'ai atterri, mais étrangement ça ne provoque pas les frissons habituels. Au lieu de ressentir de l'excitation, je ne ressens que de la fatigue.

— Tu ne veux pas voyager ?

— Je ne suis pas courageux comme toi, Darce. Le jour où je partirai en vacances, je commencerai local.

Il sourit d'un air gêné.

— Le seul moment qui ait ressemblé un tant soit peu à des vacances ces dernières années, c'est quand j'ai refait la terrasse de tes parents, à deux pas de la plage. Et je ne me suis même pas baigné. La grande voyageuse que tu es doit trouver ça triste.

Il s'écarte.

— On pourrait peut-être s'amuser et profiter de la vie ensemble avant que tu partes.

Je suis surprise. Je ne m'attendais pas à ça.

— Qu'est-ce que tu proposes ?

— Je ne sais pas. Je ne me suis pas amusé depuis longtemps. Mais tu es la mieux placée pour m'apprendre. Allons prendre un verre pour fêter la fin des deux premières semaines de travaux. Je dois te parler de quelque chose d'important.

Je me raidis de terreur.

— Oh ! merde. Dis-le-moi maintenant.

Il secoue la tête.

— Fais-moi confiance.

C'est le soir de notre rendez-vous. Tom veut me parler, et je pense que c'est en lien avec la tension sexuelle entre nous. Je n'ai jamais été aussi nerveuse en attendant un homme.

Lui et quelques hommes sont en train de discuter sur le côté, la tête levée vers le toit. C'est étrange de me dire que ma maison est devenue un projet de groupe. L'un d'eux lui dit quelque chose et Tom tourne la tête vers moi.

— Non, ce n'est pas une femme qu'on fait attendre, répond-il. Appelez-moi si vous avez le moindre problème.

— Ne m'oblige pas à venir te chercher, Tom !

— Elle en est bien capable, leur dit-il en riant.

Ils se serrent la main et je regarde Tom qui remonte l'allée vers moi. C'est vraiment devenu un bel homme.

Adolescent, il était gentil et facile à vivre et n'avait aucune conscience de son charme. Il ignorait que chaque fille assise dans les gradins – et quelques-uns des garçons – mettait son walkman en pause et se penchait en avant pour se rincer l'œil lorsqu'il se hissait sur les bras pour sortir de la piscine. À l'époque, j'étais déjà folle de lui.

Et aujourd'hui, c'est un homme à la carrure si impressionnante que je ne m'y fais toujours pas. Je le regarde avancer, fringant dans sa tenue de ville, et je devine son estomac plat sous sa chemise ainsi que la courbe de ses muscles. Le temps qu'il me rejoigne, j'ai besoin d'un défibrillateur.

— Ça va ? me demande-t-il.

— Très bien.

J'observe les ouvriers tandis qu'ils déplient et appuient des échelles contre le mur.

— Pourquoi sont-ils là un samedi ? C'est surprenant.

Il me dirige vers sa voiture.

— Ils font quelques évaluations. On n'a pas besoin d'être présents.

— Tant mieux, car ce soir je t'emmène t'amuser.

C'est drôle, j'ai presque l'impression que Loretta est avec nous. Si je tournais légèrement la tête, au bon angle, je suis sûre que je pourrais l'apercevoir à la porte d'entrée, en train de nous regarder. Une vague de colère me parcourt. Elle m'a dit que je devais le laisser partir. Elle m'a acheté un billet d'avion pour que je quitte le pays avant de lui faire plus de mal. Étais-je une personne si terrible que ça ?

— Prenons un taxi plutôt. Je crois que je ne t'ai jamais vu ivre.

Comment serait-il s'il se lâchait un peu ? Danserait-il ? Embrasserait-il une autre femme ?

— Pas la peine, je commence tôt demain, déclare-t-il.

Il pose les mains sur ma taille, me soulève et me dépose sur le siège passager de son pick-up. Le temps que je me remette d'avoir senti ses mains sur mon corps, on descend Marlin Street.

Il tourne la tête vers moi.

— S'il te plaît, ne me dis pas qu'on va dans le bar où tu travailles. Si je dois tabasser tous ceux qui te regardent, je risque de ne pas rentrer vivant.

— On va chez Sully, dis-je en lui indiquant la route du doigt. Prenons un verre, et entraînons-nous au flirt avec quelques inconnus. Ensuite, tu pourras me faire sortir de prison.

Ma blague le fait rire. Je mets la radio et une chanson d'amour sort des enceintes. Je m'empresse de changer de station.

— Mon frère t'a appelé aujourd'hui ?

Tom soupire.

— Évidemment. Et pas qu'une fois. Tes photos sont la seule chose qui le retienne de monter dans le premier avion.

— Que feras-tu s'il vient ?

Lorsque nous arrivons à une intersection, je pivote sur mon siège pour le regarder, sa main posée sur le levier de vitesses. Quel plaisir de pouvoir fermer les yeux et sentir la voiture prendre les virages tranquillement, sans pneu qui crisse ni besoin d'enfoncer mes ongles dans le siège pour m'y agripper.

— S'il vient ? demande-t-il d'un air songeur. Je ferai ce que je fais toujours. J'arriverai à le canaliser.

— C'est une chose que je n'ai jamais comprise. Je sais qu'il est agréable quand il est de bonne humeur, mais il est si difficile à vivre parfois. Et il te met une telle pression. Je suis impressionnée que tu aies pu le supporter toutes ces années.

Il ne répond pas, mais je n'attendais aucune réponse. Je sais qu'il adore mon frère.

En arrivant au bar, Tom pose sa main au creux de mon dos et on fend la foule pour aller s'asseoir au comptoir. L'ambiance est plaisante. Ici, les barmaids n'ont pas besoin d'insulter qui que ce soit. Ce soir, un groupe reprend de vieilles chansons des années 1980. Comparé à Sully, L'Antre du Diable est un trou à rats mal famé.

Je suis nerveuse et Tom n'arrête pas de me dévisager. J'essaie de rester concentrée sur la tâche de la soirée : montrer à Tom comment s'amuser.

— OK. Apprendre à s'amuser. Étape un : commander à boire.

— Jusque-là, ça va encore, répond-il, amusé.

Il commande une bière pour lui et un verre de vin pour moi. La barmaid cligne rapidement des yeux quand elle voit à quel point il est séduisant et me lance un regard qui signifie « bien joué ».

— C'est pour moi, dis-je en cherchant mon portefeuille.

Mais il est plus rapide que moi.

— Je parie que c'est souvent toi qui invites. C'est mon tour. Laisse-moi gâter Darcy Barrett.

Il ramasse sa monnaie.

— Laisse-moi ce plaisir.

J'accepte de bonne grâce et prends mon verre. Il a l'air heureux, comme s'il irradiait de l'intérieur. Il consulte son téléphone, lit rapidement ses textos et le met en mode silencieux. Puis il reporte son attention sur moi.

— Regarde-moi en train de m'amuser après le travail, dit-il.

Il me sourit, et soudain plus rien d'autre n'existe.

— Je n'arrive pas à croire que je n'ai personne à rappeler. Est-ce que ça va ? Tu as l'air nerveuse.

Non seulement je suis nerveuse, mais j'ai envie de lui. Il est tellement séduisant. C'est compliqué de mener une conversation polie quand je ne pense qu'à ça. Il faut que je fasse un effort.

— Évidemment. Tu as quelque chose à me dire. Ça me rend super nerveuse.

J'ai l'estomac noué et l'impression d'être une adolescente à son premier rendez-vous.

— Jamie m'a transféré le selfie que ta mère a pris, après ta coupe de cheveux.

J'ai l'impression qu'il a changé de sujet exprès pour me mettre à l'aise, comme si ça nous arrivait régulièrement de sortir boire un verre. Je lui en suis reconnaissante.

Il fait défiler approximativement un million de textos de Jamie et trouve le dit selfie. C'est maman, avec une larme coulant sur sa joue. J'éclate de rire et le nœud de tension disparaît.

— On devrait lui interdire de faire des selfies. Imagine-la, essayant de rester complètement immobile avec la larme sur la joue pendant qu'elle cherche l'angle parfait avec son téléphone.

Je secoue la tête et sors mon portable.

— Elle en a envoyé un ce matin pour me montrer son maquillage. Regarde papa en arrière-plan. Je ne m'en remettrai jamais.

Au premier plan, dans l'immense salle de bains blanche caverneuse, on voit le beau trait d'eye-liner de maman.

Mais derrière, mon père est sur la cuvette des toilettes avec son pantalon aux chevilles, l'air complètement consterné.

Tom éclate de rire.

— Ton père sur le trône. J'en ai de la chance de fréquenter une telle famille royale.

Je m'étire gaiement sur mon tabouret et remue les jambes dans le vide. Je me sens si bien. Je n'ai jamais été aussi heureuse. Est-ce que ça pourrait être ça, ma vie, pendant les trois prochains mois ? Je m'y ferais vite, c'est certain.

— Le tigre est un animal très noble, je te rappelle.

Le surnom dont l'a affublé mon père l'a toujours gêné et fait rougir de plaisir. Il tourne légèrement la tête et plisse les yeux en fixant un point au loin.

— J'ai beaucoup de chance, dit-il finalement, touchant de ses doigts la montre gravée que mon père lui a offerte.

Je sais qu'il a désespérément besoin que je change de sujet.

— Peut-on faire ça tous les soirs pendant trois mois ?

Il me lance un regard foudroyant et je souris.

— Ouais, ouais. Ça ne coûtait rien d'essayer.

Je sens la bretelle de mon soutien-gorge glisser pour la dixième fois mais ne prends pas la peine de la remettre. Inutile de la cacher, elle est assez jolie pour un rendez-vous galant. Il prend mon téléphone et regarde de nouveau la photo de mes parents.

— Ils m'ont fait prendre conscience que les choses n'allaient pas avec Megan, dit-il.

Je suis indignée.

— Ah bon ? Qu'est-ce qui leur a pris ? Qu'ont-ils dit ?

— Ils n'ont rien dit. Il m'a suffi de les regarder. Tu sais comment ils sont, répond-il, le regard plein d'affection.

Je sais exactement comment ils sont. À la maison, le dimanche matin, la devise c'était : « Porte des parents fermée ? On se bouche les oreilles. »

— J'étais en train de terminer les travaux de la terrasse.

Ta mère me préparait un sandwich, et ton père est arrivé par-derrière et s'est mis à... sentir son cou.

Il s'interrompt, apparemment gêné.

— Continue, dis-je avec réticence.

— Visiblement, il ne se lasse pas de son odeur. Ça n'allait plus depuis longtemps entre Meg et moi. Je me suis dit qu'une demande en mariage améliorerait peut-être les choses et ça a marché pendant un temps. Ensuite j'ai décidé que la prochaine fois que je serais à la maison je l'approcherais par-derrière pour sentir son cou. Voir ce qui arriverait. Peut-être que ça rallumerait la flamme.

Rôder et renifler : je reconnais bien là mon Valeska.

— Et ? Non, attends. Je ne suis pas sûre d'avoir envie de savoir.

Mais il continue quand même.

— Son odeur... Quelque chose n'allait pas. Elle ne sentait pas mauvais, mais son odeur... ne me faisait plus rien. Elle m'a repoussé en disant que je sentais la transpiration. J'ai pris conscience à ce moment-là que ça ne marcherait plus. Qu'on ne serait jamais comme tes parents, toujours fous amoureux à l'âge de la retraite. Je ne l'ai jamais fait vibrer et elle mérite d'être avec quelqu'un dont elle est vraiment amoureuse.

Visiblement, il avait ça sur le cœur depuis longtemps.

— On a parlé toute la nuit et on est tombés d'accord. Elle était surtout triste de ne pas garder la bague, en fait.

— Elle te l'a rendue ?

Jamie a dit que non. Tom hoche la tête. Je ne sais pas qui croire. En temps normal, je n'hésiterais pas, mais il fixe un point par-dessus mon épaule vers la foule, en évitant soigneusement de croiser mon regard.

— Elle doit tellement te manquer. Je sais ce que c'est de perdre quelqu'un qui fait partie de toi depuis longtemps. Enfin, je sais que ce n'est pas exactement la même chose...

Je grimace. Je peux faire mieux que ça pour lui remonter le moral.

— Comment vas-tu depuis la rupture ? Tu peux me parler, tu sais. Je suis ton amie.

— Tu n'as pas perdu ton frère. Et oui, son absence a laissé un vide. Mais c'est plus le quotidien, la routine, les petites choses qui me manquent.

Il semble hésiter pendant une minute avant de continuer.

— Elle sort déjà avec quelqu'un d'autre.

— Quoi ?

Je suis tellement outrée que je n'ai pas pu m'empêcher de crier. Je vibre de colère. Il n'y a pas meilleur homme qui soit. Il faut que je me ressaisisse. Je reprends, plus calmement.

— OK. Comment le vis-tu ?

— Je me sens… bien. Je sais que ça devrait me faire quelque chose de l'imaginer avec lui, mais je ne ressens rien.

Je me souviens de la manière dont il a profondément inspiré mon épaule le premier matin des travaux, et de la façon dont il a retenu sa respiration ; de son souffle chaud dans mon débardeur. Qu'a-t-il pensé de mon odeur ?

Il est temps de se rappeler l'objet de la soirée.

— J'ai dit qu'on s'entraînerait au flirt avec des inconnus ce soir, mais que se passe-t-il ? Personne ne veut de nous. J'ai peut-être ruiné mes chances avec cette coupe de cheveux. Mais toi, tu es si séduisant, Tom.

Je me demande si je vais supporter de le voir parler avec une autre femme.

— Bizarre que personne ne vienne nous accoster, dit-il, très sérieusement.

Bizarre, pas tant que ça. Tandis que ses yeux pétillent d'amusement, je remarque que sa basket est plantée sur le dernier barreau de mon tabouret, sa jambe formant une barrière évidente.

Puis l'amusement dans ses yeux laisse place à l'inquiétude.

— Flirter avec des inconnus. Et si je ne me rappelle pas comment on fait ?

— Improvise. Tu es parfait. Reste toi-même et tout ira bien.

Je pousse son pied. Je dois jouer le jeu. Je dois lui laisser une chance de rebondir après Megan.

On s'écarte l'un de l'autre et nous nous tournons vers la foule. Une femme petite et charmante regarde vers nous. Elle sourit à Tom et il lui répond d'un air timide.

Non. C'est au-dessus de mes forces. Je croise le regard de l'autre femme et articule en silence « Dégage ». Elle ne se fait pas prier.

— Remets ton pied.

Il éclate de rire, et je vois à son expression qu'il est profondément ravi.

— Petite tigresse, murmure-t-il à mon oreille d'un air approbateur.

Je bois une gorgée de vin.

— Entraîne-toi à flirter avec moi, sinon je risque de faire un massacre et de finir dans le couloir de la mort.

Soudain, Tom remarque quelque chose. Ou quelqu'un. Il fronce le sourcil, puis se tourne vers moi, une idée dans les yeux. Il pose une main entre mes jambes et tire mon tabouret jusqu'à ce que je sois entre ses cuisses. C'est sans conteste la meilleure place de tout le bar.

La chaleur de sa peau m'enveloppe tandis que le bruit de la pièce s'atténue. Il pose une main sur mon menton, lève mon visage et me murmure à l'oreille :

— Ne te retourne pas.

Chapitre 17

Mon menton est dans sa main. La pièce pourrait être remplie de fumée ou envahie de clowns effrayants, cela me serait égal. Pour rien au monde je ne bougerais.

— Ne regarde pas quoi ?

— Vince est là. Accompagné. Une blonde, dans la vingtaine. Il nous a vus.

Il me tend mon verre de vin et fait glisser ses doigts sur mon cou. C'est le geste sûr de lui d'un coureur de jupons. Je devine alors qu'il fait semblant. Mon cœur chavire.

— Oh.

Je suis tellement déçue que rien d'autre ne me vient.

Je comprends ce que Tom est en train de faire. C'est un bon ami, qui essaie de flatter mon ego. Un beau mec baraqué avec qui flirter. Un grattoir pour chat.

— Ouais, c'est son QG. Il vient pratiquement tous les soirs.

— C'est pour ça que tu m'as emmené ici ?

Je passe mes doigts dans les siens et exerce une légère pression.

— Relax, bébé. Ce n'est pas un plan pour me venger. Tu es le sublime, l'irremplaçable Tom Valeska, et je suis la femme la plus chanceuse du monde d'être assise entre tes cuisses.

Je ressens une vague de satisfaction quand l'inquiétude

dans son regard laisse place à l'amusement. Il baisse la tête vers nos jambes.

— Tes paroles me font… vibrer.

Je pose la main sur son biceps et le serre. Si je ne fais pas attention, ma main risque de remonter. Trop tard, elle remonte. Au point où j'en suis. Je tâte son épaule, j'y enfonce mes ongles vernis de noir et fais glisser ma main jusqu'à sa clavicule.

— Pourquoi diable voudrait-il être avec quelqu'un d'autre ? s'étonne-t-il en les observant à la dérobée. Je suis sûr que c'est une gentille fille, mais…

Il regarde de nouveau vers moi, les yeux emplis d'une lueur incandescente, et je devine la fin de sa phrase. Elle ne m'arrive pas à la cheville.

Je sais qu'il n'espère qu'une chose : que je me montre complètement indifférente.

— Il est libre de faire ce qu'il veut de son temps. Il ne m'appartient pas.

— Est-ce que quelqu'un t'a déjà appartenu ?

Il pose une main sur mon épaule et le vide se fait dans mon esprit.

— Tu n'es pas obligée de répondre.

— Bien sûr que non.

Une onde de frissons me parcourt des pieds à la tête.

— Une fois que j'aurai jeté mon dévolu sur un homme, il sera à moi pour toujours.

Il se penche en avant et approche son visage de mon cou pour parler au-dessus de la musique. Il continue de faire semblant pour notre audience, et à cette pensée j'ai le cœur serré.

— Si tu avais quelqu'un dans ta vie, tu ne serais pas assise là avec n'importe quel mec et tu ne le laisserais pas te tripoter.

— Tu n'es pas n'importe quel mec.

Je laisse presque échapper « Toi, tu es l'homme de ma vie. » Mais heureusement, les mots « plus prudent » me reviennent en mémoire et l'humiliation m'incite à la retenue.

— Je serais assise là avec mon mec et je n'aurais d'yeux que pour lui.

Il recule et nos nez se frôlent ; nos visages sont si proches qu'on pourrait s'embrasser. Il arque un sourcil.

— Et s'il ne veut pas t'appartenir corps et âme ?

Je perds de mon assurance et me mets à bredouiller.

— Alors… Je n'aurais plus qu'à espérer…

Je redescends brusquement sur terre. On est en train de parler d'un homme qui ne sera pas Tom. J'essaie de me tourner vers le bar, mais ses genoux me retiennent prisonnière.

— Hé, dit-il en caressant ma pommette de son pouce. Excuse-moi. Il adorera ça. Il adorera sentir tes mains sur lui.

Il hésite puis ajoute :

— Avoir toute l'attention de Darcy Barrett, c'est quelque chose, crois-moi. C'est intense.

— Ouais, je sais. Intense au point de casser des meubles à mains nues.

Je bois une gorgée de vin.

— Avec un peu de chance, l'homme que je choisirai saura dans quoi il met les pieds.

On est sur une pente glissante, là. Je dois rendre cette conversation un peu plus théorique. Je lance, d'un ton léger :

— Avec quel type d'homme m'imagines-tu ?

La question me taraudait depuis un moment. Après tout, si je ne peux pas l'avoir lui, il faudra bien que je jette mon dévolu sur quelqu'un d'autre. Mais visiblement j'ai dit ce qu'il ne fallait pas. Son corps entier se raidit. Ses genoux se resserrent, ses poings se serrent et sa mâchoire se crispe.

— Personne, gronde-t-il.

De toute façon, il n'a aucune raison d'être jaloux. Je

balaye la salle du regard et trouve Vince avec sa blonde. Elle a son téléphone à la main et l'écran projette une lumière bleutée sur son visage. Je fais un signe de tête à Vince, auquel il répond d'un air sombre.

J'éclate de rire.

— Il passe une soirée horrible.

Je ne ressens pas une once de jalousie de le voir accompagné.

Je me retourne vers Tom, et à nouveau j'ai l'impression qu'on est seuls au monde. Je commence à me dire que ce sera toujours comme ça. C'est pour cette raison que je devrais vraiment faire un effort pour trouver mon lot de consolation. Si je ne peux pas avoir la médaille d'or, alors autant chercher une médaille d'argent.

— S'il te plaît, dis-moi. Quel genre de type trouverait grâce à tes yeux ?

Tom répond comme s'il perdait patience.

— Il n'y a personne au monde que je choisirais pour toi. Est-ce que Vince nous observe toujours ?

Il prend ma bretelle de soutien-gorge entre ses doigts. Il la remonte légèrement et je suis électrisée de partout.

— Tu portes de la lingerie sexy sur mon chantier, dis donc.

— Seulement en haut. En bas, ce n'est rien d'autre que du coton robuste truffé d'insultes.

— Qu'est-ce qu'elle dit, la culotte que tu portes en ce moment ?

— Tu aimerais le savoir hein… Elle dit…

Je me redresse et lui glisse à l'oreille :

— Pas tes affaires.

— Ton jean est tellement moulant que je peux presque déchiffrer l'inscription de toute façon.

Il pose les mains sur mes hanches et glisse ses doigts dans les passants de ceinture. Il tire d'un petit coup sec et je me rapproche d'un centimètre. Je suis de plus en plus excitée. En public, et encore une fois sur un putain de tabouret.

— Tu rougis, remarque-t-il. Ça te va bien.

Il dépose un baiser sur ma joue et se recule un peu sur son tabouret en lançant un sourire narquois à Vince.

Chaque seconde qui passe, la lumière change sur le visage de Tom et il se transforme de plus en plus en un étranger que je pourrais embrasser. Ça me serait complètement égal que Vince nous voie.

— Si tu joues avec moi…, dis-je.

— Alors, qu'est-ce que ça fait ? demande-t-il, les yeux pétillants de malice.

Retourner mes propres paroles contre moi l'amuse.

— Tu es tellement fort que je commence à transpirer.

Je souffle un grand coup.

— Sérieux, n'essaie pas ça sur quelqu'un d'autre ce soir. Je serais obligée de lui casser la gueule.

— Si j'étais vraiment doué pour le flirt, je te dirais tout ce que je te ferais en rentrant à la maison.

Je pousse un cri étouffé.

Il se redresse bien droit sur son tabouret, content de lui, et boit une gorgée de bière avant de regarder sa montre.

En attendant, mon cerveau tourne à mille à l'heure. Qu'a-t-il voulu dire ?

— Reviens. N'arrête pas.

Il pose la main sur mon épaule nue et la presse délicatement. Mes tétons durcissent. Il voit tout, à travers la dentelle et la soie. Ses yeux cerclés d'orange s'assombrissent.

— Je voulais te demander… Quand tu dis que ta peau est assoiffée de contact, qu'est-ce que ça signifie au juste ? Que ressens-tu ?

Je soupire.

— Dans ces moments-là, je me sens vide et seule.

J'ai la gorge si sèche que je vide mon verre d'un trait.

Sentir sa main sur ma peau m'apporte du réconfort mais me rend fébrile. Il y a trop de monde ici. Je n'ai qu'une envie : que tous ces abrutis aillent rire et boire ailleurs et que je puisse me retrouver seule avec lui.

Il regarde sa main tandis qu'il me caresse. C'est incroyablement aphrodisiaque.

— Je n'aime pas l'idée que tu souffres de solitude.

Quelqu'un me bouscule et Tom lève les yeux au-dessus de ma tête. Je le vois transmettre un avertissement : *Ne la touche pas*. Je suppose que l'homme en question obtempère, car l'air derrière moi se rafraîchit presque instantanément. Tom resserre les cuisses et me donne à nouveau toute son attention. C'est enivrant. Je me sens complètement protégée dans cette bulle dorée.

Il faut vraiment que je fasse un effort pour rester concentrée sur cette conversation.

— Je deviens grincheuse et irritable. Ça ne doit pas te surprendre vu que je suis toujours comme ça. Mais j'ai vraiment besoin de sentir quelqu'un d'autre. Ça m'apaise. Ce phénomène existe vraiment, tu sais. J'ai lu une étude à ce sujet.

— Je pense que c'est parce que tu es une jumelle. Jamie et toi êtes restés ensemble dans l'utérus si longtemps.

Il ôte sa main. Penser à mon frère l'a visiblement refroidi. J'ai l'impression qu'un hologramme miniature de Jamie flotte quelque part autour de nous à la manière de Princesse Leia.

— Non, non, reviens.

Je prends sa main et la repositionne sur ma peau, et bien que sa bouche affiche une moue de désapprobation, ça a l'air de lui faire autant de bien qu'à moi.

— Ta peau est plus douce qu'un pétale de rose, DB.

Il fait glisser ses doigts sur ma peau. Jamais je n'aurais imaginé que de si grandes mains puissent être si délicates.

L'idée qu'il trouve ma peau douce me rend dingue. Il devient timide, puis coule un regard de côté vers Vince. Quand ses yeux se posent de nouveau sur moi, ils sont plus perçants.

— Si tu m'appartenais, je prendrais soin de toi. Je parie que ça ne t'est pas arrivé souvent.

Mon cœur rate un battement. Ces paroles, prononcées à voix haute, mettent tous mes sens en éveil. Je ne me suis jamais sentie aussi vivante. Mon cœur bat la chamade, mes poumons sont prêts à exploser. « Si tu m'appartenais. » Je ne pensais pas qu'une pensée si délicieuse lui traverserait un jour l'esprit.

Je prends cette voix rauque qu'il aime tant.

— Que ferais-tu d'autre ?

Il laisse parler son côté bestial.

— Tout. Si tu étais à moi, je te donnerais tout.

Là, dans notre bulle dorée, j'ai l'impression que les possibilités sont infinies.

— J'ai une très grande imagination. Pourrais-tu être plus spécifique ?

Je pose la main sur son cou, sentant son pouls, et fais glisser mes doigts jusqu'à sa clavicule. Sa peau chaude est aussi soyeuse que du satin.

À moi. Entièrement et pour toujours. À moi, à moi, à moi. À 1 000 % jusqu'à la fin des temps. Il a l'air d'accord.

— Je te donnerais tout ce dont tu as besoin et tout ce dont tu as envie. Tu n'aurais qu'à demander.

Il n'a rien dit de particulièrement sexuel et pourtant… Mon corps tout entier réagit. C'est ça le truc, avec les gentils garçons.

— J'en demande beaucoup…

Il sourit jusqu'aux oreilles.

— Sans blague. Heureusement, le défi ne me fait pas peur.

Ça y est, nous y sommes. Le moment que j'attendais est

enfin arrivé. Je sais de quoi il désire me parler. La raison de notre présence ici est tellement évidente. On va se fixer des règles avant de rentrer à la maison et se sauter dessus.

— Cette chose dont tu voulais me parler… On se lance ?

Il ne répond pas, alors je fais mine de dessiner une bulle autour de nous.

— La bulle est en place.

Il tourne la tête de côté, comme s'il pouvait la voir. Il a toujours joué le jeu de mes scénarios imaginaires. Quand nos regards se croisent à nouveau, il voit toute l'affection que j'ai pour lui. Mais ce que j'ai dit l'a décontenancé, et il ne trouve pas ses mots.

J'essaie de le guider.

— On sait tous les deux quel sujet on doit aborder…

Il se redresse et souffle un grand coup. Il remet en place son dessous de verre, l'air soucieux et les mains tremblantes.

— Je voudrais faire démolir le mur qui sépare la cuisine du salon, lâche-t-il finalement.

Je me force à rire pour masquer ma peine. C'est un réflexe et je suis sûre qu'il n'est pas dupe. Depuis le temps qu'on se connaît, il a forcément remarqué ce petit tic. Je soulève mon verre pour me donner une contenance, mais il est vide.

— On n'avait pas besoin de sortir boire un verre pour parler de ça. La réponse est non.

Un poids me tombe sur l'estomac. Je me suis laissé prendre à mon propre jeu. Je me suis laissée croire qu'on avait un rendez-vous galant. Que je pourrais être à lui. Qu'il pourrait être à moi. L'embarras me brûle les joues. Dieu merci il n'est plus en train de me regarder. Il retourne son dessous de verre, sort un stylo et dessine un plan du cottage.

— La plupart des acquéreurs veulent une cuisine ouverte. Ces anciens cottages étaient toujours constitués de petites pièces individuelles, pour pouvoir être facilement chauffées. Mais les murs bloquent le mouvement et la lumière. Je pense que ce mur doit être démoli.

Il rature une ligne pour me montrer.

— Mais il y a la cheminée là, dis-je en désignant la ligne qu'il vient de raturer.

J'ajoute, pince-sans-rire :

— Où la nouvelle propriétaire étendra-t-elle ses soutiens-gorge ?

— La corde à linge. Ce mur n'est pas un mur porteur. Si on le démolit, la lumière pénètre des trois côtés. Les acheteurs potentiels qui visiteront la maison verront une immense pièce lumineuse qui s'étend de la porte d'entrée jusqu'à la porte arrière.

C'est le professionnel qui s'exprime maintenant.

— Le revêtement au sol sera le même de la porte d'entrée à la porte arrière, et il y aura un vrai sentiment d'espace.

— Je comprends ce que tu essaies de m'expliquer, mais non. Cette cheminée est un atout.

Mon Dieu, à quoi est-ce que je m'attendais ? C'est une réunion de travail, rien de plus.

— Je n'arrive même pas à croire que tu puisses me le demander.

— Même si un acheteur voulait une cheminée, celle-ci a de gros problèmes. Les briques s'effondrent de l'intérieur. J'ai reçu le devis. Ça coûterait une fortune de la restaurer. Il faudrait la démolir et la reconstruire.

— Je suis sûre que c'est possible. Ce ne sont que des briques. Tu viens de dire que tu ferais tout pour me rendre heureuse. Alors rénove la cheminée.

— Il faudrait que je refasse la toiture, le plâtre et la peinture. L'enlever résoudrait de nombreux problèmes.

Je me montre moins raisonnable qu'il l'espérait. Il commence à paniquer.

— Qu'en dit Jamie ?

— Il fait confiance à mon jugement.

Il scrute mon visage.

— Est-ce que je t'ai… blessée ?

On se connaît depuis si longtemps qu'il peut probablement sentir la petite boule à la base de ma gorge.

— Non.

Je fronce les sourcils jusqu'à ce qu'il soit plus ou moins convaincu.

— Je suis simplement étonnée que Jamie et toi vous soyez déjà mis d'accord et que tu flirtes avec moi pour essayer de me convaincre.

Il se met à rougir.

— Flirter, bafouille-t-il. Je ne flirte pas avec toi. Je recommande simplement la meilleure option pour la vente.

Il marque une pause, réfléchissant à la meilleure façon de me vendre le projet.

— Ferme les yeux. Imagine que tu te réveilles sur le canapé dans le salon après une sieste. On est dimanche, c'est la fin d'après-midi et je suis dans la cuisine en train de couper des légumes sur le plan de travail en marbre. Tu es grognon après ta sieste et tu es affamée.

— Parler de plans d'aménagement ne fait pas partie de la liste de mes fantasmes.

Je regarde vers le plafond.

— Encore que… Continue.

Il plisse les yeux d'un air amusé.

— Tu ouvres les yeux et tu peux me voir. Pas de mur. La pièce est inondée de lumière, et il y a des fleurs sur la table entre nous. Du lis oriental rose que j'ai acheté spécialement pour toi.

J'imagine très bien la scène : Tom penché au-dessus du plan de travail en train de couper des légumes, dans un T-shirt blanc près du corps et un jean mettant en valeur son délicieux derrière. L'odeur de pollen dans mes narines. La rebelle que je suis cache son côté romantique, mais il sait très bien quelles fleurs sont mes préférées.

— Continue...

— Je regarde vers toi et dis : « Te voilà enfin réveillée ma belle. » Tu t'étires et réponds : « Tom, je suis si contente d'avoir accepté de te laisser démolir ce mur, la maison est tellement plus agréable comme ça. »

Il me lance un sourire hésitant.

— À mon avis, je dirais plutôt : « Hum, ce jean. Viens par-là. »

Je m'imagine en train de tapoter le divan à côté de moi. Il abandonnerait ses légumes et me rejoindrait avec un sourire espiègle et une main sur sa ceinture. C'est un joli rêve. Un rêve que j'aimerais voir se réaliser un jour. Une maison. Un foyer. Quelqu'un pour qui préparer à dîner. Une table dressée et des fleurs. Mais qui voudrait de ça avec moi ?

— Est-ce que c'était l'idée de Jamie ? M'emmener boire un verre pour m'amadouer ? La prochaine fois, pose-moi les questions qui concernent le cottage sur le chantier. Cette façon de faire n'était pas du tout professionnelle.

Je pivote et fais signe au barman.

— Votre whisky le plus fort, s'il vous plaît.

Tom prend ma main dans la sienne et souffle un grand coup, comme s'il essayait de se donner du courage.

— Laisse-moi t'expliquer ce qui vient de se passer. Je suis assis à côté de Darcy Barrett, assez près pour sentir son parfum, et elle me regarde avec une question dans les yeux. Et je sais exactement de quelle question il s'agit. Alors je panique et je gâche tout. Je ne suis pas courageux comme toi, Darce.

— Eh bien, voilà un scoop : j'en ai marre d'être la plus brave de nous deux. C'est nul d'être seule au bord de ce précipice. À toi de faire le prochain pas. Tu n'es pas le seul ici qui a quelque chose à perdre.

— C'est pour ça que je m'investis autant dans les travaux. Pour ne pas vous décevoir.

— Je ne parle pas de la maison. Je vais tout gâcher avec toi. Je vais finir par te perdre.

Je pose mes coudes sur le bar et enfouis mon visage dans mes mains.

— OK, c'était ça la dernière chose courageuse. À toi maintenant.

— Tu ne peux pas me perdre, dit-il.

Son ton est rassurant, comme s'il disait « Tu ne peux pas me perdre car nous sommes de la même famille. » Comme s'il devait toujours me pardonner, quoi que je fasse.

Je le regarde du coin de l'œil.

— Dans la vie, il n'y a rien de plus important que la famille et les amis. Je veux te garder près de moi. Pour toujours.

Malgré l'intensité de mes propos, il hoche la tête d'un air compréhensif.

— C'est ce que je veux aussi.

— Je veux qu'à quatre-vingts ans on parte en croisière ensemble et qu'on éclate de rire en repensant à cette soirée. « Hé, Tom, tu te souviens de cette époque où nos jeunes hormones ont failli tout gâcher ? » Ton épouse sera là, et ce sera quelqu'un que j'apprécie et qui comprend le lien si particulier entre nous, car autrement je te perdrais…

Ma voix déraille et je le sens alors dans ma poitrine. Ce vieux tic-tac.

— Enfin… Si je vis jusqu'à quatre-vingts ans.

Il est horrifié.

— Bien sûr que oui.

— Je sais que tu ne voulais pas me faire de peine, mais… me parler de choses qui n'arriveront jamais ? Ni dans cette maison ni avec toi ? Ça me fait mal. Détruis la cheminée si ça te chante, si c'est tellement important pour toi.

J'attrape le verre de whisky et le descends d'un trait.

Ne supportant pas la façon dont il me regarde, je me lève pour aller aux toilettes. Je passe quelques minutes à m'observer dans le miroir. J'essuie mon rouge à lèvres et me recoiffe rapidement. Je superpose la silhouette de Megan sur la mienne et mes yeux s'emplissent de larmes. Je n'ai qu'une envie : retourner dans les toilettes où j'ai fait tomber mon portable pour y jeter mon cœur. Si c'est ça, être courageuse, je préfère être une poule mouillée.

Une fois que j'ai recouvré mes esprits, je retourne dans la salle. Je suis accueillie par la musique et les rires. Et par Vince qui m'attrape par le coude. Je me dégage aussi sec.

— Salut, poupée.

— Laisse-moi tranquille. Je suis là avec Tom.

— J'ai vu ça.

Tout comme moi quand je l'ai vu avec sa conquête blonde, il n'est pas jaloux. C'est uniquement sexuel entre nous.

— Tu n'as pas écouté ma mise en garde. Il va retomber amoureux de toi.

— Il n'y a aucune chance, dis-je d'une voix éteinte. Je ne peux pas avoir un homme comme lui. Il est trop bien pour moi.

Il me sourit d'un air narquois.

— Tu pourrais en avoir un comme moi, par contre. La nana avec qui je passe la soirée n'arrête pas de me parler des lapins abandonnés qu'elle a recueillis. Elle me gonfle. Cassons-nous d'ici. Préviens-le par texto. Comme ça, je ne me ferai pas botter le cul.

C'est ça l'image qu'il a de moi ?

— Hors de question. Tu penses que je vais partir et le planter là ?

— Tu me l'as bien fait, à moi. Darcy, tu es sexy, mais tu es une vraie garce.

Il a dit ça sans méchanceté, comme si c'était un constat et rien de plus.

Tom apparaît soudain à côté de nous et nous regarde Vince et moi avec une expression indéchiffrable. Puis il grogne à l'intention de Vince :

— Dégage.

— Pas besoin d'être agressif, mec, répond Vince, d'une voix lasse.

Il sait très bien qu'il ne fait pas le poids et qu'il risquerait de se retrouver écrasé comme un vulgaire mégot de cigarette.

Tom se glisse derrière moi et m'enveloppe de ses bras. J'ai l'impression de m'enfoncer de quinze centimètres contre son torse. Bientôt, on ne fait plus qu'un. *Baise-moi.*

— Ne passe plus au cottage. Ne l'appelle plus. Laisse tomber, gronde Tom au-dessus de ma tête.

Il a pris sa voix de mâle alpha. Plusieurs têtes se tournent vers nous.

— Tu as pigé ? Ou tu veux qu'on règle ça à l'extérieur ?

— Elle va partir, répond Vince en haussant les épaules. Elle m'a fait le coup six fois déjà. Au bas mot.

— Oui, elle partira, dit Tom, et je sens ses mots résonner à travers moi. Mais d'ici là, elle est à moi.

Il fait pivoter nos deux corps d'un seul mouvement et on traverse la salle vers la sortie, ses bras toujours autour de moi, telle une boussole pointant vers un lit, Vince déjà oublié derrière nous. La foule s'écarte pour nous laisser passer tandis que les yeux naviguent entre Tom et moi. Les femmes ont l'air jaloux ; les hommes détournent le regard.

Quand on s'arrête pour laisser passer un enterrement de vie de jeune fille dans une succession de diadèmes et boas à plume, je penche la tête en arrière. Je me sens si protégée et forte enveloppée par ses bras. Il est à moi maintenant.

— Tu ne m'as jamais dit ce que tu comptais me faire une fois qu'on serait rentrés à la maison.

— Je ne peux pas te le dire, répond Tom.

Près de la porte, je trébuche, et il me serre encore plus fort contre lui. Sa main se faufile sous mon débardeur et vient se poser sur mon ventre.

— Tu sais que je ne peux pas te le dire.

— Donne-moi juste un indice.

Nous voilà déjà dehors sur le trottoir. J'aurais aimé que ce moment dure plus longtemps. Je me tourne pour lui faire face, mais il recule aussitôt, emportant avec lui la chaleur de son corps. L'air froid me brûle. Dans le silence de la rue, j'entends le tic-tac de la montre à son poignet.

— Je te dirais bonne nuit, dit-il en déglutissant péniblement.

Il essaie de se contrôler, et c'est douloureux à voir. Sa respiration est laborieuse et les veines de l'intérieur de son bras se font encore plus saillantes.

— Et je fermerais ta porte à double tour.

— Moi, j'ai une autre idée en tête…

L'énergie qui m'a fait détruire la cuisine, si dure à canaliser, fait de nouveau vibrer mon corps.

— Je te demanderais très, très gentiment de me donner ce que je veux. Tu m'as promis que tu exaucerais mes moindres désirs.

Il se mordille la lèvre inférieure en regardant vers la rue. Ses yeux sont si tourmentés.

— Si je pouvais… je le ferais, concède-t-il après un battement, et j'entends de l'honnêteté mais également de la vulnérabilité dans sa voix.

Je l'ai connu presque toute ma vie, mais ce Tom-là je ne le connais pas. Je ne le connaîtrai pas tant qu'on ne se sera pas embrassés, nus et moites de sueur. Je veux ce sourire parfait. Je veux cette jalousie masculine qui lui fait lancer des éclairs dès qu'un homme m'approche, cette possessivité bestiale qui lui fait gronder « Ne la touche pas. » Je veux cette barrière que son corps a créée pour me protéger du monde extérieur. Je veux détendre ses poings serrés et sentir ses doigts glisser doucement sur ma peau. Je veux le taquiner, le provoquer, jusqu'à ce qu'il se donne à moi, avec force et tendresse.

Il n'y a plus aucun meuble dans Maison du Destin, alors il faudra se contenter des murs, rebords de fenêtres et banquettes. Notre désir l'un pour l'autre est tel qu'on n'arriverait pas jusqu'à mon lit. Ça m'est égal si ça gâche tout entre nous, ou si ça met en péril les travaux de la maison. Je veux le sentir en moi, très profondément. Je ne veux plus jamais avoir à vivre sans lui.

Je veux embrasser Tom Valeska jusqu'à la nuit des temps.

Je n'ai pas eu besoin de dire tout ça à haute voix. Tom a lu en moi comme dans un livre ouvert. Il ferme les yeux brièvement. Quand il les rouvre, son regard est enflammé.

Chapitre 18

Prise de panique, je remonte l'allée au pas de course.

Le trajet retour a été une vraie torture. À chaque feu rouge, on s'est dévoré des yeux. J'étais tellement fébrile que je me suis cramponnée au siège et que j'ai mal aux bras. Ce soir, je vais peut-être poser mes lèvres sur mon ami d'enfance pour la première fois. La personne qui compte le plus pour moi. Je suis la première femme avec qui il passera la nuit depuis sa rupture avec Megan, avec qui il est resté huit ans. Je serai la deuxième femme avec qui il fera l'amour, tandis que je ne compte plus les partenaires.

J'ai besoin d'une minute. Je dois renifler mes aisselles et me brosser les dents. Mais à peine arrivée à la porte d'entrée je sens la main de Tom sur mon bras.

— Suis-moi de l'autre côté, dit-il.

Puis il lève un regard inquiet vers le ciel et ajoute, l'air grave :

— Je pense qu'il va pleuvoir.

Il dit ça comme si c'était tragique.

— Donne-moi quelques minutes. Je veux dire au revoir à la cheminée.

Je ne plaisante même pas. Je veux m'asseoir contre elle, et m'adresser à Loretta dans ma tête pour lui demander conseil.

— C'est dangereux à l'intérieur.

Il saisit mes avant-bras.

— L'électricité est coupée. Viens.

Ça ne lui ressemble pas de se comporter aussi bizarrement et avec autant d'insistance. Ça me met la puce à l'oreille. Il commence à me tirer mais je résiste.

— Pourquoi, qu'y a-t-il à l'intérieur ?

Je me tourne vers la porte et enfonce ma clé dans la serrure. J'ouvre la porte avec mon pied et découvre pourquoi il essayait de me retenir.

Ma cheminée n'est plus là.

Celui qui l'a démolie n'y est pas allé de main morte. Il ne reste qu'une pile de briques, et un trou dans le plafond, recouvert par une bâche. Le pire, c'est que Tom avait raison. La maison a maintenant l'air immense, et s'étend jusqu'à la porte arrière. Un poids me tombe sur l'estomac. Je comprends maintenant à quoi rimait tout ça.

— Est-ce que Jamie t'a dit de la démolir et d'implorer mon pardon ensuite ?

Je ne tourne pas la tête. Je connais la réponse.

— Je comprends mieux pourquoi il te fallait des experts en démolition.

— J'ai dû prendre une décision sur-le-champ. Ils n'étaient pas disponibles avant deux semaines, alors j'ai...

Il pose ses mains sur ma taille et me tourne vers lui.

— Je suis navré. J'espérais que tu ne le verrais pas avant demain matin. Je comptais me lever tôt...

Je l'interromps.

— Tu aurais dit que l'équipe de démolition était venue à l'aube. J'aurais été époustouflée. Je t'aurais dit : « Waouh, Tom, comment as-tu organisé ça si vite ? » Je claque des doigts, dis-je en joignant le geste à la parole, et hop, mon vœu est exaucé. Tu serais passé pour le mec gentil qui fait tout ce que je lui demande.

— Ouais. C'était le plan.

Son regard se durcit.

— C'est mon rôle dans ta famille, n'est-ce pas ? Je dois exécuter vos moindres désirs, sur-le-champ et à la perfection. Ou je n'ai plus ma place.

— De quoi est-ce que tu parles ?

Je suis stupéfaite.

— Je n'arrive pas à croire que tu m'aies fait sortir de la maison exprès, dis-je en essayant de me dégager. Tu te disais que je finirais par accepter de toute façon.

Je me suis rarement sentie aussi humiliée.

— J'espérais que tu serais raisonnable et que tu me ferais confiance. C'était la meilleure chose à faire, Darce.

Je me débats, mais il me tient plus fermement.

— Il y a des objets partout au sol. C'est un chantier. Parle-moi. Défoule-toi sur moi. Mais ne rentre pas, c'est trop dangereux.

On entend un grondement, et l'espace d'un instant je me demande si c'est la voiture de Vince. Puis un éclair zèbre le ciel. Un orage se dirige vers nous. On lève tous les deux la tête vers le trou au plafond. La bâche gonfle sous l'effet du vent.

Tom pousse un soupir.

— La météo n'annonçait pas d'orage.

— Est-ce que ça va inonder ?

Je parviens à me dégager.

— S'ils ont fait du bon travail, ça devrait tenir, répond-il.

Il se veut rassurant, mais ses yeux le contredisent tandis qu'il regarde le travail bâclé, les briques, la poussière et le désordre laissé par les ouvriers.

— Je vais monter vérifier.

— C'est ça, comme si j'allais te laisser monter sur le toit en pleine nuit, alors qu'il est sur le point de pleuvoir.

Je ressens une satisfaction perverse quand je vois l'éclat dans ses yeux.

— Tu as fait démolir la cheminée sans ma permission.

Alors maintenant, tu assumes. Restons ici et voyons si ça fuit. J'espère que oui.

— Ne dis pas ça. C'est ta maison.

— Je ne sais plus ce que je dis. Je n'arrive pas à croire que tu ne m'aies même pas laissée lui faire mes adieux.

Une nouvelle vague de colère et d'incrédulité me submerge, m'étranglant presque.

— À une cheminée ?

— Oui, à une cheminée. Tu savais que je l'adorais. Tu savais l'importance qu'elle avait pour moi. Tu as dit qu'on ferait un dernier feu avant la vente de la maison.

— Tu as passé énormément de temps dans cette maison, ces dernières années. Tu pouvais l'allumer n'importe quand.

Il appuie une épaule sur le chambranle et me défie du regard.

— C'est tout toi, ça. Tu penses que tu peux prendre les choses puis les laisser derrière toi et qu'elles seront toujours là à ton retour.

Ses paroles me font sursauter intérieurement. Je balaye la pièce du regard à la recherche d'une chose à faire.

— Tu t'es agenouillé devant Jamie, comme toujours. Tu as manqué de courage et de professionnalisme.

Je me baisse et ramasse deux briques.

— Tu sais que j'ai raison.

— J'avais l'accord de l'un des propriétaires.

Il me regarde faire des allées et venues à travers la pièce d'un air perplexe.

— Qu'est-ce que tu fais ?

— Je mets de l'ordre. J'ai besoin de faire quelque chose de mes mains et il n'y a plus rien à détruire.

Je fais demi-tour pour en prendre deux autres, mais il prend mes mains, les retourne, et enlève la poussière. Mode « Princesse » activé.

L'envie de lui donner une gifle me démange.

— J'attendais mieux de ta part. Si j'avais ouvert la porte et que la cheminée avait toujours été là, ça aurait été la preuve qu'on est des associés. Mais il semble évident que je ne suis rien de plus qu'un autre problème à contourner et que mon avis n'a aucune importance. Tu choisiras toujours Jamie. Toujours.

— J'y ai vu une façon d'augmenter le prix de vente. Le budget est…

Il s'interrompt, puis reprend :

— Je sais que tu ne te soucies pas de l'argent. Mais vendre cette maison au prix le plus intéressant est ma priorité.

— Tu as dit qu'on formait une équipe. Alors attendons là, comme une équipe.

Quelques gouttes de pluie tombent sur la terrasse et une violente bourrasque souffle à travers la maison comme si l'océan était tout proche.

— Voyons voir si ça tient.

Ce soir, au bar, j'ai découvert ce que ça faisait de baigner dans l'attention et l'amour de Tom Valeska. Et je prends conscience maintenant que c'était un aperçu de tout ce que je n'aurai jamais.

Il serre les dents et je reconnais son air entêté.

— J'ai dit que j'étais désolé. Je voulais conserver notre avance sur le planning, et je savais que c'était la bonne chose à faire pour les travaux. Maintenant que la cheminée est démolie, on peut refaire le sol en avance. Je n'ai pas l'habitude de devoir faire avec les souvenirs et émotions du client ou d'avoir à demander l'avis de plus d'une personne.

— Désolée de te déranger avec mes émotions.

Je me baisse, ramasse plusieurs briques et les ajoute à ma pile.

— Ça doit être difficile pour toi de te coltiner ma petite personne et les pénibles souvenirs de ma grand-mère.

Je remarque que le plancher devant l'emplacement de

la cheminée est visiblement usé. Ça montre à quel point nous aimions nous tenir là. Et désormais, elle n'existe plus.

— La décision ne t'appartenait pas, Tom.

— Je ne comprends pas qu'on puisse s'attacher à une cheminée. Je n'hériterai jamais de rien. Maman est fauchée. Mon père…

Il ricane amèrement.

— Il a tenu trois mois après le test de grossesse. Estime-toi chanceuse d'avoir eu une cheminée à laquelle t'attacher.

J'essaie de l'interrompre, mais il m'en empêche. Il avait visiblement ça sur le cœur depuis longtemps. Il a besoin de l'exprimer.

— J'ai en moi toutes ces émotions et tous ces souvenirs, mais ils ne m'appartiennent pas, car ce n'est pas ma famille.

C'est la première fois que j'entends Tom se plaindre de sa situation dans la vie.

— J'ai été embauché pour faire ce travail. Tu as une idée de ce que je ressens ?

Je ramasse une autre brique.

— On a toujours considéré qu'elle était ta grand-mère à toi aussi, tu le sais bien.

— La seule preuve que j'ai, c'est un vieux porte-clés Garfield.

C'est triste, mais il dit vrai. Elle ne lui a rien légué dans son testament. Gêné, il s'empresse d'ajouter :

— Je n'attendais rien de toute façon. Je ne suis pas un Barrett, après tout.

Il me fait reculer jusqu'à la porte, dans la zone éclairée par le réverbère. De colère je frappe ma poitrine de mon poing.

— Arrête de faire ça ! J'en ai assez qu'on me materne ! J'ai toujours été un frein, ma vie entière. Tu te rappelles comme Jamie mourait d'envie d'aller à Disneyland ? Et que je n'étais pas assez en forme pour faire le voyage ?

— Oui, répond Tom, avec compassion.

— J'ai passé des heures allongée dans mon lit, à maudire mon propre cœur. Si seulement il pouvait coopérer, tout serait plus simple. Jamie serait heureux. On passerait tous des vacances formidables. Tu es le seul qui ne m'as jamais fait sentir que j'étais de trop.

Ma voix se brise.

— Darcy, pour la cheminée, ça n'avait rien à voir avec toi. C'est moi et mon besoin compulsif de tout faire à la perfection, en avance sur le planning, et en restant sous le budget. J'ai agi de manière impulsive.

— Je n'attends pas la perfection.

Il rit amèrement.

— Quelle est la première chose que tu m'as dite quand tu es rentrée et m'as trouvé ici ? « Quelle bonne surprise ! Que fais-tu ici si tard, Tom Valeska, homme parfait ? »

Du doigt, il désigne le plafond.

— Voilà la réponse que je te fais. Je ne suis pas l'homme parfait. Tu m'as mis sur un piédestal. J'essaie depuis des années de me montrer à la hauteur, crois-moi.

— Tu n'as rien à prouver. Sois toi-même. Fais de ton mieux. Tant pis s'il y a des problèmes.

À sa mâchoire crispée et ses poings serrés, je mesure la pression qu'il a sur les épaules. Depuis qu'il est enfant, c'est le pilier sur lequel tout le monde se repose. Les enfants Barrett qui ont besoin de lui pour faire tampon ; sa mère pour qui il assumait une partie des tâches ménagères et sur qui il veille encore aujourd'hui. Tous les ouvriers ont quitté Aldo, mais Tom ne comprend pas qu'aujourd'hui c'est lui le patron. Il règle les problèmes de tout le monde et donne l'impression que c'est facile.

Mais ça ne l'est pas.

Il secoue la tête.

— Il y a un trou dans ton toit et tu as des larmes dans les yeux. Je ne suis jamais à la hauteur.

— Ne parlons plus de perfection, dis-je tandis que le vent continue de souffler, faisant vibrer la porte arrière. À partir de maintenant, ce mot est banni.

— Quand tu grandis fauché et qu'une famille a la bonté de te prendre sous son aile comme si tu étais un chien errant, tu fais tout pour te montrer irréprochable. Tu rends service pour essayer de devancer les besoins des autres. Et je me suis planté, Darcy. Je me suis trompé dans les chiffres.

J'aperçois son air désemparé et je suis gagnée par l'appréhension.

— C'est-à-dire ?

— J'ai dit aux ouvriers que je les paierais mieux qu'Aldo. Et j'avais une erreur dans mon tableur. L'erreur la plus élémentaire, juste sous mon nez. Je dois leur verser le salaire que je leur ai promis, et payer le séjour de mes trois hommes au motel. Mes 5 % vont y passer. En somme, je fais ce projet gratuitement.

Il soupire d'un air résigné.

L'envie de le réconforter me submerge, éclipsant en moi la colère et le sentiment de trahison.

— Je…

— Ne dis pas que tu vas arranger les choses, me coupe-t-il. C'est mon problème, c'est à moi de le résoudre. Si Jamie le découvre, je suis foutu. J'en entendrai parler pendant des années.

— Qu'est-ce que ça peut bien te faire ce que mon frère pense de toi ?

Il m'adresse un sourire amer.

— C'est ton frère jumeau.

On se tient tout près l'un de l'autre. Je jette un rapide coup d'œil sur sa bouche. Un autre courant d'air souffle sur mes vêtements et ses mains se posent sur ma taille et me serrent.

— Pourquoi te donnes-tu autant de mal pour nous ?

— Tu te rappelles le soir où vous m'avez trouvé ? J'étais enfermé dehors. Je ne veux plus jamais me retrouver devant une porte fermée.

L'honnêteté dans ses yeux fait chavirer mon cœur.

— Je ferai tout ce qu'on attend de moi. N'oublie pas, à une époque, tu n'as pas voulu de moi.

— Mais le problème ne venait pas de toi. Crois-moi, j'ai rencontré beaucoup d'hommes, et personne ne t'arrive à la cheville. Et ça m'effraie depuis longtemps, car j'ai toujours pensé que je ne pouvais pas avoir l'homme de mes rêves.

Il ne dit rien, mais à l'intérieur il est en feu. Je le sens.

— Tu es parfait, Tom Valeska. Parfait pour moi. Est-ce que tu veux de moi, même si je ne te mérite pas ?

Des éclairs zèbrent le ciel.

— Je t'ai voulue toute ma vie, murmure-t-il.

— Alors prends-moi. Choisis-moi.

Il essaie une dernière fois de me décourager.

— J'ai merdé. Je ne suis pas l'homme parfait que tu voudrais que je sois.

— Ça m'est égal.

Ses yeux inoubliables sont la dernière chose que j'aperçois avant qu'il me soulève sur la pointe des pieds et pose sa bouche sur la mienne. Le tonnerre gronde au-dessus de nous et tout redevient silencieux.

Dans une dimension parallèle, on s'est toujours tenus sur le seuil de ma chambre, depuis cette nuit où l'idiote de dix-huit ans que j'étais a répondu « Je sais ». Là, il a ravalé sa blessure et a décidé de faire preuve de patience une dernière fois. Il a frappé à la porte du destin, déposé un baiser sur mes lèvres, et on ne cesse de s'embrasser depuis lors.

On a survécu dans cette réalité alternative, le visage illuminé par des éclairs, des journées d'été ensoleillées et des feux d'artifice. Des années se sont écoulées, dans la lumière et l'obscurité. Mes cheveux ont poussé jusqu'au sol. Des feuilles d'automne se sont accumulées à nos chevilles et les saisons ont tournoyé autour de nous tel un kaléidoscope.

On n'a jamais laissé personne d'autre nous toucher et on n'a jamais été séparés. Là, mon cœur a toujours existé, son battement régulier est parfait, car Tom le tient entre ses mains.

On est désormais sur le point de franchir la mince barrière qui nous en sépare et de pénétrer dans cette dimension et ces corps plus anciens. Tous les autres baisers étaient insignifiants. Je l'ai toujours su. Seuls ceux-là comptent.

C'est pour ça que j'enchaîne les coups d'un soir, qu'aucune de mes relations ne dure, et que je ne tombe jamais amoureuse.

Il interrompt notre baiser et essaie de reprendre son souffle.

— C'est comme ça que Darcy Barrett embrasse ? demande-t-il d'un air stupéfait.

Avant que j'aie le temps de répondre, il passe un genou entre mes cuisses et me hisse un peu plus haut. Il retourne à mes lèvres en gémissant. J'ai maintenant trouvé quelque chose que j'aime plus que le sucre, et je suis instantanément accro. Pire, une vraie junkie. J'ai dû me contenter de ses regards furtifs toute ma vie. Et maintenant, j'ai enfin sa bouche sur la mienne. Je suis prête à tout pour le garder. Il devrait avoir peur.

Je sens sa langue contre la mienne, et mes genoux fléchissent. Dieu merci, il me tient. J'expire en tremblant. Il inspire, change l'angle de notre baiser et me rend mon souffle. L'air de ses poumons est meilleur. La vie est meilleure avec son baiser.

Il est à moi. Je dois le lui faire comprendre.

La seconde caresse de sa langue n'a pas pour but de me séduire mais de me goûter. Je perçois la pointe de sa dent, sa barbe naissante contre mon menton. Il semble délibérer pendant un instant, puis il frémit de plaisir. Il m'a goûtée et j'ai exactement la saveur qu'il espérait.

Je sens le moment où le gentil Tom peu sûr de lui rappelle Valeska à l'ordre – *C'est trop mouillé pour un premier baiser, trop avide, trop bestial, vérifie qu'elle va bien.* Il essaie de mettre fin à notre baiser en exerçant une légère pression sur ma taille.

— Je t'interdis d'arrêter. Ne ralentis pas le rythme.

C'est l'encouragement dont il avait besoin. Il soupire de soulagement et appuie ses hanches contre les miennes avec une telle frénésie que je hoquette. Il ne va pas me ménager ce soir.

— Je ne veux plus que personne d'autre t'embrasse, murmure-t-il sans briser notre étreinte. Ta bouche m'appartient.

On agrippe les vêtements l'un de l'autre, et notre baiser est comme une conversation sans paroles : *Écoute-moi. Non, toi, écoute-moi.*

À l'unisson : *Je tuerai quiconque te touche.*

L'intensité de notre baiser affecte les éléments. Le nuage au-dessus de nos têtes déborde. Il se met à pleuvoir plus fort, mais je le remarque à peine. Nos vêtements sont bientôt recouverts de fines gouttelettes de pluie. Je suis essoufflée. Je suis en train de m'épuiser dans l'entrée, mais ce n'est pas grave. La personne que j'embrasse veillera sur moi. J'implore mon cœur silencieusement : *Ne me laisse pas tomber maintenant, petit cœur. J'ai besoin de toi.*

Je perds pied momentanément et Tom nous ramène à un

rythme plus doux en faisant glisser ses doigts le long de ma nuque. Un rythme délicat. Assez lent pour me permettre de récupérer mon souffle et de calmer mon cœur affolé. Je prends à nouveau conscience des sons autour de moi : il pleut pour de bon maintenant, la pluie martèle le toit de la terrasse en aluminium.

Le grondement du tonnerre au-dessus de nous est assourdissant, mais c'est une petite plainte étouffée qui nous sépare. On se regarde et on s'écrie au même moment : Patty !

Peu importe le désordre. On traverse la maison en ruines à tâtons dans le noir, car c'est le chemin le plus rapide pour rejoindre la porte arrière. Chaque fois que je trébuche, il me relève. Les humains égoïstes que nous sommes s'arrêtent sur le seuil et s'embrassent une dernière fois pour se donner le courage de sprinter jusqu'à l'atelier malgré les gouttières débordantes. Sa langue me promet des merveilles, si j'arrive jusque-là. Je traverserais la Manche à la nage s'il le fallait.

Le temps qu'on enlève nos chaussures et referme la porte vitrée, on est trempés jusqu'aux os. L'interrupteur ne marche pas, mon réveil est éteint, et Patty est introuvable. Du sommet de l'armoire, Diana nous fait les yeux ronds avant de rapidement descendre dans son panier.

Tom se confond en excuses :

— Je me sens tellement mal. Patty, viens là.

Sa petite gueule sort de dessous le lit.

— Tu ne pouvais pas savoir.

On continue de l'appeler et, une minute plus tard, elle sort, ventre à terre, et rampe jusqu'à son panier. Je pose une couverture sur elle et la borde bien serré. Au moment où on se redresse, un éclair illumine la pièce. J'aperçois alors son T-shirt mouillé collé à son corps. Tandis que l'obscurité tombe à nouveau sur la pièce, on bat langoureusement des cils et soupire de concert. Puis on éclate de rire.

— Ça alors, si j'avais su que tu embrassais comme ça, lâche Tom.

Il commence à défaire les boutons de sa chemise, mais à mi-chemin il abandonne et s'approche de moi, comme s'il ne supportait pas de rester loin de moi même quelques secondes.

— Vu l'effet que ça m'a fait, je devrais peut-être changer mon contrat d'assurance.

— Tu ferais bien d'appeler tout de suite.

Il m'embrasse à nouveau et je sens son rire contre ma bouche. Puis il me plaque contre le mur. Seuls mes orteils touchent par terre. Nous voilà de nouveau dans notre bulle dorée. Je penche la tête sur le côté, et lorsque ses lèvres trouvent mon cou, je vois la vapeur s'élever de ses épaules humides. Son cœur bat à tout rompre.

J'ai observé la bouche de Tom à chaque fois qu'il parlait pendant des années. J'ai toujours su comment il embrasserait. De tout son être, avec passion et avidité. Chaque caresse de sa langue a pour but de découvrir comment j'aime être embrassée, mais il comprend rapidement que j'aime tout ce qu'il a à donner. Doux, délicat, dents et langue. Fougueux et passionné. Des points en plus pour une main sur ma gorge. Une main qui m'empoigne les fesses décuple mes sensations et me fait frémir. Les coutures de mes vêtements sont des lames contre ma peau : j'ai envie qu'il me les arrache. Mais il ne montre aucune compassion et, à la place, il prend son temps pour parcourir mon corps. Il prend mon sein dans sa main, et sent le piercing contre sa paume.

— Le lit, grogne-t-il de sa voix rauque d'alpha.

Je me liquéfie sur place.

Je lui ai dit exactement la même chose. Je me demande si ça a eu le même effet sur lui.

— Tu as enfin compris.

Il me soulève et nous fait avancer vers le lit. Je sens des câbles électriques sous les semelles de mes chaussures mais je ne me prends pas les pieds dedans et ne trébuche pas. Tom me tient.

— J'ai détruit la cuisine de mes mains et t'ai ordonné de grimper dans mon lit, et toi tu as…

Il me pousse en arrière sur le lit.

— Je vais me rattraper, je te le promets, dit-il avec un sourire.

Chapitre 19

Il enfonce ses genoux dans le matelas, l'un après l'autre, de chaque côté de mes mollets. Sa forme immense se découpe dans l'obscurité au-dessus de moi. Il pose ses mains de part et d'autre de ma tête et niche son visage au creux de mon cou. Je sens son corps se baisser et plonger vers le mien.

Les yeux rivés au plafond, je lui ordonne :

— Dis-moi que mon odeur te plaît.

Il me connaît assez pour entendre l'incertitude dans ma voix malgré mon ton autoritaire.

— Tu as l'odeur de la femme de ma vie.

Je respire un grand coup.

— Dieu soit loué.

Je lève les bras au-dessus de la tête et il retire mon débardeur.

— Ta passion pour la dentelle m'a rendu fou. Tu sais qu'on voit toujours ton soutien-gorge, peu importe ce que tu portes ? Comme si tes vêtements n'avaient qu'une hâte : qu'on te les arrache.

Il dépose un baiser sur mon cou, puis suce ma peau et me mord.

— On dirait une banane qui s'éplucherait toute seule.

Je me mets à rire.

— C'est exactement comme ça que je me sens quand tu es là.

— Ça me rend dingue quand les hommes regardent la dentelle sur ta peau.

Il retourne à mes lèvres et son côté possessif pimente notre baiser.

Je sais exactement ce qu'il ressent. Je garderai mes mains sur lui pour le restant de mes jours pour marquer mon territoire.

Il me place en travers du faible rai de lumière qui perce à travers les rideaux. Il caresse la dentelle sur ma peau, l'admire, la complimente, frotte sa joue contre mon soutien-gorge. Puis il le retire en deux temps trois mouvements et le lance dans un coin sombre de la pièce. Il fait glisser ses mains puissantes, affairées partout sur mon corps.

Mon piercing le fascine. Il s'appuie sur les coudes pour l'examiner, et je réalise enfin tout le potentiel de ce petit morceau de métal, glissé dans une pointe aussi sensible. Certains de mes partenaires ont essayé de le faire tourner comme s'ils réglaient une radio, mais Tom, lui, sait quoi faire. Je frissonne et tremble tandis qu'il teste mes réactions.

— Alors, ça te plaît les rebelles percées ?

— Si tu savais, répond-il en le prenant dans sa bouche. Hum, ce piercing a un goût divin.

Il le caresse de sa langue tout en parlant. La sensation est si exquise que je flotte au-dessus du matelas. Il rit, content de lui, et continue de plus belle.

— Chaque fois que j'ai pensé à ce mystérieux piercing, je me suis pris un mur. Cambre-toi, ajoute-t-il avec juste ce qu'il faut d'autorité.

Il glisse son bras dans mon dos, me redresse et joue avec moi jusqu'à ce que je pose ma main sur le bouton de mon jean.

Il relâche mon téton pour parler.

— Est-ce qu'on s'apprête vraiment à faire l'amour ? Ou me suis-je cogné trop fort dans un mur ?

— Oui... Enfin.

Je finis de déboutonner sa chemise et caresse son torse. Ses hanches se soulèvent. Ses biceps se contractent. Les réactions involontaires de son corps sont sublimes. Il adore sentir mes mains sur lui.

Ses T-shirts moulants n'ont pas menti. Ce corps est spectaculaire : tablettes de chocolat, muscles interminables, hanches qu'on a envie de chevaucher. Il témoigne de tant d'heures de dur labeur que j'en ai mal pour lui. Il se donne tellement de peine.

— Sauf si je suis en train de faire un autre de mes rêves érotiques super réalistes avec Tom Valeska. Si c'est le cas, je ne serai pas capable de te regarder dans les yeux demain.

— Tu ne pourras probablement pas, après tout ce que je vais te faire, répond-il, amusé.

Je place mes cuisses autour de sa taille et l'embrasse de plus belle. Il ne se lasse pas de mes lèvres.

— DB, après ce soir, je saurai tout de toi.

— Tu me connais déjà plutôt bien, dis-je en frémissant sous ses baisers.

Il secoue la tête.

— Pas comme ça.

Je soulève les hanches et il descend mon jean. Arrivé à mes genoux, il s'arrête, comme pris d'un doute.

— Es-tu sûre de vouloir continuer ? demande-t-il d'une voix hésitante. Si tu ne veux pas, ce n'est pas grave.

Mon cœur se gonfle d'amour pour lui. C'est le meilleur homme qui soit. L'homme parfait. Et je suis au lit avec lui. Je me sens tellement chanceuse que je pourrais pleurer. J'essaie de m'asseoir, mais mon corps épuisé préfère économiser son énergie.

— S'il te plaît, s'il te plaît. Oui, oui, oui ! Pitié, pitié ! Je ne plaisante pas. Ne me laisse pas comme ça.

— Darcy Barrett, dans un lit, en train de me supplier de lui faire l'amour. Ce doit être une hallucination causée par la fièvre.

Il rit doucement et je sens sa main entourer ma cheville. Puis il me retourne sur le ventre. Il s'accroupit au niveau de mes hanches et je tressaille de surprise. L'espace d'un instant, je m'attends à ce qu'il me retire ma culotte sans ménagement et me pénètre brutalement, ses doigts s'enfonçant dans mes hanches. C'est un mauvais souvenir et je me mets à trembler.

— PETITE OBSÉDÉE, dit-il.

Soudain, je comprends. Il est en train de lire ce qui est imprimé sur ma culotte. Je me sens si soulagée que je cache mon visage dans mes mains en riant.

Il frotte sa barbe naissante le long ma colonne vertébrale et je sens son arcade sourcilière s'enfoncer dans mon épaule.

— Ta peau a cette lueur argentée qui me donne envie de…

Il s'interrompt pour me faire la démonstration à l'aide de sa langue et de ses dents. Je grogne de plaisir dans le matelas. D'une main, il me retourne sur le dos. Il fait courir ses doigts sur ma peau, créant des vagues de frissons, me caresse lentement et doucement comme s'il voulait connaître chaque recoin de mon corps, comme s'il répertoriait chaque battement de cils et chaque gémissement.

— Toi et ta peau délicieuse m'obsédez depuis des années. Une année, à Noël, je t'ai embrassée sur la joue pour te dire bonjour. Ça m'a… bouleversé. J'ai dû aller m'asseoir dans ma voiture.

Il dépose de délicats baisers sur ma joue en secouant la tête comme s'il n'arrivait pas à y croire.

— C'est le meilleur cadeau que j'aie reçu, murmure-t-il. Merci, merci, merci.

Il est si attendrissant et sincère. Comment lui rendre la pareille ? Je n'ai jamais été sincère ou tendre au lit, mais pour lui j'ai envie d'essayer.

— Tu es adorable.

Je passe mes doigts dans ses cheveux.

— J'ai passé chaque Noël à attendre qu'on se dise au revoir, car tu me prenais dans tes bras.

Je soupire tandis qu'il me serre contre lui comme il le faisait chaque année à Noël. Son étreinte est telle que j'ai l'impression qu'il se répète mon nom dans sa tête encore et encore.

— Ce câlin de Noël est encore meilleur quand on est allongés, fais-je remarquer en soupirant de plaisir.

— Tu as passé chaque Noël à attendre de me dire au revoir ? demande-t-il d'une voix brisée.

J'entends combien il en est touché tandis qu'il descend ma culotte.

— DB, il faut que je me rattrape.

— Ne t'inquiète pas, j'y veillerai.

Je sens son hésitation. Il est soudain pris de timidité. Mordant ma lèvre pour retenir mon sourire, je prends sa main et la fais glisser jusqu'en haut de ma cuisse.

— Commence maintenant.

Ses doigts me découvrent. Il me sent et constate combien je suis prête, et soudain la bête est de retour.

Il mordille mon lobe d'oreille pour me tenir immobile pendant qu'il explore et joue, ses doigts agiles et sûrs d'eux. Mon corps frémit sous le sien, et sa respiration à mon oreille se fait plus bestiale qu'humaine. Je me raidis, il me prive. Je me détends, il me récompense. Il me veut malléable et obéissante, langoureuse et trempée.

— Ralentis ou je vais jouir.

Les mots m'ont échappé. J'éclate de rire.

— C'est la première fois que je dis ça.

Je m'agrippe désespérément au tiroir de ma table de chevet tandis que ses doigts continuent de m'explorer.

— Heureusement pour moi, je suis au lit avec un travailleur acharné.

— Je ferais mieux d'y aller doucement avec toi.

— Pourquoi ?

Malgré l'obscurité, j'aperçois l'étincelle dans ses yeux quand il déchire l'enveloppe du préservatif de ses dents comme si c'était un sachet de bonbons. Puis le souvenir me revient en mémoire.

— Oh ! c'est vrai. J'avais oublié ton pénis.

— Ah bon, tu avais oublié ?

Il rit et me donne une légère tape sur les fesses.

— Merci beaucoup, DB.

— Comment ai-je pu oublier, vraiment.

Il refait glisser sa main entre mes cuisses et me masse doucement et tendrement de son pouce.

— Tout chez toi est sublime. J'ai envie de toi depuis si longtemps que c'en est douloureux. Tom Valeska, baise-moi.

Ce qu'il y a de bien avec Tom, c'est qu'il me donne toujours ce que je demande.

Il me pénètre et un gémissement s'échappe de mes lèvres.

— Oh mon Dieu. Qu'est-ce que c'est bon.

Il s'enfonce doucement en moi en riant et commence un délicieux va-et-vient. C'est le spécimen le plus large avec lequel j'ai couché. Je grimace dans l'obscurité. Comment mon cerveau ose-t-il penser à un autre dans un moment pareil ? Mais le comparer aux autres m'aide à prendre conscience qu'aucun autre homme ne s'est soucié de mon plaisir comme lui le fait, et rien n'est plus excitant.

— Merci, murmure-t-il, la voix vibrante d'émotion. J'ai l'impression de vivre un rêve.

Son mouvement de va-et-vient est très doux et mon corps irradie de plaisir. Mais je voudrais qu'il s'abandonne totalement.

— Plus fort, Tom !

— Je veux y aller… doucement.

— Je ne veux pas que tu y ailles doucement. Je veux que tu te donnes à fond.

Enfin, je le sens perdre le contrôle. C'est incroyablement bon de le voir se donner à moi si entièrement.

— Plus profond. Tom, plus fort !

Par réflexe, je glisse ma main entre nous. Mon orgasme est de ma responsabilité. Sauf qu'apparemment il a une autre idée en tête.

— C'est pour ça que je suis là, petite sotte, me réprimande-t-il entre deux respirations de nage libre.

Il se met à caresser mon entrejambe de ses doigts, cependant, je sens qu'il continue de se retenir.

— Ton cœur… Est-ce que ça va ?

C'est la première fois qu'un homme me pose cette question au lit. Les autres n'étaient pas au courant. Je ravale le « oui » automatique que j'ai sur le bout des lèvres et fais l'inventaire. Mon cœur bat faiblement à mes oreilles.

— Pour l'instant ça va, mais si je suis trop excitée ou si tu t'appuies de tout ton poids sur moi, j'aurai la tête qui tourne et ressentirai une sensation d'étouffement. Ensuite, j'aurai des palpitations et je ne serai plus capable de…

Mes parties intimes ne pourront plus faire leur travail et je ne serai pas capable de relâcher cette agonie dévorante.

Il commence à se retirer délicatement. Je sens chaque centimètre de son érection puissante.

Je m'appuie sur les mains pour essayer de le retenir.

— Reviens ! Est-ce que je viens de gâcher l'ambiance ?

— Non, bien sûr que non. Que penses-tu de…, commence-t-il d'un air pensif.

Il me roule sur le côté et vient se blottir contre moi en position « cuillère ».

— … Ça ? finit-il.

Certes, c'est une position confortable pour dormir. Mais une paire de cuillères platoniques nues, ce n'est pas exactement ce que j'avais en tête. Il soulève les couvertures et je sens l'air frais sur ma peau. L'espace d'un instant, je me dis qu'il a abandonné et mon estomac se noue. Mais je me trompe. Comme toujours, il a trouvé une solution. Il dépose des baisers sur ma nuque tandis qu'il me pénètre à nouveau. Puis il reprend le va-et-vient, une main posée sur ma hanche.

— Ne t'inquiète pas, dit-il, en glissant une main vers mon intimité. Détends-toi et respire.

Jamais je n'aurais pensé que l'inquiétude pouvait être aphrodisiaque, pourtant, celle que je perçois dans sa voix décuple mon plaisir.

— Je peux t'avouer quelque chose ?

Je le sens hocher la tête contre mon épaule tandis qu'il ralentit le rythme.

— Jouir fait dérailler parfois mon cœur. Et je sens que cet orgasme sera… extraordinaire. Donc si ça arrive, ne le prends pas personnellement.

— J'essaierai de t'éviter le court-circuit.

Je me contracte autour de lui et il émet un râle de plaisir.

— On essaye pour voir ? demande-t-il dans un grognement.

On ne m'a jamais rien proposé de plus délicieux.

— Je veux que tu donnes tout ce que tu as.

Ses caresses m'amènent de plus en plus au bord de l'extase, et j'appuie ma joue contre son biceps pour m'ancrer.

— Plus profond. Encore plus fort. Ne pense pas à mon cœur. Ne sois pas désolé ni inquiet pour moi. Ne te retiens pas. Fais-moi l'amour comme si on faisait ça tous les jours, pas comme si tu craignais de me faire mal.

Je commence à ressentir des picotements, mais je suis prête à gérer toutes les éventualités. Il fait exactement ce que je lui demande. Il me donne tout ce qu'il a.

L'orgasme, d'une force inouïe, me terrasse complètement.

Je me contracte autour de lui et j'entends ma propre inspiration frémissante. Mon corps est pris de convulsions et ma respiration se fait haletante. Je bascule et tournoie dans les abîmes du plaisir. Mon cœur tambourine si fort que je n'entends plus rien. Mais cela n'a aucune importance, car je suis dans les bras de quelqu'un qui me connaît, de A à Z.

Je n'ai pas à faire semblant d'être normale ; avec lui je peux être moi-même. Tandis que je me prélasse dans cette pensée réconfortante, il s'enfonce si fort en moi que j'en tremble de tout mon corps. Je couine de plaisir, si fort qu'on dirait que je pleure. Mais il ne ralentit pas le rythme. Les larmes coulent sur mes joues et je murmure « oui, oui », encore et encore. Si je n'étais pas prisonnière de ses bras, je serais à l'autre bout du lit tant il me tringle avec force.

— Maintenant !

Tom s'abandonne enfin, me révélant cette partie cachée de lui. Il me mord, m'écartèle, m'agrippe. On ne m'a jamais fait l'amour avec autant d'intensité. En cet instant, je le sais : il vit pour moi. Il tuerait et mourrait pour moi. C'est immense, ce qu'il ressent pour moi. Et maintenant, je suis à lui. Je pose une main sur sa nuque tandis qu'il dépose un baiser sur mon épaule. Il reprend son souffle pendant de longues minutes et lâche :

— Ça, c'est ce que j'appelle une partie de jambes en l'air. On dirait que les livres de Loretta ne m'avaient pas fait miroiter l'impossible finalement.

Il se retire lentement. Dans l'obscurité, il ajoute :

— Darce, tu me fais… vibrer.

Je sens ses mains sur moi tandis qu'il se penche au-dessus du lit.

Je ne suis pas fatiguée le moins du monde. J'ai besoin d'un autre baiser, de sentir sa peau contre la mienne. Je ne veux plus jamais être seule. J'entends un bruit de carton et de grattement. Est-il en train de ranger la boîte de préservatifs ?

— Au bar, je t'ai dit qu'avoir toute l'attention de Darcy Barrett était intense. Je ne savais pas ce que je disais. *Ça*, c'était intense.

Puis, désignant la boîte de préservatifs, il ajoute :

— Il en reste quatre.

Une onde de frissons me parcourt des pieds à la tête.

— Voyons voir jusqu'où la nuit nous mène.

C'est plus fort que moi.

— Tu n'as pas dit que tu devais te lever tôt pour t'occuper d'une certaine cheminée ?

— Petite maligne. Je ferais mieux de me mettre au travail tout de suite alors.

Sa bouche se pose sur la mienne, on inspire et on recommence.

Je suis réveillée par Patty qui gratte à la porte. Je regarde autour de moi. Le jour n'est pas encore levé, mais Tom n'est plus là, et les draps sont froids contre ma peau. Je me lève et enfile un déshabillé noir en soie. Mon réveil qui clignote en affichant minuit encore et encore m'indique que l'électricité est revenue.

— Oui, oui, j'arrive ! Où est ton papa ?

Je suis déçue. Je ne me suis jamais réveillée auprès d'un homme, et j'avais hâte de vivre cette première fois avec lui. À chaque pas que je fais vers la porte, mon corps me rappelle ce qu'il m'a donné cette nuit. Je suis épuisée, de la plus délicieuse des façons. La nuit dernière a été douce et torride à la fois.

Laisse-moi gâter Darcy Barrett. Laisse-moi ce plaisir.

C'était sans conteste la meilleure nuit de ma vie. Je me demande s'il trouverait ça étrange. Mais non. J'ai enfin la personne avec qui je peux être moi-même. Si je lui disais, il sourirait. Puis, de la voix autoritaire de patron que j'aime tant, il dirait : « Enlève-moi ce déshabillé. »

J'ouvre la porte coulissante.

— Tom ?

Au lieu d'aller à sa touffe d'herbe habituelle, Patty se dirige avec détermination vers la maison, avec une seule idée en tête : trouver son maître.

— Patty, reviens !

J'attrape la paire d'escarpins que je portais hier soir et que j'avais laissée contre le mur. Ce n'est pas idéal pour piquer un sprint mais c'est la seule à ma portée. Je m'élance vers Patty, mais mes talons s'enfoncent presque aussitôt dans la boue. J'entends le craquement d'une coquille d'escargot et je frémis intérieurement de dégoût. Mes cuisses s'écartent, mes muscles se contractent. Manquant trébucher, je pousse un cri.

Jamais je n'aurais cru les chihuahuas si rapides. Bientôt, je vois sa queue disparaître à l'angle de la maison. Je me mets à courir. Elle est en train de remonter l'allée quand soudain une voiture arrive. Patty, qui a l'instinct de survie d'un lemming, reste en plein milieu. Mon cœur bondit dans ma poitrine. Mes yeux me jouent un mauvais tour et je la vois passer sous la roue. Je cligne à nouveau et elle va bien, frétillant de la queue en guise de bonjour.

J'agite le bras en direction de la voiture et crie, à bout de souffle :

— Attention !

Le camion freine brusquement et je réalise que Tom est au volant. Où est-il allé si tôt ? Le soleil n'est même pas encore levé.

Je me plie en deux en posant les mains sur mes genoux. Il faut que je reprenne mon souffle. Inspire, expire. Inspire, expire. Je ne suis pas en si mauvaise condition physique que ça, tout de même. Mon cœur tambourine bizarrement, de plus en plus vite, tel un hamster sur sa roue, et je comprends ce qui se passe. J'appuie dessus, pour le forcer à ralentir. La portière conducteur s'ouvre et Tom apparaît, complètement effaré.

La portière passager s'ouvre aussi, et une coupe de cheveux blonde similaire à la mienne apparaît. Oh non. Il ne pouvait pas tomber plus mal. Je ferme les yeux pour essayer de calmer mon cœur affolé.

Je reconnaîtrais l'odeur de mon frère partout. Du cuir haut de gamme et un parfum italien prétentieux qui sent comme de l'écorce de citron mélangée à du produit lave-vitre. Étrangement, ça plaît aux femmes. Tous les deux se ruent vers moi et se mettent à parler en même temps. Tom est dans tous ses états. L'un d'eux saisit mon poignet pour trouver mon pouls. Lorsque Tom s'éloigne, je me retourne pour essayer de le suivre.

— Reste là. Il est parti chercher tes médicaments, me dit Jamie.

Tout est gris. Tout part en vrille.

Je m'effondre contre lui, mon cœur de jumeau comme aimanté au sien. Tom revient avec mes médicaments et une bouteille d'eau. Je prends quelques comprimés.

— C'est bon, c'est passé, dis-je pour les rassurer.

Mais je reste collée à Jamie. Mes mains tremblent, se crispent et ma vue se brouille. Je me sens partir, quand soudain la voix ferme de Jamie transperce le brouillard.

— Je te l'interdis, Darcy.

— Est-ce que j'appelle les secours ? demande Tom, paniqué, le téléphone à la main. Jamie, réponds-moi.

Je secoue la tête vivement. Jamie fait de même, certain d'être plus qualifié qu'un secouriste pour gérer la crise de sa sœur.

— Tu comptes trop pour moi, me murmure Jamie, comme si c'était un secret que même Tom n'était pas supposé entendre. Plus que tout. Allez, respire et laisse ton cœur se calmer.

Il m'enlace comme lui seul peut le faire. Il m'a tellement manqué que j'en tremble. J'ai fait de gros efforts pour essayer de vivre sans lui, mais maintenant plus que jamais je suis sa sœur jumelle. Jusqu'à ce que l'un de nous décède, on est coincés l'un avec l'autre.

Après quelques minutes, les palpitations se calment. Tom pose les mains sur mes épaules et, apaisée, j'arrive à ranger mon cœur fou dans sa boîte. J'essaie de m'éloigner de Jamie mais tombe en arrière dans les bras de Tom.

— Bravo, tu as failli me donner une crise cardiaque, lance Jamie sur le ton de la plaisanterie.

Je comprends alors que le plus dur est passé.

— On aurait pu partager la même concession funéraire pour réduire les coûts, reprend-il.

— Vous me gardez une place ? demande Tom d'une voix faible au-dessus de ma tête.

— Patty est sortie en courant quand j'ai ouvert la porte, dis-je.

Les bras de Tom se resserrent autour de ma taille. Il tremble encore et je sens toute la vague de tension qui émane de lui.

— J'ai eu peur qu'elle se fasse écraser.

— Et c'est exactement pour ça que je suis là. Bon sang, je le savais, explose Jamie.

Mon cœur rate un battement. Je suis certaine qu'on

s'est fait griller. Je suis appuyée contre Tom, ses bras sont autour de ma taille et je suis en petite tenue. Mais ensuite il ajoute :

— Elle n'est même plus capable de courir après un chihuahua. Deux semaines à travailler ici et elle frôle la mort.

Derrière moi, je sens Tom qui se ratatine comme si c'était sa faute.

— Je suis désolé. Elle a dit qu'elle allait bien…

— Elle a menti, coupe Jamie.

Jamie me saisit par les épaules et me place à côté de Tom, comme Barbie et Ken.

— Regarde-la. Je savais bien que quelque chose n'allait pas !

Il fait quelques pas irrités jusqu'à la voiture et se retourne vers nous.

— Tu es la seule personne en qui j'ai suffisamment confiance pour lui confier ma sœur. Tu as merdé.

Quand il est en colère, mon frère fout les jetons. J'ai envie d'aller prendre mon appareil pour le photographier et lui montrer à quoi il ressemble dans ces moments-là.

Tom soupire mais ne se défend pas, alors j'interviens.

— Il n'y est pour rien ! Il vient d'arriver ! Ma santé ne regarde que moi.

— Tu sais que ce n'est pas vrai, répond Jamie avec colère. Elle nous concerne tous. À quelle heure arrivent les ouvriers ? Va t'habiller. Un déshabillé et des escarpins, je n'y crois pas…

Il lance un autre regard noir à Tom, comme si ça aussi, c'était sa faute.

— Calmons-nous, dit Tom de cette voix qui a toujours réussi à apaiser les jumeaux Barrett.

Jamie et moi nous foudroyons du regard en soufflant de colère. Puis il éclate de rire.

— Il s'en est fallu de peu pour que je sois le seul propriétaire du cottage, lance-t-il avec un sourire narquois.

Il ne lui aura pas fallu longtemps pour redevenir un goujat maintenant que la peur est passée.

Tom lui lance un regard noir.

— Tu es sûre que ça va maintenant, Darce ?

— Oui, j'ai juste eu peur et mon cœur s'est emballé, dis-je en tirant sur ma chaussure qui est en train de s'enfoncer dans la boue. Et oui, il y a de la place pour toi dans notre concession. Invitation permanente.

— Petit gremlin, tu as failli tuer ma sœur, dit Jamie à Patty.

Elle se dresse sur ses pattes arrière et pose ses pattes pleines de boue sur son pantalon hors de prix. Il ne l'admettra jamais, mais il l'adore. Il gratte derrière l'oreille de Patty, et sa langue pend de plaisir. Puis il remarque les dégâts sur son pantalon.

— Descends, ordonne-t-il.

— Tu as fait tout ce chemin parce que tu as eu un pressentiment ?

— Oui, mon instinct de jumeau s'est réveillé. Tu as raison, ajoute Jamie, et je crois que c'est la première fois qu'il me dit ça. Suivre les travaux de loin n'a rien d'amusant.

Je resserre mon déshabillé au niveau du cou, mais il s'ouvre au niveau des cuisses. Cuisse, cou, encore et encore. Tom a vu juste. Mes vêtements n'ont qu'une envie : qu'on me les arrache. La nuit dernière me revient en mémoire et une onde de frissons me parcourt. Nos regards se croisent pour la première fois depuis nos ébats torrides.

Ses cheveux en bataille, ses lèvres gonflées et ses pupilles dilatées témoignent de la nuit torride qu'on a partagée. Des heures que j'ai passées à le lécher, l'embrasser, le goûter, l'emmenant au bord du précipice encore et encore, pendant qu'il haletait et gémissait « Oui, oui ». J'ai probablement la même tête ce matin.

Les yeux de Tom se posent sur mon cou, puis il se force à lever la tête vers le toit.

— Allez, va t'habiller, ordonne Jamie. Je veux voir la maison.

Il avance jusqu'à la voiture et sort un petit sac de voyage.

— Merci d'être passé me chercher, Tom.

— Tu savais qu'il venait ? Bon sang, Tom, tu aurais pu me prévenir !

Tom prend Patty dans ses bras.

— Je te l'ai dit.

Malgré les circonstances, il est incroyablement calme.

— Je suis resté debout jusque tard à inspecter les dégâts causés par la pluie. J'ai alors vu le message de M. Impulsif ici présent. Il faut toujours que tu prennes les vols de nuit, hein, Jamie ?

— Bon marché, marmonne-t-il.

— C'est le titre de ton autobiographie ?

L'occasion était trop belle. Il me lance un regard noir et je souris de toutes mes dents.

— Ne commence pas, Darce. Qu'est-ce que tu as foutu hier soir ?

Il passe les mains dans mes cheveux et me coiffe pour qu'on ait la même coupe. Il a vraiment dû me manquer, car j'en ronronnerais presque de plaisir.

— À en croire ce suçon, on dirait que ma sœur n'a pas passé la nuit toute seule. Tu es sûre que c'était derrière Patty que tu courais et pas derrière un mec ?

— Très drôle.

Jamie se tourne vers Tom.

— C'était une de tes missions : te débarrasser des mecs jusqu'à ce que je lui trouve un mari décent. J'en déduis donc que tu n'as pas passé la nuit dans ta tente. Mais bon, vu le temps qu'il a fait, je ne t'en veux pas.

Il remarque la boue sur mes chaussures et fait la grimace.

— Sérieux, va te changer, dit-il. Cette tenue est indécente.

Jamie avance jusqu'à la porte d'entrée en fouillant son sac à la recherche de sa clé.

J'obtempère, mais, alors que je suis presque arrivée à l'angle de la maison, mes chaussures s'enfoncent complètement.

— J'ai besoin d'aide !

Tom passe un bras autour de ma taille et me porte sur les derniers mètres jusqu'à ma salle de bains privée. Quand elle a été livrée, il a dessiné une silhouette de femme bâton sur la porte au marqueur. J'adore ses petites attentions. Patty toujours posée sur son autre avant-bras, il me dépose sur les marches métalliques. Il n'y a pas meilleure façon de voyager.

— Merci.

Je m'aperçois que sa peau a une odeur différente, délicieuse. Debout sur les marches, je lui arrive au niveau des yeux. Des lèvres. Je me penche, mais il tourne la tête. Le déshabillé s'est ouvert de manière indécente et il essaie de le refermer d'une seule main, en vain.

— Est-ce que je peux, s'il te plaît, t'acheter un autre déshabillé ?

— Ce serait un geste très romantique. Choisis-le en soie et court.

Je souris d'un air espiègle en voyant son air exaspéré.

— Plus court que ça ? S'il te plaît, ne te balade pas dans cette tenue au cas où mes hommes arriveraient en avance.

— C'était une urgence et tu le sais. Ne me dis pas quoi porter, je n'aime pas ça.

Je m'adosse contre la porte derrière moi et me mordille la lèvre.

— Hé. On est imprégnés de l'odeur l'un de l'autre.

— Chut !

Je croise les pieds au niveau des chevilles et laisse mes yeux se balader sur son corps, la tête pleine de délicieuses pensées et de souvenirs érotiques.

— Il faut vraiment que tu arrêtes de me dévorer des yeux ainsi. Jamie va finir par remarquer quelque chose. Je t'ai vraiment réveillée pour te prévenir que je partais pour l'aéroport. On a eu une conversation entière à ce sujet. Tu étais à moitié endormie.

Il sourit malgré son inquiétude.

— Tu as répondu : « D'accord, Valeska. Va chercher. »

On entend la voix de Jamie qui résonne dans la maison vide. Il pourrait être au téléphone, ou tout aussi bien en train de se parler à voix haute.

— Il parlait même dans l'utérus, dis-je. Tom, je peux à peine marcher. À chaque pas, je te sens. Mon corps se... contracte. Maintenant que tu as été en moi, je ressens un vide.

Il bat des paupières et déglutit.

— S'il avait pris un taxi..., dit-il.

— On serait en train de s'embrasser sur un nuage au septième ciel. Ce n'est pas grave. Il suffit qu'on lui parle.

— Maintenant ?

Il me lance un regard affolé.

J'entre dans la salle de bains et ferme la porte.

— Bien sûr, maintenant. Tu penses que je vais me passer de ce que j'ai vécu la nuit dernière parce que mon frère est là ? Je suis super calme à l'idée de lui annoncer, en fait.

Je me lave les mains et les essuie sur une des serviettes de Loretta. Ma trousse de maquillage est là, mais un coup d'œil au miroir embué m'indique que je n'en ai pas besoin. J'ai l'œil charbonneux, les lèvres roses et un suçon violet sur la gorge. Coupe à la garçonne sur un corps de femme. Je suis super sexy.

— Il me va bien ce look. Je n'aurai plus besoin de refaire mon maquillage si on fait ça toutes les nuits.

Il ne répond pas. J'espère qu'il est toujours derrière la porte.

— Ça, ça me plaît.

J'ouvre la porte et indique mon cou. Je lève la main pour le recoiffer, mais il recule.

— On ne peut rien lui dire, Darce. C'est impossible.

Bien que le doute commence à m'envahir, je rétorque sèchement :

— Tu es un grand garçon. Et je suis une grande fille. On n'a plus huit ans. On lui dit et on avise après.

Je tourne la tête vers la maison.

— Qui sait, il sera peut-être content. Il déteste les mecs que je ramène d'habitude. Tu es l'option suprême.

Mon cerveau imite Jamie si fort que je tressaille. *Un mari décent.*

— Écoute-moi, reprend Tom d'une voix ferme. Il ne sera pas content. Il va me couper les couilles.

— Je te protégerai. Tu sais que j'adore tes parties. Je te l'ai montré hier soir, non ?

Je vois à son expression que oui. Pourtant, il insiste.

— Si on lui dit, la rénovation est vouée à l'échec.

Il regarde vers la maison. Les premiers rayons rosés du lever de soleil signifient que l'équipe sera bientôt là. Tom a du pain sur la planche et tant de rôles à endosser. Des employés à payer, des factures à régler. L'héritage des Barrett entre les mains.

— Je t'aide là, maintenant, gros bêta. On forme une équipe.

— Si on le dit à Jamie, il sera fâché et blessé. Il pense qu'il est au courant de tout, mais ça, il ne l'aura pas vu venir.

Je reste implacable.

— Il faudra bien qu'il s'y fasse.

— Depuis qu'il travaille en ville, il soupçonne tout le monde de le poignarder dans le dos. Sauf moi. Je suis une des seules personnes en qui il a confiance. La même confiance que tu places en moi. Totale et aveugle.

Il se radoucit un peu.

— C'est une responsabilité énorme.

— Il trouvera peut-être ça romantique...

Mais même à mes oreilles cette phrase sonne creux.

— Il se sentira tellement trahi que, par principe, il nous contredira sur tout. Si on décide de peindre la maison en bleu, il insistera pour du rose. Il voudra qu'on reconstruise le mur qu'on a démoli. Je devrai annuler chaque commande que j'ai passée. S'il y a bien une personne qui peut faire de ma vie un enfer, c'est lui.

— Moi aussi, je peux faire de ta vie un enfer...

Je soupire d'un air exaspéré en voyant qu'il ne saisit pas la perche.

— Je ferais mieux de m'habiller pour pouvoir te soutenir dans cette crise personnelle et professionnelle.

— Ce n'est pas un jeu. Toi, il te pardonnera quoi que tu fasses, Princesse. Moi ? Je n'aurai pas autant de chance, finit-il, les yeux brillants de colère.

Tom pose Patty au sol et passe ses bras sous mes aisselles. Il me soulève facilement, comme si c'était Patty qu'il portait pour éviter qu'elle se salisse dans la boue. On longe le bassin et nous arrivons jusqu'à mon atelier sans qu'il témoigne du moindre signe d'effort.

— Tu sais comment il est. S'il te plaît, Darce, on doit garder notre relation secrète jusqu'à ce que la maison soit terminée. Si on n'obtient pas un bon prix...

Il se retient d'en dire plus.

Il me dépose sur le seuil de l'atelier et contemple mon déshabillé. Je n'ai jamais vu quelqu'un de plus tourmenté. Il doit regretter le jour où les Barrett l'ont trouvé. Mes pieds n'ont pas une trace de boue. Patty entre après nous, les pattes pleines de boue et vexée.

— L'argent n'a jamais été un souci pour vous. Pour moi, si, dit-il.

— Bien sûr que si. À ton avis, pourquoi est-ce que je travaille au bar ?

Il éclate de rire.

— Je suis sûr que le salaire que tu gagnes ne couvre même pas tes dépenses en vin.

Piquée au vif, je lui réponds du tac au tac.

— Ça couvre mon assurance santé. Tu me vois comme une petite princesse paresseuse qui vit aux crochets de ses parents, c'est ça ? Sache que je ne reçois pas un centime.

— Mais si tu avais besoin d'argent, ils t'aideraient. Ce n'est pas une mauvaise chose, se radoucit-il. Savoir que tu ne manqueras jamais de rien me permet de dormir sur mes deux oreilles.

Il dit vrai. J'ai de multiples filets de sécurité. Si je me retrouvais à la rue, je m'installerais dans l'une des nombreuses chambres chez mes parents. Maman m'emmènerait sûrement le petit déjeuner au lit et ouvrirait les portes-fenêtres pour que je profite de la vue sur l'océan.

— Et tu es sur le point d'hériter. Ta situation financière est excellente. La mienne n'est pas aussi reluisante.

Un léger sourire se dessine sur ses lèvres.

— Tu penses que je me casse le dos sur un chantier cinquante semaines par an pour le plaisir ?

Il pousse un long soupir.

— Je crois que je ne pourrai pas le supporter si mon entreprise fait faillite avant de commencer.

Mon estomac se noue. Je n'ai pas du tout envie qu'il vive avec le mélange horrible d'échec et d'embarras que je ressens chaque fois que mes yeux se posent sur l'espace vide où ma plaque de photographe était accrochée près de la porte d'entrée. Puis je pense aux trois dernières fois où j'ai agi sans réfléchir : quand j'ai déchiré l'offre du promoteur ; essayé d'acheter la bague que Loretta a léguée à Jamie ; lancé « Baise-moi », moins d'une minute après avoir appris que Tom était célibataire. Visiblement, quand je me montre impulsive, les choses ne fonctionnent pas.

— OK, OK. Je veux bien attendre pour qu'on élabore une stratégie ensemble. Tu sais que je ferais n'importe quoi pour t'aider. Ce n'est vraiment pas de chance. Jamie ne prend jamais de congés. Il fallait qu'il débarque maintenant…

J'entrebâille mon déshabillé et jette un œil à mon piercing. Hier soir, Tom m'a fait découvrir les délices qu'il pouvait procurer. Le frottement de l'étoffe contre ma peau est insupportable. Je voudrais qu'il me l'arrache.

— Mais il est là maintenant, et c'est ta chance de redevenir sa meilleure amie, dit Tom.

— C'est toi, son meilleur ami.

Tom secoue la tête.

— Tu te trompes, encore une fois. C'est toi. Tu es sa meilleure amie. Il est malheureux sans toi. Il n'est pas trop tard pour dépasser cette petite dispute sans importance et pour arranger les choses entre vous. Ne gâche pas tout pour moi. Vous êtes jumeaux. Je suis le chien errant de l'autre côté de la rue.

— Ne dis pas ça !

Je comprends maintenant l'envergure de ce qu'il essaie d'accomplir : réconcilier les jumeaux Barrett.

— C'est tout toi, ça. Te sacrifier, résoudre les problèmes des autres sans rien attendre en retour, et t'effacer. Je ne te laisserai pas faire.

Jamie, toujours dans la maison, crie et nous interrompt :

— Vous êtes où ? Tom, qu'est-ce qui se passe avec le plafond de la cuisine ?

— La cuisine ? demande Tom, l'air consterné. J'arrive.

S'il te plaît, Darce, finit-il à voix basse. Aide-moi à tout garder sous contrôle.

— Donne-moi ton téléphone alors, dis-je et il le glisse dans la poche miniature du déshabillé. Où est donc passé ce type, Chris ? Il devrait déjà être là. Je l'appelle pour lui passer un savon ?

— Je t'en serais très reconnaissant.

La porte de la maison s'ouvre en claquant et Tom recule de quelques pas.

J'ai soudain une sensation de déjà-vu. Ce n'est pas la première fois qu'on se tient un peu trop près l'un de l'autre.

— Arrête de lui faire perdre son temps, aboie Jamie en descendant bruyamment les marches. On a des choses à faire. J'espère que tu comptes réparer ces marches, Tom.

On regarde Jamie se diriger vers les sanitaires mobiles. Il ouvre la porte des W-C pour hommes.

— Quelle horreur ! s'exclame-t-il.

Il va dans les miens. Je recouvre mes yeux de ma main et me mets à couiner.

— Ce sont mes toilettes. J'ai envie de pleurer.

Il faut que je fasse confiance à Tom, que j'essaie de comprendre son point de vue. Il a tellement à perdre. Il sera toujours là pour moi. Il me portera toujours sans jamais me faire tomber ni me lâcher. Je dois l'aider moi aussi.

Mais je ne peux pas m'en empêcher. Je me suis déjà sentie ainsi tellement de fois. La Darcy qui manque de confiance en elle se hérisse :

— Donc hier, ce qui s'est passé entre nous ne voulait rien dire.

— Bien sûr que si. Mais tant qu'il est là, je ne peux pas te toucher. Tu ne peux pas me regarder de cette façon. Pour l'instant, on ne peut pas… être un couple.

La douleur s'insinue en moi. Je suis tellement choquée que je chuchote un peu trop fort :

— Alors comme ça, on n'est pas un couple ? C'est marrant, hier soir, je n'ai pas eu l'impression que ce qu'on a fait ne voulait rien dire. J'ai senti ta puissante et vigoureuse érection s'enfoncer en moi centimètre par centimètre. Et pas qu'une fois. Encore et encore, me faisant jouir plus de fois et plus fort qu'aucun autre homme.

Mes mots provoquent une réaction en chaîne : je me tourne vers le lit, Tom se tourne vers le lit. Ce dernier est sens dessus dessous. On a envie d'y être allongés, ou d'être penchés par-dessus. N'importe quelle position tant qu'on bouge en rythme et que je le sens profondément en moi.

Je ferais l'amour avec lui n'importe où.

Je me hisse sur la pointe des pieds, l'attrape par la nuque et plaque sa bouche contre la mienne. Il me rend mon baiser avec une telle intensité que je vois des étoiles. Il m'appuie contre le plan de travail et se glisse entre mes jambes. Dix secondes. Ça ne prendrait que dix secondes pour qu'il s'enfonce en moi. Je tire sur sa ceinture en cuir et défais la boucle. Il change l'angle de notre baiser et je murmure contre ses lèvres :

— Viens, dépêche-toi.

Je sens un frisson le parcourir. La nuit dernière n'a rien soulagé. Au contraire, elle n'a fait qu'attiser la flamme. Et maintenant, c'est pire. Tellement pire.

Mais il s'écarte brusquement et se retourne. Je vois ses épaules se soulever tandis qu'il essaie de reprendre son souffle.

— Merde, lâche-t-il. Tu vois ce que je veux dire ? On ne peut pas faire ça à tout bout de champ sur le chantier.

— Ça, tu l'as dit.

Je pose ma main sur ma gorge où mon pouls s'emballe.

— Si on ne fait pas attention, je serai enceinte de trois mois de triplés géants avant même que la maison soit vendue.

Il roule des épaules en tremblant. Il se retourne et je me

dis qu'il va revenir pour finir ce qu'on vient de commencer. Avec fougue et passion. Son corps est tendu comme un arc. Mon Dieu, ces yeux. L'espace d'un instant, je suis effrayée. J'ai provoqué quelque chose qui me dépasse.

Mais il a une volonté de fer que je n'ai pas, et je le regarde tandis qu'il reprend le dessus.

Je croise les jambes en essayant en vain de resserrer mon déshabillé.

— Tu penses que tu peux te retenir de me toucher pendant trois mois ? Tu penses qu'on peut faire semblant ?

Tout son corps dit non.

Pourtant, il répond :

— Je cache ce que je ressens pour toi depuis que j'ai atteint la puberté. Je peux tenir encore quelques mois. Écoute… Je n'ai pas dit grand-chose, hier soir. Je pensais qu'on avait du temps devant nous…

Il s'interrompt, l'air contrit.

— DB, tu sais l'importance que tu as pour moi, n'est-ce pas ?

— Je sais que tu m'aimes.

C'est sorti tout seul. La nuit qu'on a passée ensemble a bouleversé mon univers. L'amour qu'il me porte a imprégné ma peau, mes cellules.

— Comment pourrait-il en être autrement ?

Il éclate de rire.

— Cette chère assurance Barrett que j'aime tant.

Il se rapproche, glissant un baiser prudent sur ma joue.

— Oui, je t'aime. Mais tu ne sais pas à quel point.

J'appuie ma main sur son visage et dépose à mon tour un baiser sur sa joue.

— Ne t'inquiète pas. Je le sais. Tu me l'as toujours montré, d'une façon ou d'une autre.

Jamie est sûrement en train de s'essuyer les mains, ou de fouiller dans ma trousse de maquillage. Il est peut-être même en train d'appliquer de l'anticerne. Ça ne m'étonnerait pas de lui.

— Tu ne le sais pas vraiment. Princesse, tu es celle que je rêvais d'avoir mais que je pensais inaccessible.

Il dépose un baiser sur ma tempe.

— Tiens encore un peu. S'il te plaît.

On entend la voix de Jamie qui beugle : « TOM ! »

Tom sort et ferme la porte derrière lui.

Je me laisse tomber lourdement sur la chaise de son bureau. Quelle est cette belle chose compliquée qu'on a réveillée hier soir ? Peut-être que ce n'est pas dans une bulle que nous évoluons. Mais dans une montgolfière en soie, de toutes les couleurs et capable de nous emmener partout où on le désire. Mais une seule couture qui lâche pourrait tout détruire.

Il faut que je voie les choses de façon positive. Après tout, Tom ne vient pas de me dire que c'était terminé entre nous. Il m'a demandé de l'attendre. Il m'aime. Je m'étire en me répétant qu'il est à moi, pour toujours et à jamais.

Tandis que je me repasse ses derniers mots dans la tête, je réalise avec stupeur que j'ai fait la même erreur que quand j'avais dix-huit ans. Il m'a dit « Je t'aime ». Et j'ai encore répondu « Je sais ».

Je ne fais rien d'autre que prendre, prendre, prendre sans donner en retour. Je n'ai jamais parlé sentiments avec un homme avec qui je venais de coucher, alors je n'ai pas eu le réflexe de répondre.

— Oh ! merde !

Patty, entendant l'inquiétude dans ma voix, penche la tête vers moi.

— Patty, j'ai oublié de lui dire que je l'aimais moi aussi.

Chapitre 20

Une demi-heure plus tard, je descends le couloir à pas feutrés en tendant l'oreille, deux tasses de café brûlant dans les mains. Patty trottine devant moi, inconsciente des ennuis qu'elle m'a causés plus tôt ce matin.

— Alors, elle a pété les plombs ? demande Jamie.

Sa voix résonne dans la pièce vide.

— Oui. C'était la dernière fois, répond Tom, et j'entends le bruit de briques qu'on déplace. Elle m'a fait passer un sale quart d'heure. Sérieux, pourquoi est-ce que je t'ai écouté ?

Jamie répond comme si sa question était vraiment stupide.

— Parce que tu cèdes à tous ses caprices. Si tu le lui avais demandé en premier, elle t'aurait fait ses grands yeux irrésistibles, et tu serais en train de reconstruire une cheminée qui nous aurait coûté une fortune. On a bien fait, la maison a l'air immense maintenant. Ça lui passera.

— Oui, je sais de quels yeux tu parles. Elle est douée pour ça, dit Tom en grognant sous l'effort. Je pense en effet que démolir le mur était la meilleure chose à faire pour la rénovation. Mais on ne peut pas se passer de son accord.

— Si, on peut, rétorque Jamie, espiègle comme d'habitude.

— Non. Elle est propriétaire de la maison elle aussi. C'était la dernière fois. Pousse-toi, Patty.

— OK, concède Jamie après quelques instants. Alors tu ferais mieux de lui dire tout de suite pour la salle à manger.

Tom pousse un soupir exaspéré.

— Je ne vais pas lui dire. Je vais lui *demander*.

Il est temps de faire mon entrée.

— Me demander quoi ?

Comme personne ne répond, j'insiste.

— Alors ? Me parler de quoi ? Chris sera là dans quinze minutes. De quoi j'ai l'air, boss ?

J'adresse un grand sourire à Tom.

— Me voici enfin en uniforme.

— Un peu grand, lâche Jamie avec dédain.

Je lui lance un regard noir.

— Truly fera des retouches.

Les yeux de Tom se posent sur mon polo Valeska Construction. Je crois qu'un de ses vaisseaux sanguins éclate. Ou qu'il s'étouffe. L'un ou l'autre, ça a l'air fulgurant et douloureux. Le polo est de couleur fluorescente, beaucoup trop grand pour moi et d'une matière peu agréable. Mais je sais comment en faire un atout. Je n'ai pas boutonné le col exprès pour laisser dépasser le haut de mon soutien-gorge. Et je n'ai pas choisi n'importe lequel. Ce soutien-gorge est un dix sur l'échelle de Richter. Je suis une vilaine fille.

Sentant son regard sur moi, je le noue à la taille.

— Ça te va... bien, dit Tom d'une voix faible.

Sa maîtrise de lui-même m'impressionne. J'aurais parié qu'il traverserait la pièce et me balancerait sur son épaule pour me ramener à l'atelier et me sauter dessus.

— Qui est Chris ?

Jamie ne supporte pas de ne pas être au courant de tout.

— Pourquoi est-ce qu'il arrive dans quinze minutes ?

Je tends la seconde tasse à Tom et réponds à mon frère :

— Il renforce les fondations sur le côté en pente. Et il est en retard. Je lui ai dit de nous apporter des donuts pour s'excuser.

Jamie tend deux doigts vers la tasse de Tom.

— Café… Il me faut du café, dit-il d'une voix légèrement tremblante. Donne.

Si le sucre est mon carburant, Jamie, lui, fonctionne à la caféine. C'est la béquille qui lui permet de tenir debout. Tom se contente de boire une gorgée sans répondre. *Bien joué.*

Jamie souffle d'un air contrarié.

— Tu l'as pris où ?

— Elle a une cafetière dans sa chambre, lui indique Tom.

Puis il se fige, craignant d'en avoir trop dit.

— OK, j'en ai pour trente secondes. J'espère qu'il y a une troisième tasse, lance Jamie en se précipitant vers la porte de derrière.

— Tu ne pouvais pas recouvrir ça avec du maquillage ? bougonne Tom, les yeux rivés sur le suçon dans mon cou. Les hommes vont te reluquer toute la journée. Ça va me rendre dingue…

Il appuie son doigt dessus, sentant mon pouls. Un souvenir lui revient en mémoire et je vois ses pupilles s'assombrir.

— Personne d'autre que moi n'a le droit de le regarder, gronde-t-il.

C'est plus fort que moi. Je me dresse sur la pointe des pieds pour déposer un baiser sur son menton. Sa barbe contre mes lèvres ressemble à des cristaux de sucre. Il a oublié mon frère. Il ne pense plus qu'à moi.

— Laisse-les regarder. Je sais qui me l'a donné.

— Ils vont deviner. Ils ne sont pas idiots.

Il lance un regard inquiet vers la porte de derrière et les mots qui suivent sont à peine audibles.

— Je n'arrive pas à croire que Jamie ne remarque rien. Les vêtements sexy que tu portes en ma présence devraient lui mettre la puce à l'oreille.

Il caresse l'inscription sur mon polo.

— J'adore voir mon nom sur ta poitrine. Est-ce que ça fait de moi un animal ?

— Tu as toujours eu un côté bestial, Valeska. Je t'expliquerai un jour.

Je monte sur la pointe des pieds et murmure à son oreille.

— Quand je porterai ce polo et rien d'autre.

Je perds du temps. Je n'ai qu'une minute. Je n'ai jamais dit à un homme que je l'aimais, et Tom est le seul à qui je le dirai jamais. J'ai intérêt à y mettre les formes.

— Tu sais ce… truc que tu m'as dit tout à l'heure…

Ça commence mal. Je ne sais pas comment m'y prendre. J'ai peur d'ouvrir la bouche et de le lui crier en plein visage. Je déglutis, souffle un grand coup et reprends.

— Je voulais te dire que…

— Je sais, me coupe-t-il gentiment.

Je redescends sur mes pieds, prise au dépourvu.

Il le sait ? Ou dit-il ça pour m'épargner une déclaration embarrassante ? Depuis le temps qu'on se connaît, il sait que j'ai du mal à exprimer mes sentiments. Il essaie peut-être de me préserver. Comme c'est embarrassant de ne pas être capable de lui dire « je t'aime » avec la même facilité et sincérité que lui.

Il tend la main vers moi pour remettre mon col en place et finit par me tirer à lui. Il niche son visage au creux de mon cou afin d'inspirer mon odeur.

— J'espère pour Alex qu'il a lavé ce polo.

— Je crois, oui.

Ce désir entre nous… C'est si naturel.

L'idée de l'odeur d'un autre homme sur moi le fait bouillonner de l'intérieur. L'air devient électrique autour de nous et je brûle d'envie de sentir ses mains sur ma peau. Je sens sa verge dressée contre moi. Si nous étions seuls, il me plaquerait contre le mur et s'enfoncerait en moi. Soudain, on entend mon frère ronchonner et Tom s'écarte de plusieurs mètres.

Je fais un geste vers sa braguette.

— Tu es insatiable. Qu'est-ce qu'il faudrait pour t'épuiser ?

— Avec toi ? C'est probablement impossible, répond-il, les yeux toujours rivés sur mon polo.

Mes jambes flageolent. Mieux vaut changer de sujet avant que le désir me consume entièrement.

— Bon, que se passe-t-il ? Pas une goutte de l'énorme trou au plafond, mais la cuisine a un dégât des eaux ? dis-je en désignant le renflement marron au plafond de la cuisine.

Tom hausse les épaules, l'air blasé.

— Bienvenue dans la vie d'un entrepreneur.

— J'ai compté quatre enveloppes de préservatifs par terre. Quatre ! Je suis impressionné, Darce.

Jamie crie si fort que les pigeons sur le toit s'envolent dans un battement d'ailes et que Patty se met à aboyer.

Tom est tellement choqué qu'il renverse du café.

Je m'approche de lui pour murmurer à son oreille.

— Presque cinq. Mais… priorités.

Je me souviens de sa main s'enroulant dans mes cheveux et tirant sur mon crâne pendant qu'il me suppliait. « Darce, Darce, non, d'accord, oui. »

Son café coule en un mince filet sur sa botte. Je culpabiliserais presque de le tourmenter comme ça. On entend Jamie qui remonte les marches de son pas lourd et bruyant. La porte claque. Mon frère est de retour.

— Bonté divine ! Même moi je n'ai pas une vie sexuelle aussi débridée. Si je n'avais pas envie de tabasser le type, je le féliciterais. Pas étonnant que tu aies frôlé l'arrêt cardiaque.

Jamie entre tranquillement, une tasse de café à la main.

— Mieux vaut la laisser récupérer ce matin, Tom.

— Ouais, Tom, mieux vaut y aller doucement avec moi.

Je bois une gorgée de mon nouveau mug favori. Il est vraiment approprié pour aujourd'hui.

Je sais que la situation est délicate mais j'ai mal aux côtes à force de me retenir de rire.

— Ça fait longtemps que j'ai perdu ma virginité. Je ne comprends pas pourquoi tu joues autant la carte du frère protecteur et tu te montres aussi macho. Je doute que ça impressionne Tom, dis-je à l'intention de mon frère.

— Tiens, je ne le vois pas d'ailleurs, l'homme mystère.

Jamie me lance un regard entendu, et par miracle je n'éclate pas de rire.

— Un mec qui prend la fuite après une nuit pareille est un salaud. Trouve-toi quelqu'un qui te prépare au moins le petit déjeuner le lendemain.

— Oh ! c'est tout à fait son style. Mais en ce moment il est… occupé. Attends, ne me dis pas que c'est ce que tu fais, toi ?

Je n'ai jamais vu une seule fille prendre le petit déjeuner dans cette cuisine. Son déménagement en ville a peut-être réveillé le romantique en lui.

Jamie pose une main sur sa hanche.

— Et comment ! Et je suis sûr que Tom serait encore plus galant. Que ferais-tu si tu voyais un type sortir en douce de la chambre de Darce au petit matin ? lui demande-t-il.

Tom regarde dans sa tasse de café, l'air pensif. Il va passer le test de Jamie haut la main. Nos regards se croisent, et l'honnêteté brutale que j'y lis me bouleverse.

— Je lui casserais la gueule.

Je lui lance un regard noir pendant que Jamie hoche la tête d'un air satisfait.

— Trouve quelqu'un de décent, Darce. Tom et moi, on veut picoler à ton mariage et draguer tes demoiselles d'honneur.

Il se met à danser, lentement et de manière sensuelle, son

mug à la main. À cinq ans, il a découvert que danser faisait craquer les femmes, et depuis il s'en donne à cœur joie.

— Matez-moi ce déhanché.

Je reconnais qu'il se débrouille bien. Il ne renverse pas une goutte de café. Tom et moi nous mettons à rire, ce qui l'encourage de plus belle. C'est ce qui arrive en soirée. Porté par la musique, Jamie commence à danser, et aussitôt un cercle se forme autour de lui, entre sifflements et applaudissements. Puis il finit la soirée à peloter une fille contre un mur, près des W-C.

Je secoue la tête.

— Si tu me fais la surprise d'une chorégraphie à mon mariage, je te tue.

— Tout à fait son style, dit Tom, les yeux pleins d'affection.

Il adore mon frère et son côté excessif ridicule.

Jamie sourit d'un air espiègle.

— J'en ferai une avec ton amie la plus sexy. C'est laquelle ?

— Tu sais très bien qui c'est.

J'attends, mais la réponse ne vient pas.

— Truly Nicholson, du lycée. C'est un ange. Si j'étais lesbienne ou si c'était moi le jumeau garçon, je l'épouserais.

Jamie avale de travers et tousse en recrachant quelques gouttes de café. À mon avis, il doit préférer ses partenaires un peu moins en chair. Les choses sérieuses reprennent.

— Il y a quelque chose dont on doit te parler, Tom et moi. Non, attends. Tom, vas-y, toi. Ça passe toujours mieux quand c'est toi qui demandes.

Jamie me regarde l'air pensif.

— Je suis sûre qu'elle dirait oui quoi que tu demandes.

Mes orteils se recroquevillent dans mes chaussures.

— Ça, ya des chances.

Oups. Une fois de plus, j'ai parlé sans réfléchir. Heureusement mon frère ne relève pas.

Tom allume son ordinateur en prenant une longue gorgée de café.

— Maintenant que le mur est détruit, dit-il, je pense qu'on devrait transformer la salle à manger en troisième chambre. Deux chambres ne suffiront pas à séduire les familles. On pourrait en faire une suite parentale. Une chambre en plus, une petite salle de bains en plus.

— De l'argent en plus. Beaucoup plus, renchérit Jamie.

J'avale ma dernière gorgée chaude de café et me dirige vers la cuisine.

— C'est d'accord.

— Attends, quoi ? Tu acceptes ? Juste comme ça ?

Jamie me suit, stupéfait.

— Qu'est-ce que tu veux dire, juste comme ça ? Je sais me montrer raisonnable quand on me demande les choses gentiment.

Je lance un regard entendu à Tom, qui grimace d'un air gêné.

Il reste des carreaux sur le mur, près de l'endroit où se trouvait le comptoir. Je prends le pied-de-biche et les fais sauter de quelques petits mouvements propres pour le plaisir de frimer.

— C'est une bonne idée, Tom. Mais si on coupe les arbustes, les phares de voiture pénétreront dans la chambre la nuit. Il faudra de bons stores. Et je veux qu'on conserve la cheminée. Même si c'est juste pour de la décoration.

— OK, répond Tom, une note de stupéfaction dans la voix.

— On est tous d'accord ? Génial, les travaux seront finis en moins de deux, s'enthousiasme Jamie.

Il regarde le pied-de-biche que je tiens.

— Donne. J'ai envie d'essayer.

— Non.

Je m'y agrippe, mais c'est peine perdue. Mon frère est beaucoup plus grand et plus musclé que moi. Il l'attrape avec deux doigts. Je lève la tête vers le plafond.

— Ce dégât des eaux est inquiétant.

— Tom va régler ça, lâche Jamie.

Il a dit ça par automatisme. Mais chaque fois qu'on tient ce genre de propos avec autant d'assurance, la pression sur les épaules de Tom augmente.

— Non. On va régler ça tous ensemble.

Je pose ma main sur son téléphone dans ma poche. Je me demande ce que Jamie et moi pouvons faire d'autre pour le soulager.

— Toi, tu ne travailles plus aujourd'hui, me dit Jamie. Tu étais un fantôme il y a à peine une demi-heure et tu as fait de l'exercice toute la nuit. Tu es mise sur la touche.

— J'ai pris mon médicament. Je vais bien, maintenant. Tom, dis-lui.

Jamie tape le pied-de-biche dans sa paume.

— Non. Parle-lui des étourdissements que tu as eus dans la salle de bains. Tu n'avais rien mangé de la journée et tu as fait une crise d'hypoglycémie. Tu étais pâle comme un linge. Tu as failli t'évanouir. Je le sais. Ma taupe m'a prévenu.

— C'est faux.

Mon regard navigue entre Jamie et Tom.

— Tom, ce n'était rien du tout.

Le regard de Tom se durcit tandis qu'il encaisse ma trahison.

— Même si je ne suis pas sur place, je sais tout ce qui se passe.

Jamie me pousse d'un coup d'épaule et commence à retirer les carreaux. Au lieu de le faire proprement, il laisse de gros éclats au mur. Non seulement il bâcle le travail, mais il le fait avec un sourire sur le visage.

— Je protège mes investissements, reprend-il. Une taupe sur place et mon intuition de jumeau ? Je suis au courant de tout. Et je sais que vous vous rapprochez tous les deux.

Je ne laisse absolument rien transparaître.

— Tom, je veux continuer.

— Non. Plus de travail manuel pour toi, décrète-t-il froidement.

Il m'en veut d'avoir menti.

Patty, en équilibre sur le triangle de son bras, me juge encore plus sévèrement que d'habitude.

— Génial. Je suis virée de mon propre projet, moins d'une heure après l'arrivée de mon frère.

Tom consulte sa montre.

— Dans une minute ou deux, ce téléphone va se mettre à sonner, et il ne va pas s'arrêter, crois-moi. Je dois récupérer du matériel de location et j'attends des devis. Tu sais que j'ai besoin de toi pour ça.

— Elle peut servir le café, suggère Jamie.

— Tu n'es pas virée, insiste Tom en lançant un regard noir à Jamie dans son dos. Tu es réassignée. Reste concentrée sur l'objectif.

Il a raison. Je dois me concentrer sur ce qui est vraiment important : embrasser Tom Valeska chaque minute de chaque jour jusqu'à ce qu'on meure d'épuisement. À quoi bon me fatiguer à décoller le papier peint si mon cœur me lâche avant qu'on ait vendu la maison et que je puisse enfin profiter de lui.

Tom continue comme si Jamie n'était pas là.

— Je n'ai jamais géré ma propre entreprise, mais toi si. C'est à ce niveau-là que j'ai besoin d'aide. Valeska Construction ne peut pas fonctionner sans toi.

La louve bienveillante en moi ne peut pas refuser.

— Je peux avoir un intitulé de poste ?

— Directrice adjointe de Valeska Construction ? propose Tom.

Son regard tombe sur mon polo et ses yeux se mettent à pétiller. Voir son nom sur ma poitrine l'excite encore plus que me voir dans une parure à dentelle.

— Oui, ça te va bien.

— T'entends ça, Jamie ? Je viens d'avoir une promotion.

Je me demande si c'est parce que j'ai couché avec le patron.

— Il a un énorme faible pour toi, grogne Jamie. Et tu en profites, Directrice Darcy.

Je dois avoir un sourire sur le visage car Tom me lance un regard qui signifie *Arrête*.

— Quel est ton prochain projet ?

Jamie continue, sans attendre que Tom réponde.

— J'ai repéré une maison à vendre plus bas, dans la rue de nos parents. Elle n'est pas front de mer mais l'emplacement est quand même intéressant. Je l'ai achetée, c'était une bonne affaire. Tu verrais dans quel état elle est. J'ai besoin que tu fasses les travaux pour la rendre habitable.

— On verra, répond Tom d'un air évasif.

Je sais qu'il pense à son erreur de calcul budgétaire. J'interviens pour que Jamie le laisse tranquille.

— Non, après ça, Tom ne nous fait plus aucune faveur. C'est fini.

Jamie fait vraiment un travail peu soigné avec les carreaux. J'essaie de récupérer le pied-de-biche mais il m'en empêche. Puis il change de sujet, convaincu qu'il arrivera de toute façon à persuader Tom.

— Donne-moi la date de ton rendez-vous chez le cardiologue. J'ai besoin de voir si je peux prendre un jour de congé.

— Comment ça se fait que tu te souviennes de ces choses-là ? Rien ne t'y oblige.

— Noël, Pâques… Cœur de Darcy. Je t'ai accompagnée à chaque fois depuis notre naissance, répond Jamie en faisant un mouvement de balancier avec le pied-de-biche, comme s'il s'apprêtait à m'écraser la cervelle avec. Ça fait deux ans que tu n'es pas allée à un rendez-vous. Ton pauvre cœur est sûrement sur le point de lâcher. Je viendrai, même si techniquement on ne se parle pas en ce moment.

Je sens mon cœur qui gonfle. Mon jumeau prendrait l'avion pour m'accompagner à mon rendez-vous médical.

— Pourquoi ?

— Je suis ton donneur d'organes ambulant. J'ai intérêt à être présent.

— On n'a qu'un seul cœur, gros bêta.

— Je sais. Je le garde au chaud pour toi.

Mon jumeau idiot m'aime toujours. Je passe mes bras autour de lui et le serre jusqu'à ce que j'entende ses côtes craquer. Il me rend la pareille et on se fait un de nos fameux câlins à la Barrett. Puis il me secoue si énergiquement que mes pieds décollent du sol et que je commence à couiner.

— Aïe, aïe. C'est trop, Jamie, repose-moi.

Patty sautille sous mes pieds en aboyant et en essayant d'attraper mes chaussures. Tom se met à rire. La vie est belle. J'aimerais que cet instant dure toujours.

— Envoie-moi les détails du rendez-vous, répète Jamie en me reposant à terre.

Il a les joues roses et il sourit. Je suis sûre que moi aussi.

— Et si j'ai envie qu'une autre personne se joigne à nous ?

La présence de Tom au rendez-vous aidera peut-être mon cœur à battre normalement pour une fois.

— Qui ? M. Suçon ? Présente-le-moi et j'y réfléchirai.

Jamie sourit en direction de Tom, l'invitant à se joindre au jeu « Viens-on-embête-Darcy ».

— Je ne savais pas que tu avais enfin révélé ton petit problème cardiaque à un mec. Ça doit être sérieux entre vous, continue-t-il en s'écartant.

— Je te le présenterai peut-être. Il te plairait.

— Ça m'étonnerait. Tu l'as vu ce mec, Tom ? Laisse-moi deviner. C'est un ado attardé doublé d'une racaille.

Tom ne peut pas s'en empêcher ; il éclate de rire. Fier comme un coq, Jamie se remet à charcuter le mur.

— Je vais te présenter un mec avec qui je travaille. Un vrai spécimen d'homme adulte. Ça te changera, Darce.

Jamie lance un sourire complice à Tom.

— Il s'appelle Tyler.

— N'en dis pas plus. Je déteste ce prénom.

— Il n'y est pour rien si ses parents l'ont appelé comme ça. Il est beau gosse, grand, aime les balades, les animaux et toutes ces conneries qui plaisent aux filles. Et il a une moto.

Il se tourne vers moi.

— Une moto, Darce, répète-t-il.

Derrière lui, Tom croise les bras.

— Il sera de passage pour une conférence la semaine prochaine. Je lui ai donné l'adresse du cottage. Il passera te chercher et vous pourrez aller faire un tour. Sur sa moto.

Jamie fait un clin d'œil à Tom.

— Ça marchera à coup sûr.

Je donne un coup de pied à Jamie.

— Non. S'il vient, je le ferai déguerpir en l'aspergeant avec le tuyau d'arrosage. Arrête de te mêler de ma vie amoureuse.

Jamie éclate de rire.

— Quelle vie amoureuse ? Tu n'as jamais prononcé le mot « amour » de ta vie. Vie amoureuse ? Je parlerais plutôt de vie sexuelle débridée.

Il tapote le suçon dans mon cou, ne remarquant toujours pas que Tom est en train de s'énerver derrière lui.

— J'espère que ça aura disparu avant l'arrivée de Tyler.

— Oublie, Jamie, grogne Tom de cette voix grave qui fait se contracter mes entrailles. Qu'est-ce que j'ai dit ? Je lui casserai la gueule.

Je me dépêche d'intervenir.

— Inutile d'en arriver là. Alors, Jamie, toujours avec cette belle plante ?

— Rachel ? J'ai rompu. Elle n'arrêtait pas de me traîner devant les vitrines de bijoutiers. J'ai quelqu'un d'autre en vue.

Il s'interrompt, interloqué, puis reprend.

— Elle, c'est probablement moi qui l'emmènerais voir les vitrines de bijoutiers.

L'espace d'un instant, son visage s'illumine et ses yeux gris virent au bleu. J'aurais aimé avoir mon appareil photo pour immortaliser ce moment. Puis il se rappelle quelque chose et, lorsqu'il reprend son carnage, le cœur n'y est pas.

Je soupire de soulagement.

— Eh bien, en tout cas, je suis contente que tu aies toujours le saphir de Loretta. Dieu merci. D'ailleurs, tu ne voudrais pas…

— Non, me coupe-t-il. Elle me l'a légué à moi. Il sera pour ma fiancée.

Jamie a prononcé ce dernier mot avec une voix suraiguë ridicule. Je plains la pauvre victime qu'il choisira comme épouse.

— Laisse-moi au moins la porter. Ou la contempler.

D'après Loretta, le saphir a noirci car il est resté enfoui dans un pot de fleurs pendant la guerre. Quelle guerre, je ne suis pas sûre. Est-ce la vérité ? Je l'ignore. Quoi qu'il en soit, ma bague préférée au monde se retrouve maintenant dans le coffre-fort de Jamie, ce qui est probablement pire qu'être dans un pot de fleurs.

— Donne ton prix.

J'insiste, c'est plus fort que moi.

— Je dirais… un petit milliard ?

— N'insiste pas. J'aurai besoin de cette bague un jour. On ne rajeunit pas, Darce. Il est temps pour nous de trouver deux victimes innocentes qui supporteront les jumeaux Barrett et leurs conneries.

— Je suis sûre que ta « fiancée », dis-je en mimant des guillemets avec mes doigts, préférerait un bijou de chez Tiffany. Laisse-moi la bague, s'il te plaît. Il ne me reste peut-être… plus longtemps à vivre.

Je fais exprès de prendre une voix toute faible pour jouer à fond la carte du cœur détraqué, mais Jamie n'est pas dupe. Même Tom, moins tendu depuis qu'on ne parle plus de Tyler, se met à rire.

Je soupire. C'est peine perdue, il ne changera jamais d'avis. Autant m'avouer vaincue.

— Fais-moi plaisir. Choisis quelqu'un de sympa. Comme ça, quand on partira tous ensemble en croisière à quatre-vingts ans, elle viendra boire des cocktails Old Fashioned avec moi à l'apéro et me laissera peut-être l'essayer.

Si Tom a une femme et que ce n'est pas moi, j'en profiterai pour l'attirer hors de sa cabine la nuit et balancerai ses vieux os par-dessus bord.

— On part en croisière à quatre-vingts ans ? Génial ! Je serai plein aux as d'ici là.

Jamie sourit, plein d'étoiles dans les yeux en imaginant son futur compte en banque. Puis une pensée désagréable semble lui traverser l'esprit et il se rembrunit.

— Ne t'emballe pas trop vite. Elle me trouve insupportable. Mais, oui. Elle adorerait prendre l'apéro avec toi.

C'est visiblement un sujet sensible et je meurs d'envie d'insister. Je suis vraiment curieuse. Pour une fois, c'est Jamie qui fait la cour à quelqu'un. Je l'adore déjà.

— On dirait qu'elle t'a bien cerné. Comment s'appelle-t-elle ?

— Motus et bouche cousue.

La frustration me brûle la gorge. Mais entre ses oreilles qui ont subitement viré au rouge, sa posture rigide et le pied-de-biche qu'il tient à la main, j'ai tout intérêt à laisser tomber. À une époque, mon frère me racontait absolument tout. Comment retrouver ce lien si fort entre nous s'il me ferme constamment la porte ?

Je me demande si Tom est au courant. Je l'interroge du regard mais il secoue la tête en haussant les épaules.

— J'ai hâte de vous accompagner en croisière, Tyler et toi, quand on sera tous vieux, reprend Jamie.

Un regard vers Tom m'indique qu'il perd patience. Je sais ce qu'il me dirait à propos de Tyler, dans la pénombre de la chambre, pendant qu'il me ferait l'amour. Je lui appartiens. Ce connard peut aller se faire voir.

Je foudroie Jamie du regard pour qu'il arrête ses idioties.

De l'entrée de la salle à manger, Tom demande :

— Donc on est d'accord, on transforme cette pièce en chambre ?

Il attache lentement une ceinture porte-outils autour de sa taille, comme s'il savait exactement l'effet que ce geste avait sur moi. Il y a un marteau d'un côté et elle tombe bas sur ses hanches. Mon corps réagit au quart de tour.

Je sens une vague de chaleur m'envahir. Le sol vibre sous mes pieds, je commence à trembler de tout mon corps, et mon cœur s'accélère. Les coutures de mon polo se défont, la pelote de mon cœur se déroule. Si je ne l'embrasse pas dans la seconde, je vais exploser. Je touche du doigt mon suçon et me mords la lèvre. Je contracte tout ce que je peux pour me retenir de gémir.

Hier soir, il m'a donné l'impression d'être belle. Et à voir le regard dans ses yeux, je l'ai convaincu que c'était un dieu au lit. Un petit sourire satisfait apparaît brièvement sur ses lèvres.

— Darce. Tu es d'accord pour la chambre, tu es sûre ?

Je tousse pour m'éclaircir la gorge.

— Fais-en une chambre de princesse. Un joli papier peint, une cheminée et un lit à baldaquin. Que quelqu'un tombe amoureux de cette chambre.

— Ben voyons, comme s'il suffisait de claquer des doigts, lance Jamie d'un air narquois. Tom n'est pas ton esclave.

Je lui réponds du tac au tac.

— C'est le tien peut-être ?

Le téléphone de Tom vibre dans ma poche. Je le sors et découvre stupéfaite que Fiona est en train d'appeler.

— Tom, c'est ta mère. Ça ne lui ressemble pas d'être debout aussi tôt. J'espère que tout va bien.

Je lui tends le téléphone. Puis je fais volte-face vers mon frère. L'air est soudain électrique, empli de cette tension caractéristique juste avant qu'une bagarre à la Barrett éclate.

— Alors comme ça, tu as demandé à Tom de détruire ma cheminée.

Je sais que j'ai tort, que ça ne mènera à rien de bon. Mais il faut que Jamie commence à se faire à l'idée que dorénavant Tom me choisira moi.

— Je lui ai dit que je lui faisais confiance. Tu lui fais confiance toi aussi. Alors pourquoi pas dans ce cas précis ?

Jamie plante ses pieds pile à l'endroit où était la cheminée et tourne sur lui-même en tendant les bras.

— La pièce est immense. Maintenant, on va pouvoir lui donner un look moderne.

Je suis Tom du regard tandis qu'il sort par la porte d'entrée en parlant d'une voix apaisante au téléphone.

— Il va craquer. Il en fait déjà trop. J'essaie de l'aider.

— Jamais tu ne l'aideras. Jamais. Tu seras toujours un fardeau pour lui, crache Jamie avec méchanceté.

Quand il prend conscience qu'il n'aura pas la réaction escomptée, il revient à la charge.

— Il est là parce que je le lui ai demandé.

— Non. Il est là pour moi.

À peine les mots sont-ils sortis de ma bouche que je réalise mon erreur. J'ai dit exactement ce qu'il ne fallait pas, et cette fois Jamie comprend très bien ce que j'ai voulu dire. Il rit d'un air moqueur et me détaille de la tête aux pieds d'un air condescendant.

— Pour qui est-ce que tu te prends ? lance-t-il sur un ton mielleux.

Jamie n'a pas choisi ces mots au hasard. Ce sont ceux qu'il a employés lors notre violente dispute le jour où il est parti. Les mots qui résonnent dans ma tête chaque fois que je sors la poubelle au bar ou que j'ouvre un carton de cinquante nouveaux mugs fantaisie.

— Pour qui est-ce que je me prends ? Je suis Darcy Barrett ! Et je t'emmerde !

Jamie se met à ricaner. Mon petit numéro ne l'a pas convaincu.

— Tu penses que tu as une chance avec lui ?

Je bouillonne, prête à exploser.

— Oui, j'ai une chance !

Je désigne mon cou.

— C'est lui qui m'a fait ça. Il est à moi, maintenant !

Jamie pousse un cri étouffé. C'est tellement satisfaisant de voir l'air quitter son corps. Jouissif, même. J'ai gagné.

— Il est à moi. Il m'aime. Et je compte bien le garder.

— Le garder ? Le... Le garder ? bafouille Jamie. Tu

couches avec Tom ? Darcy, qu'est-ce que je t'ai dit à ce sujet ?

— Tu ne supportes pas de me voir heureuse.

— Oh ! parce que tu trouves que Tom a l'air heureux ? réplique-t-il. Est-ce que tu t'es comportée comme une adulte au moins le lendemain matin ?

Il perçoit ma seconde d'hésitation et se jette dessus comme un vautour sur une proie.

— J'en étais sûr. Tu as fait ce que tu fais toujours. Tu as pris ton pied, sans sentiments, sans te soucier des conséquences, et tu seras partie dès qu'un vol sera en promo.

— Non, pas cette fois.

L'intensité avec laquelle j'ai répondu me surprend. Jamie, étonné lui aussi, cligne des yeux en reculant d'un pas mais se ressaisit presque aussitôt.

— Uniquement parce que tu n'as pas de passeport. Tu l'as retrouvé ?

— Tu as intérêt à me le rendre.

— Je ne l'ai pas, répond Jamie, et je vois à son expression qu'il dit la vérité.

Il jette un œil par la fenêtre, perturbé.

— Sérieux Darce, pourquoi fallait-il que ça tombe sur Tom ? Il est beaucoup trop bien pour toi. Tu t'es servie de lui. Tu sais très bien qu'il fait toujours ce qu'on lui demande.

— Ça n'a pas eu l'air de le déranger hier soir. Et crois-moi, je lui en ai beaucoup demandé.

— Tu vois ? Vous êtes très différents tous les deux. C'est quelqu'un de gentil et d'honnête. Il mérite d'être heureux. Toi, en comparaison, tu es…

Jamie se creuse la tête.

— Tu es une… épave humaine.

Ses paroles retentissent tel un gong et flottent dans l'air entre nous.

— Comment m'as-tu appelée ?

Jamie se ressaisit comme si de rien n'était.

— Tu ne vaux rien comparé à lui.

— Non. Répète ce que tu viens de dire.

Le sang se met à bouillonner dans mes veines.

— Tu m'as traitée d'épave humaine. Épave humaine.

Soudain, ça fait tilt : le téléphone de Truly qui n'arrêtait pas de recevoir des textos, sa façon de rougir, son regard fuyant. La façon dont elle change systématiquement de sujet dès que je parle de Jamie.

J'avance vers lui et il commence à reculer.

— Pourquoi êtes-vous en contact ? Comment as-tu fait ? C'est Truly ta taupe ?

Je ramasse une brique et la lance vers lui avec colère. Elle percute le mur et emporte avec elle un morceau en retombant. Jamie se baisse pour prendre une munition. C'est parti. La Quatrième Guerre mondiale, avec des briques au lieu d'un service de table.

— Je parle à qui je veux, me hurle-t-il en jetant la brique, qui passe au niveau de ma hanche. Je n'ai aucun compte à te rendre.

— Elle est à moi. C'est mon amie. Ma meilleure amie.

— Et Tom, c'est le mien.

On avance en arc de cercle en se foudroyant du regard. C'est la dispute qu'on n'a jamais terminée. Un mince filet d'eau coule entre nous mais je le remarque à peine. Tout ce que je vois, c'est le visage furieux de mon frère, ses oreilles rouges de colère, et la sueur qui perle à son front.

Je hurle de frustration.

— Comment ? Dis-moi comment tu as pris contact avec elle. Explique-moi.

Je ramasse une autre brique et la soupèse dans ma main. Je meurs d'envie de lui envoyer en pleine figure.

— C'était plus fort que toi, hein ? Il fallait que tu t'appropries la seule personne que je voulais rien que pour moi !

— C'est mon amie ! beugle Jamie.

— Non, c'est la mienne !

Je lance la brique et elle arrache un énorme morceau de plancher. Puis ce qu'il a dit me revient en mémoire : « Elle me trouve insupportable. »

— Ce n'est pas parce que tu te crois irrésistible qu'elle va craquer pour toi.

Cette remarque lui coupe temporairement le souffle. Il reprend d'une voix plus calme.

— Je dis la vérité, Darcy. C'est une de mes meilleures amies. On communique par mail depuis quelque temps.

Je ris d'un air moqueur, mais il me fait taire d'un geste de la main.

— J'avais besoin de garder un œil sur toi après notre dispute. Je lui ai envoyé un mail en passant par son site. Elle a répondu. J'ai apprécié.

J'avance vers lui, les mains tendues. Je vais le tuer. Et elle aussi. Et tout le monde.

— Jamie, espèce de petit salopard.

— Arrêtez, ordonne Tom du vestibule.

Il nous regarde d'un air sombre, son téléphone à la main.

— Arrêtez. Tous les deux.

Il lève la tête. La bâche recouvrant le trou dans le toit a bougé.

— Je quitte la pièce pendant deux minutes, et voilà ce qui arrive.

Il constate les dégâts qu'on a causés et aperçoit la brique dans ma main.

— Qu'est-ce que tu as fait, Darcy ?

— Il sait tout. Qu'on est ensemble. Il sait que tu es à moi, à 100 %.

Tom s'approche et me prend la brique des mains sans un mot.

— Alors, Tom ? aboie Jamie. Tu as quelque chose à me dire ?

— Je n'en peux plus, lâche Tom.

Il est froid et furieux. Quelque chose en moi dégringole.

— Dis-lui que tu m'aimes, Tom, et que toi et moi on est ensemble. Après on ira sur le toit remettre la bâche et on ramassera les briques. Tom, dis-lui.

— Je t'ai demandé une seule chose, Darcy. Ne rien dire à Jamie avant la vente de la maison. Je t'ai demandé de m'attendre trois mois. Mais visiblement, c'était trop demander.

— Je t'ai attendu toute ma vie.

Je me mords la lèvre. Je tends la main vers lui mais il recule.

— Je suis désolée, dis-je. Tu sais comment je suis, j'ai…

— Oui, je sais comment tu es. Je t'ai demandé trois mois. Tu as tenu exactement…

Il jette un œil à sa montre.

— Trente minutes.

Il refuse d'admettre qu'il m'aime devant mon frère. Je sens mon cœur chavirer.

— Ohé, je suis là, lâche Jamie avec sarcasme. Alors comme ça, tu comptais me mentir, Tom ?

Mais il y a plus en jeu.

— La ferme, Jamie. C'était quoi ce coup de fil ? Que s'est-il passé ?

Je m'approche de Tom. Il soupire et ferme les yeux.

— Ma mère est expulsée en ce moment même avec ses meubles et ses chats.

Mon estomac se noue lorsque je réalise que mes mains ne lui apportent aucun réconfort.

— Si tôt un dimanche matin ?

— Son propriétaire est un enfoiré. Je dois me rendre là-bas.

La colère a laissé place à un silence effrayant.

Jamie me lance un regard alarmé.

— Tu nous connais, dit-il. On s'est laissé emporter, comme toujours, mais on va réparer…

J'interromps Jamie précipitamment.

— On va s'y mettre tout de suite. Et…

— Aldo avait raison, soupire Tom en fixant le trou au plafond. Je ne suis pas fait pour ça. Je ne suis pas le patron. Je suis le muscle.

— Tu t'en sors très bien, dit Jamie en même temps que moi, presque à l'unisson.

— Je ne serais même pas allé aussi loin sans Darcy. Je suis incapable de gérer les coups de téléphone et le chantier. C'est évident. Faire participer le client. Quel manque de professionnalisme. Je n'ai jamais vu Aldo faire ça.

— Aldo te déléguait beaucoup de choses. Toi, tu fais tout tout seul, proteste Jamie.

Tom ne paraît pas convaincu.

— Darcy, comment est-ce que je ferai quand j'aurai commencé un autre chantier et que tu seras repartie parce que la vie sera redevenue trop difficile ? demande-t-il, les yeux rivés sur moi.

— Tu te trompes. Je ne vais nulle part.

Je regarde mon frère et écarquille les yeux. *Aide-moi, Jamie.*

— Calmons-nous, dit Jamie de la voix que prend Tom pour calmer les jumeaux Barrett, mais il échoue lamentablement.

Tom pose une main sur sa hanche.

— C'en est fini des mensonges. Jamie, je me suis trompé dans les chiffres.

Jamie plisse les yeux dans sa direction. L'argent est son talon d'Achille.

— Trompé comment ? De combien ?

— La totalité de mes 5 %, probablement. J'ai utilisé un ancien tableur pour le projet. J'ai oublié de le mettre à jour avec le nouveau salaire que j'ai promis aux ouvriers quand je leur ai proposé de me suivre. À cela s'ajoute le séjour au motel de mes trois hommes. Je me suis planté.

Il lève les bras et les laisse retomber en signe de défaite.

— Une erreur basique complètement stupide, et j'avais trop la tête ailleurs pour m'en rendre compte. Alors, voilà. Encore plus de munitions pour me vanner, encore et encore, pour le restant de tes jours. « Ah, ah, Tom ne savait pas nager » ; « Ah, ah, Tom a complètement foiré son premier job de chantier en solo. »

— J'exige de voir le document. Sur-le-champ. On a signé un contrat, je te rappelle.

— Je sais.

Tom se tourne de nouveau vers moi. Il a l'air hanté.

— Darcy, je t'ai menti au sujet de quelque chose.

— Ça m'est égal.

Quoi que ce soit, je ne laisserai pas ça nous détruire.

— Je m'en fiche si Megan porte toujours sa bague. Si le mariage a toujours lieu. Si tu es déjà marié. Ça ne m'empêchera pas de t'aimer.

Il me fait signe de me taire.

— C'est moi qui ai ton passeport.

Je sens l'air quitter mon corps. Moi, c'est ça mon talon d'Achille.

— Pardon ?

— Je l'ai trouvé le soir de mon arrivée. Il était au-dessus du frigo. Trop haut pour que tu le voies.

L'ombre d'un sourire ourle ses lèvres.

— Je l'ai mis dans ma poche, et je l'ai gardé. À de nombreuses occasions, j'aurais pu le déposer dans un endroit où tu aurais pu le trouver, mais je ne voulais pas. Je voulais te garder ici près de moi. Alors non, finit-il en se dirigeant vers la porte arrière, Patty sur les talons. Je ne suis pas la personne parfaite que vous aimeriez que je sois.

La porte claque. Je vais pour m'élancer derrière lui, mais Jamie me retient.

— Laisse-le se calmer. Bon sang. Regarde ce que tu as fait.

Il se passe une main sur le visage, l'air ébranlé, et se tourne vers la porte.

— Qu'est-ce qui lui prend ?

— Je ne sais pas. Je ne l'ai jamais vu comme ça.

Je m'élance à nouveau vers la porte, mais Jamie passe son bras autour de ma taille.

— Lâche-moi !

— Non.

Jamie me tient si fort que ça me fait mal.

— Si je te laisse sortir, tout changera. Ce sera toi et lui, contre moi. Et vous m'oublierez complètement.

J'ai envie de répondre avec sarcasme, mais la peur que j'entends dans sa voix me freine.

— Tu ne seras pas mis à l'écart. Rien ne change, sauf entre Tom et moi.

— Je crois que je ne le supporterais pas si je découvrais qu'il traînait avec moi seulement pour se rapprocher de toi. Ce mec est mon seul véritable ami.

Jamie me toise, les bras croisés, sur la défensive, mais ses yeux sont ceux d'un enfant apeuré.

— Tu sais bien que ce n'est pas vrai.

Je l'attrape par le coude.

— On en parlera et on mettra tout à plat. Reste là et occupe-toi du chantier. Je vais accompagner Tom chercher sa mère.

— OK. Emmène-la chez les parents.

Une idée lui vient en tête.

— Je signe bientôt les papiers pour l'acquisition de la maison. Je la louerai à la mère de Tom.

Puis il remarque quelque chose par la fenêtre.

— Le maçon est là. Avec les donuts.

Il lui ouvre la porte.

— Bonjour, entrez. On a une petite crise à gérer, mais…

Jamie et moi essayons de donner le change pendant quelques minutes. Chris regarde avec stupéfaction le trou au plafond, et on fait comme si ce n'était pas si grave. Comme si nous n'avions pas un trou béant dans notre univers, comme si l'eau qui s'écoule du plafond ne représente pas les larmes que nous cachons à l'intérieur.

— Je vais chercher Tom, leur dis-je à tous les deux.

Je remonte le couloir jusqu'à ma chambre, mais il n'y est pas. Je descends vers l'atelier, longeant les empreintes laissées par mes talons ce matin. C'est typique. Je prends encore et toujours le même chemin impulsif et égoïste.

Soudain, j'aperçois le pick-up de Tom en train de sortir de l'allée en marche arrière. Je me mets à courir de toutes mes forces. Je donne tout ce que j'ai. Je l'ai suivi jusqu'à l'angle de Simons Street quand je suis obligée de m'arrêter, trop essoufflée pour continuer. S'il regardait dans son rétroviseur, il me verrait pliée en deux, en colère contre mon cœur, en colère contre moi-même.

Mais cette fois j'ai l'impression qu'il est parti sans se retourner.

Deux jours plus tard, Tom n'est toujours pas revenu. Je suis à ramasser à la petite cuillère et complètement gelée. Je suis assise sur les marches de la terrasse, les yeux rivés sur la rue, le téléphone de Tom à la main. Autour de moi, le coucher de soleil baigne la soirée de jolies couleurs. Jamie me rejoint et me tend une tasse de thé.

— Il sera de retour demain, m'affirme-t-il, mais sa voix n'a pas son assurance habituelle. Tiens, bois.

— Pas envie.

Je repose la tasse si brusquement que du thé se renverse.

— Il faut que tu boives et que tu manges quelque chose. Tu dois dormir aussi. Si tu continues comme ça, tu seras bientôt toute grisonnante.

Jamie me met le flacon de médicaments dans la main.

— Prends-les.

Il s'assoit en poussant un grognement. Deux jours dans la peau de Tom et il est déjà épuisé.

— Je n'arrive pas à croire à tous les problèmes qu'il doit gérer.

Jamie s'occupe de moi depuis qu'il m'a retrouvée pantelante sur la route. Il m'a aidée à calmer mon cœur fou et m'a pratiquement portée pour me ramener à la maison où il m'a fait asseoir sur la cuvette des toilettes baissée. Puis il a nommé Colin chef de chantier à la minute où celui-ci est arrivé.

— Je double ton salaire si tu remplaces Tom au pied levé comme chef de chantier. Il a dû s'absenter pour une urgence.

— Marché conclu, a-t-il répondu, sans l'ombre d'un *Qu'est-ce que j'avais dit* dans les yeux, seulement de l'inquiétude.

Puis il a tout de suite pris les commandes :

— OK, les gars, déchargez le matériel. Je vais expliquer à Chris ce qu'il doit faire. Électricité coupée à partir de 9 heures.

Entre l'expérience de Colin, la volonté de fer de Jamie, et mes talents de standardiste, les travaux ont continué d'avancer.

— Qu'est-ce qu'on a fait, Jamie ? On l'a complètement brisé.

Je gémis d'un air désespéré en appuyant mes paumes contre mes yeux fermés.

— J'ai besoin qu'il revienne.

J'entends un moteur de voiture et me redresse aussitôt. Mais le véhicule passe sans s'arrêter, et je soupire en prenant ma tête dans mes mains.

— Tu as appelé maman et papa ?

— Tom était chez eux hier, répond Jamie en passant un bras autour de mes épaules. Il a déposé sa mère vers l'heure du dîner. Elle est installée dans la chambre d'amis, la jolie, avec vue sur l'océan. Elle va bien. Il y a des chats noir et blanc partout.

Jamie sort son téléphone et me montre une photo que maman a envoyée. Des chats noir et blanc sont sur la banquette de la cuisine. Les canapés. Les rebords de fenêtres et en haut du frigo.

— Maman s'amuse comme une folle. Elle les appelle tous M. Costard.

Il y a une autre photo sur laquelle Fiona, la mère de Tom, salue de la main. Le sourire n'atteint pas ses yeux. Ça me rappelle le jour où on lui a offert notre panier de bienvenue, cet été-là, tant d'années auparavant.

— Je m'en moque des chats. Où est-il allé ?

— Maman ne sait pas. Il n'a quasiment pas dit un mot pendant qu'il était là-bas, puis il a annoncé qu'il devait partir. Elle a essayé d'insister pour qu'il dorme chez eux, mais il était déjà remonté dans son pick-up. Il s'est excusé, mais elle ignore pourquoi.

Jamie semble hésiter.

— Dis-moi.

— Il leur a laissé Patty.

Il resserre son étreinte et se rapproche jusqu'à ce qu'on soit hanche contre hanche. Ensemble, on frémit en pensant à tous les scénarios possibles.

— Je m'en fiche du passeport, dis-je.

Je l'ai trouvé sur mon oreiller. Je le passerais à la déchiqueteuse si ça voulait dire récupérer Tom.

— Il pense vraiment qu'on ne lui pardonnera jamais. Pour de l'argent et un passeport !

— Nous connaissant, c'était une conclusion assez logique, admet Jamie. On est tous les deux obsédés par…

— L'argent et la liberté. Je sais, je sais. On est invivables.

Je penche la tête entre les genoux.

— Cette situation m'est insupportable. Où peut-il bien être ? Il est injoignable.

— Tu comprends, maintenant ? demande Jamie d'une voix douce, dénuée d'accusation. C'est pour ça qu'on est blessé chaque fois que tu pars.

— Je ne le ferai plus.

Je ravale la boule dans ma gorge.

— Si tu arrives à me supporter…

— Je sais. Tu restes.

Jamie tapote ma main et me prend le téléphone de Tom.

— Tu sais qu'on doit essayer d'appeler Megan, dit-il d'un ton navré que je ne lui ai jamais entendu. Il le faut, Darce. Je suis là. Ça va aller.

Il garde son bras autour de moi tandis qu'il compose le numéro.

— Darcy ?

— Darcy et Jamie, répond Jamie lorsque les mots me manquent. Est-ce que Tom est là ?

— OK, dit-elle d'une voix chevrotante. Il m'a dit quoi dire quand vous appelleriez. Première chose : ne paniquez pas. Non, attendez, ça, il me l'a dit à moi. Deuxième chose : dis à Darcy qu'on ne s'est pas remis ensemble.

Megan souffle nerveusement.

— Tu as entendu, Darcy ? On ne s'est pas remis ensemble.

Je lui réponds d'une voix rauque.

— J'ai entendu. Est-ce qu'il va bien ?

— Oui. Il a dit qu'il avait besoin de temps pour réfléchir. Qu'il avait fait deux grosses erreurs, et que vous lui en vouliez tous les deux.

— On ne lui en veut pas.

Nous répondons à l'unisson.

— C'est ce que je lui ai dit. Tout le monde sait combien vous l'aimez tous les deux. Vous savez comment il est. Si dur envers lui-même s'il n'est pas…

— Parfait.

Je déteste ce mot. C'est la quête de la perfection qui fait qu'on en est arrivés là.

— Ouais, on le sait.

— La pression était devenue trop lourde sur ses épaules, dit-elle.

— Est-ce que… Est-ce que je peux lui parler ?

Soudain, j'ai les nerfs en pelote.

— Il n'est pas ici. Il est seulement venu pour…

Elle marque une pause.

— Récupérer la bague, lâche Jamie sans aucun tact.

— Oui, répond-elle, d'une voix douce et triste. Il a dit qu'il en avait besoin pour quelque chose d'important.

— Megan, je suis désolée de t'avoir autant dévisagée à Noël, dis-je sans réfléchir. Je suis navrée. Je n'ai jamais voulu que vous vous sépariez, et je trouve que tu as une peau extraordinaire.

Elle rit et j'entends des enfants à l'arrière. On dirait qu'elle est à l'extérieur.

— C'est vrai que tu me fixais beaucoup, répond-elle sans aucune rancune. Mais je t'observais, moi aussi.

Moi ? C'est ridicule. Elle est un 10. Je suis un 6, et encore, si la lumière est flatteuse.

— Moi ? Pourquoi ?

Megan couvre le combiné de sa main et dit : « Dans une minute, ma chérie. » Puis elle reprend.

— Parce que j'ai toujours su combien il t'aimait.

— On a grandi ensemble, dis-je, gênée. Évidemment qu'il m'aime. On est comme une famille. Je suis comme une sœur pour lui.

Je jette un regard vers Jamie mais il écoute avec une expression neutre.

— Son visage s'illuminait à Noël, reprend-elle. Ça m'a pris des années avant de l'admettre, mais chaque fois que tu étais là, il irradiait. Et quand tu voyageais, il était éteint. Mais ça va, se dépêche-t-elle de dire pour me rassurer tandis que je commence à objecter. Je sais que, techniquement, tu l'as rencontré avant moi.

— Je suis désolé, intervient Jamie avec une pointe de tristesse dans la voix. Je te l'ai présenté parce que je me suis dit que tu l'aiderais à sortir de sa dépression. Quand tu es partie, il allait vraiment mal, ajoute-t-il à mon intention. Sur le papier, Megan est parfaite pour lui.

— Non, je ne suis pas celle qu'il lui faut, répond Megan, et le cri de joie d'un enfant manque de nous crever un tympan. Pas du tout. Mais Darcy, oui. Je suis désolée, il faut que j'y aille.

— Comment as-tu fait pour avoir un enfant aussi vite ?

Elle se met à rire et je me sens soulagée. Au moins, ce n'est pas celui de Tom.

— Je sors avec un homme qui a un enfant de trois ans. Je suis au parc en train de les regarder jouer. C'était complètement inattendu. Comme tomber amoureux… Multiplié par deux.

Megan marque une pause.

— Vous pourrez me prévenir quand il sera revenu ? S'il vous plaît, ne soyez pas trop durs avec lui.

Jamie se tourne vers moi.

— Je viens de réaliser quelque chose. Tom ne nous a jamais rien demandé.

Je me creuse la tête. C'est vrai.

— Rien. Pas un verre d'eau s'il faisait chaud. Pas d'argent, ni qu'on lui rende service, rien. Il ne sait pas comment demander.

— Ça nous posait problème dans notre vie de couple, confie Megan.

— Mais non, c'est facile, leur dis-je. Il suffit d'insister. Il finit toujours par soupirer et par dire oui.

— Je pense que ça marche seulement avec toi, fait remarquer Jamie. Et oui, Megan, on sera gentils avec lui. Il n'y a rien qu'il puisse faire qui…

Sa voix s'étrangle. Cette fois, c'est moi qui finis pour lui, d'une voix forte et ferme.

— Qui nous empêchera de l'aimer. Il a fait quelques bourdes, mais rien d'irréparable. On l'aime. On veut seulement qu'il revienne. Cette fois, on va tout faire pour le mériter.

Après avoir raccroché, on se remet à guetter la rue. On entend une autre voiture qui approche et nous nous redressons. Nous nous ratatinons en même temps quand elle passe sans s'arrêter. Pour la première fois depuis qu'on est enfants, on reste assis l'un près de l'autre pendant des heures, jusqu'à ce qu'on soit couvert de chair de poule et de piqûres de moustiques.

— Tu as raison, Darce, finit par dire Jamie. Les jumeaux doivent trouver un moyen de montrer à Tom Valeska qu'ils méritent quelqu'un comme lui. Et quand il reviendra, on doit être en mesure de le lui prouver.

Je prends mon frère par le bras.

— Mais comment ? Il est tellement…

Ma voix s'éteint. Je refuse de dire « parfait ». Ce mot

nous a causé trop d'ennuis. Alors que je lève la tête, une étoile filante traverse le ciel.

J'ai l'impression que Loretta est là, avec nous. Je laisse les larmes couler.

— Il me manque. Elle me manque.

Jamie sait exactement de qui je parle.

— On ne les a pas perdus, pas vraiment. Ils sont seulement... partis en vacances. Tout va rentrer dans l'ordre. On va arranger les choses.

— Mais il a laissé Patty.

Et tandis que le monde s'écroule autour de moi, j'enfouis mon visage dans l'épaule de Jamie et me mets à pleurer, m'émerveillant que mon cœur puisse continuer de battre si régulièrement et si calmement. Si vaillamment.

— Je lui ai envoyé les détails du rendez-vous par mail, me dit Jamie alors qu'on s'installe dans la salle d'attente de mon cardiologue. Je l'ai aussi envoyé à son ancienne adresse mail. Je parie qu'il la consulte toujours. Il va venir. J'en suis sûr. C'est le grand jour, aujourd'hui.

D'une voix qui se veut plus rassurante, il ajoute :

— Il te l'a promis.

Je ne réponds pas. Je ne dis plus grand-chose ces temps-ci. Je suis devenue l'ombre de moi-même, et je suis maintenue en vie par Truly qui me gave de bonbons et Jamie qui verse de l'eau dans ma gorge. C'est étrange de les voir dans la même pièce. Ils me cajolent, s'activent tous les deux, se chamaillent et se bousculent. Jamie a raison. Elle le trouve insupportable, un vrai cauchemar. Mais un cauchemar très séduisant.

Heureusement, il ne l'a pas encore remarqué.

— Je suis désolée, je suis désolée, s'est écriée Truly en

entrant en trombe dans ma chambre et en s'asseyant sur mon lit.

J'ai secoué la tête d'un air las. Je sais comment est mon frère. Personne ne peut résister à ses mails drôles et impertinents. Le rencontrer, c'est l'adorer. Je ne devrais pas m'attendre à ce qu'il en soit autrement pour Truly. Il faut que j'arrête de demander l'impossible à mes amis.

Elle m'a serrée contre elle jusqu'à ce que la nuit tombe, et Jamie a commandé une pizza. Si je n'avais pas autant le cœur brisé, j'aurais essayé d'en savoir un peu plus sur leur relation, mais je ne peux rien faire d'autre que tenir le téléphone de Tom, et me reprendre chaque fois que je perds espoir.

Il te reviendra, Darcy. Il te reviendra.

Je regarde Jamie en train de sélectionner un magazine pour moi. Il le pose sur mes cuisses, ouvert à un article.

— *Golf Digest*. Allez, Darce. Tu dois travailler ton swing, dit-il pour essayer de me faire rire.

— D'accord. Mais à condition que tu te cultives aussi.

Je lui choisis un magazine de cuisine.

— Tiens, une recette de jambon glacé.

On travaille dur pour s'améliorer. On est déterminés à devenir les meilleures versions de nous-mêmes. On se plonge dans nos lectures respectives jusqu'à ce que le téléphone de Tom vibre et nous interrompe. Comme toujours, on sursaute et on se précipite.

— C'est un message de l'agent immobilier. Margie vient à 15 heures. Est-ce qu'on sera rentrés à temps ?

— Oui, et le cas échéant, Colin peut lui faire faire le tour des lieux.

Deux mois se sont écoulés depuis le début des travaux. Je n'en reviens pas qu'ils aient avancé au point d'avoir une maison suffisamment aboutie pour la montrer à un agent.

Elle veut préparer un plan d'action. Les propriétés dans le quartier sont apparemment très recherchées.

— Deux mois, Jamie…

Il sait exactement ce que je veux dire.

On reste assis en silence à regarder l'accueil d'un air absent. Je tourne la tête vers mon frère. Même ça, ça me demande un effort. Mon miroir a aussi mauvaise mine que moi. On dirait deux cadavres blonds.

— Oui, on fait peur à voir, dit-il en se tournant vers moi. C'est dingue, non ?

— Quoi donc ?

— On ne peut pas vivre sans lui.

— Non. Et j'ai peur que le cardiologue me dise que je suis fichue.

Je bâille bruyamment et sombre dans un demi-sommeil.

L'heure du rendez-vous approche. Il faut que je me fasse une raison. Il est parti. Il ne reviendra pas pour moi et mon cœur détraqué. Je jette un œil au téléphone que je tiens à la main. Je donnerais n'importe quoi pour recevoir un message de Tom. Si j'ai la confirmation qu'il va bien, alors je sais que durant l'examen on trouvera un cœur qui bat.

— Barrett ? appelle l'assistant du cardiologue.

On tourne la tête de concert.

— Encore une minute, s'il vous plaît. Un de nos amis doit se joindre à nous, répond Jamie.

— Je le ferai entrer quand il sera arrivé, nous répond la réceptionniste. On a un planning à respecter.

Vaincus, les jumeaux Barrett descendent le long couloir blanc en traînant les pieds. Je n'ai jamais eu si peur de ma vie. Mon cœur est en train de me lâcher. Ils devront me coudre à Jamie pour qu'on partage le sien, et on sera obligés de vivre comme des jumeaux siamois.

Terrifiée, je murmure :

— Qu'est-ce que je vais faire, Jamie ?

— Je ne sais pas, chuchote-t-il en me prenant la main. Mais ça va aller. Je suis là.

Le Dr Galdon m'accueille avec un grand geste du bras. Il me connaît depuis des années.

— Darcy Barrett. Ça fait bien longtemps que je n'ai pas vu ton visage.

Son sourire disparaît lorsque la réplique mordante qu'il attend n'arrive pas. Ni de moi, ni de Jamie.

— Que se passe-t-il ?

Je lui réponds mollement en désignant ma poitrine.

— J'ai le cœur brisé. Ça ne va pas bien là-dedans.

— Hum, commente le Dr Galdon.

Il prend ma tension, l'air soucieux. J'essaie de ne pas tirer de conclusion hâtive.

Je sais que j'ai une mine épouvantable. Mes pommettes sont trop saillantes, et j'ai les yeux rouges en permanence. Tom trouvait que mes vêtements étaient trop grands ? Maintenant, je nage carrément dedans.

— Voyons voir ça.

J'enfile la blouse d'hôpital derrière un paravent au fond de la salle. Le Dr Galdon m'aide à grimper au bord de la table d'examen et fait rouler vers nous le moniteur cardiaque. Il colle les petites électrodes sur ma poitrine, reliant les fils à ses machines. Enfant, cette étape me terrifiait. Je pensais que j'allais me prendre une décharge. C'est peut-être ça dont j'aurais besoin.

— Elle ne mange rien, oublie ses médicaments… Ils sont périmés d'ailleurs, rapporte Jamie d'une voix monocorde. Boit trop. Ne fait pas d'exercice. Passe ses journées à pleurer. Et le sucre, mon Dieu, le sucre.

— Je vois, dit le Dr Galdon, en plaçant la dernière électrode sur ma poitrine.

Je pivote et m'allonge.

— Allons, allons. Ne l'énervons pas.

Il a assisté à nombre de nos chamailleries. Son sourire disparaît de nouveau lorsque je ne réponds pas.

Il serait surpris de l'apprendre, mais les jumeaux Barrett ont cessé de se disputer.

Ça demande trop d'efforts et on n'a plus de médiateur pour nous calmer. De plus, on a besoin de se raccrocher l'un à l'autre pour garder la tête hors de l'eau. J'entends l'inflexion montante d'un bip et on regarde tous le tracé sur l'écran tandis que mon cœur avance laborieusement avec toute l'énergie d'un têtard mourant. J'entends un buzz, et pendant une fraction de seconde je me demande si je fais un arrêt cardiaque.

— Je dois prendre cet appel, c'est une urgence. Je reviens, déclare le Dr Galdon.

Il quitte la pièce et je reste allongée à regarder les lignes sur l'écran.

Bip-bloop. Bip-bloop.

— Le notaire nous a renvoyé les papiers, dit Jamie pour briser le silence. Ils sont arrivés par coursier. Tom va nous tuer.

Il a prononcé ces derniers mots joyeusement, comme s'il était pressé de voir la tête de Tom en découvrant ce qu'on a fait.

Je soupire bruyamment.

— C'est certain. Je peux presque l'entendre. *Je n'ai pas besoin de votre aide…*

Jamie m'interrompt, en imitant Tom.

— *Je n'ai pas besoin d'un tiers du prix de vente.*

Je surenchéris :

— *Je ne le mérite pas. Je ne suis pas un Barrett. C'est votre héritage, pas le mien.*

Je me frotte les bras pour me réchauffer en essayant de faire abstraction du moniteur.

— Mais il le mérite. Et il l'aura. Merci, Jamie. C'est la

meilleure façon de lui montrer qu'il compte pour nous, qu'on l'aimera toujours et qu'il est notre égal.

— Il n'a hérité de rien, et je n'ai même pas sourcillé.

Jamie a beaucoup culpabilisé en raison de la manière dont il s'est comporté après la lecture du testament.

— Je ne pensais qu'à ce que j'allais obtenir. C'était pratiquement son troisième petit-fils et il n'a rien eu. C'est une façon de rétablir les choses.

— Tu penses que tu réussiras à le faire signer ? Il est si fier.

— Quand je l'aurai trouvé, dit Jamie la voix pleine d'assurance, je pourrai lui faire faire ce que je veux. Même signer ce document.

— Quand tu l'auras trouvé…

Je soupire, Jamie soupire, et le silence retombe.

C'est impossible de mettre la main sur quelqu'un qui se cache pour panser ses blessures. J'en sais quelque chose. Je fais ça depuis des années. Qui sait où Tom peut bien être.

— Dès que j'ai le feu vert pour voyager, je pars à sa recherche.

À ma grande surprise, Jamie ne me l'interdit pas et ne se moque pas en disant que c'est une idée stupide.

— Par où commenceras-tu ? demande-t-il à la place.

— Pas sûre. Je prendrai l'hémisphère Nord…

— … Et je prendrai l'hémisphère Sud, finit Jamie en souriant. On le trouvera. Nous sommes des individus très déterminés. Deux chars d'assaut à tête blonde. Couvrant chaque centimètre carré.

Il essaie de me faire sourire, mais je ne l'écoute plus.

Je ressens une vibration dans mes os. Mes pieds frémissent et je perçois mon sang qui remonte dans mes veines. Sur l'écran, mon rythme cardiaque s'emballe. Je commence à avoir chaud.

— Mon Dieu, tu vas exploser ?

Jamie se lève et regarde l'écran en grimaçant.

— Putain, qu'est-ce qui se passe ? Je vais chercher le doct…

Il est interrompu par la porte qui s'ouvre.

— Par ici, dit le réceptionniste.

Les jumeaux Barrett manquent d'avoir une double crise cardiaque.

Tom Valeska arrive toujours au moment où on a le plus besoin de lui.

Il se tient sur le pas de la porte dans un T-shirt trop large. Il a le front barré d'un pli soucieux et un pied en retrait comme s'il était prêt à prendre la fuite.

— Merci, répond-il avec sa politesse habituelle au réceptionniste.

Ses yeux tourmentés vont et viennent rapidement entre Jamie et moi. Il a les joues rouges et il transpire. C'est la personne la plus belle que j'aie jamais vue.

— Tom… Tu es venu, dis-je.

Jamie sort de son état de choc et fait ce que moi je ne peux pas, retenue sur la table d'examen par les électrodes. Il s'approche de Tom, le prend dans ses bras et le serre fort.

— Tu es venu, répète Jamie, en continuant de le serrer dans ses bras. Tu es là. Tu vas bien.

— Évidemment que je vais bien. Darce, est-ce que ça va ?

Les yeux de Tom se posent sur la machine à côté de moi et sur les fils reliés à ma poitrine. Il ne m'a jamais vue allongée en blouse d'hôpital, reliée à une machine. Ça fait un choc. J'essaie de retirer les électrodes mais elles sont trop bien collées.

Je réponds avec le peu de souffle qu'il me reste.

— Je vais bien.

Je me redresse pour m'asseoir sur le bord de la table. Des bips emplissent la pièce.

— Viens ici. S'il te plaît, viens ici.

Mes yeux sont remplis de larmes.

Jamie le relâche et Tom se glisse entre mes genoux. Soudain, plus rien d'autre n'existe. Il passe une main dans mes cheveux hirsutes et lève mon visage vers lui.

— Que se passe-t-il ? demande-t-il, d'une voix enrouée pleine d'affection. Tu as une mine terrible, jolie Darcy Barrett.

J'appuie mon visage contre son plexus solaire et je sens ses mains chaudes sur ma nuque. Il fait passer son autre bras entre les fils et pose une main au creux de mon dos. Je me souviendrai de ce moment toute ma vie.

— Tom, est-ce que ça va ?

— Oui. Je suis désolé, commence-t-il, mais on l'empêche tous les deux de finir.

Jamie, qui se sent exclu, grimpe sur la table d'examen à côté de moi. On lève la tête vers Tom, tels deux oisillons qui auraient besoin de lui pour survivre. Mais j'y pense… C'est exactement ça.

— Mais j'ai complètement…, reprend Tom, et on secoue la tête. J'ai complètement…

— On s'en fiche, l'interrompt Jamie. On s'en fiche. Tu es de retour. C'est tout ce qui compte. S'il te plaît, aide ma sœur à rester en vie.

— Que lui faut-il ?

— Toi, dit simplement Jamie.

C'est un seul mot, mais c'est un mot puissant. Tom tourne la tête brusquement vers lui, comme s'il n'en croyait pas ses oreilles.

— Toi, dis-je. Où étais-tu passé ?

— Je pensais que j'avais fait quelque chose d'impardonnable. Alors j'ai quitté la ville, j'ai pris la route. Je ressemble peut-être à mon père.

Tom soupire et se passe une main sur le visage.

— C'est peut-être de ça dont j'ai eu peur toute ma vie. D'être comme lui.

Je caresse son bras.

— Tu n'es pas comme lui. Est-ce pour cette raison que tu as toujours mis les bouchées doubles ?

Il hausse les épaules et je comprends que j'ai tapé en plein dans le mille.

— Tu as laissé Patty, dit Jamie, une légère accusation dans la voix. On a cru que tu l'avais abandonnée et que tu étais allé planter ton pick-up dans un canyon.

Tom rit et continue de me caresser doucement, calmant la terreur qui fait couiner le moniteur cardiaque.

— Patty avait besoin de vacances au soleil. La fifille avait l'air épuisée.

Je gémis de plaisir tandis que ses ongles dessinent des cercles lents sur mon cou.

— Moi aussi. Tom, j'ai failli mourir sans toi. Le Dr Galdon va le confirmer.

— Où est-il d'ailleurs ? Je vais le chercher.

Jamie sort avec les sourcils froncés, fermant la porte derrière lui. Ça alors. Il est sorti pour nous laisser seuls. Mon cœur bipe si fort que Tom lance un regard inquiet vers le moniteur.

— Essaie de te calmer.

Ses mains tièdes se posent sur mon visage et il me dévisage avidement. Puis il dépose un baiser tendre et délicat sur mes lèvres. — J'ai failli mourir sans toi, moi aussi, dit-il.

J'essaie de l'attirer à moi pour un baiser plus long.

— On a travaillé dur. Attends de voir.

Mais il ne me laisse pas l'embrasser.

— Je ne saurais te dire à quel point je suis désolé, avoue-t-il en grimaçant. Je vais tout arranger. Je ne dormirai pas tant que tout ne sera pas parfait.

— Je ne parle pas de la maison. Tout va bien de ce côté-là. Colin t'a remplacé en tant que chef de chantier et j'ai été son adjointe. Jamie a opéré une réduction des coûts et on est dans le budget. Gros bêta, dis-je en lui caressant le bras. Tout est réglé.

— C'est ce que les Barrett font toujours, grogne-t-il d'un air coupable. Venir à mon secours.

— Ce que je voulais dire, c'est que Jamie et moi avons travaillé sur nous-mêmes.

Je prends sa main et l'appuie contre mon cœur, par-dessus les électrodes.

— On a fait des travaux ici. On n'aura de cesse de s'améliorer. Pour être sûrs de ne plus jamais te faire fuir. Où es-tu allé ?

— J'ai simplement… pris la route. Je prétendais que tu étais assise sur le siège passager à côté de moi. On a été dans beaucoup d'endroits. On a pris les routes de campagne, on a séjourné dans des motels pas chers, et dans un hôtel haut de gamme. On est allés se promener sur la plage. On a dîné dans un *diner* formidable dans lequel j'ai envie de t'emme…

Son regard se voile et il s'interrompt.

— Je veux que tu m'y emmènes.

— Mais ton passeport, j'ai…

— Ça m'est égal.

J'arrive enfin à passer une main derrière son cou et à le tirer vers moi. On s'embrasse, la bouche ouverte, et on se goûte de nouveau. Mon cœur est prêt à exploser. Il est plus doux que le sucre. Je n'ai jamais rien goûté de plus délicieux. Comme si j'avais soufflé ma bougie d'anniversaire en souhaitant qu'il revienne et que mon vœu s'était exaucé.

— Mais c'est impardonnable, insiste-t-il alors qu'il brise notre baiser pour mordiller ma lèvre inférieure. C'était le pire mensonge que je t'ai jamais dit…

Je l'interromps.

— Quand tu as dit que tu n'en pouvais plus ? C'était ça, le pire mensonge. Tu ne le pensais pas, n'est-ce pas ?

Je hoquette de surprise lorsque ses mains chaudes encerclent et serrent ma gorge. Le baiser suivant est électrique. Je suis surprise de ne pas faire court-circuiter le moniteur. Nos langues s'entremêlent, on se mordille, on expire dans la bouche l'un de l'autre. Le désir nous submerge.

— Tu veux toujours de moi ? Même si je suis un raté ? demande-t-il en relevant la tête.

J'aperçois dans ses yeux la lueur sombre, dangereuse, que moi seule suis capable de reconnaître. Tout le monde voit en lui un gentil garçon. Mais quand on est seuls, il se transforme en Valeska. Celui dont j'ai toujours eu besoin à mes côtés, où que j'aille.

— 100 % à moi.

L'idée a l'air de lui plaire, puis, se rappelant probablement la manière désespérée dont mon frère l'a serré contre lui, il fait un geste de la tête vers la porte en souriant.

— Il faudrait peut-être lui laisser 1 % de moi.

J'éclate de rire.

— Ça marche. À moi à 99 %. Ça sonne bien. Ne dis jamais que je ne suis pas ouverte aux négociations. Et maintenant... Je vais te dire exactement combien je t'aime.

— Je le sais déjà.

Je secoue la tête.

— Tu ne peux pas le savoir. Je ne te l'ai jamais dit.

— Mais je l'ai toujours senti. Toujours, dit-il, les yeux brûlants d'intensité. C'est pour ça que j'arrive à supporter de te voir sourire aux livreurs mignons. Parce que je sais que tu ne laisserais pas le premier venu t'emmener loin de moi. Tu ne le permettrais pas.

Il ne dit pas ça pour se vanter. Il fait ce qu'il fait de mieux : il dit la vérité.

Il continue sur sa lancée.

— C'est pour ça que durant toutes ces années tu m'as traité comme si c'était ton rôle de me protéger. Personne d'autre ne s'est jamais comporté comme ça avec moi. Tout le monde pense que je m'en sors très bien tout seul, mais tu as toujours su que j'avais besoin de toi. Tu le sentais.

Je hoche la tête, mon souffle coincé dans ma gorge.

— Tu n'es jamais sortie avec quelqu'un dont tu risquais de tomber amoureuse, parce que tu ne voulais pas que quoi que ce soit se mette entre nous. Tu ne venais jamais accompagnée aux repas de Noël, et tu passais le réveillon à nous regarder, Megan et moi, comme si tu n'attendais qu'une seule chose, que je comprenne enfin ce qu'il y avait entre nous. Tu as passé des heures assise dehors seule sur les marches à l'arrière de la maison, à m'attendre, la tête levée vers les étoiles.

Il me caresse délicatement comme si j'étais un animal farouche qu'il avait peur d'effrayer.

— Tu m'as évité pendant des années et tu as voyagé, parce que rester était trop difficile. Tu es terrifiée parce qu'une personne comme toi n'aime qu'une fois. Et parce que la personne que tu aimes, c'est moi.

Ses paroles m'ébranlent profondément. Il pose les mains sur ma taille et il exerce une légère pression pour provoquer une réponse.

— Est-ce que j'ai raison ?

— À ton avis ? Maintenant embrasse-moi.

C'est un baiser délicat et innocent, jusqu'à ce que je glisse ma langue. Je sens un râle au fond de sa gorge. Cette voix d'alpha m'a tellement manqué.

Il interrompt notre baiser.

— Je ne t'ai jamais dit combien je t'aimais. À ton tour. Essaie de décrire ce que je ressens.

Je n'ai pas l'habitude d'exprimer mes sentiments, et encore moins quelque chose de si intense, mais je me dois d'essayer. C'est ce que devait ressentir Loretta quand elle tirait la première carte. *Sers-toi de ton intuition. Sens la vérité.* J'appuie ma main sur son cœur et ses doigts glissent dans mes cheveux.

— Tu as dormi dans un lit superposé dans la chambre de Jamie. Tu supportais mon frère pour pouvoir dormir dans la chambre juste à côté de la mienne, et mettre ta brosse à dents près de la mienne.

Il hoche la tête avec un sourire dans les yeux.

— Tu dors sur l'herbe sous ma fenêtre parce que tu as envie d'être près de moi.

— Continue.

— Quand on s'enlace à Noël, tu m'inspires profondément, et tu retiens ta respiration. Ce goût que tu aimes sur ma peau réveille l'homme des cavernes en toi.

Je ne sais pas du tout d'où me vient cette idée étrange, mais j'ai raison. Il baisse la tête vers mon épaule et il inspire ma peau.

— Encore..., souffle-t-il.

On commence à avoir chaud, tous les deux. Je n'ai même pas besoin de me creuser la tête pour savoir quoi dire. J'ai eu ces mots sur le bout de la langue toute ma vie.

— L'idée que je puisse épouser un autre homme te donne des cauchemars et te tient éveillé la nuit.

Je sens un frisson le parcourir. Mais le pire reste à venir.

— Te fiancer à une autre femme t'a rendu malade. Mais le gentil garçon que tu es ne pouvait pas l'admettre et craignait de blesser Megan. Et puis les préparatifs se sont rapprochés, et tu as vu mes parents ensemble et toujours amoureux fous après toutes ces années.

— Encore...

— Tu tuerais pour moi. Tu creuserais une tombe pour moi.

Il éclate de rire.

— Ouais. Là, on y est.

On est en train de s'embrasser quand la porte s'ouvre.

— Me voilà, lance le Dr Galdon.

Il nous surprend et tousse. On interrompt notre baiser.

— Examinons ce cœur, mademoiselle Barrett.

Il serre la main de Tom et se présente. Tom s'assoit près de Jamie. Je n'ai jamais rien vu de plus charmant : les deux personnes que j'aime le plus au monde assises l'une à côté de l'autre. Et elles m'aiment aussi.

— Regarde-la, remarque Jamie en donnant un coup de coude à Tom. Tu as déjà repris des couleurs, Darce.

Le Dr Galdon se met à rire.

— C'est ce que j'allais dire.

Il consulte l'écran.

— Je n'ai jamais vu un cœur brisé se réparer aussi vite. 100 % d'amélioration en cinq minutes.

Son sourire disparaît tandis qu'il note quelque chose sur mon dossier médical.

— Mais il faut qu'on parle de ton traitement, et nous devons faire un examen plus poussé. Je vais programmer un ECG. Il y a des anomalies que je n'ai pas vues avant.

Jamie et moi nous raidissons.

— Ça va aller, les jumeaux, détendez-vous, nous rassure Tom de cette voix apaisante qui a toujours su nous calmer, mon frère et moi. On va te remettre sur pied, Darce.

Il se tourne vers le Dr Galdon et continue :

— On prévoit de faire une croisière à quatre-vingts ans. On a besoin qu'elle soit en forme.

Le Dr Galdon éclate de rire.

— Je pense que ça peut s'arranger, répond-il. Tant qu'elle a quelqu'un pour veiller sur elle jusque-là.

— Je serai là, répondent en chœur Jamie et Tom.

Comme des jumeaux.

Je me sens si heureuse que la salle d'examen s'emplit de *bip-bip-bip-bip*. Mon cœur bat comme s'il n'allait jamais s'arrêter. Je prie pour que ça dure.

Chapitre 21

Le moment que j'attendais est enfin arrivé : passeport à la main, je m'apprête à quitter le pays.

J'adore cette ambiance : l'effervescence du départ, la foule de badauds survoltés. Je vois quelques personnes passer avec oreillers et pashminas et je ricane intérieurement. S'imaginent-elles qu'il n'y a pas d'oreillers là où elles se rendent ? Certaines personnes voyagent vraiment comme si elles quittaient la planète Terre.

Puis je réalise ce que je suis en train de faire et je secoue la tête. Je ne devrais pas juger ainsi et me montrer mesquine. Ce n'est pas la personne que j'ai envie d'être et j'ai promis de devenir meilleure. J'arrête de les toiser et fais disparaître la ride sur mon front.

Je m'adosse sur la colonne près des baies vitrées en essayant de faire abstraction du bruit. Partout, des groupes se forment en poussant des cris de joie et prennent la pose avant le départ. Un groupe de copains, en maillot et short, s'approche lentement de la fenêtre pour regarder la vue. L'un d'eux lève un sourcil dans ma direction. *Salut, ma belle.*

Mais je ne suis pas le moins du monde intéressée.

Je consulte ma montre. Il sera bientôt l'heure d'embarquer.

— Hé, lance une voix derrière moi.

Je me retourne, et Tom est là. Le voir suffit à faire enfler mon cœur.

Il n'y a pas de meilleur mot pour décrire ce que je ressens.

Comme photographier en accéléré l'ouverture des pétales d'une rose. C'est ce que je ressens chaque fois que je pense à lui, et au fait qu'il soit enfin à moi. Il était parti acheter des bouteilles d'eau. Il m'entoure de ses bras et glisse un genou entre mes cuisses. Je frémis en sentant les bouteilles fraîches au creux de mon dos. Il foudroie du regard les mecs à côté de nous puis se met à rire.

— Je me comporte en Valeska là, non ?

Il reprend son sérieux et range les bouteilles dans son sac à dos.

— Tous les jours. Tout va bien ? Tu as l'air nerveux.

Je lisse les plis sur son T-shirt. Je remarque l'expression de la dame âgée à côté de nous. *Quelle petite chanceuse.* Tom est canon, c'est indéniable. Je le trouverai toujours attirant même lorsqu'on aura quatre-vingts ans.

— Ça va, répond Tom. J'ai une surprise pour toi, mais… j'ai peur qu'il y ait un problème.

Il consulte sa montre d'un air fébrile.

Je passe un bras autour de sa taille.

— Je n'ai pas besoin de surprise. Tout va bien.

Il appuie son front contre le mien et je sens l'ivresse m'envahir. Je sais qu'il n'y a rien de plus insupportable que deux personnes follement amoureuses qui se bécotent en public. Mais cacher notre bonheur nous est impossible.

Je l'embrasse et sa main se resserre au creux de mes reins. Profitant du fait que je suis adossée, il abandonne son côté gentil garçon, empoigne mes fesses d'une main et serre jusqu'à ce que je pousse un cri étouffé en me hissant sur la pointe des pieds.

Il m'empêche de rester concentrée. J'aimerais vraiment savoir pourquoi il est si fébrile.

— La cuisine a été livrée ce matin, dis-je tandis qu'il dépose une traînée de baisers sous mon oreille.

J'ai supervisé les ouvriers de Tom pendant la rénovation

de la maison que Jamie a achetée plus bas dans la rue de nos parents.

— Jamie est vraiment inflexible au sujet des chats. Il exige qu'on installe un parc à l'extérieur.

— Je ne te l'ai pas dit ? répond Tom. J'ai réussi à lui faire accepter que les chats entrent dans la maison. Mais un seul à la fois.

Il se met à rire et resserre son étreinte.

Ce sera toujours comme ça entre nous. *Baise-moi.*

— Waouh. Connaissant Jamie, c'est une énorme concession. Tu peux être fier de toi.

Je fais remonter ma main le long de son dos, m'extasiant silencieusement devant tant de muscles.

— Le temps qu'on rentre, les travaux seront finis et ta mère pourra s'installer dans la maison. Elle n'aura plus jamais besoin de déménager. Finie la galère.

Jamie a fait signer à Mme Valeska un bail avec option d'achat. Tom pourra acheter la maison s'il le souhaite.

— Tout suit son cours. Tu n'as aucune raison d'être nerveux.

— Les choses avancent bien de ton côté aussi. Tu as renvoyé tes corrections. As-tu eu des nouvelles ?

— D'après mon agent, ils sont en train de choisir la photo à mettre en couverture.

Les photos que j'ai prises au bar avant de démissionner se sont avérées plus réussies que je ne le pensais. Suffisamment pour les soumettre à un éditeur. Mon premier livre photo, *L'Antre du Diable*, sortira dans six mois. Ce qui me laisse amplement le temps de commencer à travailler sur ma prochaine publication, *La Maison du Destin*, chroniquant l'évolution du cottage de Loretta. Toutes ces petites photos, les briques pleines de mousse, les fissures dans la tapisserie… ont fini par former un joli ensemble. Mes souvenirs d'enfance pourront ainsi perdurer. Je compte l'offrir à mes parents pour leur anniversaire de mariage. Qui aurait cru qu'avoir un objectif aiderait mon cœur à bien se porter ? Le nouveau médicament prescrit par le Dr Galdon y est évidemment pour quelque chose. Je lui ai promis que je prendrais soin de mon cœur dorénavant.

Tom m'appuie contre la colonne et je sens le froid traverser mes vêtements. Il se penche pour m'embrasser. Je sais qu'on nous observe, mais je commence à m'y habituer. Ça ne m'étonne pas, on est tellement séduisants. Allez-y, rincez-vous l'œil. Regardez la chance que j'ai. Cet homme est à moi.

On s'écarte avant que les choses ne deviennent indécentes.

— Toutes ces personnes sont si âgées, dit Tom en reprenant son souffle. Ne leur donnons pas de crises cardiaques.

On se retourne vers la foule et une douzaine de personnes détournent le regard. Les dames âgées, celles aux cheveux blancs appuyées sur leurs cannes, continuent de nous observer.

— C'est vrai que la tranche d'âge est vraiment élevée.

— Tu t'attendais à quoi en choisissant un voyage comme celui-là ?

Je me demande si Tom a déjà consulté son compte bancaire. Je commence à me sentir anxieuse, moi aussi. Je déteste lui cacher des choses, mais cette fois, ça valait vraiment le coup. Mon frère s'est vraiment surpassé sur ce coup.

Je me rappelle subitement que j'ai quelque chose pour lui.

— J'ai un cadeau pour toi. Quelque chose d'incroyable pour célébrer la vente de la maison. Tu vas halluciner.

Je farfouille dans mon sac à dos.

— Je me suis battue bec et ongles pour cette bouteille. Un abruti a essayé de surenchérir jusqu'à la dernière minute.

Je sors la bouteille.

— Tadaaa !

Il éclate de rire.

— Du Kwench ! dit-il en étudiant l'étiquette.

— Elle vaut plus qu'une bouteille de champagne Cristal. Si elle n'a plus de bulles, je serai furieuse.

— Tu sais pourquoi j'aimais tant le Kwench ? C'est la boisson que tes parents m'ont servie la première fois que j'ai dîné chez vous. J'espère qu'elle ne t'a pas coûté trop cher.

— Je suis riche maintenant, tu te rappelles ?

Mon insouciance le fait éclater de rire.

— Le règlement a lieu aujourd'hui, c'est bien ça ? Ton argent est probablement arrivé. Ça tombe à pic, juste avant qu'on parte en voyage. Super timing.

— Ouais.

On est interrompus par une annonce. L'embarquement est imminent. Il semble encore plus nerveux et il tortille ses mains. Que se passe-t-il ?

Il reporte son attention sur moi, me donnant l'impression qu'on est seuls au monde.

— La vente te rend triste ?

— Pas du tout. Elle n'aurait pas pu mieux se passer. Je n'arrive toujours pas à croire que les acquéreurs sont une famille avec jumeaux. C'était notre dernier signe de Loretta. Tu as vraiment fait un travail formidable pour l'aménagement. C'est vraiment…

Je n'utilise plus le mot « parfait ».

— Réussi. Je suis fière de toi. Je sais que tu n'as pas apprécié de ne pas être resté pour le démarrage des travaux. Mais tu n'en es qu'au début, tu en construiras d'autres, des maisons.

J'ouvre l'application de mon compte bancaire. L'énorme, l'incroyable cadeau que Loretta m'a laissé est arrivé. Tellement d'argent. Plus que je n'en mériterai jamais.

Je lève mon portable pour lui montrer.

— C'est arrivé.

Tom regarde le montant sur mon compte, et comme je m'y attendais, il fronce le sourcil.

— Il y a une erreur.

— Non, il n'y a pas d'erreur. Le tien est arrivé ?

Je m'efforce de conserver une expression neutre tandis qu'il sort son téléphone et consulte son compte. Il met son portable près du mien ; nous avons reçu le même versement, au centime près.

— Qu'est-ce que tu as fait ? commence-t-il, l'air troublé.

J'éclate de rire et l'interromps par un baiser.

— Il faut vraiment que tu lises les documents qu'on te tend, avant de les signer. C'est important pour un chef d'entreprise.

— Non, Darce, dit-il d'une voix étranglée. Je ne suis pas un Barrett. Ce n'est pas équitable.

— Non seulement c'est équitable, mais…

Je décide de faire une exception et d'utiliser le mot interdit.

— C'est *parfait*. C'est une grosse part de gâteau, coupée en trois parts égales. Tu le mérites. Tu fais partie de la famille. Tu es *ma* famille.

Il prend son visage dans ses mains.

— Tu ne sais pas ce que ça signifie pour moi.

Je sais exactement ce que ça signifie… Ça signifie que Tom Valeska n'a plus à trimer pour joindre les deux bouts ; qu'il peut être plus sélectif en choisissant ses prochains projets ; que sa mère est à l'abri du besoin. Ça veut dire qu'une myriade de possibilités s'offre à lui, le genre de possibilités dont les jumeaux Barrett ont profité toute leur vie sans faire le moindre effort.

Il s'apprête à me passer un savon quand quelque chose capte son attention.

— Tiens, voilà ta surprise. Mais sérieux, Darce, je t'en veux.

Je suis son regard et aperçois une silhouette à tête blonde en train de forcer le passage à travers la foule. L'espace d'un instant, j'ai l'impression que mes yeux me jouent des tours. Je lève un regard courroucé vers Tom.

— Je voulais te faire une surprise, explique-t-il nerveusement. Enfin, deux surprises. Je ne suis pas sûre que celle-là te réjouisse.

Je comprends ce qu'il veut dire quand je vois ce que mon frère tient à la main. Une valise.

— Pardon, dit-il fortement à un couple en train de discuter.

Ils sursautent et s'éloignent pour le laisser passer.

Jamie avance péniblement en jouant des coudes et s'arrête brusquement devant nous.

— Le chauffeur de taxi a failli me faire rater l'embarquement !

Il me regarde comme s'il craignait ma réaction. Puis il remarque la bouteille dans la main de Tom et s'écrie :

— Darcy, c'était toi qui essayais de surenchérir ?

— C'était toi ? Bon sang, Jamie, cette bouteille de Kwench m'a coûté une fortune.

Je me mets à rire.

— Qu'est-ce que tu fais ici ?

— On s'est dit que ce serait sympa de faire cette croisière ensemble avant nos trente ans, au lieu d'attendre d'en avoir quatre-vingts, intervient Tom nerveusement.

J'entends la note d'incertitude dans sa voix. Chaque fois qu'on a discuté des préparatifs de ce voyage, nus dans la pénombre de notre chambre, il n'était toujours question que de nous.

Nous, s'embrassant au soleil sur des transats, l'océan et l'horizon à perte de vue. Nous, en train de se gaver au buffet. Rien que nous.

— Je ne vous dérangerai pas. J'ai ma propre cabine, cela va de soi.

Une image lui traverse l'esprit et il grimace.

— Si vous voulez passer vos journées à vous bécoter, je resterai à l'écart. En fait, je resterai toujours à l'écart. Vous ne me verrez même pas…

Je le prends dans mes bras et il s'interrompt.

Je sens la tension quitter son corps. Mon frère ? Il fait partie de moi. Et je suis si reconnaissante à Tom d'avoir invité mon jumeau à se joindre à nous. C'est la seule façon de lui montrer qu'on ne l'exclut pas et qu'il aura toujours sa place dans nos vies, comme quand on était enfants et qu'on jouait tous ensemble dans la piscine.

— Merci, Darce, dit Jamie au-dessus de ma tête, la voix étranglée par l'émotion.

Rien ne changera. Tom et lui resteront les meilleurs amis du monde. Puis il ruine le moment comme lui seul en est capable.

— Vous ne devinerez jamais combien ma femme de ménage demande pour garder mon appartement et Diana. C'est de l'extorsion. Vous saviez que cette chatte se réveille toutes les nuits entre 2 et 4 heures ? Elle m'épuise. Je pourrais peut-être la refourguer à la mère de Tom. En parlant d'animaux, regardez ça.

Jamie nous montre son téléphone. Maman a envoyé une photo de Patty, prenant le soleil sur une serviette de plage. Elle aussi a droit à des vacances au soleil.

Mais je ne vais pas laisser Jamie s'en tirer comme ça.

— Non, Diana est à toi. C'est bien connu. Tous les grands méchants ont un chat à la fourrure majestueuse à leurs côtés.

Je le serre une dernière fois et le relâche. Quand je lève la tête, il a les yeux rivés sur un point dans la foule.

— Ça alors, ce ne serait pas…

— Ma deuxième surprise pour Darcy, finit Tom en me glissant une mèche de cheveux derrière l'oreille.

Jamie éclate de rire.

— Je ne le crois pas !

À travers la foule, j'aperçois mon second cadeau. C'est Truly, qui tire une valise assez grande pour contenir un cadavre. Elle a des lunettes de soleil en forme de cœurs perchées sur la tête. Elle n'arrive pas à avancer à cause de la foule. Elle se met sur la pointe des pieds et fait un geste de la main en nous jetant un regard frustré.

— Voilà la femme qui prendra l'apéro avec toi sur le paquebot, déclare Jamie.

Ses yeux, qui ont viré au bleu lumineux, témoignent de son excitation et de sa joie. Je les imagine, Truly et lui, devant une bijouterie. Même si j'ai du mal à l'admettre, je pense qu'il parviendra un jour à ses fins.

— Tom…

Je suis tellement émue que je suis au bord des larmes.

— C'est parfait.

Jamie me pousse dans les bras de Tom.

— Je vais aller l'aider.

Il traverse la foule comme le char d'assaut blond qu'il est, et lui prend la poignée de la valise des mains. Elle la reprend. Ils se chamaillent et Jamie commence à faire son numéro de charmeur. Il touche ses lunettes et sa main se pose sur son coude. Elle éclate de rire, toujours réticente, et quand la musique diffusée dans le terminal de croisière change, Jamie se met à danser de manière ridicule et en se donnant un air faussement sexy.

L'alchimie entre eux est évidente. Tom et moi ne sommes désormais plus le seul couple séduisant qui attire les regards.

— J'ai vraiment eu du nez de les inviter, dit Tom d'un air satisfait.

Jamie et Truly reviennent vers nous. Je perçois leur

vulnérabilité lorsqu'ils me voient dans les bras de Tom. Ils ont l'impression de s'incruster. Je m'empresse de les rassurer.

— Truly, ma chérie ! Comment ça se passe avec Holly ?

Holly et moi avons démissionné en même temps. Ce moment a été mémorable. On a quitté le bar côte à côte et on est allées acheter un gâteau qu'on a dégusté sur le capot de ma voiture.

— Elle est fabuleuse, répond Truly en me déposant un baiser sur la joue. Je te dois une fière chandelle. Rappelle-moi de te montrer mes croquis sur le bateau.

Elle est sur le point de réaliser son rêve : développer sa ligne de vêtements.

— Quand tu auras atteint ton but, je pourrai mourir heureuse.

Je lui souris.

— Tu peux déjà vivre heureuse, me corrige Tom. Jamie, as-tu apporté ce que je t'ai demandé ?

— Tu veux faire ça ici ? s'étonne Jamie.

— Oui. Plus aucun secret à partir de maintenant.

Tom sort un écrin en velours de sa poche et mon cœur rate un battement. Mais avant que je puisse réaliser ce qui se passe, Jamie en fait de même. Ils échangent les écrins. Je reconnais celui qui est maintenant dans la main de Tom.

— Oh mon Dieu, est-ce que c'est…

C'est le saphir de Loretta. Je le sais. Je reconnaîtrais la patine de ce vieil écrin en velours partout.

— Tom, donne. Donne !

Je saute pour essayer de l'attraper, mais il la tient au-dessus de sa tête. Il mesure près de deux mètres, donc autant dire que c'est peine perdue.

— Tu as échangé avec la bague de Megan ? demande Truly à Jamie.

Jamie ouvre l'écrin pour la lui montrer.

— Oh ! elle est jolie.

Puis, visiblement troublée, elle ajoute :

— Mais c'est de mauvais goût.

— De mauvais goût ? Pourquoi ? J'ai fait une bonne affaire, proteste Jamie. La taille et la pureté de ce diamant sont incroyables. Tom a bon goût, finit-il avec son manque de tact habituel.

— Mais elle appartenait à Megan et elle l'adorait, le réprimande Truly d'une voix peinée. La personne que tu épouseras un jour aura la bague d'une autre à son doigt.

— Ce n'est pas comme ça qu'il faut voir les choses, objecte Jamie. Darce, arrête de sauter.

Il met la bague de Megan dans sa poche.

— Mais tu m'as donné à réfléchir, bougonne-t-il. Tom, j'ai envie de refaire l'échange.

— Désolé, un marché est un marché, répond Tom, sans l'ombre d'un remords.

Il me plaque de nouveau contre la colonne. Chaque fois que je cligne des yeux, je vois des saphirs. Des saphirs noirs. Sombres, mystérieux, brillants, qui réfractent la lumière. Je veux cette bague. Il me la faut.

J'ai tellement envie de porter son nom que je pourrais hurler. Et vu la façon dont il me regarde, il le sait.

— C'est à nous, lance Jamie tandis qu'on annonce l'embarquement. Allons nous mêler au troisième âge.

Il prend la valise de Truly et, ensemble, ils se dirigent vers la passerelle.

Je touche du doigt la bosse carrée formée par l'écrin dans la poche de Tom.

— Je la veux.

— Je sais. C'est pour ça que j'ai fait un pacte avec le diable.

Une lueur d'amusement traverse son regard tandis que, tout autour de nous, les vacanciers se dirigent vers l'embarquement dans une cacophonie assourdissante de roulettes de valises et de voix.

— Es-tu sûre de vouloir vivre dans une tente avec moi à notre retour ?

— Tout à fait. Je suis directrice adjointe, après tout. Je dois être sur place.

Il ne se fait toujours pas à cette idée. Pour lui, les princesses ne dorment pas au sol.

— Dès l'instant où on aura trouvé une maison qui te plaît, j'en ferai notre foyer. La maison de tes rêves. Elle aura un studio photo, et…

Jamie se tourne et crie à notre attention :

— On embarque, dépêchez-vous ! Vous pourrez vous bécoter sur le bateau !

— Je la veux, Tom.

Je ne parle pas uniquement de la bague. Je parle de la maison, de lui. D'une vie en commun.

— Je t'aime et je la veux.

Tom baisse la tête pour déposer un baiser sur ma moue boudeuse.

— La mérites-tu ?

Je tressaille et secoue la tête par réflexe.

— Comment pourrais-je te mériter ?

Il balaie mes doutes comme lui seul peut le faire.

— Tu me mérites chaque jour. Allez, viens. Détends-toi et profite. Tu sais bien que je te donne toujours tout ce que tu veux. Laisse-moi gâter Darcy Barrett pour le restant de ses jours. Laisse-moi ce plaisir.

C'est ça, le goût du bonheur.

Remerciements

Merci aux personnes suivantes de m'avoir supportée pendant l'écriture de ce livre.

Mon mari, Roland, qui répondait toujours : « Tu vas y arriver », lorsque je gémissais : « Je n'y arrive pas ». Merci d'avoir eu raison et de m'avoir soutenue quand l'écriture a de manière inattendue changé ma vie. Ma mère, Sue, qui est ma plus grande supportrice, et ma chienne, Delia, ma deuxième plus grande supportrice.

Mon agent Taylor Haggerty de l'agence littéraire Root, qui a été un véritable pilier et qui n'a eu de cesse de m'encourager. L'équipe d'HarperCollins qui s'est montrée si patiente avec moi tandis que je reprenais pied après le succès inattendu de mon premier roman. La confiance de mon éditrice Carrie Feron m'a donné des ailes.

Mes amis, et en particulier les deux suivantes. Tina Gephart qui m'écrivait tous les après-midi pour savoir si ma journée d'écriture se passait bien. *Spoiler* : c'était rarement le cas, mais Tina me posait néanmoins la question le lendemain. Merci d'être mon amie et mon mentor. Christina Hobbs, pour cette longue conversation sur Skype qui m'a aidée à me relever une dernière fois et me permet d'écrire aujourd'hui ces remerciements.

Les Flamethrowers, un groupe de lecteurs formidables qui ont découvert et adoré *Meilleurs Ennemis*. Je dédie ce livre à chacun de vous.

Vous avez aimé *Drague interdite* ?
Découvrez le dernier roman de Sally Thorne

Une comédie hilarante et sexy,
qui explore la frontière parfois très mince
entre l'amour et la haine au bureau.

Chapitre 1

J'ai une théorie : l'amour et la haine se ressemblent étrangement. Vous pouvez me croire sur parole, j'ai pu les comparer en de nombreuses occasions, et voici ce que j'ai remarqué…

L'amour et la haine sont des sentiments profonds. Il vous suffit de penser à la personne que vous détestez ou que vous aimez pour que votre estomac se noue. Votre cœur se met à battre violemment dans votre poitrine. Vous perdez l'appétit et le sommeil. Chaque contact avec cette personne diffuse une dangereuse dose d'adrénaline dans votre sang, et vous avez l'impression d'être au bord du gouffre. Vous perdez le contrôle, et c'est effrayant.

Finalement, l'amour et la haine sont deux variantes d'un même jeu que vous *devez* gagner. Pourquoi ? Pour protéger votre cœur et flatter votre ego. Faites-moi confiance, j'en sais quelque chose.

Vendredi après-midi. Je suis emprisonnée au bureau pour quelques heures encore. Dans mes rêves les plus fous, je suis seule, mais malheureusement ce n'est pas le cas : je dois partager mon espace de travail avec un codétenu. Chaque tic-tac des aiguilles de sa montre résonne comme une croix gravée sur le mur de notre cellule.

En ce moment même, nous avons commencé une partie

d'un de nos nombreux jeux puérils – le Jeu du Miroir – qui ne requiert aucune parole. Comme tout ce que nous faisons ensemble, c'est complètement immature.

La première chose à savoir à mon sujet, c'est mon nom. Je m'appelle Lucy Hutton. Je suis l'assistante de direction d'Hélène Pascal, la codirectrice générale de Bexley & Gamin.

L'histoire de Bexley & Gamin tient en quelques lignes : il y a de cela très peu de temps, notre petite maison d'édition, Gamin Publishing, était sur le point de déposer le bilan.

La situation économique est telle que la littérature est devenue un luxe pour tous les gens qui n'ont déjà pas l'argent pour rembourser leurs prêts. Et, en voyant les librairies fermer partout dans la ville aussi rapidement et aussi silencieusement que des bougies soufflées par le vent, nous savions que nous n'allions pas tarder, nous aussi, à mettre la clé sous la porte.

Mais, à la dernière minute, un accord fut conclu avec une autre maison d'édition, elle aussi en difficulté. La petite société Gamin Publishing fut ainsi mariée de force avec l'empire du mal, Bexley Books, dirigé par l'insupportable M. Bexley lui-même.

Chaque société croyant obstinément qu'elle sauvait l'autre de la faillite, tous, directeurs et employés, firent leurs cartons la tête haute et emménagèrent dans le nouveau nid conjugal. Mais personne n'était très enthousiaste. Les Bexley regrettaient leur vieille table de baby-foot à la cantine et en parlaient avec une nostalgie couleur sépia… Et, surtout, ils ne comprenaient pas comment les employés excentriques et décontractés de Gamin avaient pu survivre aussi longtemps avec leurs objectifs ICP[1] si laxistes et leur persistance à considérer la littérature comme un art.

1. Indicateur clé de performance.

Extrait

Pour les Bexley, les chiffres étaient plus importants que les mots. Et leur mot d'ordre était : vendre le plus possible. Encore et toujours. Sans jamais faiblir.

Les Gamin, eux, frémirent d'horreur en voyant leurs nouveaux demi-frères turbulents et bruyants traiter avec autant d'irrévérence leurs exemplaires sacrés de Charlotte Brontë et Jane Austen. Comment Bexley avait-il réussi à constituer une telle armée de clones ? Tous ses employés semblaient partager les mêmes opinions et avaient la même attitude rigide et prétentieuse. Les Gamin refusaient cette façon de voir les livres comme de simples marchandises. Les livres étaient et seraient toujours des objets sacrés qu'il fallait chérir et respecter.

Un an plus tard, on peut toujours deviner qui vient de quelle société rien qu'en observant les employés. Les Bexley ressemblent à des figures géométriques, les Gamin à des formes un peu floues. Les Bexley se déplacent en bande, comme des requins, discutent de chiffres, de bénéfices, et réservent tous les créneaux des salles de réunion pour leurs inquiétantes séances de planification. Ou plutôt leurs séances de « conspiration ». Les Gamin, eux, se rassemblent dans leurs box comme de jolies colombes lovées en haut d'une tour, plongés dans des manuscrits à la recherche de la prochaine révélation littéraire. L'air qui les entoure est parfumé de thé au jasmin et de papier. Shakespeare est leur idole.

Le déménagement a donc été légèrement traumatisant, surtout pour les Gamin. Prenez une carte de la ville. Reliez les deux anciens immeubles des sociétés par une ligne droite, dessinez un point rouge exactement à mi-chemin entre les deux emplacements : et voilà ! Vous êtes arrivés à Bexley & Gamin. Le nouvel immeuble est une sorte de crapaud géant en ciment gris bas de gamme. Il est situé dans l'une des rues principales de la ville où il est absolument impossible de circuler en plein après-midi. Il y fait un froid polaire le matin, et l'après-midi on se croirait sous les tropiques. Le seul avantage, c'est le parking souterrain, malheureusement pris d'assaut tous les matins par les lève-tôt, c'est-à-dire les Bexley.

Lorsque Hélène Pascal et M. Bexley ont visité le bâtiment avant d'emménager, il s'est passé une chose incroyable : ils sont tous les deux tombés d'accord. Un seul bureau de direction au dernier étage ? Un affront. Une insulte. Un réaménagement complet de l'étage s'imposait.

Après une heure de brainstorming saturée de tant d'hostilité que les yeux de l'architecte d'intérieur brillaient de larmes contenues, Hélène et M. Bexley s'accordèrent seulement sur un mot pour définir la nouvelle esthétique : brillant. Ce fut la dernière fois où ils réussirent à s'entendre. Le dixième étage ressemble donc maintenant à un cube en verre, chrome et carrelage noir. On pourrait s'épiler les sourcils en se servant de n'importe quelle surface comme d'un miroir : murs, sols, plafonds. Même nos bureaux sont de grandes tables vitrées.

À cet instant précis, je suis au beau milieu d'une partie de Jeu du Miroir. En face de moi se trouve mon adversaire – et codétenu –, Joshua Templeman, l'assistant de direction de M. Bexley. Il reproduit chacun de mes mouvements comme s'il était mon propre reflet.

Je lève la main, il lève la main. Je regarde mes ongles, Joshua suit le mouvement. Je caresse mes cheveux et redresse mon col. Il fait pareil.

Je pose mon menton dans la paume de ma main et soupire profondément. Comme en écho, un autre soupir retentit presque immédiatement. Je hausse ensuite mon sourcil gauche, sachant pertinemment que Joshua ne sait pas le faire, et sans surprise je le vois essayer, en vain. Voilà, j'ai gagné la partie. Pourtant, malgré le frisson de la victoire qui me parcourt, je ne laisse rien paraître. Je reste aussi impassible qu'une poupée de cire. Et nous continuons tous les deux, assis l'un en face de l'autre avec nos mentons dans nos mains, à nous regarder fixement.

À ce propos, je crois qu'il est temps de parler de ce qui est certainement la deuxième chose la plus importante à savoir à mon sujet : je HAIS Joshua Templeman.

Je me révolte intérieurement à la seule pensée de devoir partager mon espace de travail avec ce mec. C'est un peu comme si j'avais été poussée dans l'arène du Colisée et que je m'y retrouvais face à mon pire ennemi.

Je sais que je ne peux rien y faire : si nous sommes vissés ainsi devant la porte des nouveaux bureaux de nos patrons, c'est parce que, tels des généraux assoiffés de pouvoir, ils ont besoin de petites mains pour faire le sale boulot. Et partager un assistant leur aurait demandé à tous les deux de faire des concessions.

Pour en revenir à Joshua, régulièrement et sans aucune raison, il se met à reproduire tous mes mouvements. Ce petit passe-temps est tellement subtil qu'il pourrait passer inaperçu aux yeux de n'importe qui. Mais, en nous observant attentivement, on constaterait que chacun de mes gestes est reproduit de l'autre côté du bureau avec un léger décalage.

Je relève la tête et je pivote vers mon bureau. D'un mouvement naturel, Joshua fait exactement la même chose.

Je m'appelle Lucy, j'ai vingt-huit ans et je suis manifestement une victime des failles du système du paradis et de l'enfer puisque je me retrouve bloquée au purgatoire. En maternelle. Dans un asile de fous.

Je tape mon mot de passe sur mon clavier d'ordinateur : JEHAISJOSHUA@JMS. Mes mots de passe sont toujours des variantes du même sujet : ma haine pour ce type. @JMS, à jamais. Son mot de passe à lui ne doit pas voler très haut non plus. Ça doit être un truc du genre : Je Hais Lucinda Pr Tjs.

Mon téléphone sonne. C'est Julie Atkins, du département des droits d'auteurs et d'exploitation. Une autre source d'exaspération. Rien qu'en voyant son nom s'afficher, j'ai envie de débrancher mon téléphone, de le jeter par la fenêtre et de le regarder chuter du dixième étage et s'écraser au sol.

— Bonjour, comment vas-tu ?

Je prends quand même un ton charmant, parce que je fais partie de ces gens – aimables – qui aiment être chaleureux quand ils répondent au téléphone. Je sais, sans même le voir, que Joshua lève les yeux au ciel avec un air exaspéré tout en continuant de malmener son clavier.

— Que puis-je faire pour toi, Julie ?

— J'ai une faveur à te demander, me dit-elle de son ton penaud que je connais maintenant si bien.

Je peux d'ailleurs articuler en silence chacun de ses mots en même temps qu'elle les prononce.

— J'aurais besoin d'un délai supplémentaire pour le rapport mensuel. J'ai une migraine de dingue depuis ce matin et, sans mentir, je n'arrive plus à regarder mon écran.

Julie fait partie de ces personnes horripilantes qui ne souffrent pas de maux de tête comme tout le monde, mais de « migraines de dingue ». Evidemment, un cachet d'aspirine ne peut rien faire pour elles.

Je lui réponds d'un ton blasé.

— Bien sûr, je comprends. Quand crois-tu pouvoir me le rendre ?

— Merci, Lucy, tu es vraiment la meilleure ! Je ne serai pas au bureau lundi matin, mais je te le dépose lundi après-midi au plus tard.

Si je lui dis oui, je vais devoir rester au bureau tard lundi soir afin que le rapport soit prêt pour la réunion des cadres qui a lieu le lendemain matin, à 9 heures. C'est bien, la semaine prochaine s'annonce déjà complètement pourrie. J'ai l'estomac noué rien que d'y penser.

— OK, Julie, mais fais au plus vite, s'il te plaît.

— Ah, et j'allais oublier, Brian m'a chargée de te dire que lui non plus ne pourra pas te rendre le sien aujourd'hui. Tu sais, Lucy, heureusement que tu es là. Tu es tellement sympa… Nous sommes tous d'accord : tu es vraiment la seule personne avec qui traiter là-haut, à la direction. Je suis désolée de le dire, mais *certains individus* à ton étage sont quand même de vrais tyrans…

Ses mots mielleux aident un peu à faire passer la pilule.

— Pas de problème. On se voit lundi.

Je raccroche et j'évite de regarder vers Joshua. Je suis prête à parier qu'il secoue la tête pour signifier à quel point il trouve la situation inacceptable.

Après quelques minutes, je me décide à jeter un regard dans sa direction. Il me dévisage.

Imaginez que vous êtes sur le point de passer l'entretien le plus important de votre vie. En baissant les yeux, vous remarquez que votre stylo-plume à encre bleue a fui dans la poche de votre chemisier blanc. La panique vous prend, des piques de stress transpercent votre estomac, vous n'êtes pas loin de la crise de nerfs. Vous vous sentez ridicule, stupide. Tout est foutu. Eh bien, voilà exactement ce que Joshua essaie de me faire ressentir en me regardant comme ça.

J'aimerais en plus pouvoir dire que ce mec est moche. Il aurait pu être une sorte de troll, petit et gros, avec un bec-de-lièvre et le regard vitreux. Ou un bossu boiteux. Constellé de verrues et de boutons purulents. Avec des dents jaunes, pourries, et une odeur corporelle fétide, proche de celle de la tarte aux oignons. Mais c'est loin d'être le cas. Il est même à l'opposé de tout ça. Encore une preuve qu'il n'y a aucune justice dans ce monde.

Un bip me signale que je viens de recevoir un mail : c'est Hélène. Elle me demande des prévisions budgétaires. Il est grand temps de me remettre au travail. Après avoir sorti le rapport mensuel de mes dossiers, je m'y plonge sans plus tarder.

Je doute fort que les perspectives de ce mois-ci se soient améliorées. Le monde de l'édition avance chaque jour un peu plus vers sa fin. Le mot « restructuration » résonne souvent dans les couloirs, et je sais très bien où tout cela va nous mener. Alors, à chaque fois que je vois Joshua en sortant de l'ascenseur, je ne peux pas m'empêcher de me demander pourquoi je ne cherche pas dès aujourd'hui un nouveau boulot.

Ma fascination pour les maisons d'édition m'est venue à la suite d'une sortie que nous avions faite avec ma classe quand j'avais onze ans. J'étais déjà une grande lectrice : je dévorais les livres, et ma vie entière s'organisait autour de la sortie hebdomadaire à la bibliothèque de notre ville. J'y empruntais le maximum de livres autorisé et je connaissais si bien l'endroit que j'étais capable d'identifier les bibliothécaires au seul bruit de leurs chaussures sur le sol des allées. J'étais alors déterminée à devenir bibliothécaire. J'avais même établi une sorte de système de classement pour ma collection personnelle. Je pense que j'étais ce qu'on peut appeler une vraie « geek des livres ».

Je ne m'étais encore jamais vraiment interrogée sur le processus de fabrication d'un livre avant d'avoir visité une maison d'édition. Et ce fut une révélation. On pouvait être payé pour découvrir des auteurs, lire des livres et en plus les fabriquer ? Avec des couvertures flambant neuves et des pages non cornées, vierges de toute annotation ? Je n'en revenais pas. J'adorais les livres neufs. C'était même ceux que je préférais emprunter à la bibliothèque. De retour chez moi ce soir-là, j'annonçai ma décision à mes parents : « Quand je serai grande, je serai éditrice. »

Aujourd'hui, je réalise mon rêve d'enfant, et c'est génial. Mais, pour être honnête, la vraie raison pour laquelle je ne me suis pas déjà mise à chercher un nouveau boulot, c'est parce que je ne peux pas laisser Joshua gagner.

Le silence règne dans la pièce tandis que je prépare consciencieusement le compte rendu pour Hélène. Seul le cliquetis des doigts de Joshua frappant son clavier et le léger sifflement de l'air climatisé viennent troubler le calme ambiant. De temps en temps, Joshua attrape sa calculatrice et tape dessus comme un forcené. Je suis prête à parier que M. Bexley lui a demandé les mêmes données. De cette façon, chacun des deux P-DG de la société pourra entrer en conflit armé de chiffres qui ne correspondront peut-être même pas. Voilà un carburant tout à fait idéal pour entretenir les flammes de la guerre.

Je romps soudain le silence studieux de notre bureau.

— Excuse-moi, Joshua.

Evidemment, il laisse quelques minutes s'écouler avant de me répondre. Il se contente de frapper encore plus fort sur son clavier. Beethoven sur un piano n'aurait rien à lui envier à cet instant précis.

— Oui, qu'est-ce qu'il y a, Lucinda ? finit-il par dire sans cesser de pianoter.

Même mes parents ne m'appellent pas Lucinda. Je commence à serrer les mâchoires, mais je m'arrête tout de suite en me souvenant que mon dentiste m'a suppliée de faire des efforts.

Extrait

— Serais-tu en train de faire un rapport sur les prévisions budgétaires du prochain trimestre, par hasard ?

— Non, répond-il en levant les deux mains de son clavier et en me regardant droit dans les yeux.

Je soupire bruyamment et retourne à ma tâche.

— Je l'ai fini il y a deux heures, ajoute-t-il en se remettant à taper.

Je garde mon regard rivé sur mon tableau Excel et compte jusqu'à dix dans ma tête.

Joshua et moi travaillons tous les deux de manière efficace et rapide, et avons chacun la réputation de ne reculer devant rien — ce genre d'employés prêts à accomplir sans broncher les tâches désagréables et difficiles que tout le monde évite.

Mais nous ne sommes pas faits du même bois. J'aime rencontrer les gens pour discuter des choses. Joshua, lui, écrit des mails. Qu'il signe toujours de la même manière : Cdt, J. Est-ce que ça le tuerait d'écrire : « Cordialement, Joshua » ? Apparemment, ça ferait trop de lettres à taper. Ce type est du genre à savoir au pied levé combien de minutes par an il fait ainsi économiser à B & G.

En fait, nous sommes des forces égales mais contraires. Je fais de mon mieux pour la jouer *corporate*, mais tout en moi jure avec l'identité de Bexley. Je suis une Gamin jusqu'au bout des ongles. Mon rouge à lèvres est trop rouge, mes cheveux indisciplinés. Les talons de mes chaussures claquent trop bruyamment sur le sol carrelé. Et je n'ai pas envie de faire chauffer ma carte de crédit pour un tailleur noir. Je n'étais pas obligée d'en porter chez Gamin, alors je ne vois pas pourquoi je devrais adopter les codes vestimentaires des Bexley. Ma garde-robe est 100 % « tricot, rétro ». Un style bibliothécaire cool et chic, enfin, c'est ce que j'espère.

Quarante-cinq minutes plus tard, j'ai terminé mon

analyse. Je me suis lancée dans une course contre la montre, même si les chiffres ne sont pas mon fort, parce que j'imagine que Joshua, lui, a mis une heure pour la faire. Même dans ma tête, je suis en compétition avec lui.

— Merci, Lucy ! me lance Hélène derrière la porte étincelante de son bureau, quelques secondes à peine après que je lui ai envoyé le document par mail.

En recontrôlant ma boîte de réception, je constate que tout est à jour. Un coup d'œil à l'horloge m'indique qu'il est 15 h 15. Après avoir vérifié la tenue de mon rouge à lèvres dans le reflet du mur brillant près de mon écran d'ordinateur, je regarde Joshua. Il me fixe lui aussi, mais avec un air totalement méprisant. Je lui rends son regard. Et voilà comment nous commençons une partie de Jeu du Regard.

Je crois que je dois vous dire que le but de chacun de nos jeux est soit de faire sourire l'autre, soit de le faire pleurer. Quelque chose dans ce goût-là. En tout cas, je sais quand je gagne.

J'ai commis une grave erreur la première fois que j'ai rencontré Joshua : je lui ai souri. De mon plus beau sourire. De toutes mes dents. Les yeux pétillants. J'étais pleine d'optimisme – et naïve – quant à la fusion de nos deux entreprises. Je ne savais pas encore que ce serait la pire chose qui pouvait nous arriver. Il m'a regardée de haut en bas, du sommet de mon crâne jusqu'à la semelle de mes chaussures. Je ne mesure qu'un mètre cinquante-deux, donc autant dire que ça a été plutôt rapide. Puis, il s'est tourné vers la fenêtre sans me rendre mon sourire, et depuis ce jour j'ai l'impression qu'il le retient prisonnier dans la poche de sa veste. Un point pour lui. Après ce très mauvais premier contact, il ne nous a fallu que quelques semaines pour succomber à une hostilité mutuelle. Et, comme l'eau qui coule dans une baignoire, un jour, ça a fini par déborder.

Je bâille derrière ma main et observe la chemise de Joshua. On dirait qu'il porte la même tous les jours, mais d'une couleur différente. Blanc uni, fines rayures, beige, jaune pâle, jaune moutarde, bleu ciel, bleu turquoise, gris perle, bleu marine et noir. Portées dans un ordre invariable comme une séquence immuable.

Ma préférée est la turquoise, et celle que j'aime le moins, la jaune moutarde. Celle qu'il porte aujourd'hui justement. Mais je dois reconnaître qu'il les porte bien. Et que toutes ces couleurs lui vont. Moi, si je porte du jaune moutarde, c'est simple, je ressemble à une momie. Mais lui, ça lui donne un teint hâlé et un effet « bonne mine ».

— Jaune moutarde aujourd'hui. Vivement lundi pour le bleu ciel.

Je ne peux pas m'empêcher de le provoquer. Et j'ai à peine fini ma phrase qu'il me lance un regard suffisant et irrité.

— Tu es tellement perspicace, Shortcake[1]. Mais permets-moi de te rappeler que les commentaires sur l'apparence sont contraires au règlement de l'entreprise.

Ah, le Jeu des RH. On n'y avait pas joué depuis des lustres.

— Arrête de m'appeler Shortcake ou je leur envoie un mail.

Nous tenons une sorte de dossier l'un sur l'autre. Enfin, je suppose qu'il le fait, car il se souvient de chacune de mes infractions. Le mien, c'est un document protégé par un mot de passe, caché dans ma session personnelle sur

1. *Shortcake* est le terme anglais pour « charlotte aux fraises » (*strawberry shortcake*). (NdE)

mon ordinateur où sont relatées comme dans un journal toutes les disputes qui ont éclaté entre Joshua Templeman et moi. Rien que cette année, nous nous sommes déjà plaints quatre fois chacun aux RH.

Joshua a reçu un avertissement écrit et verbal à propos du surnom qu'il me donne. Pour ma part, j'en ai eu deux : pour une agression verbale et pour une blague puérile qui a totalement dégénéré et dont je ne suis pas fière.

Apparemment, cette fois, Joshua ne trouve rien à me répondre, et nous recommençons à nous dévisager.

Je suis impatiente à l'idée de voir les chemises de Joshua s'assombrir. Celle d'aujourd'hui est bleu marine, annonçant immanquablement du noir pour demain. Et qui dit noir dit jour de paie !

À ce propos, c'est le moment de réaliser un bref état des lieux de mes finances. Je m'apprête à faire vingt-cinq minutes de marche pour aller récupérer ma voiture d'où suintait un truc huileux et sombre depuis quelques jours. Heureusement, la paie tombe demain, et je vais pouvoir payer la réparation sans risquer le découvert bancaire. Je dois appeler Jerry, mon garagiste, pour le prévenir de ma visite. Ensuite, eh bien, je n'aurai qu'à tenter de survivre avec un budget serré.

Tandis que je réfléchis à ma situation économique, je vois Joshua dans l'encadrement de la porte du bureau de M. Bexley grâce au reflet du mur près de mon écran. Son corps remplit presque tout l'espace. J'entends résonner un rire rauque mais doux, rien à voir avec les grognements de ce porc de M. Bexley. Pour me distraire, je ne trouve rien de mieux à faire que de caresser mes avant-bras pour aplatir mes petits poils. Non, je ne tournerai pas la tête pour essayer de voir ce qu'il se passe dans ce bureau ;

Joshua me remarque à chaque fois et me gratifie d'un magnifique froncement de sourcils.

Enfin, les aiguilles de l'horloge se déplacent jusqu'à indiquer 17 heures. Je peux voir à travers les fenêtres poussiéreuses que le temps est à l'orage. Hélène est partie il y a près d'une heure — l'avantage d'être codirectrice, c'est qu'on a les mêmes horaires de travail qu'un écolier et qu'on peut en prime presque tout déléguer à son assistante, c'est-à-dire moi. M. Bexley, lui, passe de longues heures ici parce que son fauteuil est très confortable et que, lorsque le soleil de l'après-midi décline, il ne peut résister à la tentation de piquer un petit somme.

Loin de moi l'idée de sous-entendre que c'est Joshua et moi qui dirigeons le dernier étage mais, honnêtement, parfois c'est tout comme. Les équipes financières et commerciales font leurs rapports directement à Joshua. C'est lui qui analyse les incroyables quantités de données et en fait ensuite le résumé le moins indigeste possible afin de ne pas incommoder M. Bexley, toujours cramoisi et agressif.

Les équipes éditoriales et marketing, quant à elles, s'adressent à moi et, tous les mois, je fais le compte rendu de leurs rapports à Hélène… Je suppose que je lui mâche le travail, moi aussi. Ensuite, je relie le document avec de belles spirales, pour qu'elle puisse l'étudier sur son *stepper*. Ah, et j'utilise toujours sa police préférée.

Chaque jour passé dans ce bureau est un défi à relever, un privilège, un sacrifice et une source de frustration. Mais, quand je pense à chaque petite marche que j'ai dû gravir pour arriver jusqu'ici – et j'ai commencé à onze ans —, je me remotive. Et je supporte un peu mieux Joshua.

Moi, je suis le genre d'employée qui apporte des gâteaux faits maison aux réunions avec les chefs de division. D'ailleurs ils m'adorent tous. Je « vaux mon pesant d'or » comme ils disent. Joshua, lui, apporte les mauvaises nouvelles, et son poids est évalué avec d'autres substances.

M. Bexley passe maintenant devant mon bureau d'un pas lourd. Cet homme doit faire son shopping chez « Monsieur Patate, Vêtements discount pour petits et grands », ce n'est pas possible autrement. Où pourrait-il trouver des costumes si larges, si courts et si mal coupés sinon ? Il est chauve, constellé de taches de vieillesse et aussi riche que Crésus. C'est son grand-père qui a fondé Bexley Books. Il aime d'ailleurs rappeler à Hélène qu'elle a simplement été *embauchée* ici. C'est un vieux dégénéré. Hélène et moi sommes tout à fait d'accord là-dessus. Malgré tout, je me force à lui sourire. Il s'appelle Richard. Mais je lui ai trouvé un surnom bien plus adapté : Micropénis.

— Bonsoir, monsieur Bexley.

— Bonsoir, Lucy, me répond-il en marquant une pause pour jeter un coup d'œil au décolleté de mon chemisier rouge en soie.

— J'espère que Joshua vous a bien transmis l'exemplaire de *The Glass Darkly* que j'avais pris pour vous ? C'est le tout premier volume !

Micropénis a une énorme bibliothèque remplie du premier exemplaire de toutes les publications de B & G — une tradition instaurée par son grand-père. Il aime s'en vanter auprès des visiteurs mais, en passant un jour en revue les volumes alignés sur les étagères, j'ai remarqué qu'ils étaient tous intacts, comme si on ne les avait jamais ouverts.

— Vous l'avez récupéré, n'est-ce pas ? insiste-t-il en cherchant Joshua du regard. Vous ne m'en avez pas parlé, Docteur Josh.

Je pense que Micropénis le surnomme Docteur Josh parce que Joshua est aussi froid et aseptisé qu'une clinique. J'ai d'ailleurs entendu dire que c'est Joshua qui s'est chargé de l'ablation chirurgicale d'un tiers de l'effectif de Bexley

Books quand la situation est devenue critique. Je ne sais pas comment il fait pour dormir la nuit.

— Le plus important, c'est que vous l'ayez récupéré, répond calmement Joshua, rappelant immédiatement à son patron qui est *le* patron.

— Oui, oui, acquiesce celui-ci d'un ton satisfait. Puis, replongeant son regard dans mon décolleté, il ajoute : vous faites du bon boulot tous les deux.

Lorsque les portes de l'ascenseur se referment sur lui, je jette un coup d'œil à mon chemisier. Tous les boutons sont fermés. Que pouvait-il bien admirer ? Je lève les yeux au plafond miroitant, mais même de là-haut il n'y a pas grand-chose à voir.

— Si tu le boutonnes plus haut, on ne verra plus ton visage, commente Joshua en fermant sa session sur son ordinateur.

Je me déconnecte également.

— Eh bien, peut-être que tu pourrais dire à ton patron de me regarder dans les yeux une fois de temps en temps ?

— Il cherche probablement à voir ce que t'as sous le capot. Ou alors il se demande avec quel type de carburant tu fonctionnes.

Je hausse les épaules en enfilant mon manteau.

— Ma haine pour toi est mon seul carburant.

Je remarque que la lèvre inférieure de Josh frémit. Cette fois, j'ai bien failli l'avoir. Mais il reprend rapidement une expression neutre.

— Si ça te pose un problème, *tu* devrais lui en parler. Apprends à te défendre toute seule. Et sinon, quoi de prévu ce soir ? Pose de vernis en solitaire ?

— Absolument. Et pour toi, Docteur Josh ? Masturbation et pleurs étouffés dans ton oreiller ?

Il jette un regard au bouton supérieur de mon chemisier.

— Oui. Et ne m'appelle pas comme ça.

Je ravale un éclat de rire.

En entrant dans l'ascenseur, nous nous bousculons comme deux gamins qui se détestent. Il appuie sur le bouton pour le sous-sol, et moi pour le rez-de-chaussée.

— Auto-stop ?

— Voiture chez le garagiste.

J'enfile mes ballerines et fourre mes talons dans mon sac. Maintenant, je suis encore plus petite. Dans le vernis mat des portes de l'ascenseur, je peux voir que j'arrive presque à mi-hauteur de ses pectoraux. Mon Dieu, on dirait un chihuahua à côté d'un dogue allemand.

Les portes de l'ascenseur s'ouvrent sur la réception de l'immeuble. Le monde à l'extérieur de B & G est recouvert d'une brume bleue, froide comme celle d'un frigo, et arrosé d'une légère bruine. Le temps idéal pour les violeurs et les meurtriers. Une feuille de journal poussée par le vent vole devant la porte d'entrée, comme si l'ambiance n'était pas assez glauque comme ça.

Joshua retient la porte de l'ascenseur avec sa main puissante et se penche pour regarder au-dehors. Il pose alors ses yeux bleu foncé sur moi et fronce les sourcils. La bulle familière de sous-titres commence à se former dans ma tête. *Si seulement nous étions amis*. Je la crève aussitôt avec une épingle.

— Je vais te raccompagner, se sent-il obligé de dire.

— Ah non, pas question.

Et je pars en courant.

Composé et édité par HarperCollins France.

Achevé d'imprimer en août 2019.

CPI
FIRMIN-DIDOT

à Mesnil-sur-l'Estrée (Eure)

Dépôt légal : septembre 2019.

Pour limiter l'empreinte environnementale de ses livres, HarperCollins France s'engage à n'utiliser que du papier fabriqué à partir de bois provenant de forêts gérées durablement et de manière responsable.

Imprimé en France